KB0035884

<u>일러두기</u>

1. 번역에 쓰인 원전은 2013년 중국 장강문예출판사에서 출간한 '얼웨허 문집' 제1판을 사용했다.

2. 맞춤법과 띄어쓰기는 한글 맞춤법과 외래어 표기법에 따랐다.

3. 한자는 우리말로 표기하고, 꼭 필요한 경우에만 괄호 속에 원음을 병기해 이해하기 쉽도록 했다.

   예 : 다이곤多爾滾(도르곤)

4. 인명과 지명은 우리말로 표기했다. 단, 이미 굳어진 표현은 원지음을 존중했다.

   예 : 나찰국羅刹國(러시아). 이후에는 '러시아'로 표기

5. 본문 중의 괄호 안에 뜻을 풀이한 것은 모두 옮긴이의 설명이다.

【전면개정판】

인류 역사상 최대의 제국을 지배한 위대한 황제

건륭황제

3

얼웨허 역사소설

홍순도 옮김

더봄

小說 乾隆皇帝：二月河

Copyright ⓒ 2013 Eryuehe
Korean Translation Copyright ⓒ 2015 by theBOM Publishing co.

Korean edition is published by arrangement with Eryuehe
小說《乾隆皇帝》出刊根據與原作家二月河的約屬於theBOM出版社. 嚴禁無斷轉載複製.

소설《건륭황제》의 저작권은 원작자 얼웨허와의 독점계약에 의해 출판사 '더봄'에 있습니다.
저작권법에 의해 한국 내에서 보호를 받는 저작물이므로 무단전재와 복제를 금합니다.

건륭황제 3권

개정판 1판 1쇄 인쇄   2016년 5월 13일
개정판 1판 1쇄 발행   2016년 5월 18일

지은이   얼웨허(二月河)
옮긴이   홍순도
펴낸이   김덕문

펴낸곳   더봄
등록번호   제399-2016-000012호
주소   경기도 남양주시 별내면 청학로중앙길 71, 502호(상록수오피스텔)
대표전화   031-848-8007   **팩스**   031-848-8006
전자우편   thebom21@naver.com
블로그   blog.naver.com/thebom21

ISBN 979-11-86589-55-7 04820
ISBN 979-11-86589-52-6 04820(전18권)

책값은 뒤표지에 있습니다.

皇后

효현순황후孝賢純皇后 부찰傅察씨

1712~1748. 찰합이察哈爾 총관總管 이영보李榮保의 딸로, 건륭제의 첫 번째 황후이다.
1727년 건륭제와 가례를 올렸고, 건륭제가 즉위하자 황후에 책봉되었다. 슬하에 2남 2녀를
두었으나 아들인 영련永璉과 영종永琮 둘 다 일찍 단명하고 만다. 건륭제가 여행할 때마다 항상
따라갔는데, 건륭 13년 동순東巡에서 돌아오던 중 덕주德州에서 뱃놀이를 하다가 물에 빠져
붕어하였다. 성정이 매우 착해서 후궁들을 전혀 질투하지 않았기에 효현순황후孝賢純皇后란
시호를 받았다고 알려진다. 그림은 황후로 책봉되던 해의 모습이다.

효성헌황후孝聖憲皇后 유호록鈕祜祿씨

1692~1777. 옹정제의 계후이자 건륭제의 생모이다. 옹정제가 옹친왕雍親王이던 시절에
측복진으로 들어와, 강희 50년(1711)에 자신의 유일한 소생이자 옹정제의 넷째아들인
홍력弘曆을 낳으니, 이가 곧 훗날의 건륭제이다. 옹정제 초기에 희비熹妃에 봉해졌으며,
옹정 8년(1730)에 희귀비熹貴妃로 진봉되었다. 건륭이 황위에 오른 후 황태후에 책봉되어,
존호를 숭경황태후崇慶皇太后라 하였다. 건륭제는 어머니를 매우 존경하여 남순南巡에 항상
동행하였고, 어머니가 연로하여 여행을 할 수 없게 되자 남순을 중지하였다. 건륭 42년(1777)
정월에 86세를 일기로 붕어하였으며, 옹정제가 묻힌 태릉泰陵에 안장되었다.

건륭제 계황후繼皇后 나랍那拉씨

1718~1767. 건륭제의 두 번째 황후. 좌령佐領 나이포那爾布의 딸로,
건륭제의 생모인 효성헌황후의 추천으로 입궁하였다. 효현순황후가 붕어하자
황귀비皇貴妃가 되었으며, 건륭 15년에 황후로 책립되었다.
건륭 30년 남순南巡을 따라갔다가 항주杭州에서 건륭의 명을 거스른 죄로
스스로 머리카락을 잘랐으나 건륭은 끝내 노여움을 풀지 않고 먼저
돌아가도록 명하였다. 건륭 31년에 붕어하자 황귀비의 예로 장사지내졌고,
건륭은 이후 다시는 황후를 책립하지 않았다.

1부 풍화초로風華初露

34장

표고와 연연의 동상이몽

관군들은 느닷없는 봉변에 사방으로 뿔뿔이 흩어졌다. 겨우 갖추어 놓은 군영의 대열은 적들의 공격을 고스란히 받게 하는 역할을 했다. 그나마 경험 있는 병사들은 요령껏 큰 바위나 나무 뒤에 몸을 피했다. 하지만 대부분은 허둥대면서 도망치다 산 아래로 뛰어내리거나 골짜기로 미끄러졌다. 사람의 비명소리와 말들의 처량한 울부짖음이 계곡에 끊임없이 메아리쳤다. 아비규환이 따로 없었다.

범고걸 등의 세 장군은 친병들의 호위를 받으면서 거대한 바위 아래에 몸을 숨겼다. 그 와중에도 끊임없이 산 아래로 떨어져 내리는 돌벼락을 보며 경악을 금치 못했다. 잠시 후 공격이 멎자 그들은 일단 놀란 가슴을 달래면서 병력을 정돈했다. 사상자는 총 47명이었다. 갑작스런 공격에 혼이 다 달아났던 것에 비하면 예상보다 훨씬 적은 인명피해였다. 그러나 문제는 군마가 무려 100마리 넘게 죽은 것이었다. 여기저기 피를 흘리면서 주저앉은 말들까지 합치면 손실은 더욱 심각했다. 다행히 봉변을 피한 말은 겨우 스무 마리 정도에 지나지 않았다.

범고걸은 바위 뒤에 한참 앉아 기다려도 2차 공격이 이어지지 않자 고개를 내밀어 산 정상을 바라봤다. 잡풀이 무성하게 우거진 탓에 사람이 있는지 여부를 육안으로는 확인할 수가 없었다. 그는 친병에게 손을 내밀어 망원경을 가져오라고 했다. 그러나 말안장 주머니에 넣어두었던 망원경은 어디로 가버렸는지 찾을 길이 없었다. 급기야 범고걸은 화가 머리끝까지 치밀어 올라 씨근덕거리면서 방경에게 명령했다.

"놈들의 수가 많은 것 같지는 않아. 자네가 병사들을 데리고 올라가 봐!"

"예!"

방경은 대답과 함께 등 뒤를 향해 손짓을 했다. 그러자 300여 명의 친병이 힘차게 대답한 후 따라나섰다. 그러나 산세가 워낙 가파른 데다 방금 전의 돌 세례에 간담이 서늘해져서 그런지 소리만 요란할 뿐이었다. 행동은 그야말로 굼뜨기 그지없었다. 범고걸은 속이 터진다는 듯 주먹으로 바위를 치고 가슴을 두드리면서 부산스럽게 왔다 갔다 했다. 그럭저럭해서 친병들은 산 정상에서 얼마 떨어지지 않은 곳까지 올라갔다. 범고걸은 그제야 안도의 숨을 내쉬면서 바위에 털썩 걸터앉았다. 그때 뒤에서 따라오던 대오에서 중군을 바싹 따르고 있으니 염려 말라는 연락이 왔다. 범고걸이 이마에 흥건한 식은땀을 훔치면서 말했다.

"여기서부터는 한 조씩 악호탄을 건너야겠어. 이 산꼭대기만 점령하면 큰 걱정은 덜 수 있을 텐데."

그러자 호진표가 반신반의했다.

"문제는 우리가 아직 산꼭대기를 점령하지 못했다는 거요! 아직 마음 놓기는 일러요. 악호탄도 만만치 않을 텐데."

범고걸은 악담에 가까운 호진표의 말에 무어라 반박할 말을 찾지 못해 그저 씨근덕거리기만 했다. 치밀어 오르는 화를 주체하지 못하고 시뻘겋게 충혈이 된 두 눈으로 주위를 두리번거렸다. 그러나 여차할 경우 자신의 편이 돼 줄 군사들은 눈에 보이지 않았다. 그로서는 마른침을 꿀꺽 삼키면서 참는 수밖에 없었다. 바로 그때 산 위에서 쌩 하는 바람소리와 함께 화살 하나가 날아왔다. 범고걸은 호진표 때문에 화가 머리끝까지 나있던 터라 화살이 날아오는 소리를 듣지 못했다. 화살이 범고걸의 잔등에 박히려는 위기일발의 순간, 옆에 있던 호진표가 그를 힘껏 밀었다. 화살은 두 사람의 옆을 아슬아슬하게 지나쳐 바위 옆의 나무에 날아가 꽂혔다. 범고걸은 비틀대면서 고개를 돌려 길이가 족히 네 척尺은 되는 화살을 바라봤다. 등 뒤에 식은땀이 주르륵 흘렀다. 자세히 보니 화살 끝에 종이가 감겨 있었다. 호진표가 조심스레 화살을 뽑아 종이를 펼쳐보자 글이 적혀 있었다.

가소로운 자들 같으니라고! 감히 이 산을 점령하겠다고? 당신들은 이미 우리 삼만 장병들에 의해 백석구에 꼼짝없이 갇혀버리고 말았어. 자형산의 삼천 군사들이 악호탄을 봉쇄하고 있으니 갈수록 첩첩산중일 거야. 당신들이 철통같은 포위를 벗어나려면 하늘이 날개를 달아주지 않는 이상 불가능할 것이야! 투항할 수 있는 시간을 주지. 홍력이 와서 시체를 거둬줄 때까지 기다릴 셈인가?

-표고

범고걸은 목숨을 구해준 호진표에게 고맙다는 인사를 하려고 했다. 그러나 금세 생각이 바뀌었는지 잔뜩 화가 난 표정이었다. 호진표가 상관인 자신을 무시한 채 표고의 쪽지를 먼저 낚아채 펼쳐본 것이 괘씸

했던 것이다. 그가 주먹을 불끈 쥔 채 오만하기 짝이 없는 호진표의 얼굴을 노려보고 있을 때였다. 다른 화살 하나가 유성처럼 호진표를 향해 날아왔다. 호진표는 쪽지를 들여다보느라 화살이 날아오는 것도 모르고 있었다. 범고걸은 화가 잔뜩 나 있었으므로 호진표를 구해 줄 생각이 전혀 없었다. 결국 모르는 척 먼 산만 쳐다봤다.

"윽!"

급기야 짧은 비명과 함께 어깨에 화살을 맞은 호진표가 비틀대며 그 자리에 쓰러졌다. 그리고는 잠시 눈을 지그시 감은 채 고통을 삭였다. 하지만 곧 살기가 번뜩이는 두 눈을 부릅뜨면서 이를 악문 채 힘껏 화살을 뽑아냈다. 그는 시커먼 피가 낭자한 화살과 어색한 표정을 짓고 있는 범고걸을 번갈아가면서 노려보다 결국 기절하고 말았다.

"이 용감무쌍한 장군을 부축해 내려가라. 군의관에게 상처가 덧나지 않게 잘 치료하라고 일러라."

범고걸이 음흉하게 웃으면서 명령을 내렸다. 호진표는 즉각 산 밑으로 이송됐다.

범고걸은 얼마 후 상당한 병력의 관군이 뒤에서 맹렬한 기세로 뒤따라오고 있다는 소식을 전해 들었다. 그제야 그의 입에서 안도의 한숨이 터져 나왔다. 그러나 그것도 잠시였다. 갑자기 산 위에서 천지를 울리는 대포소리와 고함소리가 귓전을 때렸다. 범고걸은 반쯤 내쉬다 만 숨을 도로 들이마시면서 깜짝 놀라 산꼭대기를 바라봤다. 청홍흑백황 다섯 가지 색깔의 태극 깃발이 산을 반이나 덮고 있었다. 언제 나타났는지 개미떼 같은 비적들이 이제 겨우 정상에 다다른 방경의 병력을 내려다보면서 낄낄대고 있었다. 곧이어 화살이 메뚜기떼처럼 무더기로 쏟아졌다. 이미 지칠 대로 지친 300명의 관군들은 올라가지도 내려가지도 못하고 우왕좌왕하며 어쩔 줄을 몰랐다. 급기야 다급해진 범고걸이 장검을 휘두르면서 목청이 터져라 고함을 질렀다.

"전군, 돌격! 힘내, 방경. 어떻게든 버텨야 해. 지원병이 갈 때까지 버텨야 한다고!"

범고걸이 목이 터져라 외쳐봤자 방경에게는 힘이 되지 않는 듯했다. 마음은 정상을 향해 계속 올라가려 노력하고 있었으나 몸은 하염없이 아래로 처지기만 했던 것이다. 삼백 명의 군사가 버둥대면서 간신히 산 중턱에 매달려 있는 가운데 위에서 돌덩이들이 다시 굴러 내려오기 시작했다. 거대한 바위를 미처 피하지 못한 병사들은 그 자리에서 즉사하고 말았다. 혹은 돌덩이와 함께 굴러 내려가 산비탈에 짓이겨졌다. 처참하기 이를 데 없는 광경이었다. 범고걸 옆에 있던 병사들이 사색이 된 얼굴로 말했다.

"군문, 악호탄으로 물러가서 잠시 피하는 것이 낫겠습니다. 여기서 계속 이러고 있다가는……."

그 말에 범고걸은 노발대발했다.

"허튼소리 말아! 병사들을 모두 이리로 집결시켜!"

그러나 전 병력이 한데 모인다는 것은 이미 불가능했다. 일벌백계의 차원에서 도망가는 몇몇 친병들의 목을 따기는 했으나 이미 흐트러질 대로 흐트러진 군기는 잡힐 기미를 보이지 않았다. 심지어 병사들은 돌이 굴러 내려오는 소리에 숨을 곳부터 찾았다. 범고걸의 말을 듣는 병사들은 아무도 없었다. 게다가 누가 훔쳐 타고 달아났는지 범고걸의 말도 보이지 않았다. 그는 장탄식을 하면서 다시 명령을 내렸다.

"악호탄으로 철수하라!"

범고걸의 입에서 철수 명령이 떨어지기만 기다리던 수십 명의 중군 친병들은 잽싸게 어깨에 중상을 입은 호진표를 말에 태웠다. 이어 범고걸을 호위하면서 서남쪽으로 질주했다. 악호탄 골짜기 입구에 들어서자 돌 구르는 소리는 한결 멀게 느껴졌다. 일동은 그제야 한숨을 돌릴 수 있었다. 곧이어 겨우 살아남은 패잔병들이 폭격을 맞은 피난민들처럼 절뚝거리면서 여기저기서 모습을 드러내기 시작했다.

"몇 갈래로 나눠 방경을 찾아 나서라!"

범고걸이 땀과 먼지로 범벅이 된 채 명령을 내렸다.

악호탄은 사면이 깎아지른 듯한 절벽에 둘러싸인 탓에 지세가 험준하기 이를 데 없었다. 위분하蔚汾河를 비롯해 계하界河, 의하漪河 세 갈래의 강물이 세상을 집어삼킬 듯한 기세로 흘러 내려와서는 사방 백 리에 엄청난 여울을 만들어내고 있었다. 여울목에는 언제 굴러 내려왔는지 호랑이 형태의 커다란 바위가 떡하니 버티고 서 있었다. 그리고는 고개를 갸우뚱한 채 북쪽 역로를 노려보고 있었다.

남, 북 역로는 악호탄을 사이에 두고 마주 보고 있었으나 중간에는 다리가 없었다. 다행히 험준한 기세와 사나운 물살에 비해 수심은 깊지 않았다. 기진맥진한 패잔병들은 물속에 들어가 머리를 감고 몸을 씻느라 여념이 없었다. 남쪽 역로 입구는 나무 울타리에 의해 막혀 있었다. 그 옆의 석벽에는 '타타봉'駝駝峰이라는 세 글자가 새겨져 있었다. 그제야 범고걸은 역로가 타타봉 동쪽 기슭을 빙 에돌아 남으로 이어졌다는 사실을 알 수 있었다. 이제 어떻게 해야 하는가? 어디로 가야 하는가? 범고걸이 그처럼 어찌할 바를 모르고 주위를 둘러볼 때였다. 협곡 입구로 한 무리의 인마가 모습을 드러냈다. 방경이 구사일생으로 살아남은 40여 명의 패잔병을 거느리고 돌아온 것이었다. 그들은 저마다 머리, 이마와 팔다리에 부상을 입고 서로 부축하고 이끌면서 간신히 걸음을 떼어놓고 있었다. 군사들의 뒤로는 건량을 실은 20여 마리의 노새가 똑같이 기진맥진한 상태로 따라오고 있었다. 방경은 생사를 가늠하기조차 힘든 와중에도 병사들의 양식을 챙겨온 것이었다. 범고걸이 두 눈을 반짝이면서 방경을 향해 허겁지겁 달려가더니 건량 자루를 쓰다듬으면서 말했다.

"됐네, 됐어. 우리 주장 셋이 다 살아 있으니 다행이야. 빨리 부항 어르신이 있는 태원으로 급전을 띄워야겠어. 제기랄, 이게 다 첩자가 잘못된 정보를 가져왔기 때문이야. 우리는 호시탐탐 노리고 있던 비적들의 복병에게 당한 거라고. 얼른 악호탄에 지원군을 보내달라고 해야겠어!"

방경은 범고걸의 말에 분노가 치밀었다. 삼백여 명 중 사십여 명만 살아 돌아왔는데 주장으로서 자신의 책임은 교묘히 회피한 채 '주장들이 모두 살아 있어 다행'이라는 따위의 얼토당토 않는 소리만 하고 있었으니 말이다.

'장광사 군문은 도대체 뭘 믿고 이런 무책임하고 무능한 자에게 군사를 맡겼을까? 정말 한심하기 짝이 없네!'

방경은 그런 생각이 들자 마른침을 꿀꺽 삼키면서 범고걸을 외면해 버렸다. 그때 그의 시야에 저만치 기운 없이 바위에 기댄 채 앉아 있는 호진표의 모습이 들어왔다. 그는 천근만근 무겁기만 한 몸을 애써 추스르면서 호진표의 옆자리에 털썩 주저앉았다. 말없이 고개만 절레절레 내젓는 그의 얼굴에는 실망한 표정이 역력했다. 순간 호진표가 잔뜩 독이 올라 욕설을 퍼부었다.

"말로는 하늘의 별이라도 따겠네! 큰소리는 뻥뻥 잘도 치지. 정작 놈들이 기승을 부리니 바위틈에 숨어 오줌만 질질 싸면서. 졸장부 같으니라고! 장광사 그 양반은 눈이 어떻게 됐기에 저런 자를……. 명장은 무슨 얼어 죽을 명장이야!"

방경은 호진표의 분노를 충분히 이해할 수 있을 것 같았다. 그러나 당장은 어찌할 방법이 없었다. 그저 안주머니에서 밀가루 떡 한 조각을 꺼내 호진표에게 건네면서 조용히 말하는 수밖에 없었다.

"종일 아무것도 못 먹었을 텐데 이거라도 먹게. 기운이 나야 욕을 하든가 주먹을 휘두르든가 할 것 아닌가."

호진표가 물끄러미 방경이 내민 떡을 바라봤다. 그러더니 갑자기 방경의 손을 덥석 잡았다. 이어 도살장에 끌려가는 짐승처럼 애처롭게 울부짖었다.

"방경! 우리가 어쩌다 장광사 군문을 섬기게 됐을까. 우리 인생은 이제 종쳤어. 끝장이라고!"

범고걸은 대놓고 자신을 비난하는 두 사람을 곁눈질로 노려봤다. 눈에서 번쩍 하고 살기가 치밀어 올랐다. 사실 백석구에서의 패전 책임은 전적으로 범고걸에게 있었다. 혹시 복병이 있을지 모르니 신중을 기해 세 갈래로 나눠 지나가자던 호진표의 의견을 철저히 무시했던 것이 바로 자신이었던 것이다. 범고걸은 거기까지 생각이 미치자 갑자기 두려운 생각이 들었다. 악종기의 옛 부하들인 방경과 호진표가 조정에서 책임을 추궁할 때 한목소리로 범고걸 자신을 성토할 게 분명하다는 생각이 들었던 것이다. 더구나 주위를 둘러봐도 같은 편이 되어줄 만한 사람은 아무도 보이지 않았다. 심지어 자신의 친병들조차 표정이 심상치 않아 보였다. 하기야 그럴 수밖에 없었다. 측근 친병들은 범고걸이 모른 체하지만 않았어도 호진표가 화살에 맞는 일은 없었을 것이라는 사실을 잘 알고 있었다. 바로 직전에 호진표는 범고걸이 화살을 피하도록 해주었는데 범고걸은 은혜를 원수로 갚았으니 그에게 고운 눈길을 보낼 턱이 없었다. 범고걸은 이런 자리에서 칼을 뽑는 것이 자기 발등을 찍는 격이라는 사실을 모르지 않았다. 어쩔 수 없이 화를 속으로 삭여야 했다. 그때 병마의 수를 헤아리러 갔던 군교가 돌아왔다. 범고걸이 다그쳐 물었다.

"사정이 어떤가?"

"부대는 점차 질서를 찾아가고 있습니다. 생존자는 총 이천구백삼십

팔 명입니다. 당장 식량이 턱없이 부족하고 의약품이 없는 것이 큰 문제입니다."

그러자 범고걸이 즉각 명령을 내렸다.

"각 병영의 주관들에게 건량을 받아가라고 전해. 여기에 아직 사천 근 정도의 건량이 있어. 어쨌거나 이걸로 나흘을 버텨야 하니 아껴 먹으라고 해. 그리고 병사들을 시켜 오던 길로 되돌아가면서 죽은 말 주변을 샅샅이 살펴보라고 해. 말안장에 먹다 남은 건량들이 남아 있을 테니 말이야. 지원군이 사흘 내에 반드시 도착할 것이니 그때까지만 버티라고 전하게. 표고 그 자식은 산꼭대기에 갇혀 날개가 돋아도 도망가지 못할 것이니!"

범고걸의 발악에 가까운 고함소리가 채 멈추기도 전이었다. 갑자기 주변의 산봉우리에서 호각소리가 울려 퍼졌다. 또, 북소리와 함성소리도 산의 능선을 타고 멀고 가까운 곳에서 동시에 들려오기 시작했다. 메아리가 울려퍼져 비적들의 수가 얼마나 되는지 가늠할 길이 없었다. 범고걸은 공포에 질린 채 주위를 둘러봤다. 바로 옆 수풀 속에서 비적들이 당장이라도 달려 나올 것만 같았다. 그때 참다못한 방경이 다가와 말했다.

"범 군문, 이곳은 오래 머무를 곳이 못 되는 것 같소. 적들이 우리를 악호탄으로 무사히 철수하도록 내버려둔 것을 보면 여기는 막다른 골목임이 분명하오. 식량이 넉넉해서 오래 버틸 수 있는 것도 아니고 당장 병력을 파견해 퇴로를 찾아봐야겠소. 이곳의 지도는 누가 그렸는지 순 엉터리요!"

범고걸이 굳어진 표정으로 먼 산만 쳐다보더니 갑자기 피식 웃었다.

"퇴로야 당연히 남쪽이지. 저들은 지금 성동격서聲東擊西의 전략으로 우리를 혼란시키려 하는 것이 분명해. 남쪽을 치는 척하면서 북쪽을 막고 있다고! 지금 너 나 없이 기진맥진해 있는데 누구를 파견해서 퇴로를 알아본다는 말인가!"

범고걸은 기본적인 군사 상식조차 모른 탓에 이미 한 번 큰 실수를 했다고 할 수 있었다. 그럼에도 여전히 주변의 의견을 수렴하지 않고 전횡과 독단으로 일관하고 있었다. 방경이 더 이상 참을 수 없었던지 주변의 장령들을 향해 큰 소리로 외쳤다.

"여러분도 사태 파악은 충분히 할 줄 아는 사람들이라 믿소. 연갱요, 악종기, 장광사 장군을 따랐던 백전노장들이 아니오. 지금은 이 반飯(밥이라는 뜻의 반飯은 발음이 '판'으로 범고걸의 성인 '범'范의 발음인 '판'과 같음. 범고걸을 밥만 축내는 장군이라고 비웃은 것) 장군 밑에 있지만 말이오. 어쨌거나 여러분은 내 말과 반 장군의 말을 다 들었소. 판단은 여러분에게 맡기겠소. 우리의 목숨은 지금 경각에 달려 있소!"

방경이 말을 마치고는 급기야 두 손을 맞잡아 좌중을 향해 읍을 하면서 눈물을 비 오듯 흘렸다. 범고걸은 그의 말을 애써 외면한 채 차가운 눈빛으로 주위를 둘러봤다. 군사들 역시 모두 얼굴이 잔뜩 굳은 채 그를 외면하고 있었다. 더 물어볼 필요도 없이 군사들은 방경의 편이었다. 범고걸은 그제야 얼굴 가득 비굴한 웃음을 지으면서 말했다.

"이봐 방 장군, 모두 동고동락을 해온 형제들인데 무슨 일로 그렇게 서운해 하나? 자네 뜻에 따르면 될 것 아닌가. 중영中營에서 체력이 좋고 판단력이 뛰어난 군사 육십 명을 선발해서 서른 명씩 두 조로 나눠 남과 북으로 퇴로를 탐색해 보자고!"

"후유!"

방경이 볼이 터지도록 숨을 모아 힘껏 터트렸다. 그리고는 호진표의 옆에 털썩 주저앉았다.

표고는 고작 천이백 명의 병력으로 오천 병마의 관군을 습격해 대승을 거뒀다. 기세가 대단할 수밖에 없었다. 그 시각 그는 범고걸의 머리 위에 있는 수십 장 높이의 화향봉花香峰에 앉아 있었다. 칼바람이 몰아 치는 산 정상에서 산벼룩을 포함한 수십 명의 호법시자護法侍者들에게 둘러싸인 채 술을 마시는 여유까지 부리고 있었다.

그는 깃발처럼 휘날리는 흰 수염을 쓰다듬으면서 악호탄을 천천히 굽어봤다. 여유 만만한 그의 태도에서는 감히 범접 못할 도골선풍의 기백 마저 흐르고 있었다.

그는 사실 며칠 전 휘하의 병력을 동원해 악호탄으로 흘러드는 세 갈래 강의 상류를 막는 공사를 해두었다. 그로 인해 악호탄의 수심은 평소보다 훨씬 얕아져 있었다. 그런 이유로 관군들은 아무런 경계도 하지 않고 악호탄에서 쉬고 있을 것이었다. 하지만 내일 새벽 수위가 충분히 높아졌을 때 세 곳의 수문을 동시에 열어버리면 악호탄의 관군들은 꼼짝없이 전멸하고 말 것이 분명했다. 그는 지금 다른 것은 별로 걱정하지 않았다. 사실 그가 걱정하는 것이 있다면 자형산에서 내려온 지원군이라고 자처하면서 천왕묘에 묵고 있는 무리들이었다.

'그자들이 과연 우리의 지원군이 맞을까? 지원군이라면 산벼룩 일행을 그렇게 대할 리가 만무하잖아? 그런데 적이라면 무엇 때문에 엿새째 감감무소식인가? 도무지 알 수가 없군.'

표고는 그런 생각이 들자 갑자기 머리가 복잡해지고 불안감이 엄습해왔다. 그러나 자신을 신선으로 추앙하는 부하들 앞에서 불안한 기색을 내보일 수는 없었다.

드디어 어둠의 장막이 무겁게 드리웠다. 표고는 군중에 등불을 밝혀서는 안 된다고 명령을 내리고는 장막 밖으로 걸어 나왔다. 그를 본 시자 한 명이 잽싸게 달려와 여쭈었다.

"표 총봉, 법지法旨라도 계십니까?"

표고가 평온한 목소리로 대답했다.

"그런 것은 없네. 아, 사람을 시켜 마방진 쪽을 잘 감시하도록 하게. 무슨 동정이 있으면 등불로 신호를 보내게. 홍등은 흉凶, 황등은 길吉로 알고 있겠네!"

"법지를 받들어 모시겠습니다."

표고가 어두운 밤하늘을 향해 긴 숨을 토해냈다. 순간 그는 수양딸 연연의 모습을 떠올렸다. 연연은 지금 천 명의 의민義民들을 거느리고 임현에서 싸우면서 지원군이 도착하기만을 기다리고 있을 터였다.

올해 나이 쉰일곱 살인 표고는 속명이 가영賈媖이었다. 강남 사주泗州 태생이었다.

때는 정확한 연도를 알 수 없는 어느 해였다. 그는 갑자기 원인 모를 정신병에 시달렸다. 가족들은 그의 병을 치료하기 위해 온갖 노력을 다했다. 사방에 수소문해 점쟁이와 신선들을 찾아다녔다. 심지어 개의 피로 목욕을 시키고 복숭아나무로 때리는 등 온갖 방법을 다 동원해봤지만 아무런 소용이 없었다.

가족들은 궁여지책 끝에 마을 어른의 조언에 따라 그를 영곡사靈谷寺로 보냈다. 그의 병은 그곳에서 기적적으로 나았다. 나중에는 자양도관紫陽道觀에 들어가 천문지리와 도가의 법술을 익혀 유명한 도사로 거듭났다. 옹정 6년에는 황제의 고질병을 치유하기 위해 기인들을 수소문하던 이위를 만나 입궐하기도 했다. 가영은 그 곳에서 가사방賈士芳을 스승으로 모셨다. 어느 날 저녁이었다. 사제 두 사람은 면벽수행을 앞두고 한담을 나누고 있었다. 그때 가사방이 말했다.

"오늘 저녁 사경四更(새벽 2시 전후)에 우박이 내릴 것이니 노천에 앉아서는 아니 되겠느니라."

그러자 가영이 그 말을 바로 반박했다.

"우박은 콩알 굵기밖에 안 될 것입니다. 게다가 서남풍이 불기에 북쪽을 향해 앉는다면 우박이 하나도 몸에 떨어지지 않을 것입니다."

가사방은 그를 노려보며 노골적으로 불쾌한 기색을 드러냈다. 그러나 결론부터 말하면 가영의 예언이 적중했다. 그 일이 있은 이후 가사방은 가영을 질투하고 미워하기 시작했다. 결국 입궐한 지 3개월 만에 가영에게 얼토당토않은 죄를 덮어씌워 쫓아내고 말았다. 가영은 궁궐을 나서면서 '표연飄然하게 왔다가 표연하게 간다'는 뜻의 '표고'飄高라는 이름을 스스로에게 지어줬다.

그때부터 표고는 사해를 주유하면서 자신의 꿈을 찾아 나섰다. 옹정 7년 안휘성에 백 년 만에 처음으로 가뭄이 들었을 때였다. 당시 낟알을 하나도 건지지 못한 이재민들은 이듬해 찾아올 춘궁기를 넘기기 위해 대거 다른 지방으로 떠나갔다. 표고에게는 제세구민의 포교를 펼칠 좋은 기회였다.

표고가 큰 뜻을 품고 호북성에서 하남성 남양南陽으로 왔을 때는 늦추위가 기승을 부리는 2월이었다. 길 양 옆 인가의 처마 밑에는 타향에서 몰려든 이재민들이 추위와 기아에 허덕이면서 웅크리고 있었다. 저마다 피골이 상접해 차마 눈뜨고 보기가 안쓰러울 지경이었다.

표고는 먹장구름이 낮게 드리우고 봄을 재촉하는 바람이 진눈깨비를 몰고 다니는 어느 날 추위도 피하고 출출한 배도 채울 겸 길 옆의 자그마한 가게로 들어갔다. 따끈한 황주 한 사발과 땅콩 한 접시를 시켜놓고 천천히 먹고 있노라니 몸이 노곤하게 풀리는 것 같았다.

그때 길 건너편 표구가게의 문이 빠끔히 열렸다. 이어 어린 계집아이가 풀 한통을 들고 나왔다. 어디론가 심부름을 가는 것 같았다. 그런데 계집아이는 얼마 못 가 가게 앞에 한줌이 돼 웅크리고 있는 굶주린 노파를 발견했다. 그리고는 걸음을 멈추더니 주위를 두리번거리면서 노파에게 다가갔다. 동시에 조용히 물었다.

"할머니, 안색이 너무 안 좋아 보이는데 배가 고파서 그러시죠? 혹시 그릇 갖고 계세요? 풀이 아직 따뜻한데 이거라도 한 그릇……."

계집아이는 노파에게 한 그릇 가득 풀을 따라줬다. 그 모습을 보고는 사방에서 거지들이 우르르 몰려왔다. 너 나 없이 이 빠진 사발과 닳아 떨어진 그릇을 내밀고 풀을 달라고 아우성을 쳤다. 아이는 조그만 얼굴에 잠시 곤란한 표정이 떠오르더니 큰 결심을 한 듯 발밑의 풀통을 집어 들었다. 그리고는 거지들에게 풀을 반 그릇씩 나눠줬다. 풀통이 바닥을 보인 건 순간이었다. 아이는 말없이 빈 풀통을 들고 다시 표구가게로 들어갔다.

잠시 후 안에서 패대기를 치는 소리와 욕지거리가 터져 나왔다.

"이년아, 밀가루 한 근이 얼마인지나 알아? 어디 가서 돈 한 푼도 못 벌어오는 주제에 뭘 믿고 선심이야, 선심은! 이제 온 동네 거지들이 다 몰려들 텐데 네년이 무슨 수로 감당할 거야? 네년이 무슨 관세음보살이라도 되는 줄 알아?"

악에 받친 여인의 욕설과 함께 따귀 때리는 소리가 찰싹찰싹 들려왔다. 표고가 적이 놀라 엉거주춤 밖으로 나가려 할 때였다. 깡마른 키다리 여인이 계집아이의 머리채를 잡아끌고 밖으로 나왔다. 여인은 잔뜩 겁에 질린 아이를 눈이 채 녹지 않은 시커먼 웅덩이 쪽으로 내동댕이쳤다.

열두어 살쯤 되어 보이는 아이는 웬만한 바람에도 날아갈 것처럼 가냘팠다. 굶어 죽어가는 사람들에게 풀 한 그릇씩을 줬다는 이유로 저렇게 혹독하게 얻어맞다니! 몇몇 사내들이 불쌍한 아이를 동정했는지 키다리 여인을 노려보면서 다가갔다. 표고 역시 술값을 계산하고 밖으로 나왔다.

"보기는 뭘 봐? 아직도 더 먹고 싶다는 거야, 뭐야? 몰염치한 것들 같으니라고!"

여자가 세모눈을 치켜뜨고 앙칼지게 포효했다. 이어 계집아이에게도 매몰차게 욕을 퍼부었다.

"제 남편을 잡아 처먹더니 사내 생각이 나서 못 견디겠더냐? 거지새끼들을 배불려서 뭘 어쩌겠다는 거야!"

표고는 그제야 아이가 키다리 여인의 민며느리라는 사실을 알 수 있었다. 그는 사람들을 비집고 들어가 봉두난발로 땅에 내팽개쳐진 아이를 일으켜 세우면서 말했다.

"사람에게는 다 제 팔자라는 것이 있는 법이오. 당신 아들의 명이 그것밖에 안 돼 죽은 걸 왜 이 아이에게 분풀이하는가? 너 나 없이 다 소중한 생명이거늘 어찌 이렇게 마구 짓밟을 수가 있다는 말이오?"

"하이고, 그새 거품 물고 편드는 놈도 다 생기고 네년은 재주도 좋다! 이년은 우리가 은자 열두 냥을 주고 인시人市에서 사왔단 말이야. 구워 먹든 쪄먹든 내 마음이지 당신이 무슨 상관이야!"

여인은 눈에 보이는 것도 없는지 겁 없이 떠들어댔다. 그리고는 표고에게 삿대질을 하면서 바락바락 악을 썼다. 그러나 순간 표고의 두 눈을 쳐다보고는 갑자기 겁이 났는지 아이를 낚아채며 뒤로 물러섰다.

"그 입 다물게."

표고가 말을 마치자마자 먼지떨이를 흔들었다. 이어 노래하듯 읊조리기 시작했다.

이 아이는 전생에 아난阿難이었지. 석가모니 옆의 칠품 연蓮이었어.

겁수劫數가 다했으니 이제 곧 뇌음천雷音天으로 날아오르리니.

표고는 자신의 노래를 듣고 사람들이 점점 더 많이 모여들자 흐뭇한 모양이었다. 아예 대놓고 포교를 하기 시작했다.

"빈도는 노자老子를 모시는 동자요. 세상을 구원하는 표고조飄高祖라고 하오. 천하에 큰 재난이 닥쳤으니 불佛과 도道가 회합해 무생노모無生老母를 인간 세상에 내려 보내 중생을 제도하게 했다오. 하늘도 없고, 땅도 없고 오직 무생노모만 천지의 주인이라오. 이 표고는 무생노모의 뜻에 따라 홍양교紅陽敎와 백양교白陽敎를 설립했으니 빈도와 좋은 인연을 맺고픈 분들은 쌀 한 되도 좋고 동전 한 닢도 좋으니 세상을 구제하는 일에 성의를 베푸시오. 금생에 쌀 한 되를 보시한 사람은 내세에 쌀 한 석을 받을 것이오. 합쳐서 쌀 이천 석을 보시한 사람은 내세에 태수太守가 될 것이오."

표고의 주위에 모인 사람들은 바로 폭발적인 반응을 보였다. 다투어 주머니를 털어 보시를 하기 시작했다.

"나는 쌀 한 석을 내놓겠소."

"나는 은 두 냥이오."

"나는 솜옷 한 벌."

어느새 표고의 앞에는 동전이 수북하게 쌓였다. 표고는 계집아이의 머리를 쓰다듬으면서 부드럽게 물었다.

"나를 따라가겠느냐?"

계집아이는 살기등등한 여인을 힐끗 쳐다보더니 눈물이 그렁그렁한 채 고개를 끄덕였다. 표고는 모인 사람들을 향해 공수를 했다.

"이 애가 동의했으니 빈도가 은자 열두 냥을 보시하겠소."

표고가 그렇게 말하면서 허공을 향해 오른손을 내밀었다. 그러자 어디서 나타났는지 손바닥에 묵직한 은덩어리 하나가 떨어졌다.

표고는 뭇사람들의 박수갈채 속에서 여인에게 은덩어리를 건네면서 말했다.

"자네도 좋다면 이 은자 열두 냥과 동전들을 모두 받게. 이 돈으로 죽을 끓여서 불쌍한 사람들을 구제하게. 앞으로 더 큰 악업을 쌓지 않는다면 지금까지의 악업은 내가 없애줄 것이네."

표고는 풀이 죽은 여인을 뒤로 하고 아이를 데리고 길을 떠났다. 이후 아이는 연연娟娟이라는 이름으로 표고를 따라다녔다. 천부적인 자질로 하나를 가르치면 둘을 배우면서 경공과 도술도 익혔다. 시간이 갈수록 미색도 고와지고 자태 역시 우아해지면서 여인의 농익은 매력까지 풍기기 시작했다. 두 사람은 그렇게 해서 세상에 둘도 없는 '부녀' 사이로 흉허물 없이 화목하게 지내왔다.

그러던 어느 여름날이었다. 표고는 우연히 연연의 목욕하는 장면을 훔쳐보게 됐다. 순간 그는 자신의 남성이 주체할 수 없이 꿈틀대는 느낌에 화들짝 놀랐다. 발은 뒷걸음질 쳤으나 두 눈은 여인의 육감적인 몸매에 달라붙어 떨어질 줄을 몰랐다. 그 이후 그는 아비가 아닌 남성으로 다가가 보려고 시도해봤다.

그러나 연연은 그를 전혀 이성으로 보지 않았다. 게다가 요진姚秦이 결정적인 순간마다 훼방꾼이 됐다. 결국 그는 요진을 쫓아내고 말았다. 그러나 그 후 연연은 그를 경계하게 되었다.

'이번 싸움이 끝나면 내가 왕이 되고 연연을 왕비로 봉해야지.'

표고는 그렇게 흐뭇한 생각을 하면서 걸음을 돌렸다. 바로 그때 맞은편 타타봉에서 갑자기 대지를 울리는 대포소리가 들려왔다. 표고는 흠칫 놀란 표정을 지었다. 그가 무슨 일인지 미처 생각할 겨를도 없이 곧 어둠을 밝히면서 수많은 횃불이 타오르기 시작했다. 산채의 병영, 식량 창고, 마구간 등 거의 모든 곳에서 시커먼 연기가 하늘로 치솟고 있었다. 얼마 후에는 화약고가 폭발하는 듯 연신 굉음이 터져 나왔다. 타타봉은 삽시간에 불길에 휩싸이고 말았다. 그 와중에 초롱불이 빨갛게 명멸하는가 싶더니 바로 자취를 감추었다.

"놈들이 산채를 덮쳤다!"

표고는 비명에 가까운 고함소리와 함께 그 자리에 털썩 주저앉고 말았다.

35장
이뤄지지 못할 비련

같은 시각 부항도 타타봉 정상에서 악호탄을 굽어보고 있었다. 표고의 소굴을 기습해 완승을 거둔 직후였다. 그는 장포 자락이 차가운 밤바람에 휘말려 올라가고 치렁치렁한 머리채가 흔들리며 잔등을 간질였으나 아무런 감흥도 없는 듯 미동도 하지 않고 있었다.

조금 전 오할자는 빨간 등불을 들어 악호탄에 큰일이 났다는 신호를 보내려고 한 표고의 첩자를 표창을 던져 죽여 버렸다. 부항은 오할자에게 몇 마디 책망의 말을 하려고 입술을 움찔거렸다. 표고 쪽에서 뭔가 다시 신호를 보내온 연후에 죽여도 늦지 않을 텐데 오할자가 앞질러 손을 쓴 탓이었다. 그러나 오할자의 사람됨을 잘 알고 있는 그는 아무 말도 하지 않았다.

부항은 천왕묘에 머물러 있는 엿새 동안 완벽하게 비적 행세를 하면서 정체를 감추기 위해 최선을 다했다. 어느 날은 몇몇을 파견해 가게를 노략질하고 또 다른 날은 길 가는 마을 아낙네 몇 명을 납치해 진장인 나우수로 하여금 진땀을 빼도록 만들었다……. 겉으로 그럴듯한 비적 행세를 하면서 암암리에 탐마探馬(염탐꾼)를 보내 표고의 동정을 계속 살폈다.

그리고 오늘, 드디어 표고의 산채를 완전히 부숴버렸다. 산채에 남아 있던 노약자와 병사들은 전부 생포됐다. 또 13개의 병영은 불에 타 잿더미가 됐다. 부항은 뒤이어 악호탄에서 고전하고 있는 관군들에게 쾌마快馬를 보내 산채를 구하려고 돌아오는 표고를 앞뒤로 공격하도록 명령을 내렸다. 그는 그렇게 표고를 일망타진할 준비가 거의 끝나자 일단 흥분을 가라앉혔다. 차츰 냉정을 되찾기 시작한 것이었다.

그러나 따지고 보면 아직도 위험 요인은 많이 남아 있었다. 남쪽 임현에는 연연, 북쪽엔 표고, 표고의 뒤에는 범고걸이 있었다. 한마디로 피아 쌍방은 서로가 서로를 물고 물리며 돌아가는 구도를 이루고 있었다. 관군은 수적으로는 우세했지만 완전무결하게 이긴다는 보장이 없었다. 연이어 호되게 얻어맞은 범고걸의 병사들이 투지를 완전히 상실한 것도 문제였다. 또 다른 문제는 부항의 예측과 달리 표고가 산채를 포기하고 돌아서서 범고걸을 공격할 수도 있다는 사실이었다. 그렇게 변수가 많았기에 승부를 쉽사리 예측할 수가 없었다. 부항은 이런 저런 생각을 하다 이시요를 불렀다.

"자네가 직접 범고걸에게 다녀오게. 타타봉의 비적들을 깡그리 소탕했으니 날이 밝기 전에 백석구에서 남쪽 방향으로 돌격해 나오라고 하게. 병사들의 사기가 바닥에 떨어졌으니 조금 느리더라도 능선으로 이동하고 산비탈은 피하라고 하게. 표고가 서쪽으로 도망간다 싶으면 자네가 장작불을 세 곳에 지펴 나에게 신호를 보내게. 표고가 산채를 구하러 이쪽으로 온다면 내가 산 위에서 장작불을 세 군데 피워 신호를 보낼 터이네. 그러면 자네는 만사를 제쳐놓고 관군들을 데리고 달려오게. 무슨 수를 써서라도 표고를 반드시 사로잡아야 하네. 절대 놓쳐서는 안 돼."

부항이 잠시 말을 멈추더니 근엄한 어조로 다시 입을 열었다.

"가보게! 대장부로 태어났으면 조정을 위해 공을 세우고 이름을 떨쳐야 할 게 아닌가. 단판 승부만 남았으니 자네에게 큰 기대를 걸겠네!"

"명심하겠습니다!"

이시요는 10여 명의 친병을 거느리고 어둠 속으로 사라졌다. 부항이 시계를 꺼내보니 아직 자시 전이었다. 결전의 순간은 좀 더 기다려야 했다. 그는 발걸음을 옮겨 취의청聚議廳 아래에 있는 정자로 가서 앉았다. 이어 줄곧 옆자리를 지키고 있는 오할자에게 말했다.

"오늘밤 정말 수고 많았네! 아직은 술을 마시면 안 되니 인삼탕이나 좀 마시게. 자, 앉게."

부항이 허리춤의 호로병을 풀어 입을 대고 몇 모금 마신 다음 오할자에게 건네주었다. 오할자가 황송한 표정으로 호로병을 받았다. 그리고는 돌탁자 위에 내려놓으면서 말했다.

"마신 걸로 하겠습니다. 여기는 지금 한순간도 방심할 수 없는 곳입니다. 중당에게 전군의 안위가 달려 있습니다. 소인은 중당의 신변을 철저히 보호해드리는 것이 가장 중요합니다."

부항이 흡족한 표정을 지은 채 고개를 끄덕였다. 일단 시작은 순조로웠으니 충분히 자신감을 가져도 될 것 같았다. 그러나 전장의 형세는 순식간에 천변만화할 수 있기 때문에 추호도 방심해서는 안 될 터였다. 웬만해서는 임현을 떠나지 않을 것이라던 그곳의 비적들이 한밤중에 쳐들어올지도 모를 일이었다. 뿐만 아니라 표고가 모든 걸 포기하고 백석구에서 서쪽으로 방향을 돌려 섬서성에 잠입해버리는 경우도 배제할 수 없었다. 그 어떤 일이 있어도 비적 두목을 놓치는 일은 없어야 했다. 그것은 비적 소탕을 주된 임무로 안고 내려온 흠차로서는 결정적인 실패였기 때문이었다. 순간 마음이 무거워진 부항이 친병을 불러 지시했다.

"각 병영에 명령을 전하라. 오늘 저녁에는 모두들 옷을 입은 채로 자도록 하라. 술을 마시거나 도박하는 자들은 정법에 따라 처벌할 것이니 조심하라고 하라. 순시를 강화하고 날이 밝으면 곧장 움직여야 할지 모르니 마실 물을 충분히 준비하라!"

부항은 지시를 마치고는 전망대로 돌아와 망원경을 집어 들었다. 이어 멀리 있는 상대방의 동정을 살피려 했다. 그러나 너무 어두워 아무것도 보이지 않았다. 그가 다시 친병을 불러 명했다.

"순찰 도는 사람들은 절대 등불을 사용하지 않도록 하라. 수상한 움직임이 있으면 징을 울려 신호로 삼도록 하라. 각 병영은 제멋대로 출격하지 말고 한곳에 집합해 명령을 기다리라고 일러라!"

부항은 그제야 정자로 돌아와 기둥에 기댄 채 잠깐 눈을 붙였다. 이어 순식간에 잠에 빠져들었다.

겨우 잠이 들었던 부항은 축시 무렵 다급한 징소리에 벌떡 일어났다. 세 개의 대영에서 일제히 징을 울려 서로 호응을 하고 있었다. 잠에서 놀라 깬 병사들이 달려 나와 대열을 가다듬었다. 부항의 중군은 전문적으로 훈련을 받은 군사답게 한 치의 흐트러짐도 없이 침착했다. 그들은 사전에 안배한 대로 각자 초소와 산채 곳곳으로 일사불란하게 움직였다. 오할자는 스무 명의 친병들을 거느리고 부항을 지켰다.

"중당, 불을 피워 신호를 하시죠. 여기서 더 지체하면 이시요 쪽의 지원병들이 힘들어질 것입니다."

오할자가 흰 두건을 두른 비적들이 하얗게 산중턱을 올라오는 광경을 보면서 말했다. 그때 네댓 명의 병사가 달려와 보고했다.

"적들은 흩어진 채 산을 오르고 있습니다. 미리 도착한 자들도 대오를 정렬하기 위해 아직 숲 속 여기저기에 숨어 있습니다."

부항은 그 말을 듣고 미간을 찌푸렸다. 뭔가 이상하다는 듯 고개를 갸웃거렸다. 곧이어 그가 말했다.

"아직 서두를 필요가 없네. 저들이 표고에게 도망칠 기회를 주기 위해 거짓 공격을 하는 것일 수도 있네. 잠깐만 기다려보세."

그러자 오할자가 곰곰이 생각하더니 말했다.

"표고가 이리로 왔는지 오지 않았는지는 알 도리가 없습니다. 하오나 한 가지는 단언할 수 있습니다. 이는 분명 표고의 대부대가 출동한 것입니다. 또 여기는 저자들의 소굴인 만큼 지세나 민심이나 모두 우리에게 불리합니다."

"표고를 놓쳐서는 안 되는데……."

부항이 말끝을 흐렸다.

"일단 비적들의 주력을 무찌르는 것이 급선무입니다. 주력을 그대로 두고 표고 한 명만 생포하는 것은 의미가 없습니다."

오할자가 말했다. 부항은 오할자의 말이 옳다고 생각하고 곧바로 주위에 명령을 내렸다.

"불을 붙여라!"

장작더미는 벌써부터 산채의 담벼락 옆에 쌓여 있었다. 병사들은 부항의 명령이 떨어지기 무섭게 준비해둔 기름을 장작더미에 붓고 나서 나뭇가지에 불을 붙여 던졌다. 확! 하는 소리와 함께 세 더미의 장작이 무서운 기세로 화염을 토해내기 시작했다. 때를 같이 해 악호탄과 백석구 일대에 전고와 호각이 울려 퍼지기 시작했다. 수천 명이 한 목소리로 외치는 "돌격!" 하는 소리가 우렁차게 울려 퍼졌다. 산 속의 비적들은 불난 집의 쥐처럼 갈팡질팡하면서 고함을 질렀다.

"표 총봉은 어디 갔어?"

"저쪽 산중턱에 있어."

"관군이 쳐들어왔다!"

부항은 드디어 때가 왔다고 생각하고는 돌격 명령을 내렸다. 병영 문이 큰 소리를 내며 열리더니 병사들이 무서운 함성과 함께 뛰쳐나왔다. 진작부터 사기가 충천해서 칼을 갈던 병사들은 흰 두건만 보면 사정없이 창검을 휘둘러댔다. 사방에서 비명이 터져 나왔다. 산을 오르는 데 기운을 다 쓴 비적들은 투지를 완전히 상실한 듯했다. 변변히 반항조차 못해 보고 썩은 통나무처럼 픽픽 나가 쓰러졌다. 곧 칠흑 같은 어둠 속에서 무기가 부딪치며 나는 소리와 번쩍이는 불꽃이 눈과 귀를 어지럽게 만들었다. 부항의 중군 천오백 명은 성난 호랑이처럼 비적들을 무찔렀다. 겨우 담배 한 대 태울 정도의 짧은 시간에 비적들은 숱한 사상자를 내고 물러가고 말았다.

어느새 동쪽 하늘이 어렴풋이 밝아왔다. 부항의 중군 군사가 산등성이를 까맣게 뒤덮은 가운데 부항과 오할자는 산채를 따라 순찰을 돌았다. 여기저기에 흰 두건을 쓴 비적들의 시체가 어지러이 나뒹굴고 있었다. 어림잡아 수백 구는 될 것 같았다.

부항은 새벽빛을 빌어 산 아래를 굽어봤다. 범고걸의 관군이 타타봉에서 밖으로 향하는 모든 출로를 막고 있는 모습이 보였다. 부항은 그제야 이시요의 시의적절한 대응책에 감탄하면서 안도의 한숨을 토해냈다. 긴장이 풀린 탓인지 다리가 후들거리고 현기증이 났다.

부항은 정자로 돌아와 인삼탕을 두어 모금 마시고 앉은 채로 휴식을 취했다. 순간 붉은 쟁반 같은 태양이 서서히 올라오고 있었다. 그는 시원한 미풍에 얼굴을 맡기고 마냥 평화롭기만 한 능선 고운 산들을 바라봤다. 문득 "봄을 감상하려면 도화원으로 오라"고 했던 조설근의 시구가 떠올랐다.

"설근이 이 자리에 있었으면 필히 걸작이 나왔을 텐데……."

부항은 잠시 때 아닌 감상에 젖었다. 자신도 모르게 등 뒤의 배낭에서 퉁소를 꺼내 입에 대고 막 불려는 순간이었다. 갑자기 먼발치에서 한바탕 소란이 일어났다. 잠시 귀를 기울이니 오할자가 누군가와 한판 붙은 듯 칼날이 부딪치는 소리가 심상치 않았다. 부항은 벌떡 일어나 사방을 살폈다. 그때 친병이 헐레벌떡 달려와 다짜고짜 부항을 잡아끌었다.

"중당! 어디서 열 명도 넘는 여자 비적들이 나타났습니다. 무예가 예사롭지 않아 보입니다. 어서 여기를 뜨시는 게 좋겠습니다!"

그러나 부항은 팔을 홱 뿌리치며 친병의 따귀를 때렸다.

"뭘 그리 허둥거려! 생사유명生死有命, 부귀재천富貴在天이라고 했어. 연연이 나를 해치리라고는 생각지 않아! 앞장 서!"

산채 대문 밖에는 표고가 연병장으로 사용하던 커다란 공터가 있었다. 바닥은 이제 막 새파란 풀들이 돋아나기 시작해 마치 융단을 깔아놓은 것처럼 부드러웠다. 그곳에서 스물 몇 명의 친병들이 머리에 태극 문양의 붉은 두건을 두른 여자들과 칼싸움을 하고 있었다. 부항은 한눈에 연연을 알아볼 수 있었다. 그녀는 쌍검을 휘두르면서 오할자와 아슬아슬한 일대일 대결을 벌이고 있었다. 연연의 검술은 예전에 본 것과 변함이 없어 보였다. 마치 물 찬 제비 같은 날렵한 몸놀림도 여전했다. 두 사람의 실력이 엇비슷하다보니 곁에서 보기에는 마치 목숨을 건 사투가 아니고 무예 연습을 하는 것 같았다.

"연연!"

부항이 다짜고짜 여자의 이름을 불렀다. 연연은 웬 남자가 느닷없이 자신의 이름을 부르자 흠칫했다. 오할자가 칼을 거둬들이자 자신도 공격을 멈추었다. 그러자 다른 여자 검객들 역시 칼을 거두고 달려와 연연을 둘러쌌다. 연연은 한참 동안 부항을 응시하더니 고개를 외로 꼬면서 아무 말도 하지 않았다.

"내 수급을 가지러 왔나?"

목이 메인 듯 부항의 목소리가 가늘게 떨렸다. 이어서 자신의 앞을 막고 나서는 오할자를 향해 나지막하게 말했다.

"비켜."

부항은 오할자를 지나쳐 연연에게 다가갔다.

"그게 소원이라면 마음대로 해!"

좌중의 사람들은 모두 그 자리에 굳어버리고 말았다. 누가 봐도 닭 모가지 비틀 힘도 없어 보이는 부항이 무예가 출중한 여 비적에게 다가가고 있었으니 그럴 만도 했다. 위험천만한 상황이 아닐 수 없었다. 만약 연연이 팔을 들어 살짝 움직이기만 해도 부항은 단번에 불귀의 객이 되고 말 터였다. 오할자 역시 표고와 연연이 도망가던 그날 저녁을 아직도 기억하고 있었다. 그러나 연연과 부항 사이에 청춘남녀 사이의 묘한 감정이 오갔다는 사실은 알 리 만무했다. 그는 잔뜩 긴장한 표정으로 표창을 몰래 준비한 다음 부항에게 바싹 다가갔다.

그러나 연연은 아무런 행동도 하지 않았다. 나무막대기 하나 없이 자신과 마주 하고 있는 사람에게 공격을 할 수는 없었던 것이다. 마냥 도도한 표정으로 부항을 쏠어보던 그녀의 두 눈에 일말의 부드러움까지 스쳤다. 그녀 역시 자나 깨나 그리워하던 남자가 지금 눈앞에 있었으니까 말이다. 그날 저녁 자신의 검무를 넋 놓고 지켜보던 그 순수하고 열정적인 눈빛도 그대로였다. 그러나 연연은 약해지려는 마음을 무섭게 다잡으면서 차갑게 입을 열었다.

"악인을 도와 나쁜 짓을 하는 것도 유분수지, 자신의 혈맥도 잊고 같은 민족을 개 잡듯 잡다니 말이 돼요? 당신이 그러고도 한족이냐고요?

당신은 한족의 수치이고 패륜아예요! 죽이라면 못 죽일 줄 알고?”

부항이 연연의 말에 얼굴이 벌겋게 상기되더니 한발 더 앞으로 나섰다.

“나는 한족이 아닌 만주족이야. 내 몸에는 부찰씨의 피가 흐르고 있어. 연연, 내가 그대의 형제들을 많이 죽였으니 원한다면 내 피를 가져가도 좋아……”

순간 연연의 얼굴이 하얗게 질렸다. 검을 잡은 두 손도 느슨해졌다. 그녀가 천천히 고개를 숙였다. 곧 산을 수색하러 갔던 친병들이 하나둘씩 모여 들었다. 팔에 붕대를 감은 이시요도 범고걸, 방경 등과 함께 다가오고 있었다. 지금은 깊은 얘기를 나눌 수 있는 상황이 아니었다. 부항이 좌중을 향해 말했다.

“내가 연연과 할 말이 있어 잠깐만 들어갔다 나올 테니 자네들은 밖에서 대기하도록 하게.”

말을 마친 부항은 산채 대문을 열고 안으로 들어갔다. 어안이 벙벙한 오할자는 못내 내키지 않는 손짓으로 연연을 안으로 안내했다.

“연연, 지금 무슨 생각을 하고 있나?”

부항이 조금 거리를 두고 담벼락 언저리의 푸른 풀을 밟으며 걷다가 고개를 돌려 물었다. 연연은 천천히 주위를 둘러봤다. 연법당練法堂, 취의청, 연객루宴客樓 등 자신의 체취가 남아 있던 곳들이 모두 초토화돼 있었다. 다행히 손수 심은 복숭아나무들은 그대로 있었다. 그 은은한 꽃향기가 미풍에 날아왔다. 복숭아 꽃잎은 붉은 비처럼 분분히 땅에 떨어지고 있었다.

“우리가 졌어요.”

연연이 담담하게 입을 열었다.

“그런 소리는 듣고 싶지 않아.”

"……"

"내가 듣고 싶어 하는 말이 무엇인지 그대도 알고 있으리라 믿어."

"……"

부항이 고개 숙인 연연에게 천천히 다가갔다.

"그날 저녁을 잊을 수가 없었어."

"……저도요."

마침내 연연이 입을 뗐다. 부항이 그녀의 어깨를 껴안으려고 충동적으로 팔을 내밀었다. 그러나 그녀는 부항을 힘껏 밀치면서 돌아섰다. 부항이 그녀의 등 뒤에서 말했다.

"딱 한 번의 눈맞춤이 이토록 오래 간직될 줄은 정말 몰랐어. 그대는 믿어지지 않겠지만 문득문득 그대 얼굴이 떠오를 때면 잠을 못 이루고 밤을 하얗게 새우고는 했지."

연연도 얼굴에 홍조를 띄워보였다.

"저는 이제 죽어도 여한이 없어요. 나리를 믿지는 못하겠지만 그래도 나리의 그 한마디가 듣고 싶어 찾아왔어요."

연연이 고개를 번쩍 들었다. 커다란 눈망울에 눈물이 그렁그렁 고여 있었다.

"저를 죽여주세요. 영원히 씻어낼 수 없는 죄를 지은 사람이에요."

"제발 그런 말은 하지 말게!"

부항이 황급히 연연의 말을 가로챘다. 온몸의 피가 거꾸로 흐르는 것처럼 숨이 막히면서 얼굴이 벌겋게 상기되었다. 곧이어 그가 천천히 다시 입을 열었다.

"나는 제 발로 그물 속으로 걸어들어온 그대를 그냥 놓아줄 수 있어. 원한다면 폐하께 그대의 죄를 사해 주십사 하고 주청을 올릴 수도 있어. 나는 어마어마한 권세를 가지고 있는 사람이야. 그대는 민란의 주모자도 아니니 반드시 용서받을 방법이 있을 것이야!"

연연이 살며시 고개를 흔들었다. 꼭 감은 두 눈에서는 어느새 하염없이 눈물이 흘러내리고 있었다.

"건륭황제가 저를 용서해 주신다구요? 그건 하늘의 별따기보다 어려울 거예요. 사실 나리가 마방진에 도착한 첫날부터 저는 밤마다 천왕묘로 잠입해 나리의 모습을 훔쳐보고는 했어요. 하룻밤에도 몇 번씩이나. 나중에 오할자가 온 뒤로는 감히 갈 수 없었지만……."

부항이 연연의 말에 깜짝 놀라면서 두 눈을 크게 떴다.

"저는 손쉽게 나리를 죽일 수도 있었어요. 사실 고이 잠든 나리를 향해 비수를 치켜든 적도 있었죠. 그러나 차마 내 손으로 나리를 죽일 수는 없었어요."

연연의 말투는 담담했다. 그녀가 악호탄 방향을 멍하니 바라보면서 다시 말을 이었다.

"표고를 구해줄 수도 있었으나 포기했어요. 언제부터인가 저를 여자로 보는데, 그 눈길이 너무 싫었어요. 누가 뭐래도 저를 지옥에서 구원해준 은인인데도 말이에요. 저는 그런 철면피한 여자예요."

부항은 당장 할 말이 떠오르지 않았다. 그저 느릿느릿 발걸음을 떼어놓으면서 복숭아나무 사이를 걸어갈 수밖에 없었다. 대청률大淸律에 따르면 모역죄는 주범이든 추종세력이든 상관없이 일률적으로 능지처참에 처하는 것이 관례였다. 따라서 자신이 주청을 올린다고 해도 건륭이 연연을 용서해줄지는 장담할 수 없는 노릇이었다. 그가 고개를 돌려 연연을 바라보면서 장탄식을 토했다.

"그대를 북경에 데려갈 수는 없어. 그러나 금릉金陵(남경)에 마누라도 모르는 산장이 한 채 있으니 잠시 그리로 가서 숨어 있어. 그러다 나중에 다시 보세."

부항이 말을 마치고는 허리춤에서 금으로 만든 호신불을 꺼냈다. 이어 그것을 연연에게 건네주면서 덧붙였다.

"불좌 밑을 열어보면 안에 내 인장이 있을 거야. 그걸 산장지기에게 보여주면 잘 보살펴줄 거야."

호신불을 받아드는 연연의 손이 바르르 떨렸다. 이어 망연자실한 표정으로 먼 산을 바라보면서 중얼거리듯 말했다.

"제가 왜 도망가지 않고 이곳을 찾아 왔는지 아세요? 나리 손에 죽고 싶어서 그랬어요. 저를 놓치면 나리의 입장이 곤란해질까 봐 걱정됐어요. ……정에 굶주린 여자라서 그런지 저를 바라보던 나리의 따스한 눈빛이 그렇게 그리울 수 없었어요. 이제는 원도, 한도 없어요."

"아니야, 우리 지금부터라도 늦지 않았어. 그대 곁에는 내가 있지 않나! 그 어떤 칼산도, 가시밭길도 우리 같이 헤쳐 나가자고!"

부항의 호소는 애절하기 그지없었다. 그러나 연연은 눈물이 흥건한 얼굴에 처연한 웃음을 지으면서 고개를 저었다.

"늦었어요, 너무 늦었어요……."

연연의 낯빛은 갈수록 창백해져갔다. 그러다 마침내 걷기도 힘든 듯 비틀거리더니 그만 주저앉고 말았다.

"이봐 연연! 정신 차려!"

부항이 덮치듯 연연에게 달려들었다. 그리고는 그녀의 어깨를 잡아 흔들면서 애타게 이름을 불렀다.

"무슨 일이야? 대체 왜 이러는 거야?"

그러나 부항의 애절한 부름에도 불구하고 연연의 숨소리는 갈수록 약해져 갔다. 극심한 고통을 참는 듯 축 늘어진 팔을 뻗어 있는 힘껏 땅을 움켜쥐었다.

"산에 오르기 전에 약을 먹었어요. 약효가 느리다 싶었는데……."

연연은 마치 혼신의 기력을 짜 모으는 듯 눈을 동그랗게 떴다. 그리고는 부항을 바라봤다. 하지만 더 이상 말을 잇지 못했다. 창백해진 입술이 몇 번 더 움직이더니 맥없이 꺾인 머리는 다시 움직일 줄 몰랐다.

부항은 아직 온기가 남아 있는 시신에 머리를 박고 어깨를 들썩이며 슬프게 울었다. 정실부인인 당아, 조설근에게 보낸 방경芳卿, 그 외에도 하녀들 중에서 자색이 뛰어난 여자들과 육체적인 접촉은 많았으나 이처럼 잠깐 스친 인연에 심한 갈증을 느낀 적은 없었다. 그는 스스로를 자책하면서 자는 듯 눈을 감은 연연의 차디찬 이마에 깊은 입술 자국을 남겼다.

한 줄기 바람이 불어오더니 얼마 남지 않은 복숭아꽃이 하늘로 날아올랐다가 연연의 고운 얼굴과 몸에 사뿐히 내려앉았다. 부항은 연연의 얼굴에 내려앉은 꽃잎이 흘러내릴세라 고이 시체를 내려놓고 일어섰다. 이어 몇 마디 중얼거리면서 기도를 하고 돌아섰다. 산채의 입구에는 오할자와 이시요가 와 있었다.

"중당……."

오할자와 이시요는 난감한 표정을 감추면서 부항을 향해 절을 했다. 부항은 그들을 거들떠보지도 않고 지나가면서 말했다.

"이시요, 사태 수습이 끝나는 대로 연연의 시체를 북경에 있는 우리 집으로 실어가도록 하게! 같이 왔던 여자들은 대충 알아서 보내게. 나를 따르고 싶어 하는 애들이 있으면 좋을 대로 하라고 하게."

"그리 조처하겠습니다."

"표고는 붙잡았나?"

"축시에 흑수욕黑水峪쪽으로 도망가다가 그곳에 매복해 있던 방경方勁에게 붙잡혔다 합니다. 하오나 범고걸은 자기가 붙잡았노라고 터무니없이 우기고 있습니다. 두 사람의 분쟁이 하도 심해 누구 공로인지를 아직 기록하지 못하고 있습니다."

부항이 알겠다는 듯 고개를 끄덕이고는 지시했다.

"항쇄를 채워 태원으로 압송하게!"

부항은 임현의 현아문에서 엿새 동안 군무를 정비했다. 우선 이시요의 민병들 중에서 500명을 선발해 중군 진영을 보충했다. 이어 건륭에게 주장을 올려 타타봉 대첩의 경위를 상세하게 기술했다. 그리고는 자형산의 비적들까지 궤멸시켜 산서성의 치안을 획기적으로 바로잡겠노라는 포부도 밝혔다.

부항은 주장을 다 쓰고는 이시요를 불러들이도록 했다. 주장 초안을 손보라고 할 필요가 있었던 것이다. 때맞춰 오할자가 공문결재처로 들어섰다. 부항이 손짓으로 오할자를 불렀다.

"마침 잘 왔네. 안 그래도 부르려던 참이었는데! 자네는 지금 형부 집포사緝捕司 소속이지? 집포사라면 문관아문인데, 자네는 또 사품 무관이기도 해. 이번에 자네 공이 큰데 상주문에 자네를 도대체 어찌 칭해야 할지 모르겠네."

오할자가 상체를 깊이 숙이면서 대답했다.

"여섯째어르신, 소인은 원래 무관이었습니다. 그런데 이위 대인이 나중에 문관으로 봉해주셨습니다. 그 때문에 소인도 무척 헷갈립니다."

"이위는 다 좋은데 뭐든지 자기 마음대로 저지르고 버무리는 것이 문제야. 폐하께서 이번에 필히 유공자들을 크게 포상할 것이네. 이 기회에 내가 문관이면 문관, 무관이면 무관으로 자네 관직을 바로잡아 주겠네. 자네는 어느 쪽을 원하나?"

오할자가 미처 대답하기도 먼저 부름을 받았던 이시요가 들어섰다. 부항이 즉각 물었다.

"범고걸의 군중에 다녀왔나? 호진표의 상처는 좀 나았는지 모르겠군. 범고걸과 방경 두 사람은 아직도 티격태격하고 있던가?"

부항이 말을 마치고는 자신이 작성한 상주문 초안을 이시요의 앞으로 밀어 놓았다. 이어 건성으로 말했다.

"상주문 초안이네. 좀 봐주게."

이시요는 기분이 엉망인 것 같았다. 상주문을 들고 쭉 훑어보더니 말 없이 책상 위에 내려놓고는 고개를 숙였다. 한참 후 그가 한숨을 길게 내쉬더니 입을 열었다.

"중당 대인, 범고걸이 장광사를 대신해 공을 자랑하는 내용의 상주문을 쓰고 있었습니다. 자기네가 수백 리 길을 추격해 목숨을 건 사투 끝에 간악한 비적 두목 표고를 생포했노라고 공공연히 적고 있었습니다."

"파렴치한 자식!"

부항이 무겁게 탁자를 내리치면서 일어섰다. 이어 대뜸 오할자에게 명령을 내렸다.

"범고걸에게 가서 내가 부르더라고 전하게!"

"예, 중당!"

"잠깐만!"

이시요가 오할자를 불러 세웠다. 그리고는 부항에게 말했다.

"중당, 숨을 고르시고 차분히 생각해 보십시오. 그자가 제 주인을 대신해 주장을 올린다는데 중당께서 무슨 흠집을 잡으실 수 있겠습니까? 장광사는 등에 장친왕을 업고 있습니다. 중당께서 대적하시기에 그리 만만한 상대가 아니라는 얘기입니다. 폐하의 성총도 대단한 인물입니다. 이런 식으로 사람을 불러들여 혼내는 것은 결코 바람직하지 않습니다. 좀 더 지혜롭게 대처하셔야 할 줄로 생각합니다."

이시요의 말에 부항이 천천히 방 안을 거닐면서 말했다.

"추호도 양보할 수 없네. 절대 만만하게 보여서는 안 되겠어. 내가 태원에서 정예병을 인솔해 미리 마방진으로 출발한 사실은 폐하께서도 주장을 보셨기에 알고 계실 거네. 장광사는 흠차를 우습게보고 수하 부장을 시켜 군정에 간섭하게 했네. 그러나 그자는 엄청난 착오를 저질렀어. 백석구 패전을 자초했지. 그 책임은 반드시 물어야 할 것이야. 내 육백리 긴급서찰로 탄핵안을 발송해 그자의 발호를 눌러버리고 말 것이야!"

부항의 눈은 분노로 이글거렸다. 그리고는 다시 경멸에 찬 눈빛으로 창밖을 내다보면서 말을 이었다.

"백석구에서 관군을 이천 명씩이나 희생시키고 악호탄으로 도망간 주제에! 눈 빠지게 우리 증원군을 기다렸다가 겨우 살아남은 놈이 공로는 무슨! 철면피하고 가증스런 자식! 범고걸, 내 천자의 명의로 그자의 목을 딸 것이야!"

부항은 하늘이 낮다는 듯이 길길이 날뛰었다. 평소에 내보이는 풍류 가득한 선비의 모습은 찾아볼 수 없었다. 심지어 두 눈에서 시퍼런 살기가 뿜어져 나오고 있었다. 부항의 그런 모습을 처음 보는 이시요는 등골이 서늘해지는 기분을 느꼈다. 그제야 부항이 황후 부찰씨의 입김에만 의존해 출세가도를 달린 인물이 아니라는 것을 실감할 수 있었다. 그런 사실을 알게 되자 부항에 대한 호감이 더욱 커졌다. 그가 잠시 생각하더니 말했다.

"소인의 어리석은 생각으로 중당께서 장광사를 탄핵하시는 것은 충분히 승산이 있다고 생각합니다. 그러나 범고걸을 처형하는 것은 다시 생각해봐야 할 것 같습니다. 방금 말씀하신 죄명으로 사형까지는 부족하지 않나 싶습니다."

이시요는 부항이 자기 말에 귀를 기울이자 용기가 난 듯 다시 말을 이었다.

"중당 대인은 폐하께서 파견하신 흠차이시고, 타타봉 정벌 작전의 총 지휘관이십니다. 장광사가 아무리 날뛰어도 전쟁은 우리가 치렀습니다. 표고 역시 우리가 소탕했습니다. 그러나 전투 과정에서의 패배 부분에 대해서는 폐하께 소상히 아뢸 필요가 없다고 생각합니다. 아무리 범고걸의 실수로 인한 패배일지라도 그 부분에 대해서는 필묵을 너무 들이지 말아야 합니다. 한두 마디만 언급해도 영명하신 폐하께서는 제반 상황을 미뤄 짐작하시고도 남으실 것입니다. 범고걸이 백석구에서 패전한 원인은 오만방자한 성격 때문입니다. 그는 주위 사람들의 건의를 듣지 않고 제멋대로 주장하고 다른 사람의 공로를 질투했습니다. 또 위기에 처한 동료를 구해주지도 않았습니다."

이시요는 잠시 말을 마치고는 범고걸, 호진표와 방경 사이에 있었던 말다툼과 백석구에서 벌어졌던 일들에 대해 대충 전했다. 이어 다시 몇 마디 덧붙였다.

"제가 악호탄에 갔을 때 범고걸의 친병에게서 직접 들은 얘기입니다. 이 몇 가지 죄를 물어 처형한다면 다른 사람들의 불만도 줄일 수 있고 장광사를 골탕먹일 수도 있기에 일석이조입니다."

"여봐라!"

부항이 이시요의 말에 만족스런 목소리로 밖을 향해 소리쳤다. 이어 친병 한 명이 구르듯 달려 들어오자 바로 명령을 내렸다.

"가서 범고걸과 방경을 즉각 불러 오거라. 자형산 비적 소탕 작전을 짜야 하니 시급하다고 이르라. 호진표도 몸상태가 괜찮으면 같이 오라고 일러라."

"예, 알겠습니다!"

친병이 물러가자 오할자가 입을 열었다.

"자형산은 여기서 자그마치 칠백 리나 떨어져 있습니다. 정말 진격할 생각이시라면 서둘러 객이길선 중승께 기별을 넣어 군량미를 지원받아야 할 것입니다. 하오나 소인이 알기로 자형산 비적들은 백련교 소속이 아니라고 합니다. 기근 때문에 막다른 골목에 몰린 백성들이 비적 노릇을 하고 있다고 합니다. 식량을 풀어 대화를 유도하면 충분히 교화시킬 수 있는 사람들입니다."

"귀순을 권유하라는 말인가?"

부항이 되묻자 이시요가 대답했다.

"가능하다면 귀순시키는 것이 상책입니다. 그자들은 이번에 표고의 지원 요청을 외면했습니다. 표고와 같은 편이 아니라는 분명한 증거입니다. 중당께서 서한을 보내시어 귀순을 권유하는 조정의 뜻을 전하시는 것이 좋겠습니다. 타타봉의 전철을 밟을 경우 어떤 피해를 입게 되는지 잘 설명하신다면 피를 보지 않고도 충분히 교화시킬 수 있습니다. 그러나 대군을 풀어 정벌한다면 그자들은 뿔뿔이 도망쳤다가 대군이 철수한 뒤 다시 원래 자리에 모여들 것입니다. 게다가 산서성 쪽에서는 자형산 비적들에 대해서는 언급도 하지 않았습니다. 이런 상황에서 중당께서 마음대로 군사를 그쪽으로 동원하신다면 객이길선 중승과의 관계가 어색해질 수도 있습니다."

이시요의 말은 과연 일리가 있었다. 부항이 그의 말을 듣고 다른 대안을 고민하고 있을 때였다. 심부름을 갔던 친병이 범고걸과 방경을 앞세우고 뜰에 들어섰다.

부항은 얼굴의 웃음기를 거두면서 이시요와 오할자에게 물러서라는 눈짓을 보냈다. 범고걸과 방경이 예를 올리기를 기다렸다가 부항이 입을 열었다.

"범고걸, 이번에 큰일을 치르느라 수고 많았네."

범고걸이 조심스럽게 대답했다.

"황송합니다. 경상을 입은 자들은 현지에서 치료하고 중상을 입은 병사들은 태원으로 옮길 예정입니다. 사망자 수도 급히 파악해 저희 장군문께 보고 올리겠습니다. 빠른 시일 내에 사망자 가족들에게 위로금을 지급해줘야 할 것 같습니다."

"뭣이라고? 장광사에게 보고 올린다고 했나? 흠차인 내가 죽지도 않고 이렇게 두 눈 시퍼렇게 뜨고 있는데 어찌해서 장광사에게 보고를 올린다는 것인가? 자네는 장 군문의 가노라도 되는 것인가?"

부항이 콧방귀를 뀌면서 자리에서 일어나더니 범고걸을 노려봤다. 범고걸은 부항이 무엇 때문에 갑자기 표독스럽게 돌변했는지 이유를 몰랐다. 때문에 대답할 말을 찾느라 그저 식은땀만 흘렸다. 한참 뒤 그가 눈알을 굴리면서 대답했다.

"근래에 장 군문은 병력을 비적 토벌에 자주 투입했습니다. 모두들 임무를 완수하고 본영으로 돌아간 뒤 먼저 장 군문께 보고를 올리고는 했습니다. 이는 장 군문께서 정하신 규칙입니다."

부항이 매섭게 범고걸을 노려보면서 다시 물었다.

"듣자하니 자네는 장 군문을 대신해 논공행상을 주청했다던데, 그 상주문을 보여줄 수 없겠나?"

그러자 범고걸이 방경을 노려보면서 물었다.

"벌써 흠차 대신께 아뢰었나?"

"그랬다네. 왜? 방경이 나에게 아뢰었다고 정보누설죄로 처벌이라도 하겠다는 것인가? 구제불능의 안하무인이로군. 지휘 실책으로 수많은 희생자를 내고도 감히 남의 공로를 가로채려고 들다니! 또 현능한 자를 시기 질투한다지? 소인배 같으니라고. 여봐라!"

부항이 무섭게 탁자를 내리치면서 일갈을 터트렸다. 그러자 문밖에서 촉각을 곤두세우고 있던 친병들이 황급히 들어왔다.

"이자의 정자를 떼어 내고 관복을 벗겨라!"

"예!"

부항의 말이 떨어지기 무섭게 친병들이 우르르 달려들어 순식간에 범고걸의 의관을 벗겼다. 그중 한 명이 오금을 힘껏 걷어차자 그는 털썩 무릎을 꿇고 말았다. 부항은 범고걸의 주머니에서 장광사 대신 올리려 했다는 상주문을 꺼내 읽었다. 그리고는 책상 위에 힘껏 팽개쳤다. 이어 껄껄 웃었다.

"과연 충성스런 개로군. 거짓말도 어쩌면 이렇게 천연덕스럽게 할 수 있을까! 간덩이가 부어터진 게지. 네놈이 감히 내 머리 위에 오르겠다고? 호진표는 네놈을 눈 먼 화살에서 구해준 생명의 은인이야. 그런데 호진표에게 화살이 날아드는 것을 빤히 보면서도 외면해? 또 표고와 대치했을 때는 방경의 정확한 판단을 끝까지 무시했어. 방경이 적들을 몰지 않았더라면 네놈이 악호탄으로 철수할 수 있었을 것 같아? 유약한 선비 출신이라고 나를 우습게보지 마. 선비도 약이 오르면 얼마나 무서운지 보여주겠어!"

말을 마친 부항이 힘껏 손사래를 치며 명령을 내렸다.

"이자를 아문 밖 깃발 밑으로 끌어내라. 이자의 수급을 따서 전군에 효시하라!"

"중당……, 흠차 대인! 저는 그저 장 군문의 지령에 따랐을 뿐입니다. 하관이 잘못했습니다. 하관은 사람도 아닙니다……."

그제야 범고걸이 사색이 돼 손이 발이 되게 빌었다. 그러나 부항은 냉정하게 외면하면서 다시 손사래를 쳤다. 친병들이 사납게 덮쳐들더니 범고걸을 짐짝 끌듯 끌어냈다. 범고걸은 살려달라고 애원하면서도 끝까지 "표고는 내가 잡았다……"고 소리를 질렀다.

"당장 명줄을 따버려!"

부항이 이빨 사이로 매섭게 내뱉었다. 그리고는 방경을 향해 말했다.

"폐하께 주청을 올려 자네들을 병부로 들이겠네. 그러니 호진표와 한마음 한뜻으로 협력해 이곳 군사들을 끝까지 잘 이끌어 주기 바라네!"

36장
공신을 모함하는 교만한 장군

　부항이 산서에서 발송한 승리의 주장과 사천 총독 장광사가 보낸 탄
핵안은 사월 초파일 욕불절浴佛節(석가탄신일의 다른 명칭)에 동시에 군기
처로 날아들었다. 장광사가 탄핵하려는 대상은 두말할 필요도 없이 부
항이었다. 눌친은 완전히 상반되는 두 개의 상주문을 받아들고 어찌할
바를 몰랐다. 그러다 황급히 소로자를 시켜 장정옥을 모셔오도록 했다.
황당하기 이를 데 없는 상주문을 어떻게 올려야 할지 상의할 필요가 있
었던 것이다. 그러나 소로자는 곧 돌아오더니 장정옥이 어지를 받고 양
심전으로 입궐했다고 전했다.
　눌친은 홀로 고민에 빠졌다. 아무리 생각해도 이런 상주문은 요점만
정리해서 올려서는 안 될 것 같았다. 건륭이 가장 주목하는 내용이기
에 더욱 그랬다. 아무려나 그는 나름대로 마음의 결정을 내린 다음 건
륭에게 접견 신청을 했다. 이어 영항 입구에서 접견을 기다렸다. 잠시

후 고무용이 나왔다.

"폐하께서 들라 하십니다, 눌친 중당."

눌친이 황급히 고무용을 따라 들어가면서 물었다.

"장상도 안에 계신가?"

고무용이 웃음 띤 얼굴로 대답했다.

"장상뿐만 아니라 악이태 중당도 함께 계십니다. 눌친 중당도 당직만 아니었다면 아마 지금쯤 같이 하셨을 겁니다."

그러자 눌친이 황급히 물었다.

"무슨 일이라도 있는 것인가?"

고무용이 히죽 웃음을 지어보였다.

"그거야 소인 같은 아랫것들이 어찌 알겠습니까."

눌친은 매사에 조심스러운 고무용의 됨됨이를 잘 알고 있었기에 더 이상 캐물을 수가 없었다. 그와 고무용이 붉은 돌계단 위에 올라서서 미처 인기척을 내기도 전에 동난각에서 건륭의 목소리가 들려왔다.

"눌친인가? 어서 들게!"

"문후 올리옵니다, 폐하!"

원래 매일 건륭을 알현하는 군기대신들은 삼궤구고의 대례를 하지 않아도 괜찮았다. 그래서 눌친은 간단히 한쪽 무릎을 꿇은 채 예를 올렸다. 이어 함박웃음을 지으면서 말했다.

"장상, 악상! 두 분도 계셨소이까?"

눌친이 인사를 하자 온돌마루 옆 걸상에 앉아 있던 장정옥과 악이태가 고개를 끄덕여 보였다. 동시에 건륭이 입을 열었다.

"두 재상은 지금 짐과 논쟁을 하고 있는 중이라네! 오늘은 초파일이라 태후께서 짐에게 의지懿旨(황태후나 황후의 명령)를 내리셨네. 상서방과 군기처 대신들을 대동해 대불사大佛寺로 향배를 올리러 다녀오자고 말이네. 자네 생각에는 어찌하는 것이 좋을 것 같은가?"

눌친은 그제야 건륭이 재상들을 부른 이유를 알 것 같았다. 고개를 들어 건륭도 바라봤다. 과연 건륭은 오늘따라 유난히 의관을 제대로 갖춰 입고 있었다. 화려한 용포를 입었을 뿐 아니라 허리춤에는 재계패齋戒牌까지 달고 있었다. 보나마나 장정옥과 악이태는 건륭에게 초파일 같은 날에 별다른 의미를 두지 말아야 한다고 간언하고 있었던 것이 분명했다. 입장이 난처해진 눌친은 짐짓 건륭의 말뜻을 못 알아들은 듯 조심스레 아뢰었다.

"신이 폐하께 긴급히 상주할 기쁜 일이 있사옵니다. 먼저 기쁜 소식을 상주하옵고 다른 일을 상의하는 것이 어떨까 하옵니다."

눌친이 말을 마친 다음 부항의 상주문을 두 손으로 공손히 받쳐 올렸다.

"음, 부항의 주장이군. 부항은 주장을 안 쓰면 안 썼지 한번 썼다하면 보통 이처럼 장편이지."

건륭이 겉봉을 보고는 말했다. 겉봉을 벗겨내는 얼굴에는 계속 웃음꽃이 만발했다. 곧이어 그가 손을 내밀어 차를 가져오라는 시늉을 했다. 그럼에도 시선은 글줄을 따라 아래로 미끄럼을 타고 있었다. 세 명의 군기대신은 잔뜩 긴장한 채 건륭의 표정을 지켜봤다. 건륭은 미간을 찌푸리고 고개를 갸웃하는가 하면 다시 안색이 굳어지면서 눈을 스르르 감기도 했다. 또 안도가 섞인 한숨을 짓는가 싶더니 용안에 어느새 먹구름이 가득 끼고 있었다. 그러나 마지막 줄까지 다 읽고 나서는 표정이 밝아졌다. 달콤한 꿀떡 하나를 입안에 넣고 행복해 하는 어린아이의 표정같았다.

그가 일부러 오래도록 기쁨을 만끽하듯 한참 후에야 감은 눈을 뜨면서 천천히 자리에서 일어났다. 그리고는 느릿느릿 걸음을 떼어 놓으면서 중얼거리듯 말했다.

"역시 부항이야, 해냈어! 오천 명의 비적을 깡그리 소탕했다고! 가만
있자, 헌데 적들이 오천 명이라고 했었나?"

"여기 상주문이 또 하나 있사옵니다, 폐하. 사천 총독 장광사의 주장
이옵니다. 역시 이 사건에 대한 내용이옵니다."

눌친이 기어 들어가는 목소리로 말했다. 그리고는 장광사의 상주문을
받쳐 올렸다. 상주문을 빠른 속도로 훑어 내려가는 건륭의 얼굴은 무표
정했다. 한참 후 그가 가벼운 한숨과 함께 장광사의 상주문을 책상 위
에 밀어놓으면서 장정옥과 악이태를 향해 입을 열었다.

"자네들도 읽어보게."

건륭이 고개를 돌려 눌친에게 물었다.

"이 일에 대해 자네는 어찌 생각하나?"

눌친이 머리를 조아리면서 대답했다.

"대단히 민감한 사안인 만큼 부항과 장광사 두 당사자를 불러 면전에
서 자초지종을 철저히 규명해야 할 것이옵니다."

장정옥이 그 사이 몇 글자 안 되는 장광사의 주장을 읽고 나서는 입
을 열었다.

"눌친의 건의는 타당하지 못하다고 사료되옵니다. 어찌 됐건 아군이
압승을 거둔 것은 사실이옵니다. 이를 천하에 고해 백성들과 더불어 경
축하고 유공자를 장려하는 것이 급선무라고 생각하옵니다. 부항이 범
고걸을 참했다고는 하오나 전쟁터에서 베고 베이는 일은 다반사인 만큼
크게 문제 삼을 필요는 없을 것 같사옵니다. 깨알 하나 때문에 수박을
잃을 수는 없지 않겠사옵니까."

상주문을 읽으면서 사색에 잠겨 있던 악이태 역시 장정옥의 말에 동
조했다.

"장광사는 멀리 사천에 있사옵니다. 흑사산과의 거리로 치면 북경이나 별반 차이가 없사옵니다. 그런 그가 꼭 현장을 지켜본 것처럼 말한 것은 자기 부하를 무작정 감싸주겠다는 옹졸함으로밖에 볼 수 없사옵니다."

장정옥이 다시 말을 받았다.

"장광사도 범고걸이 오천 명의 비적에게 포위됐다고 했사옵니다. 그러니 비적들의 수가 오천 명이라는 것은 틀림없는 사실 같사옵니다."

"부항이 절대 짐을 기만할 리 없네."

건륭은 부항에 대한 신뢰를 듬뿍 담은 어조로 말했다. 그리고 잠시 말을 멈췄다. 부항의 전략과 열넷째황숙 윤제의 조언이 한 치 오차도 없이 맞아 떨어진 것을 생각하는 듯했다. 얼굴에는 윤제의 선견지명에 다시 한 번 탄복하는 표정이 어려 있었다. 그가 다시 천천히 입을 열었다.

"부항이 이시요를 천거한 것만 봐도 그가 탐욕스런 인간이 아니라는 것을 알 수 있네. 장광사가 혈안이 돼 탄핵하려 한 그런 파렴치한 자가 아니라는 말일세. 햇병아리처럼 젊은 흠차인데 어찌 두렵고 걱정이 되지 않았겠는가? 그럼에도 불구하고 예측 불허의 상황에서 오백 병마를 빌려 험지를 불시에 습격하고 표고의 소굴을 덮쳐 완승을 거두었네. 실로 대단한 용기이고 기백이 아닐 수 없지. 부항은 대장의 풍모를 갖춘 사람이네!"

건륭은 부항과 장광사 사이에서 무게 중심을 확실히 잡아주고 있었다. 신하들은 건륭의 입장을 확인하고나자 입을 열기가 한결 수월해졌다. 장정옥은 예의 노련함으로 그 기회를 놓치지 않았다.

"폐하의 현명하신 판단에 동감하옵니다. 생포한 표고를 북경에 압송해 심문을 한다면 사건의 전말이 명백해질 것이옵니다."

그런데 건륭은 장정옥의 말을 듣고도 즉시 대답하지 않고 뭔가 생각에 잠겼다. 잠시 후 그가 천천히 입을 열었다.

"가만 있어보자. 이시요라? 어디서 들어본 것 같은 이름인데……."

늘친이 입을 열었다.

"잊으셨사옵니까? 그 사람은 폐하께서 통판 직을 내리는 벌을 주시어 산서로 보내신 젊은이가 아니옵니까! 막무가내로 면접을 고집하던 선비 말이옵니다. 폐하께서 은과 시험 탈락자들 중에서 친히 선발하셨던 그……."

건륭의 두 눈이 반짝 빛났다. 이어 크게 웃음을 터트렸다.

"아, 이제야 알겠네. 과연 그 사람이던가? 짐이 사람을 잘못 보지 않았군! 아슬아슬하게 합격자로 선택된 사람이 이같이 대단한 인재라니 정말 놀랍고 신기하네! 음, 통판이라는 '개울물'에서 놀게 하기는 너무 아깝네. 부항이 '참의도'參議道에 임명해달라고 요청했으니 짐이 쾌히 윤허하겠네. 이시요에게 참의도 겸 시랑 직을 하사해 부항을 보좌하게 할 것이네. 즉시 이 내용을 부항에게 문서로 정리해 알리도록 하게. 북경으로 술직을 올 때 대동하라고도 이르게."

건륭의 말이 끝나자 깊은 사색에 잠겨 있던 장정옥이 입을 열었다.

"폐하, 타타봉의 전사는 끝났사옵니다. 이제는 전쟁 때문에 피해를 입고 신음하고 있을 인근 지역 백성들을 보듬어줘야 할 때이옵니다. 이들 지역은 원래부터 지방관들의 혹정이 심상치 않았던 곳이옵니다. 위험수위를 넘어가는 가렴주구 때문에 백성들이 지푸라기라도 잡는 심정으로 백련교의 선동에 넘어갔던 것이옵니다. 워낙 민심이 흉흉한 곳이오니 자칫 선량한 백성들이 또다시 비적으로 전락해 조정과 대적하는 안타까운 상황이 재연될 수 있사옵니다. 폐하께서 성은을 베푸시어 태원 지역의 식량창고를 열어 백성들의 주린 배를 달래주신다면 그들도 쉽게 악인들의 유혹에 넘어가지 않으리라 믿사옵니다."

"역시 장정옥이야!"

건륭의 얼굴에 크게 흡족한 표정이 떠올랐다. 곧이어 그가 다시 온돌에 올라 앉아 힘 있게 붓을 집어 들었다. 그리고는 부항의 상주문에 주비를 달기 시작했다. 그렇게 부지런히 붓을 놀리면서 슬그머니 화제를 바꾸는 것도 잊지 않았다.

"장광사의 상주문은 일단 덮어두겠네. 나중에 술직 오면 다시 보세. 오늘은 자네들이 짐을 따라 태후마마를 뵙는 자리에서 이 희소식을 직접 전해드리게. 노인께서 얼마나 즐거워하실까!"

장정옥을 비롯한 세 대신의 표정은 태후를 만나러 간다는 건륭의 말에 다시 암담해졌다. 청나라 개국 이래 순치황제의 생모 박이제길특博爾濟吉特(효장문황후孝莊文皇后)씨를 비롯한 후궁과 후비들은 거의 전부가 독실한 불교신자였다. 군주들 중에서도 순치와 옹정이 불교에 깊이 빠졌었다. 그리고 공교롭게도 이 두 황제는 모두 제위에 오를 때 말도 많고 탈도 많았다. 한마디로 수많은 의혹의 중심에 있던 인물들이었다.

반면 장정옥은 주지하다시피 유학儒學의 대가였다. 강희 때도 옹정 때도 끝내 유학의 이념에 입각해 소신을 굽히지 않기로 유명한 사람이었다. 또 악이태와 눌친은 둘 다 만주족이었으나 한학漢學에도 조예가 깊었다. 따라서 욕불절에 별다른 감흥이 없기는 두 사람도 크게 다를 바 없었다.

그러나 그들은 건륭이 태후를 따라 예불을 다녀오는 것을 '효행'의 일환이라고는 생각했다. 고민이 되지 않을 수 없었다. 잠시 후 눌친이 무거운 침묵을 깨고 먼저 입을 열었다.

"신은 군기처 당직이옵니다. 폐하께서 달리 어지가 안 계시면 서둘러 돌아가야 할 것 같사옵니다. 국사를 그르칠까 두렵사옵니다."

이번에는 악이태가 기회를 놓칠세라 말했다.

"신 역시 이부, 호부와 긴히 상의할 일이 있던 중 폐하의 부름을 받고 달려왔사옵니다. 내일 다시 패찰을 건네고 폐하께 상주하도록 하겠사옵니다."

장정옥이라고 가만히 있을 리가 없었다.

"폐하, 폐하께서는 운신도 제대로 못하는 이 늙다리를 배려하시어 금세불今世佛인 폐하께 삼궤구고의 대례를 면하게 해주셨사옵니다. 그런데 한낱 쇳덩이에 불과한 내세불來世佛에게 허리를 굽혀야 한다니 내키지가 않사옵니다. 이에 죄를 청하는 바이옵니다, 폐하."

건륭이 장정옥의 말에 피식 실소를 흘렸다.

"알았네. 예불에 대한 얘기만 나오면 짐은 고립무원의 경지에 내몰리는군. 억지로 딴 참외는 달지 않아. 또 싫다는 소에게 억지로 물을 먹일 수는 없다네. 짐도 자네들을 난감하게 만들 생각은 없네. 사실은 짐도 불교를 신봉하지 않네. 그저 태후마마께서 공덕을 쌓으시려는 일념으로 자네들도 부르라고 하셔서 전달했을 뿐이네. 다들 '급한 일이 있고', '몸이 불편'하고 하니 그대로 태후마마께 말씀 올리는 수밖에 없겠네. 그런데 한 가지만 물어보세. 태후마마께서는 종수궁에서 반드시 무릎을 꿇고 세불洗佛의식을 행할 텐데 그럴 때 짐은 함께 무릎을 꿇어야 하나, 아니면 서 있어야 하나? 짐이 어찌해야 할지 알려주고 가게."

그 말에 장정옥 등 세 대신은 약속이나 한 듯 웃었다. 눌친이 이어 대표로 말했다.

"그건 간단하옵니다. 폐하께서는 태후마마를 마주하고 서 계시면 되옵니다. 태후마마께서 예를 행하실 때는 가만히 서 계시옵고 불사를 마치시기를 기다리셨다가 태후마마께 대례를 행하시면 되옵니다. 이렇게 하시면 태후마마께서도 뭐라고 하시지 않을 것이옵니다."

그러자 건륭은 손사래를 쳤다.

"알았네, 그만 물러들 가게!"

장정옥 등이 물러가자 건륭은 바로 곤룡포를 벗었다. 사실 황제는 양
심전에서 측근 대신들을 접견할 때 용포를 입을 필요가 없었다. 오늘은
그저 태후의 뜻에 따라 상서방과 군기처 대신들을 대동해 태후의 불사
를 시중들고자 특별히 구색을 갖췄던 것이다. 그러나 이제 신하들이 물
러갔으니 정복 차림이 오히려 어색할 수밖에 없었다. 건륭은 낙타색 비
단 장포로 옷을 갈아입고는 가벼운 발걸음으로 양심전을 나왔다. 그가
수화문에 들어서자 윤록, 윤례, 홍주, 홍석, 홍효 등이 이미 기다리고 있
었다. 그들도 태후의 의지를 받고 황제와 함께 자녕궁으로 가려던 참이
었다. 조복 차림에 조주로 의관을 갖춰 입고 나선 그들은 평상복 차림
으로 나온 건륭을 보면서 의아한 표정을 지었다. 건륭이 예를 갖추려는
그들을 향해 말했다.

"됐소이다. 일단 짐을 따라 자녕궁으로 가서 태후마마의 강녕, 행복
과 장수를 빌어드리는 것이 어떻겠소. 불자들은 태후마마를 수행해 욕
불례浴佛禮를 올리러 가고 달리 일이 있는 사람들은 편한 대로 하시오."

얼마 전 내무부에서는 "왕공대신, 종실귀족들은 모두 태후마마를 뫼
시고 예불을 올려야 한다"라는 태후의 의지를 전해온 바 있었다. 그런
데 오늘 건륭의 말은 완전히 달랐다. 좌중의 사람들은 못내 의아해 하
면서 서로 얼굴을 쳐다보며 눈을 둥그렇게 떴다. 그러나 건륭은 이미 저
만치 걸어가고 있었다.

자녕궁 정원에는 이미 궁인들과 고명부인들이 가득 자리해 있었다.
정원 구석구석에 놓여 있는 동학銅鶴(구리로 만든 학), 동귀銅龜(구리로 만
든 거북), 동정銅鼎(구리로 만든 솥)에서는 백합향이 피어오르고 있었다.

한껏 멋을 부린 여인들은 줄을 맞춰 다소곳이 제자리를 지키고 있었

다. 또 일부는 삼삼오오 모여 앉아 도란도란 얘기를 나누고 있었고, 불심이 지극한 듯 향로 가득 향을 꽂는 여인들도 있었다. 한편 귀엣말로 뭐라고 속삭이고는 까르르 배꼽 잡는 아무 생각 없는 여인도 있었다. 복잡한 곳을 피해 홀로 앉아 깊은 생각에 잠겨 있는 여인도 없지 않았고, 황제의 용안을 보고 싶어 몰래 수화문 쪽을 훔쳐보는 여인들도 보였다. 황후와 귀비들 옆에서 태후의 심심풀이 말상대가 돼주고 있는 고명부인들의 모습도 눈에 띄었다.

드디어 이제나 저제나 기다리던 건륭이 몇몇 왕공들을 거느리고 모습을 드러냈다. 여인들은 부랴부랴 하던 일을 멈추고 공손히 엎드려 문후를 여쭈었다.

"오늘은 국례를 논하는 자리가 아니니 편한 대로 하세. 어서들 일어나게. 불법佛法 앞에서는 우리 모두가 평등하다네!"

건륭이 자상하고 온화한 미소를 지으면서 말했다. 좌중의 사람들은 건륭의 말에 따라 하나둘씩 자리에서 일어섰다. 건륭은 궁전 안으로 들어서는 그 와중에도 곁눈질로 부지런히 당아를 찾았다. 그러나 당아의 모습은 어디에도 보이지 않았다. 건륭이 '아직 도착하지 않았나보다' 하고 내심 실망하고 있을 때였다. 그의 눈에 저쪽 동귀銅龜 앞에 무릎을 꿇고 있는 40대 정도 되어보이는 여인이 눈에 띄었다. 황제가 온 줄도 모르고 향을 하나씩 꽂아 가며 간절히 기도하는 그 여인은 다름 아닌 이위의 처 취아였다. 건륭이 다가가 나지막한 목소리로 불렀다.

"이보게, 취아."

"……"

"취아."

취아가 대답이 없자 건륭이 다시 한 번 불렀다. 그제야 취아는 화들짝 놀라면서 고개를 번쩍 들었다. 이어 자기를 부른 사람이 건륭인 것을 확인하고는 눈물범벅이 된 얼굴 그대로 연신 머리를 조아렸다.

"강녕하시옵니까, 폐하!"

건륭이 손을 내밀어 일으키는 시늉을 하면서 말했다.

"지난번보다 많이 마른 것 같네. 자네의 간절한 소망은 꼭 이뤄질 것이니 그만 일어나게."

취아가 건륭을 향해 다시 몸을 낮춰 예를 갖추면서 한숨을 지었다.

"이년의 남편은 병세가 점점 악화되고 있사옵니다. 한시도 시중드는이가 없어서는 안 되는 사람이오나 오늘은 폐하의 홍복을 받아 재앙을 물리쳐볼까 해서 들어왔사옵니다. 폐하께서도 태후마마를 뫼시고 세불洗佛하러 가신다니 이년은 무어라 말할 수 없이 기쁘옵니다."

건륭은 취아의 말을 듣고는 마음이 무거워지면서 가슴이 아팠다. 사실 그는 태후께 문후를 올린 후에 고명부인들을 찾아가 당아를 만나려했다. 그러나 취아를 보며 생각을 바꾸었다. 취아처럼 황은에 의지해 안팎에서 고생하는 남편들의 길운을 빌고자 하는 여인들을 먼저 위로해줘야 할 것 같았던 것이다. 건륭이 곧 발걸음을 돌려 고명부인들을 향해 큰 소리로 말했다.

"짐은 여러분의 길운을 기도해주기 위해 왕공, 패륵, 패자들을 거느리고 걸음을 했네. 여러분의 가정에 영원히 행운이 깃들기를 기원하겠네. 취아, 자네는 아직 태후마마를 뵙지 못했지? 같이 들어가지."

건륭은 황공해마지 않는 여인들의 사은의 소리를 들으면서 궁전 안으로 들어갔다.

궁전 안에는 황후 부찰씨와 귀비 나랍씨를 비롯한 열 몇 명의 비빈과 장친왕莊親王(윤록), 이친왕怡親王(홍효), 이친왕理親王(홍석), 화친왕和親王(홍주), 과친왕果親王(윤례) 등 친왕들의 복진, 장정옥 등 상서방 대신들의 부인들이 함께 자리해 있었다. 건륭은 그 많은 사람들 중에서 한눈에 당아를 찾아냈다. 두 사람의 눈길은 허공에서 부딪쳐 뜨거운 불꽃을 튕겼다. 건륭이 곧 온돌 위에 앉아 있는 태후를 향해 무릎을 꿇으면서 문안을 올렸다.

"오늘은 좋은 날입니다. 소자, 어머니의 복수福壽와 강녕康寧을 기원합니다!"

"부디 태후마마의 복수와 강녕을 비옵니다!"

건륭 뒤의 왕공들 역시 앵무새처럼 똑같이 입을 모으며 태후에게 문안을 올렸다. 당아는 이때 나랍씨 아랫자리에서 무릎을 꿇었다. 그러나 머릿속은 완전히 콩밭에 가 있었다. 그날 저녁 달빛 아래에서의 밀회 장면을 떠올린 것이다. 그녀는 순간 가슴이 한없이 설레고 콩닥거리는 것을 느꼈다. 그날 건륭은 친히 복중의 태아에게 '복강안'福康安이라는 이름을 지어줬다. 그녀는 그 생각을 하자 갑자기 가슴이 뭉클해지는 기분을 다시 느꼈다. 동시에 쑥스러운 생각도 들었다. 그때 옆에서 나랍씨가 귀엣말을 했다.

"이봐 동생, 폐하의 금박 와룡대臥龍袋가 너무 곱다! 어쩌면 지난번에 동생이 생질甥姪(부항을 일컬음)에게 준다면서 만든 거하고 똑같은가?"

당아는 성격이 워낙 예리하고 까칠한 나랍씨의 질문에 마땅히 대답할 말을 찾지 못했다. 자신의 속내를 떠보는 나랍씨가 내심 괘씸했으나 반격할 입장이 못 되는지라 잠자코 있을 수밖에 없었다. 그때 태후가 허허 웃으면서 말했다.

"어서 일어나시오, 황제. 열여섯째숙부와 열째숙부도 그만 일어나시죠. 나머지 패륵, 패자들은 처음 보는 낯선 얼굴들도 많구먼. 우리 황가는 초야의 여염집과 달라 웬만하면 서로 얼굴도 모르고 사니 어쩔 수가 없네. 성조께서도 손자들을 백 명 넘게 두셨으면서 얼굴도 다 기억하시지 못했다 하지 않소."

태후가 말을 마치고는 건륭을 향해 고개를 돌리면서 물었다.

"황제, 지금 이 자리에 있는 황제의 형제들은 모두 직무가 있는지요?"

"반 이상은 없습니다."

건륭은 대답을 하고는 태후의 말뜻을 곰곰이 되새겨 봤다. 종실 형제들에게 모두 관직을 내리라는 뜻이 분명했다. 그러나 그것은 태후의 말처럼 쉽게 결정할 수 있는 일이 아니었다. 그가 그렇게 생각하고 있을 때 태후의 옆자리에 시립해 있는 장친왕의 복진이 눈에 들어왔다. 그는 천천히 말을 이었다.

"하오나 국법에 따라 모든 친왕세자親王世子(친왕의 후계자), 군왕郡王, 패륵貝勒, 패자貝子들에게 매달마다 일정액의 월례용돈을 제공하고 있습니다. 관직은 없더라도 먹고 사는 데 지장은 없을 것입니다. 안 그래요, 숙모?"

건륭의 말이 끝나자마자 미리 그의 눈짓을 받은 열여섯째복진(장친왕 윤록의 부인)이 황급히 대답했다.

"태후마마, 폐하의 은덕은 하늘보다 높사옵니다! 황가 골육들을 홀대하실 폐하가 아니시옵니다!"

그러자 태후의 얼굴에 웃음꽃이 피었다.

"그렇다면 다행이네. 지난번 어느 조카 댁인가가 애들을 데리고 입궐한 적이 있었어. 그런데 아이들이 과자를 보더니 허겁지겁 걸신들린 사람처럼 먹더라고. 하도 가슴 아파 물어봤더니 애들 아비가 일거리가 없어 놀고 있다더군. 애들이 과자를 처음 먹어 본다지 뭔가. 내무부 총관에게 잘 돌봐주라고 했는데 어찌 됐는지 모르겠네."

윤록은 태후가 별걱정을 다한다는 생각에 내심 짜증스러웠다. 그러나 감히 그런 티를 내지는 못하고 조심스럽게 입을 열었다.

"그 일은 신이 알고 있습니다. 옛 동군왕東郡王의 본가댁 조카였습니다.

이미 내무부 기무사旗務司의 문서 자리를 얻은 줄로 알고 있습니다. 시간이 다됐습니다. 천천히 움직이셔야겠습니다. 아니면 예불 시간에 맞추지 못할 수도 있습니다."

태후가 윤록의 말이 떨어지기 무섭게 웃었다. 이어 전혀 뜻밖의 말을 입에 올렸다.

"나는 예불을 올리고 불사에 적극적이기는 하나 사실 부처님에 대해서는 아직도 잘 몰라요. 그러나 대청이 개국한 지도 백년이 다 돼 가고 황가 식구들은 늘어만 가는데 명나라 때처럼 분봉제分封制(영토를 나누어주는 제도)도 실행하지 않고 일거리까지 없으면 어떻게 되겠어요. 황가 식구들이 어떻게 당당하게 삶을 영위할 수 있겠느냐고요. 이대로 간다면 내가 조상들께 가서 고개를 들 수 있겠어요? 배곯는 자손들은 나 몰라라 하고 부처님 앞에 가서 머리를 천 번 조아리고 향배를 만 번 올린들 그분이 우리의 기도를 받아주시겠어요?"

건륭이 웃음을 지어보였다.

"어머니의 훈육은 참으로 지당하십니다. 이는 결코 작은 일이 아닙니다. 나라의 존엄과 체면과도 직결된 일입니다. 소자가 내일 내무부에 어지를 내려 황가 자손들이 가난에 쪼들리는 일이 없도록 조처하겠습니다. 오늘은 어머니의 기쁜 날이오니 소자가 먼저 은자 십만 냥을 하사할까 합니다. 소자의 효심이자 모친의 공덕입니다."

태후가 건륭의 말에 희색이 만면한 채 얼굴의 주름살을 활짝 폈다. 이어 기쁜 어조로 말했다.

"공덕은 무슨! 모두 이 나라와 백성들을 위해 기도하는 마음뿐이에요."

건륭은 태후의 모습을 일별하고 나서 가까이 앉아 있는 당아를 힐끔 쳐다봤다. 이어 천천히 입을 열었다.

"태후마마, 소자가 어젯밤 좋은 꿈을 꾸었습니다. 부항이 수백 명의 군사를 거느리고 흉악하기 그지없는 비적들을 소탕하러 갔더군요. 그런데 어쩌다가 머리에 태극 문양의 두건을 두른 자들에 의해 사면초가의 위기에 빠지고 말았습니다. 다시 보니 시커먼 강물이 마구 흘러 내려오는 가운데 봉두난발의 요인妖人 한 명이 나타나지 뭡니까. 그런데 그자가 부항을 타타봉 흑수하에 빠져죽게 만들겠다고 엄포를 놓더라고요. 소자는 안 된다면서 등골이 흠뻑 젖을 정도로 발버둥을 치다가 깼습니다. 그러나 가위에 눌렸는지 좀처럼 일어날 수가 없지 뭡니까!"

건륭은 분명히 자신의 입으로 좋은 꿈이라고 했다. 그런데 내용은 흉몽이었다. 순간 태후와 비빈들의 표정은 심각해졌다. 당아 역시 창백하게 질린 얼굴을 한 채 건륭만 뚫어지게 바라보고 있었다. 맥없이 입술을 달싹이는 모습이 뭔가 묻고 싶은 듯했다. 그러나 차마 입이 떨어지지 않는 모양이었다.

태후가 그런 당아를 안쓰럽게 바라보면서 다그쳐 물었다.

"그게 끝인가요?"

건륭이 태후의 말에 의기양양한 표정을 지었다. 이어 제법 그럴싸하게 꾸며댔다.

"물론 아니죠! 소자가 목이 터지게 고함을 지르고 있는데 누군가가 '고정하십시오, 폐하! 부항은 그리 쉬이 죽을 사람이 아닙니다. 저 요인은 제풀에 죽을 것입니다'라고 하더라고요. 소자가 급히 고개를 돌려보니 구름을 탄 흰옷을 입은 여자가 손에 들고 있던 작은 병을 거꾸로 드는 것입니다. 병에서 떨어진 차가운 물이 소자의 몸에 닿는 순간 그 상쾌함은 이루 형언할 수 없었습니다. 반면 그 물을 맞은 요인은 맥없이 고꾸라지더니 피투성이가 되어 죽어버렸습니다. 소자는 '부항, 저자들은 다 죽었어. 어서 나와 봐!'라고 소리치면서 벌떡 일어나 앉았습니다.

시계를 보니 자시를 가리키고 있었습니다……."

좌중의 여자들은 건륭이 꿈 얘기를 지어내는 동안 저마다 눈을 감고 합장을 했다. 태후 역시 연신 중얼거리면서 경을 읽었다. 그러더니 자못 진지한 표정으로 말했다.

"황제, 이는 분명 길몽입니다. 관세음보살께서 황제의 꿈을 빌어 그 사람을 보호해 주는 것임에 틀림없습니다."

건륭은 속으로 웃음을 금치 못했다. 사실 어젯밤 은자를 추가 지원할 것을 요청하는 산서 순무의 주장을 읽고 잠자리에 들어 꿈을 꾼 것은 사실이었다. 그러나 꿈속에서 부항을 만났다는 것은 말짱 거짓말이었다. 그는 꿈속에서 당아와 질펀한 사랑을 나눴을 뿐이었다. 태후에게 부항의 승전보를 그냥 전하는 것이 싱거운 것 같아 일부러 있지도 않은 꿈 얘기를 지어냈던 것이다. 건륭이 수심이 가득한 태후를 힐끗 훔쳐보면서 말을 이었다.

"하온데 신기한 것은 그 꿈을 꾸고 난 뒤 아침 일찍 부항으로부터 비적들을 깡그리 궤멸시켰다는 승전보를 받았지 뭡니까! 비적 오천 명을 전멸시키고 두목 표고를 생포해 지금 북경으로 오고 있다 합니다. 허니 방금 태후마마의 말씀이 딱 들어맞았습니다."

태후가 경건한 표정으로 다시 합장하면서 말했다.

"아미타불! 대자대비하신 관세음보살! 돌봐주신 은택은 필히 갚겠습니다. 은자 이만 냥을 대불사에 보시하고 종수궁을 새로 단장하도록 하겠습니다. 나무아미타불!"

그제야 마음이 가벼워진 당아가 태후를 향해 머리를 조아렸다.

"노비의 남정네를 구해주신 부처님(태후에 대한 별칭)께 머리 조아립니다. 정말 감읍하옵니다. 태후마마와 비견할 수는 없사오나 노비는 은자 일만 냥을 종수궁에 보시하고 오늘 하루 금식하도록 하겠사옵니다."

태후는 당아의 말을 듣고는 흡족한 미소를 띠고는 일어나 자리에서 내려와 밖으로 나가려고 했다. 그러자 건륭이 황급히 다가가 부축했다. 여인들은 다시 무릎을 꿇고 머리를 조아렸다. 건륭이 조심스레 태후에게 물었다.

"대불사와 종수궁 중에서 어디로 먼저 걸음을 하시렵니까, 어머니?"

"먼저 대불사로 갑시다. 부항의 안사람은 공덕을 쌓기 위해 단식을 한다지만 회임한 몸이니 각별히 조심해야 할 것이야."

그날 저녁 건륭은 상주문을 읽어야 한다는 핑계를 대고 침수를 들 후궁을 고르지 않았다. 이어 초경이 다 된 시각에 고무용을 앞세우고 산책을 나섰다. 건청문을 한 바퀴 돌고 종수궁을 지나던 때였다. 그가 문득 뭔가 떠오른 듯 말했다.

"짐이 깜빡했네. 어제 달라이 라마가 좋은 향 열 통을 공물로 보낸 것이 있네. 짐이 종수궁에서 기다리고 있을 테니 자네가 가서 좀 가져오게. 향 옆에 자그마한 함이 하나 있을 것이니 그것도 함께 들고 오게. 짐이 필요해서 그러네. 다른 사람은 모르는 게 좋겠네. 무슨 말인지 알겠나?"

하루 종일 건륭을 따라다닌 고무용이 '무슨 말인지' 모를 리 없었다. 눈치 빠르게도 연신 허리를 굽혀 대답하고는 물러갔다. 건륭은 홀로 종수궁으로 들어갔다.

종수궁은 듣기 좋게 '궁'이라 부르나 사실은 태후와 황후가 예불하고 향을 사르는 자그마한 불당이었다. 강희 연간 소마라고蘇麻喇姑가 그곳에서 삭발수행을 하다가 열반에 든 뒤로는 출가인을 따로 두지 않았다. 당시 강희는 소마라고의 영혼을 위로하는 뜻에서 말년에 소마라고와 성격이 비슷한 궁녀들을 선발해 그곳에 들여보내기도 했다. 그들은 생전의 소마라고가 그랬듯 3년 동안 육식과 기름진 음식을 피하고 불사를 거르지 않았다. 동시에 비구니 아닌 비구니 행세를 해야 했다. 그렇게 3년이 지난 후에는 다시 궁으로 불러들이지 않고 고향집으로 돌려보냈다. 그래서인지 그곳 생활이 비록 힘들고 외로웠으나 너도나도 뽑혀오기를 원했고, 궁녀들은 수많은 경쟁을 뚫고 선발된 사람들인 만큼 영특하고 약삭빨랐다.

그 시각 비구니들은 몇몇 총관비구들의 감독하에 목어를 두드리면서 불경 공부를 하고 있었다. 그런데 건륭이 예고도 없이 들이닥치자 모두들 불에 덴 듯 화들짝 놀라면서 동작을 멈추고 자리에서 일어섰다. 건륭이 그 모습을 보고 말했다.

"자네들은 불사를 계속하도록 하게. 짐은 오늘 오전에 왔다가 불사를 제대로 치르지 못하고 돌아갔었네. 그래서인지 마음이 편치 않아 다시 관세음보살에게 발원이라도 하려고 왔네. 짐은 신경 쓰지 말고 하던 공부를 계속하게!"

비구니들은 건륭의 말에 모두 제자리로 돌아갔다. 건륭은 찻물로 두어 번 입안을 헹군 다음 잠시 생각하더니 장미를 넣고 빚은 떡 쟁반을 들고 불당으로 향했다.

평소에 칙칙하기만 하던 불당은 분위기가 몰라 볼 만큼 바뀌어 있었다. 책상, 향로, 병풍, 부들방석이 모두 새것으로 바뀌었을 뿐 아니라 기둥과 바닥 역시 새롭게 단장돼 있었다. 청소도 했는지 먼지 하나 찾아볼 수 없을 정도로 깔끔했다.

불당 내 연화대 위의 관세음보살상은 백옥으로 만든 것인데 사람 키보다 컸다. 불상은 자상하고 단아한 자태로 신비스런 미소를 지은 채 향로 안에서 조용히 타오르는 연기를 내려다보고 있었다.

당아는 방석 위에 무릎을 꿇고 앉아 있었다. 건륭은 발소리를 죽이면서 조용히 걸어갔다. 이어 떡 쟁반을 탁자 위에 살짝 내려놓고는 다시 까치발로 한 걸음 물러서면서 관음상을 향해 합장했다. 그리고는 중얼거리면서 기도를 하기 시작했다.

"관세음보살! 무량無量의 법력으로 대청의 국태민안國泰民安과 하청해안河清海晏(황하의 물이 맑아지고 바다가 잔잔함. 태평한 세상의 조짐)을 도와주시옵소서. 부족한 이 사람이 천고의 귀감으로 거듭나도록 도와주시옵소서……."

"폐하, 언제 걸음하셨사옵니까!"

당아가 건륭의 목소리를 듣고는 눈을 번쩍 떴다. 얼굴에 놀라움과 환희가 그득했다. 어찌할 바를 몰라 하며 서둘러 일어나려고 애썼다. 그러자 건륭이 빠른 걸음으로 다가가 두 손으로 그녀의 어깨를 눌러 앉혔다. 이어 자상한 미소를 지으면서 말했다.

"자네가 오늘 여기서 금식 기도를 하겠다던 말이 생각나 편히 앉아 있을 수가 없었네."

당아가 얼굴을 붉히면서 눈을 내리깔았다.

"별 볼 일 없는 여자 때문에 이리 걸음 하시게 만들었으니 실로 황송하옵니다."

건륭이 말없이 다가가 당아의 머리를 품안에 껴안았다. 그리고는 동그란 이마에 입을 맞추며 말했다.

"당아, 짐은 항시 자네가 그립고 안쓰럽네. 짐의 아이를 품고 마음 고생하는 자네가 말할 수 없이 사랑스럽고, 또 미안하네……."

당아가 건륭의 말에 눈물을 비 오듯 쏟았다.

"그런 말씀 마시옵소서, 폐하. 저는 죽을 때까지 부처님께 죄를 참회하고 용서를 빌 것이옵니다. 복중의 아이에게는 죄가 없사옵니다……."

건륭이 한숨을 내쉬었다.

"자네도 죄가 없는 사람이네. 죄가 있다면 짐에게 있지. 설령 천자가 아니고 여염집 사내였다 하더라도 이렇게 무거운 짐을 여인에게만 지우는 것은 도리가 아니라 생각하네. 뒷일은 짐에게 맡기고 자네는 홀가분하게 황자를 생산하기만 하면 될 것이네. 금식 기도도 좋지만 홀몸이 아닌 사람이 아무것도 먹지 않는 것은 위험하네. 그래서 짐이 떡을 가져왔네. 이거라도 먹어두게. 입맛이 없어도 짐의 아들을 위해 먹어줘야 하네……."

건륭이 잠시 말을 끊었다. 가슴이 아픈지 눈가가 촉촉이 젖어들었다.

"폐하!"

긴장과 불안으로 신경이 팽팽해져 있던 당아가 건륭의 넓은 가슴에 가냘픈 몸을 맡겼다. 이어 천천히 다시 입을 열었다.

"어떨 때는 이보다 더 큰 복이 어디 있느냐고 스스로 위로도 해보지만 도무지 이 죄로부터 자유로워질 수가 없사옵니다. 하루에도 수십 번씩 희비가 교차하고는 하옵니다."

당아가 건륭의 가슴속을 점점 더 파고들 무렵 고무용이 들어섰다. 그녀는 화들짝 놀라면서 빠져나오려고 했다. 그러나 건륭은 더욱 힘주어 당아를 끌어안았다.

"괜찮아, 가만히 있게. 고무용, 물건을 가져왔으면 짐을 대신해 향을 피우게. 그리고 종이꾸러미의 물건은 탁자 위에 올려놓고 물러가게."

대답과 함께 고무용이 물러가자 건륭이 다시 당아의 귀에 대고 뭔가 속삭이듯 말했다.

"자네는 어찌 짐의 품속에서까지 그리 깜짝깜짝 놀라고 그러나! 저 사람들의 생사와 영욕이 모두 짐의 손에 달려있다는 것을 잊었는가!"

이어 탁자 위의 종이꾸러미를 가리켰다.

"산동성 순무가 공물로 바친 아교阿膠(한약재의 일종. 중국에서는 인삼,

녹용과 함께 3대 보양재이다)라는 거네. 호嗣씨 집안 천하제일의 장인이 진짜 아정수阿井水와 나귀가죽으로 만든 것이라네. 가지고 가서 혼자 천천히 맛을 음미해가면서 먹게……."

"아이만 순조롭게 출산할 수 있다면 저는 남편의 손에 죽임을 당해도 두렵지 않사옵니다."

당아가 여전히 파리한 안색을 한 채 흐느끼듯 말했다.

"허허! 이제는 짐이 있으니 죽는 것도 두렵지 않다 이 말인가?"

건륭의 농담에 당아가 쓸쓸한 웃음을 지어보였다.

"밖에 안 좋은 소문이 돌아 우울하옵니다. 선제의 붕어 이유를 두고 유언비어가 난무하는가 하면 폐하께서 불효하시어 상중임에도 불구하고 이년하고 그렇고 그런 사이라고 수군거리는 소리도 있사옵니다. 또 폐하께서 이년을 뺏기 위해 부항의 목을 치려 한다고……."

건륭은 당아의 말에 깜짝 놀랐다. 당아를 껴안은 팔이 흠칫 떨릴 정도였다. 그가 적이 놀란 채 막 다그쳐 물으려고 할 때였다. 다시 고무용이 잰걸음으로 들어와 아뢰었다.

"폐하, 귀비마마께서 저녁 예배를 올리신다면서 종수궁을 찾으셨사옵니다!"

당아가 고무용의 말에 힘껏 건륭을 밀치고는 제자리로 돌아가 무릎을 꿇었다. 이어 다급히 말했다.

"폐하, 어서 나가보시옵소서!"

"호랑이라도 쳐들어왔나? 어찌 놀란 사슴 눈을 하고 그러나? 괜찮네. 나랍씨가 질투가 많은 게 흠이지 다른 문제는 없는 사람이네. 이리 된 바에는 짐이 오늘 속 시원하게 그 사람의 의혹을 풀어줄 것이네."

건륭은 오히려 웃음을 지어보였다. 그리고는 다시 당아에게 다가갔다. 이어 모든 것을 포기한 듯 고통스럽게 두 눈을 감고 있는 당아를 품안에 꼭 껴안으면서 말했다.

"짐이 확실한 방패막이가 되어줄 테니 자네는 그저 따라 오기만 하면 되네."

37장
난무하는 유언비어

당아는 귀비 나랍씨에게 들키는 것이 싫어 건륭의 품을 빠져 나오려고 발버둥을 쳤다. 그러나 그럴수록 건륭의 두 팔은 거센 집게처럼 더 아프게 그녀의 몸을 조였다. 등불 빛이 잠깐 반짝이는가 싶더니 나랍씨가 어느새 종수궁으로 들어섰다. 비구니들은 모두 엎드려 나랍씨를 영접했다. 그러자 불당 밖에서 특유의 고음으로 나랍씨를 저지하는 고무용의 말소리가 들려왔다.

"귀비마마, 폐하께서 예불을 올리고 계시옵니다. 수행원들조차 모두 멀리 물러나 있는 상태이옵니다."

고무용의 말이 끝나기 무섭게 나랍씨의 째지는 듯한 웃음소리가 들렸다.

"과연 그런가? 폐하께서 이 늦은 시간까지도 이리 정성을 들여 예불을 올리시니 여래불도 감복해 눈물을 흘리겠네!"

나랍씨는 그렇게 말을 하면서도 발걸음은 멈추지 않았다. 그리고는 덧붙였다.

"어쩐지 나도 오늘은 자꾸만 이리로 발걸음이 향한다 했지. 약속이라도 한 듯 폐하의 용안을 여기서 뵙게 되다니. 이 또한 우리의 복에 겨운 인연이 아니겠는가!"

나랍씨는 비아냥거리면서 불당 안으로 들어섰다. 그러다 그 자리에 뚝 멈춰서고 말았다. 등촉이 눈부신 가운데 관음좌 아래에 황후의 친정 올케 당아를 안고 있는 건륭황제를 목격한 것이다. 나랍씨는 두 사람이 함께 있을 거라고 생각하고 일부러 찾아온 것이었다. 그러나 그처럼 노골적으로 부둥켜안고 있을 줄은 꿈에도 몰랐다.

건륭은 나랍씨의 존재는 철저히 무시한 채 한 팔로 당아를 껴안고 다른 손으로는 그녀의 머리를 쓰다듬고 있었다. 나랍씨는 그 모습을 보면서 불당 안으로 들어가지도 나오지도 못한 채 그 자리에 굳어져 버리고 말았다. 고운 얼굴이 파랗게 질렸다. 반쯤 벌어진 입술에서는 핏기가 싹 사라졌다.

건륭은 그제야 순한 양처럼 품속에 안겨 있던 당아를 살며시 풀어놓고 일어섰다. 이어 향을 사르는 책상 앞으로 다가가 향을 사르고 절을 한 다음 뒤돌아서서 나랍씨를 바라봤다. 순간 나랍씨가 고개를 푹 숙였다. 건륭이 오랜 침묵이 흐른 뒤 피식 웃으면서 입을 뗐다.

"이렇게 늦은 시간에 예불을 올리러 왔나, 아니면 간통 현장을 덮치러 왔나?"

"폐, 폐하……! 아니…… 그런 것이 아니옵니다. 소첩은 폐하께서 여기 계신 줄 몰랐사옵니다. 사실이옵니다. 믿어주시옵소서!"

나랍씨는 생전 처음 보는 건륭의 서늘한 눈빛에 다급한 나머지 말까지 더듬었다.

"알고 왔건 모르고 왔건 그건 의미가 없네. 무얼 봤느냐가 중요하지."

"소첩은 아무것도 보지 못했사옵니다……."

"아니! 자네는 볼 걸 다 보았어!"

건륭의 말투는 마치 커다란 바위처럼 위압감이 있었다. 나랍씨는 숨이 막히는 듯 두 손으로 가슴을 누르면서 다시 고개를 숙였다.

"사실은…… 다 봤사옵니다. 기왕지사 이렇게 된 것 어떻게 하겠사옵니까. 소첩이 폐하께 간곡히 진언을 올리고자 하옵니다. 그러지 않아도 폐하께서 제위에 오르신 후 밖에서는 갖은 유언비어가 난무하고 있사옵니다. 그런데 이 일마저 소문이 나는 날에는 폐하는 말할 것도 없고 황후마마께도 크게 누를 끼칠 것이옵니다. 당아 역시 얼굴을 들고 다니기 어렵지 않겠사옵니까……?"

나랍씨의 말이 채 끝나기도 전이었다. 갑자기 당아의 작은 흐느낌 소리가 들렸다.

그러자 건륭이 문 밖에 대고 하명을 했다.

"고무용! 귀비를 수행한 사람들은 모두 궁으로 돌아가라고 이르게. 짐과 귀비는 오늘 저녁 이곳 종수궁에서 밤을 새워 예불을 올릴 것이니!"

건륭은 말을 마치고는 돌아서서 뚜벅뚜벅 실내를 거닐기 시작했다. 지겹도록 무거운 침묵이 한참 이어진 다음 그가 다시 입을 열었다.

"자고로 유언비어에서 자유로운 황제가 있었던가?"

나랍씨는 느닷없이 날아온 질문에 잠시 당황한 표정을 지었다. 이어 조심스럽게 대답했다.

"정관貞觀의 치세를 이뤄낸 당의 태종황제나 현종 개원 연간에는 유언비어가 전혀 없었……."

건륭이 나랍씨의 말이 채 끝나기도 전에 냉소를 흘리며 그녀의 말을 뚝 잘랐다.

"그래, 결국 당 태종을 언급하는 걸 보니 자네가 책을 좀 읽었다는 소문은 사실이었군! 그러나 '현무문玄武門의 변變' 때 이세민李世民(당 태종)이 형을 죽이고 보위를 찬탈했다는 것은 알고 있나? 측천무후도 위로는 태종을 섬기고 아래로 고종의 시중을 들었어. 그러면서 야무진 꿈을 꿨지. 결국 꿈도 이뤄냈고. 그래도 명성이 그리 좋은 것은 아니잖아?"

나랍씨의 고개는 점점 더 깊게 수그러들었다. 그녀가 다시 기어 들어가는 목소리로 말했다.

"소첩은 책을 많이 읽지 못했사옵니다……."

"여자라면 엉뚱한 책을 마구 주워 읽지 말고 황후처럼《여아경》이나 통독을 해야지."

나랍씨는 건륭의 비아냥에 기가 죽었는지 고개를 숙인 채 애꿎은 옷고름만 손가락에 감았다 폈다 했다. 그러더니 다시 살며시 얼굴을 들고는 건륭을 훔쳐봤다. 커다란 두 눈에 눈물이 그렁그렁 맺혀 있었다. 뭔가 할 말이 있는 듯 했다. 그러나 도로 입을 다물었다. 그 모습이 무척 측은해 보였다. 건륭이 그 사이 마음이 한결 누그러진 듯 천천히 입을 열었다.

"자네는 질투가 너무 많은 것이 흠이네. 생각해보게, 짐이 자네 처소를 찾아준 적이 황후보다 훨씬 많지 않았는가? 그런데 무슨 욕심이 그리 많아 다른 비빈을 찾는 것에 그리도 신경을 곤두세우는 건가? 질투도 어지간히 해야 애교로 봐주지 지나치면 보기 흉하다는 것을 모르는가?"

나랍씨가 건륭의 꾸중에 고개를 푹 떨구었다. 그리고는 아무런 대꾸도 하지 못했다. 건륭이 그런 나랍씨를 한참동안 응시하더니 돌연 음성을 높였다.

"오늘 일만 봐도 그래. 짐이 예불을 드리고 있으니 아무도 들이지 말라고 미리 분부했어. 고무용이 그리 말하면 자네는 들어오지 말았어야지! 솔직히 짐은 자네가 올 줄 알고 덫을 놓은 거네. 이참에 버르장머리를 고쳐놓으려고 한 거야. 설령……, 설령이 아니지. 짐과 당아의 사이가 각별한 것은 사실이야. 어림짐작으로 알고 있었더라도 군주의 존엄을 지켜줘야 할 게 아닌가. 또 평소에 친자매처럼 지내던 당아를 위해서라도 모른 체 덮어주고 감춰줘야 할 게 아닌가. 그런데 자네는 이게 뭐하는 짓인가! 고작 밖에서 떠도는 '유언비어'나 전해서 짐의 심기를 불편하게 만드는 게 자네가 짐을 위해 할 수 있는 일이라는 말인가! 이제 볼 것, 못 볼 것 다 봤으니 말해보게. 자네의 죄를 물어야 하는지, 아니면 짐이 죄인 취급을 받아야 하는지!"

누가 들어도 건륭의 훈계는 '방귀 뀐 놈이 성 낸다'는 식으로 적반하장이었다. 그러나 졸지에 '질투의 화신'이라는 덤터기를 뒤집어쓴 나랍씨로서는 그런 걸 생각할 여유가 없었다. 그녀는 갑자기 숨이 턱 막히는 것 같았다. 게다가 "대체 누가 죄인이냐?"는 추상 같은 질문까지 겹치자 한계에 다다른 나랍씨는 그만 털썩 무릎을 꿇고 말았다. 이어 죽어라 머리를 조아리면서 사시나무 떨 듯 떨었다.

"폐하의 지당하신 말씀에 소첩은 입이 열 개라도 아뢸 말씀이 없사옵니다. 소첩은 죽어 마땅한 몹쓸 년이옵니다. 모두 소첩의…… 죄이옵니다."

그제야 건륭의 어투가 다소 누그러졌다.

"제 잘못을 아는 자는 용서받을 수 있다네. 일이 이렇게 됐으니 짐은 아예 당아의 목숨과 체면을 자네에게 전적으로 맡길까 하네. 이제부터 당아와 자네는 공동운명체가 됐네. 당아가 잘 지내게 되면 자네는 여전히 부와 명예를 누릴 수 있는 짐의 귀비네. 그러나 만에 하나 당아에게 무슨 일이라도 생기면 자네는 더 이상 귀비가 아니네. 자네 목숨 역시 부지할 수 없을 것이네. 모든 것이 자네 하기 나름이라는 것을 명심하게!"

"폐하!"

나랍씨가 허겁지겁 무릎걸음으로 다가가 건륭의 다리를 껴안았다. 그리고는 얼음물에 빠진 사람처럼 온몸을 부르르 떨었다. 공포에 질린 흐느낌 소리가 애처로웠다. 한참 후 그녀가 겨우 입을 열었다.

"신첩은 폐하를 너무 사랑한 나머지 질투를 하게 됐사옵니다. 누군가를 해코지 하려는 마음은 추호도 없었사옵니다."

건륭이 입가에 야릇한 미소를 지은 채 나랍씨를 굽어봤다. 그러나 곧 피식 웃으면서 가벼운 발짓으로 나랍씨의 팔을 뿌리쳤다. 이어 한쪽에서 떨고 있는 당아의 손을 잡아 나랍씨에게로 데리고 왔다.

"둘 다 짐을 좋아하는 사람들이고 또한 짐이 좋아하는 여인들이네. 같은 지아비를 섬기는 처지에 질투는 삼가고 이제부터는 좋은 벗이 돼야 마땅할 게 아닌가. 자, 관세음보살 앞에서 그 동안의 원망과 미움은 털어내고 좋은 자매가 될 것을 맹세하게. 자, 손을 잡게!"

건륭이 지켜보는 가운데 나랍씨와 당아의 두 섬섬옥수는 잠시 머뭇거리더니 하나로 겹쳐졌다.

당초 건륭은 당아의 얼굴이나 한번 보고 양심전으로 돌아가려 했다. 그런데 예기치 않은 '풍파'가 일어나 노곤하게 찾아오던 졸음마저 바람에 흩어지는 구름처럼 사라지고 말았다. 그리고는 갑자기 밖에서 떠돈다는 유언비어에 대한 궁금증이 일었다. 그는 양심전으로 돌아갈 생각을 아예 포기하고 등나무 의자를 가져오게 해서 반쯤 드러누웠다. 이어 당아에게는 자신을 마주 한 채 의자에 앉아 있게 하고 나랍씨에게는 옆자리에서 다리를 주무르게 했다.

'인생에 이런 환희의 순간이 몇 번이나 있을까? 짐이 좋아하고, 짐을

좋아하는 두 미인과 함께 하니 이 밤이 짧기만 하구나.'

건륭은 감개에 젖어 눈을 지그시 감은 채 편안함에 몸을 맡겼다.

"방금 폐하께서 귀비마마께 하신 말씀에 공감이 가지 않는 부분이 있사옵니다."

당아가 나랍씨를 일별하면서 깊은 한숨을 토한 다음 말했다. 나랍씨는 당아가 무슨 말을 할지 몰라 당황한 나머지 공포심이 얼굴에 번졌다. 당아는 나랍씨의 반응을 힐끗 쳐다보고는 뒤이어 풀죽은 목소리로 덧붙였다.

"저와 귀비마마는 그 처지가 천지 차이옵니다. 저는 엄연히 남정네가 있는 사람이옵니다. 아무리 발버둥을 쳐도 저는 죄인이고, 저의 행동은 정당화될 수 없는 죄악임에 틀림없사옵니다. 배 속의 황자만 아니라면 저는 더 살아 있을 이유가 없사옵니다. 밖에서 나도는 소문에 따르면 부항은 폐하를 위해 목숨 걸고 일하는데 폐하는 뒤에서 부항에게 그……그걸…… 덮어씌웠다면서 비난하고 있사옵니다."

그녀는 차마 '녹두건'綠頭巾(녹색 두건을 쓴다는 말로, 바람난 부인을 둔 남편의 처지를 의미함. 요즘은 녹색 모자라고 함)이라는 세 글자를 입 밖에 내지 못했다. 당연히 건륭은 당아가 차마 내뱉지 못한 말이 녹두건이라는 사실을 모르지 않았다. 그러나 그런 소문은 대수롭지 않았다. 세상에는 누군가에게 녹색 두건을 쓰게 하는 사람이 비일비재하다고 생각했기 때문이었다.

"심심한 사람들이 찧고 까부는 그런 소문에 그리 구애될 것은 없네. 당아의 남편인 부항만 봐도 그래. 내 스물일곱째 결영潔英공주와 그렇고 그런 사이 아닌가. 그러니 부항 역시 결영공주의 남편인 덕아德雅에게 녹두건을 씌운 셈이 아닌가. 덕아는 또 월영月瑛공주와 애매한 관계가 있으니 부마駙馬(공주의 남편)인 오진청吳振淸에게 녹두건을 씌운 것이 아니고 무엇인가!"

건륭의 말은 사실이었다. 그리고 그 외에 건륭이 알고 있는 소문만 해도 열 손가락으로 다 꼽지도 못할 만큼 많았다. 그만큼 조정의 남녀관계는 복잡하게 얽혀 있었다.

구태여 일일이 나열할 필요도 없이 성조의 애첩이었던 정춘화鄭春華의 사례만 봐도 그랬다. 태자 시절의 윤잉과 사통했으니 그렇게 따지면 영명한 성조도 녹두건을 썼다고 할 수 있지 않은가?

'지저분하고 불분명한 남녀관계는 어느 왕조를 막론하고 대동소이해. 당, 송, 원, 명 등의 왕조들이 모두 그랬어. 그것들은 정말 일희일비할 건더기조차 못 돼.'

건륭은 자신이 저지른 일에 대해 그렇듯 대수롭지 않게 생각하고 있었다. 그러나 정작 당아의 입에서 그런 소리가 나오자 마음이 착잡해지지 않을 수 없었다. 더구나 당아는 자신의 입으로 떠도는 '뜬소문'이라고 말하기는 했으나 '부항은 폐하를 위해 목숨 걸고 일하는데……'라고 분명히 말했다. 건륭과 부항의 인간성을 저울질하는 말이 아니고 무엇인가? 건륭은 약간 화가 나기는 했으나 꾹 참고 당아를 달래기 위해 다시 무겁게 입을 열었다.

"남녀 사이의 애정은 하늘의 조화여서 아무도 왈가왈부할 수 없어. 자고로 사랑의 그물에서 벗어난 사람은 없어! 천하에 자기 마누라밖에 모른다는 부항도 예외는 아니지. 자네들은 모르겠지만 부항은 이번에 비적떼를 토벌하면서 비적 여두목과 사이가 심상치 않았다고 해. 들리는 말에 의하면 그 여자가 죽지만 않았어도 둘이 어디론가 도망갔을 거라고 하더군……."

당아로서는 처음 듣는 말이었다. 부항이 강호의 여비적과 그 정도로 죽고 못 사는 사이였다니? 당아는 놀라고 화가 났으나 동시에 무거운 짐을 내려놓은 것처럼 홀가분한 느낌도 들었다. 남편에게 죄스러웠던 마음의 부담이 조금 가벼워지는 듯 했다. 그때 나랍씨가 조심스럽게 입을 열었다.

"폐하, 지금부터 소첩이 아뢰는 말씀은 그 뿌리를 캐지 않겠다고 약조해 주시옵소서. 소첩도 누군가로부터 전해들은 소문인지라 속속들이 다는 모르옵니다……."

"무슨 말인데 그리 뜸을 들이나? 짐이 약조할 테니 어서 말해보게."

건륭이 흔쾌히 받아들였다.

"어떤 사람이 그러는데……, 선제께서는 비명횡사하셨다 하옵니다!"

순간 건륭이 벌떡 일어나 앉았다.

"폐하!"

"캐지 않기로 했으니 걱정 말게. 아는 데까지 말해 보게. 짐도 알고는 있어야 하니 말일세."

건륭이 한껏 굳어진 안색을 한 채 말했다. 그러나 애써 흥분을 누르고는 두 눈이 휘둥그레진 당아를 향해 입을 열었다.

"자네는 여기에 편히 누워 있게. 중요한 일이기는 하나 과거지사이니 그리 걱정하지 않아도 되네. 짐은 밖에 나가 귀비하고 얘기를 좀 나누고 올 테니 한숨 자도 되겠네."

건륭은 말을 끝내기 무섭게 바로 밖으로 향했다. 나랍씨가 불안함을 누르고 건륭을 따라 정원으로 나왔다.

정원은 밤이 이슥한 시각이라 쥐죽은 듯 고요했다. 종수궁의 비구니들은 감히 밖에 나오지도 못하고 방 안에서 참선을 하고 있었다. 사방은 정적만이 감돌았다. 그때 멀리서 야경꾼 태감의 쉰 목소리가 끊어질 듯 이어지면서 들려왔다.

"불…… 조…… 심…… 하시오."

누런 초승달이 구름 사이로 얼굴을 내밀었다. 어화원 쪽에서 날아오는 꽃향기와 불당에서 퍼져 나오는 향내가 한데 어우러져 공기 중에 감돌았다. 건륭이 오랜 침묵을 깨고 나지막하게 입을 열었다.

"말해 보게."

"폐하께서 소첩의 말에 귀를 기울여 주시니 소첩은 그저 들은 대로 아뢰겠사옵니다."

나랍씨의 목소리는 유난히 또렷했다. 그녀가 침을 꼴깍 삼키고는 계속 말을 이어나갔다.

"어느 때인가 소첩의 친정 올케가 열여섯째공주 댁에 생신 축하차 갔다가 연회석에서 귀동냥을 했다 하옵니다. 선제께서 엄청나게 좋아하신 비빈이 하나 있었는데, 이름이 교인제喬引娣라고 하는 것 같았사옵니다."

"그래, 교인제! 원래 열넷째(윤제)숙부가 데리고 있던 여자였지. 그런데?"

건륭이 별것 아니라는 반응을 보이며 이야기를 재촉했다.

"선제께서 친아우와의 불화를 감내하면서까지 그 여자를 비빈으로 데려온 데 대해 사람들은 이러쿵저러쿵 말이 많았다 하옵니다. 나중에야 안 일이지만 교인제라는 여자는 생김새가 선제께서 지방 순시 중에 우연히 만나 사랑을 했던 소복小福이라는 여자하고 쏙 빼닮았다고 하옵니다. 소복은 집안 규칙을 어겼다는 이유 때문에 불에 타죽었다고 했사옵니다."

나랍씨가 말하는 이야기는 건륭 역시 잘 알고 있었다. 황자 시절에 가노인 고복高福으로부터 자세히 들은 바 있었던 것이다. 이후 고복은 군주를 배신하는 죄를 지어 옹정에게 죽임을 당했다. 자연스럽게 비밀도 그와 함께 땅에 묻혔다. 그랬기에 건륭으로서는 그 사실을 아는 사람이 이제는 없을 거라고 굳게 믿고 있었다. 그런데 오늘 나랍씨 입에서 그 이야기가 나오자 적이 놀라지 않을 수 없었다. 그러나 애써 아무런 내색도 하지 않은 채 물었다.

"헌데 그것이 선제의 붕어와 무슨 관련이 있다는 말인가?"

나랍씨는 마치 그 이야기를 하고 싶어 벼르고 있었던 듯 자세히 대답했다.

"그런데 교인제와 소복이 너무 닮아 선제께서는 용모가 그리 빼어나지도 않은 교인제를 육궁의 비빈들 중에서 가장 아끼고 좋아하셨다 하옵니다. 누군가에게 크게 노하시어 목을 베려 하시다가도 교인제가 조용히 말리면 기적같이 그 화가 가라앉고는 했다 하옵니다."

건륭이 가만히 고개를 끄덕였다. 그에 대해서는 건륭 자신도 두 눈으로 똑똑히 목격한 적이 있었기 때문이었다. 건륭은 나랍씨의 말을 듣고는 잠시 눈을 감고 과거의 일을 가만히 떠올렸다.

한번은 옹정이 노발대발하면서 등나무 가지로 홍주의 종아리를 때린 적이 있었다. 얼마나 후려쳤는지 피가 터지고 나뭇가지가 부러질 정도였다. 아무도 말릴 엄두조차 못 내고 있었을 그때, 교인제가 환부에 바르는 약을 가져다 말없이 홍주에게 발라줬다. 평소 성격이 대쪽 같은 옹정으로서는 용납할 수 없는 일이었다. 그러나 옹정은 교인제에게 전혀 화를 내지 않았다. 말없이 한숨을 짓더니 오히려 눈가에 고인 눈물을 보이지 않으려고 등나무 가지를 내던지고 돌아서버렸던 것이다. 건륭은 아직도 생생하게 기억나는 그 광경이 눈앞에 떠오르자 몸을 가만히 떨었다.

건륭이 그렇게 옛 추억에 잠겨 있을 때였다. 갑자기 나랍씨의 입에서 청천벽력 같은 말이 흘러나왔다.

"바로 그 교인제가 선제를 시해했다 하옵니다!"

건륭이 다시 온몸을 흠칫 떨었다. 그리고는 그 자리에 굳어져버렸다.

너무나 충격적인 말이라 믿어지지 않았던 것이다. 건륭은 문득 공포의 그날 밤을 다시 떠올렸다. 두 구의 시체는 사람들의 의심을 사기에 충분했다. 더구나 기괴한 혈흔을 비롯해 뜻을 알 수 없는 옹정의 친필 유지도 그랬다. 그는 다시 한 번 당시의 광경을 머릿속에 또렷하게 떠올렸다. 나랍씨가 그런 그를 힐끔 쳐다보더니 천천히 말을 이어갔다.

"그날 저녁 불침번이었던 궁녀가 끔찍한 장면을 직접 목격했다 하옵니다. 그 궁녀는 선제께서 약을 드시겠다고 하셔서 물잔을 쟁반에 받쳐 들고 들어갔다고 하옵니다. 그러자 선제께서는 부드러운 시선으로 교인제를 응시하시면서 '자네가 이 약이 몸에 좋다 하니 한 알씩 나눠먹자'라고 하셨다 하옵니다. 궁녀는 선제와 교인제가 환약을 한 알씩 복용하는 모습을 보고 물러났고요. 그런데 궁녀가 밖으로 나오자마자 '쟁그랑!' 하고 물잔이 박살나는 소리가 났다고 하옵니다. 궁녀는 너무나 놀라서 문틈으로 안을 들여다봤다고 하옵니다. 헌데 이게 어쩐 일이옵니까? 선제께서는 한 손으로는 고통스럽게 배를 끌어안고 다른 한 손으로는 교인제를 가리키시면서 '자네……, 어찌 짐을 시해할 수 있다는 말인가? 짐은……, 자네를 위해서라면…… 뭐든지 다해 주고 싶었는데……'라고 말씀하셨다 하옵니다. 그러자 교인제가 대뜸 종이 자르는 칼을 치켜들고 달려들더니 선제의 가슴팍을 힘껏 찔렀다 하옵니다. 그것을 본 궁녀는 하마터면 기절해 죽을 뻔했다 하옵니다."

건륭은 갑자기 머리칼이 곤두서는 것 같았다. 머릿속이 혼란스럽기 그지없었다. 나랍씨가 묘사한 정경은 그날 저녁 자신이 목격했던 끔찍한 현장과 완전히 일치했다. 그는 어둠의 장막에 휩싸인 주위를 둘러봤다. 주변은 마치 크고 작은 궁궐들에서 귀신이 대거 출몰할 것처럼 음산했다. 순간 소름이 확 끼쳤다.

건륭이 찬 기운을 깊이 들이마시면서 물었다.

"그 다음은?"

"교인제는 선제께서 괴로워 몸부림치는 모습을 보고 겁이 나서 뒷걸음쳤다 하옵니다. 선제께서는 마지막 숨을 몰아쉬면서 띄엄띄엄 물으시기를, '짐을…… 좋아한다면서 왜 그랬어? 자네 손에 죽으니 여한은 없네'라고 하셨다고 하옵니다. 그러자 교인제는 '신첩의 생모에게 다 들었사옵니다'라고 대답했사옵니다. 선제께서 '자네 생모? 누구 말인가? 뭘 다 들었다는 겐가?'라고 물으시자, 교인제는 '신첩의 생모가 바로 폐하께서 그리도 못 잊어하시는 소복이옵니다. 열넷째마마는 저의 친숙부이고, 폐하께서는 저의 생부이옵니다. 그날 폐하의 눈앞에서 불타 죽은 여인은 신첩의 어머니가 아닌 쌍둥이 이모였사옵니다……'라고 대답했다고 하옵니다. 선제께서는 교인제의 말에 충격을 받으시고 즉시 숨을 거두셨다고 하옵니다."

나랍씨가 드디어 말을 마쳤다. 그리고는 왜소한 몸을 바들바들 떨었다. 이어 건륭의 가슴을 파고들었다.

"폐하, 신첩은 두렵사옵니다. 이 자금성, 이 황궁의 어디서든 귀신이 출몰할 것 같사옵니다."

건륭은 나랍씨의 말을 다 듣고 나자 갑자기 의심이 불쑥 생기는 것을 어쩌지 못했다.

'내가 목격한 광경과 귀비가 궁녀에게 들었다는 얘기는 단 한 치의 오차도 없이 들어맞아. 이것은 그냥 우연에 불과하다는 말인가? 아니면…….'

건륭은 사시나무 떨 듯 하면서 무작정 자신의 가슴을 파고드는 나랍씨를 뚫어져라 쳐다봤다. 그리고는 심증을 굳힐 수 있었다. 이어 창백하게 질린 나랍씨의 얼굴을 손으로 들어 올리면서 다그쳐 물었다.

"혹시 그 '궁녀'가 자네인가?"

나랍씨는 정곡을 찌르는 건륭의 말에 고양이 앞의 쥐처럼 잔뜩 겁에 질린 채 건륭을 바라봤다. 이어 마른 침만 꿀꺽 삼키다가 그예 무겁게 고개를 숙였다. 그리고는 거의 들리지 않는 목소리로 대답했다.

"그렇사옵니다."

"방금 짐에게 했던 얘기가 밖으로 흘러나가면 구족九族이 멸문지화를 입게 될 거라는 것을 명심하게. 그렇지 않아도 이런 경우를 미연에 방지하기 위해 몇몇 친왕과 신하들이 건의한 것이 있네. 담녕거澹寧居 현장을 목격한 태감과 궁녀들을 전부 벙어리로 만들어 가둬놓자고 말이야. 헌데 자네같이 영특한 사람이 어찌 이런 말을 함부로 세 치 혓바닥에 올린다는 말인가?"

건륭이 미간을 좁히면서 분노를 터트렸다. 그러자 나랍씨는 허물어지듯 주저앉고 말았다.

"폐하, 신첩은 천지신명께 맹세할 수 있사옵니다! 방금 폐하께 아뢴 말은 다른 사람에게는 한 마디도 발설하지 않았사옵니다. 지금 밖에서 나도는 요언은 이보다 훨씬 더 심각하옵니다. 신첩은……."

나랍씨는 그예 공포에 질려 크게 흐느꼈다.

"폐하께서는 신첩이 잠들면 업어 가도 모를 정도로 숙면을 취한다고 하지 않았사옵니까. 잠꼬대 한 번 하지 않고 아기처럼 쌔근쌔근 자는 모습이 귀엽다고 하지 않았사옵니까."

건륭이 나랍씨의 말이 끝나기도 전에 땅바닥에 주저앉은 그녀를 일으켜 세웠다. 동시에 섬뜩하게 날이 선 눈빛으로 그녀의 눈을 똑바로 응시하면서 물었다.

"밖에서 나도는 요언은 훨씬 심각하다니, 그게 무슨 말인가?"

나랍씨는 단단히 결심을 한 듯했다. 눈물을 훔치면서 지체 없이 입을 열었다.

"선제께서 급사하신 그날 저녁……, 폐하께서 현장에 계셨다 하옵니다. 폐하께서도 윤잉마마와 마찬가지로 부황의 애첩에게 눈독을 들였다고 하옵니다. 그날 저녁도 선제께서 교인제와 폐하의 간통현장을 덮치셨기에 그 같은 불상사가 일어났다고……."

건륭으로서는 황당하기 그지없는 소문이었다. 참으로 울지도 웃지도 못할 일이었다.

"누가 감히 그런 요언을 지어내 유포했다는 말인가? 그런 요언의 진원지는 어디인가?"

건륭은 자신도 모르게 주먹을 불끈 쥐었다.

"폐하, 폐하! 유언비어를 누가 퍼뜨리는지는 알 수가 없사옵니다. 밤이슬이 차옵니다. 그만 불당으로 드시옵소서."

건륭이 너무 흥분하자 나랍씨는 더 이상 자극적인 이야기를 해서는 안 될 것 같다고 생각했는지 건륭을 말리며 옷깃을 잡아당겼다.

"그렇지!"

건륭이 나랍씨의 권유에 냉정을 되찾았다. 그리고는 차가운 얼굴로 그녀에게 말했다.

"자네는 이제 들어가 당아와 함께 있어주게. 짐은 양심전으로 돌아가 봐야겠네. 짐의 주변에는 온통 수상쩍은 자들뿐이로군."

건륭이 말을 마치고는 살기가 번뜩이는 눈빛을 보였다. 그러다 이내 표정을 부드럽게 풀면서 나랍씨의 볼을 쓰다듬었다.

"내일 밤에는 자네 패를 뽑아줄 테니 기다리게! 오늘 일을 계기로 당아와 사이좋게 지내도록 하게. 앞으로 당아가 입궐할 때는 자네 방을 빌려주면 금상첨화겠군!"

나랍씨가 건륭의 말에 얼굴을 붉혔다. 이어 새침한 표정을 지었다.

양심전으로 돌아온 건륭은 자명종을 봤다. 이미 해시에 가까운 시각이었다. 그는 장정옥을 부르고 싶었으나 이내 포기했다. 이미 궁문이 닫힌 뒤라 조용히 불러들이기는 글렀다는 생각이 들었던 것이다. 대신 그는 주장을 펼쳐 들었다. 그러나 마음이 뒤숭숭해 좀처럼 글씨가 눈에 들어오지 않았다. 급기야 짜증스럽게 상주문을 밀어버리고는 고무용을 불렀다.

"자네는 밤에도 자녕궁을 자주 들락거리는 편이니 알 것이 아닌가? 태후마마께서는 평소 이 시간에 침수에 드시던가?"

고무용이 대답했다.

"아직 침수 드시지 않으셨을 것이옵니다, 폐하! 태후마마께서는 기력이 왕성하시어 별다른 일이 없으셔도 늘 자시에 향을 사르십니다. 그리고는 향을 마주 한 채 향보香譜(향이 타오르는 형태에 따라 길흉을 점치는 일)를 맞추신 뒤에야 침수에 드시고는 하옵니다. 오늘은 욕불절인 데다 부항 어르신의 첩보까지 날아왔으니 경사가 겹친 좋은 날이옵니다. 방금 소인이 아교와 향을 가지러 갔다 왔사옵니다. 가서 보니 폐하를 배알하러 왔던 열일곱째황고皇姑(황제의 고모)와 지패놀이를 하고 계셨사옵니다."

건륭이 고개를 끄덕이면서 말했다.

"짐도 오늘 저녁은 통 잠이 안 오네. 앞장서게. 자녕궁으로 가세!"

그러자 고무용이 황급히 아뢰었다.

"폐하께서는 잠시만 기다리시옵소서. 소인이 먼저 태후마마께 전갈을 하고 오겠사옵니다."

건륭은 그러나 바로 시종 태감에게 외투를 챙기라고 이르고는 덧붙였다.

"아들이 어머니를 뵈러 간다는데 미리 보고할 것까지 있는가? 그리

수선 떨 것 없이 그냥 가세."

태후는 과연 지패를 만지고 있었다. 그러나 분위기는 건륭이 상상했던 것처럼 북적거리지 않았다. 그저 태후의 맞은편에 황후, 태후의 양쪽에 일찍 홀로 된 넷째황고와 열일곱째황고가 앉아 열심히 지패를 들여다보고 있을 뿐이었다. 열일곱째황고의 등 뒤에는 서른 살 가량의 젊은 부인이 서 있었다. 앞뒤에 큰 용, 양 어깨에 행룡行龍을 수놓은 예복을 입고 머리에는 붉은 보석을 박은 조관朝冠을 쓰고 있는 여인이었다. 조관에 달려 있는 일곱 개의 동주가 눈부신 빛을 발하는 것이 다소 특이했다. 여인은 건륭이 들어서자 말없이 무릎을 꿇었다. 건륭에게는 누나가 되는 일곱째공주였다.

건륭이 희색이 만면한 얼굴을 한 채 태후에게 문후를 여쭌 다음 천천히 입을 열었다.

"어머니께서는 오늘 특히 기분이 좋으신가 봅니다. 소자도 오늘 잠을 놓쳐 어머니께 호랑이 담배 피던 옛날 얘기가 듣고 싶어 찾아왔습니다. 헌데 일곱째누이는 왜 이렇게 무릎을 꿇고 계세요? 가족끼리는 이런 격식을 갖출 필요 없어요. 예복까지 입고! 어릴 때 귀뚜라미를 갖고 내기하면서 놀았던 기억 안 나요? 그때 내가 졌다고 일곱째누이가 내 코를 얼마나 아프게 잡아당겼어요?"

건륭은 옛 생각에 잠겨 스스럼이 없었다. 그러자 무릎을 꿇었던 일곱째공주가 얼굴에 미소를 지으면서 말했다.

"폐하께서는 어찌 이 누이의 나쁜 점만 기억하시옵니까? 여지를 먹을 때 폐하께서는 과육을 드시고 제게는 씨를 주셨던 기억은 없으시옵니까?"

건륭이 일곱째공주의 말에 파안대소했다. 그 덕에 분위기는 한결 밝아졌다.

드디어 태후 차례가 됐다. 곧이어 지패 한 장을 내놓으면서 일곱째공주에게 말했다.

"봐라, 사람들과 이렇게 어울리니 훨씬 낫지? 집구석에 처박혀 있으면 우울증이나 키우지 뭐하겠니? 그 많은 언니, 동생들과 어울려 다니면서 하루하루 즐겁게 살면 좀 좋아? 아직 새파랗게 젊은 것이 왜 그래? 쯧쯧!"

건륭은 태후의 말이 끝나자마자 바로 일곱째공주에게 눈길을 돌렸다. 태후의 말대로 그녀는 평소에 바깥출입을 거의 하지 않고 혼자 시간을 보냈다. 사실은 아들이 사천에 주둔하고 있는 장광사의 부대에서 근무하고 있었기에 본인이 굳이 말하지 않아도 아들에 대한 그리움이 사무쳐 마음고생을 하고 있는 것이 틀림없었다. 건륭이 덧붙였다.

"남보다 출중한 사람이 되기 위해서는 더 많은 고생을 하지 않으면 안 돼요. 액부를 좀 보세요. 이렇다 할 군공이 없는 데다 진사에도 합격하지 못하니 평생 광록시光綠寺 시경寺卿으로 뭉개고 있잖아요. 내가 조카를 군중으로 보낸 것도 누이의 앞날을 위해서였어요. 멀리도 말고 여기 있는 열일곱째황고마마를 좀 보세요. 처음에는 아들 막격라莫格羅를 전쟁터로 내몰았다고 불평불만이 여간 아니었죠. 그런데 지금은 어떤가요? 그 아들이 당당한 복건 제독이 되어 돌아왔잖아요! 그 큰 아문을 호령하는 봉강대리라니, 이 얼마나 위풍당당한 자리인가요. 대청에서는 군공이 없는 사람에게는 작위를 봉하지 못하게 돼 있어요. 황제라도 타파할 수 없는 규칙이죠. 그러니 괜스레 이 아우를 멍청한 군주로 만들 생각 말고 조금만 참고 견디세요."

건륭은 조곤조곤 설득하다시피 누이에게 말했다. 그의 그런 모습을 처음 보는지 주위의 태후를 비롯한 황고와 공주들은 모두 웃음을 터트렸다. 태후가 표정이 한결 밝아진 채 말했다.

"어쩌겠어요. 그 아이도 성姓이 애신각라愛新覺羅이니 타고난 팔자인 걸요! 내일은 마침 너의 넷째언니 생일이니 그리로 연극구경이나 가자꾸나. 부항이 승전고를 울린 기념으로 내일 군기처에도 하루 휴가를 주고 황제도 같이 구경을 가는 게 어떨는지요?"

태후의 말에 건륭은 잠시 생각했다. 아직은 3년 예정의 국상이 채 끝나지 않은 때였다. 당연히 원칙적으로는 위락활동이 일체 금지될 수밖에 없었다. 그러나 재야의 관민들은 경조사 때 연극을 관람하고 술자리를 벌이고는 했다. 금기를 깬 지 이미 오래였다. 따라서 지금 뭐라고 하기는 이미 늦었다고 해도 좋았다. 게다가 태후가 직접 그런 얘기를 하니 건륭으로서는 더욱 난감할 수밖에 없었다. 그가 한참 생각을 하더니 비로소 입을 열었다.

"그 누이를 못 본 지도 한참 됐네요. 하오나 내일 오전에는 일이 있어 못 갈 것 같습니다. 실은 그 일로 어머니께 상의 드릴 것이 있어 왔습니다. 내일 오후에 돌연 습격을 해서 누이를 깜짝 놀라게 해드릴까 하오니 오전에는 황후가 어머님을 뫼시고 먼저 가는 것이 어떻겠습니까?"

그제야 좌중의 황고와 공주들은 건륭이 태후에게 긴히 상의할 일이 있어 이 밤에 찾아왔다는 것을 알았다. 그녀들은 서둘러 지패를 내려놓고 우르르 물러갔다.

38장
공주들의 하소연

황후 역시 황고와 공주들을 따라 나가려고 일어났다. 그러자 건륭이 황급히 그녀를 불러 세웠다.

"황후는 잠깐 남게. 여기 있는 줄 모르고 태후마마를 뵙고 나서 부르려던 참이었네."

황후는 건륭의 말에 멈춰 선 채 그를 가만히 응시했다. 태후 역시 오늘 따라 유난히 근엄한 건륭의 기색을 살피면서 태감과 궁녀들을 모두 물리쳤다. 이어 궁금한 얼굴로 물었다.

"이제 보니 황제의 기색이 썩 안 좋은 것 같습니다. 궁중에 나쁜 일이라도 있는 겁니까? 아니면 무슨 일로 그렇게 심사가 무거우십니까?"

"그렇습니다. 소자는 심사가 무겁습니다."

건륭이 말을 마치더니 방석 하나를 집어 들고는 안락의자에 기대고 앉아 있는 태후에게 걸어갔다. 이어 방석을 태후의 의자 등받이에 받쳐

준 다음 부찰씨에게도 자리에 앉으라는 시늉을 했다. 그는 천천히 자리로 돌아와 조금 전 나랍씨에게서 들은 '유언비어'에 대해 소상히 전했다. 물론 자신이 부항에게 '녹두건'을 씌운 부분은 쏙 빼고 말하지 않았다. 그가 두 눈을 가늘게 좁히면서 덧붙였다.

"소자는 그들의 속셈을 빤히 압니다. 선제께서 정당하게 보위에 오르지 않았다는 여론을 조성하고자 이런 당치도 않은 유언비어를 조작해 내는 것입니다. 선제께서 부당하게 제위를 찬탈했다면 이 아들 역시 똑같다는 뜻이 아니겠습니까. 이 속에는 필히 큰 꿍꿍이가 숨어있습니다. 소자는 오늘 많은 생각을 했습니다. 장광사의 묘강^{苗彊}대첩이 없었거나 윤계선과 고항, 부항이 각각 강서와 산서에서 비적들을 토벌하지 못했다면 얼마나 더 험한 요언이 날조됐을지 모릅니다. 선제와 보위 다툼을 벌였던 여덟째, 아홉째, 열째, 열넷째숙부 중에서 여덟째, 아홉째숙부는 이미 저 세상에 갔습니다. 열째숙부는 소자의 부름을 받으면 오금부터 저린다고 합니다. 열넷째숙부 역시 그 옛날의 열넷째숙부가 아닙니다. 그러니 숙부들이 그런 요언을 날조했을 리는 만무합니다. 그렇다면 안 보이는 곳에서 이런 짓을 하는 자는 과연 누구라는 말입니까? 대체 누가 이런 요언의 진원지라는 말입니까?"

흥분이 지나친 듯 건륭의 언성은 점점 더 높아졌다. 그러나 건륭의 생각과는 달리 태후와 황후는 그다지 놀라는 기색들이 아니었다. 황후는 춤추듯 흔들리는 촛불을 멍하니 바라보기만 했다. 또 태후는 지패를 폈다 모았다 하면서 생각에 잠겨 있었다. 한참 침묵이 흐른 다음 태후가 천천히 입을 열었다.

"바람이 있으면 바람의 근원도 있기 마련이에요. 그러나 바람과 싸우겠다고 그 근원을 찾아 헤매는 것처럼 아둔한 짓은 없을 거예요. 황제의 뜻은 요언의 뿌리를 캐고자 하는 것 같은데 그건 절대 바람직한 처사가 아니에요. 이런 요언을 날조한 자는 들키면 구족이 멸한다는 것을 모르지 않을 거예요. 캐면 캘수록 목숨 걸고 더 꽁꽁 숨어들 것이니 공연한 일에 시간을 허비하지 않는 게 좋을 듯싶군요. 제아무리 기승을 부리던 광풍도 때가 되면 잠잠해지게 마련이에요. 황제가 몽둥이를 들고 쥐를 잡는다고 설치면 오히려 민심이 불안해지고 예기치 못한 사달이 일어날 수 있어요. 선제께서 바로 그런 착오를 범하셨어요. 그냥 넘기는 법이 없이 사사건건 꼬치꼬치 캐다 보니 결국 실수를 하신 거죠. 백번 죽여 마땅한 증정曾靜이라는 자의 입을 빌어 《대의각미록》大義覺迷錄을 펴냈으니 얼마나 큰 과오입니까. 그 책 때문에 비밀에 붙여져야 할 궁중의 비화가 공공연히 온 천하에 드러났어요. 신비와 존엄의 상징이 돼야 할 궁궐 안의 일들이 적나라하게 공개되지 않았습니까. 황제께서 즉위하자마자 그 책을 소각하고 증정의 목을 친 것은 대단히 현명한 처사였어요. 헌데 정작 본인에게 닥친 일에 대해서는 어찌해서 좀 더 여유있고 차분한 대응을 못하시는 겁니까? 그리고 설령 요언의 날조자를 색출해 냈다 해도 득보다는 실이 더 클 거예요. 그자가 황실 종친이 아니라는 법도 없잖아요?"

"그렇지만 이 일은 어영부영 넘어가서는 안 됩니다."

건륭은 모친의 말에 깊이 공감하면서도 자신의 주장을 굽히지 않았다. 그저 소문일 뿐이라고 치부하기에는 뭔가 석연치 않은 부분이 있다고 생각됐기 때문이었다. 그가 다시 말을 이었다.

"소자는 인仁과 관寬을 치세의 근본으로 삼기 위해 노력해 왔습니다. 아마 공자를 포함해 세상 그 누구도 소자가 정치를 잘 못한다고 할 수는 없을 것입니다. 그럼에도 갈수록 인정이 각박해지고 사회 기풍이 열악해져가니 이를 어찌하면 좋다는 말입니까."

태후도 건륭의 고충에 공감하듯 긴 한숨을 토해냈다. 이어 지패를 한쪽에 던져버리면서 말했다.

"황제, 이 어미는 여자이기는 하나 정치의 어려움을 알고 있어요. 선제께서도 생전에 자신을 원망하고 미워하는 사람들이 많다고 하셨어요. 대소 문무관리부터 형제, 조카들은 말할 것도 없고 외척, 종친 귀족들까지 선제께 불만이 많았다고 해요. 모두 먹고 사는 데는 걱정이 없으면서 재물을 더 불리지 못한다고 불평을 한 게지요. 다만 그들은 성정이 강직한 선제 면전에서 감히 불만을 내비치지 못했을 뿐이에요. 또 밀주문제도 때문에 뒤에서도 수군대지 못했을 뿐이죠. 감히 할 말을 못한다는 것이 할 말이 전혀 없다는 것은 아니지 않습니까, 황제?"

건륭이 그러자 고개를 끄덕여 보였다.

"지당하신 말씀입니다, 어머니."

태후가 건륭의 말을 듣고는 조용히 자리에서 일어났다. 그리고는 궁전 어귀로 다가가 어둠이 짙은 밖을 내다보면서 말했다.

"관대한 정치는 보기에는 쉬워 보여요. 이해득실을 따져도 실은 없고 득만 있는 것처럼 보일 수 있죠. 황제께서는 즉위하시자마자 천하의 전량 납부를 면제해주셨어요. 백성들이야 물론 기뻐할 일이죠. 그러나 수많은 탐관오리들은 재원을 잃었어요. 전량錢糧 징수를 통해 한몫 단단히 챙기는 것에 익숙해졌는데, 전량 납부를 면제해주니 돈 나올 구멍이 없어진 거죠. 처자식을 떼놓고 천리 밖으로 나가는 관리들은 거의 모두가 빠른 시일 내에 부자가 되는 것이 목적이라고 봐야 해요. 치부의 발판을 마련하기 위해서라고 공공연히 떠들고 다니는 사람들도 있다고 하더군요. 사정이 이러니 황제의 전량 면제 정책은 조상들께서 흡족해하시고 백성들이 환호작약할 시책이기는 하나 현지 관리들에게는 너무나도 뼈아픈 조치라고 봐야죠. 그들로서는 벙어리 냉가슴 앓듯 하며 속으로 황제를 원망했을 거예요."

건륭이 태후의 말이 틀린 것이 아니라는 듯 말했다.

"배터지게 실컷 먹어보라고 하죠. 칼날 잡은 자가 칼자루 잡은 자를 이기는 경우는 못 봤습니다. 소자는 백성들을 착취한 악덕 관리들의 목을 쳐서 일벌백계의 교훈을 보여줄 것입니다. 소자는 어릴 때부터 성조의 치국 풍모를 흠모해 왔습니다. 또 장차 성조를 능가하는 군주가 되겠노라고 야심찬 꿈을 키워왔습니다."

건륭은 한참 열을 내어 얘기하다 말고 잠시 입을 다물었다. 뇌리에 문득 폐태자 윤잉의 아들인 이친왕理親王 홍석弘晳이 떠올랐던 것이다. 그 아비에 그 아들이라고, 혹시 이친왕이 아비의 본성을 물려받아 군주에게 슬슬 마수를 뻗치고 있는 것은 아닌지 덜컥 의심스러운 생각이 들었다. 그러나 그는 끝내 그 생각은 입 밖에 내지 않았다.

"어머니의 지적이 백번 지당하십니다. 소자 스스로 생각해봐도 공문서에 지나치게 시달리고 있다는 생각이 듭니다. 성조께서는 해마다 봉천奉川으로 제사를 지내러 가시고, 목란木蘭으로 수렵을 떠나셨죠. 강남江南은 미복 차림으로 여섯 차례나 순유巡遊를 다녀오셨고요. 가까운 경기京畿 지역은 말할 필요도 없습니다. 소자도 이제부터 그런 성조를 본받아 열심히 돌아다니면서 민초들의 삶의 현장에 다가서도록 노력하겠습니다. 유감이라면 성조 신변에는 하늘이 무너져도 든든하게 받쳐줄 수 있는 믿음직한 신하들이 많았는데 소자는 그렇지 못하다는 점입니다. 어디 마음 놓고 집을 비울 수가 있어야죠. 또 다른 한 가지 유감은 어머니께서 염려하실까 걱정이 되어 쉬이 발걸음이 떨어지지 않는다는 것입니다. 백문이 불여일견이라고, 자주 순유를 나서는 것이 좋은데……."

태후 역시 안타까움이 가득한 얼굴을 한 채 말을 받았다.

"나야 당연히 걱정이 되죠. 요즘 시위들은 성조 때하고는 많이 다릅니다. 예전의 시위들은 주군을 위해서라면 자신의 희생을 당연시하고 무조건 충성했어요. 그러나 요즘 사람들은 자기 과시욕에만 빠져 어디를 가든 겸손하지 못하고 거들먹거리기 일쑤예요. 자연히 백성들에게 신분을 노출시키는 경우가 많죠. 아마 황제가 미복 순유를 다녀오려 해도 쉽지 않을 거예요. 조급해하지 말고 시위들 중에서 알맹이만 걸러내도록 하세요. 이 어미가 보기에는 유통훈劉統勛이라는 젊은이가 썩 괜찮아 보이던데, 그 사람을 시켜 쓸 만한 애들을 물색하는 것이 좋겠네요."

태후가 잠시 말을 멈추고 다시 긴 한숨을 내쉬었다. 이어 화제를 바꾸었다.

"그리고 이건 늙은이가 노파심에서 하는 소리일지는 모르나 이 어미는 황제가 여색에 약한 것 같아 걱정이네요. 여자를 가까이 해서 좋을 게 없어요. 그리고 후궁에 있는 그 많은 비빈들을 제쳐두고 왜 하필 당아입니까? 얼굴 붉힐 것 없어요. 누가 언질을 줘서 안 것이 아니에요. 어미 정도의 연륜을 가진 사람은 척 하면 삼천리예요. 늙으면 눈치밖에 남지 않는다고 하잖아요? 성조께서도 여자 때문에 곤욕을 치르셨고, 선제 역시 여자 때문에 끝이 좋지 않았어요. 사내는 여자를 가까이 할 때와 멀리 할 때를 알아야 해요. 벽에도 귀가 있다고 했어요. 당아와도 적당히 하셔야지 무슨 사달이라도 생기면 어떻게 하겠어요?"

구구절절 반박할 여지가 없이 맞는 말이었다. 건륭의 증조부 순치황제는 동악董鄂씨라는 여자와 깊은 사랑에 빠진 바 있었다. 그런데 동악씨는 그만 요절하고 말았다. 순치는 그로 인해 심한 우울증에 시달리다가 그만 창창한 젊은 나이에 붕어하고 말았다. 강희 역시 아수阿秀라는 여자를 유독 좋아했다. 그러나 아수는 마음에 둔 사람이 따로 있었다. 얽히고설킨 인연 때문에 괴로워하던 아수는 급기야 출가를 해버렸다. 이 때문에 강희 역시 한동안 가슴앓이를 해야 했다. 건륭의 부친인 옹정은 두말할 나위도 없었다. 유난히 여자에게 약한 애신각라 가문의 성정이 이제는 4대째 건륭에게 고스란히 유전됐다고 할 수 있었다. 그래서 건륭도 태후의 말에 반박할 수 없었던 것이다. 허나 한두 마디의 말로 설명할 수 없는 것이 남녀 간의 감정이 아니던가. 누가 남편이 있는 여자를 일부러 사랑하고 싶어서 사랑하는 것인가? 마음이 그리로 가니 어쩔 수 없는 것이 아닌가? 건륭은 그런 생각을 하면서 태후의 마음을 풀어 줄 만한 변명을 찾으려 했으나 끝내 찾지 못했다. 그가 급기야 쑥스럽게 말했다.

"선조들의 전철을 밟지 않도록 노력하는 아들이 되겠습니다. 하오니 염려 마시고 내일 연극 구경 가실 준비나 하십시오. 소자는 이만 돌아가 보겠습니다."

말을 마친 건륭은 태후가 붙잡기라도 할세라 서둘러 궁전을 나섰다. 그리고는 곧장 양심전으로 돌아와 자리에 누웠다. 그러나 이런저런 생각 때문에 뒤척거리기만 할 뿐 좀체 잠을 이룰 수가 없었다. 결국 그는 그렇게 새벽녘이 다 되어서야 겨우 눈을 붙일 수 있었다.

넷째공주 애신각라 청영晴瑛의 50세 생신을 축하하는 잔치는 떠들썩하게 준비되고 있었다. 순치는 딸이 그리 많지 않아 셋뿐이었다. 그에 반해 강희는 딸이 서른 명이나 됐다. 그러나 50세를 넘긴 공주들은 그다지 많지 않았다. 고작 열서너 명에 불과했다. 그러니 넷째공주 청영은 비교적 장수한 편이라고 할 수 있었다.

어제 저녁 열일곱째공주는 넷째공주에게 태후의 의지를 전한 바 있었다. 태후가 연극 구경을 올 뿐 아니라 잘하면 황제도 걸음을 할지 모른다는 것이었다. 공주 집에 그런 경사는 처음이었다. 때문에 당사자인 넷째공주는 말할 것도 없고 아들과 며느리까지 흥분한 나머지 밤을 하얹게 지새우고 말았다. 그들은 부랴부랴 당초 계획했던 조촐한 축하연을 취소한 다음 호숫가의 정자에 따로 큰 무대를 마련했다. 그러나 무대가 높고 객석이 낮아 태후가 연극 구경에 불편해 할 가능성이 있어 가인들을 총동원해서 밤새도록 황토를 등짐으로 날라 3, 4척 더 되게 둔덕을 높였다. 그리고는 둔덕 위에 장식용으로 사발 굵기만 한 버드나무를 열 몇 그루 심었다. 이어 융단처럼 야들야들하고 새파란 풀도 삽으로 떠다가 깔아놓았다.

사시巳時가 가까워오자 녹경당祿慶堂의 희자(배우)들이 우르르 몰려 들어왔다. 하나둘씩 축수하러 들어오는 공주들도 많았다. 그러나 그들은 희자들은 쳐다보지도 않았다. 희자들이 어찌해야 할지 몰라 우왕좌왕하고 있을 때였다. 웬 집사가 달려오더니 녹경당의 우두머리격인 왕웅王雄을 다짜고짜 잡아끌고 구석자리로 갔다. 이어 묵직한 은덩어리를 탁자 위에 탕! 하고 올려놓으면서 으르듯 말했다.

"이건 계약금이네. 오늘은 최고의 실력을 발휘하도록 하라고. 태후마마와 폐하께서도 구경 오신다고 하셨으니 정신 똑바로 차리라는 말이야!"

왕웅의 두 눈이 등잔불처럼 커졌다.

"정말로 태후마마와 폐하께서도 관람하신다는 말씀입니까? 최상의 기량을 보이라고 제가 단단히 일러두겠습니다. 관람하실 연극 목록을 보여주십시오!"

집사가 왕웅에게 바로 종이를 건넸다. 《마고헌수》麻姑憲壽라는 제목이 맨 위에 있었다. 그 아래로 또 《화소홍련사》火燒紅蓮寺, 《만상홀》滿床笏, 《타금지》打金枝, 《목련구모》目蓮救母, 《왕상와어》王祥臥魚, 《도활차》挑滑車 등의 연극 이름이 빼곡하게 적혀 있었다. 왕웅이 종이를 들여다보고는 혼잣말처럼 중얼거렸다.

"평소에 자주 공연하던 것들이라 별로 어려울 것은 없겠군요. 그런데 이《도활차》에는 악비와 금나라(청나라가 조상의 나라라고 생각하는 왕조) 군사들 간의 교전 장면이 들어 있어서 국가의 존엄에 어울리지 않을 텐데요. 혹시라도 폐하의 심기를 다치게 하는 날에는 큰일이에요. 그리고 이것도 그렇죠.《타금지》는 오늘 같은 날에는 영 어울리지 않는 연극이에요. 손님 대부분이 공주님인데 어찌 이런 연극을 주문할 수 있겠어요? 어디 사람 잡을 일 있어요?"

"《도활차》는 열둘째액부의 여동생이 주문했소. 뭘 몰라서 그런 것 같으니 지워버려도 무방하오. 그러나《타금지》는 열여덟째공주께서 친히 주문한 연극이오. 열여덟째공주는 폐하께서 아끼시는 여동생이니 웬만하면 폐하께서도 애교로 봐 주실 거요."

집사는 그렇게 말하고는 곧바로 어디론가 달려갔다.

"태후마마 납시오!"

얼마 후 태후의 행차를 알리는 외침소리가 점점 가까워지기 시작했다. 장내가 떠나가라 큰 소리로 웃고 떠들던 공주들은 즉시 모두 입을 다물었다. 왕웅이 창문으로 훔쳐보자 공주들이 항렬에 따라 줄을 선 모습이 보였다. 그 옆 복도에는 공주 한 명당 네 명의 몸종들이 순서대로 서 있었다. 그들은 공주들이 나올 때마다 자기 주인을 따라 태후를 영접하러 나갔다. 곧이어 태후가 몇몇 나이 많은 태비太妃들과 담소를 나누면서 이문二門을 들어섰다. 공주들은 일제히 무릎을 꿇고 문후를 올렸다.

"그만 일어들 나게."

태후는 삼사십 명 정도 되는 공주들을 하나씩 천천히 훑어봤다. 한눈에 누구인지 알아볼 수 있는 사람도 있었으나 처음 보는 것처럼 전혀 생소한 얼굴도 있었다. 태후가 일일이 눈도장을 찍고 난 다음 환한 미소를 지으면서 옆에서 시중을 들던 넷째공주 청영에게 말했다.

"작년에 자네가 데리고 왔던 아홉째집의 공주가 영특하고 고와서 내가 마음에 들어 했었네. 그런데 그 뒤로는 통 입궐하는 모습을 못 봤네. 오늘은 왔는가?"

청영이 느닷없는 질문에 다소 당황해하다가 고개를 숙였다. 이어 나지막하게 대답했다.

"복도 지지리도 없는 사람이었사옵니다. 올해 원소절을 쇠고 얼마 지나지 않아 세상을 떠났사옵니다. 태후마마께서 상심이 크실 것 같아 감히 아뢰지 못했사옵니다."

청영의 말을 듣고 난 태후의 얼굴에서 갑자기 웃음기가 사라졌다. 장내의 분위기도 갑자기 숙연해졌다. 태후는 그저 고개만 끄덕였다.

"연극이나 구경하세. 황제도 걸음을 하실 거라 하셨으니 곧 도착하실 거네."

공주들은 모두 숨을 죽이고 각자 제자리를 찾아가 앉았다. 넷째공주는 태후와 함께 무대가 가장 잘 보이는 황토언덕 위의 버드나무 밑에 자리를 잡았다. 태후가 중간에 앉고 왼쪽에 넷째와 열일곱째 공주, 오른편에 황후가 자리를 했다. 황후 옆에 비어 있는 반룡蟠龍 의자는 당연히 건륭의 자리였다. 모든 준비가 끝나자 넷째공주가 자리에서 일어섰다.

"태후마마, 오늘이 저의 생일이긴 하오나 태후마마께서 이렇게 찾아주시니 저는 벌써 십년이고 백년이고 수명이 늘어난 느낌이옵니다. 이 자리에 계신 여러분과 함께 태후마마의 천추천세千秋千歲와 폐하의 만수무강을 기원하는 뜻에서 연극《마고헌수》를 주문했사옵니다. 부디 즐겁고 편안한 자리가 되시기를 바라옵니다."

"천추는 뭐고 천세는 뭔가?"

태후는 넷째공주의 말이 싫지 않은 듯 웃어서 실눈이 된 두 눈을 반짝이면서 물었다.

"빨리 죽으라는 말보다는 낫군. 세상천지에 천년을 사는 사람이 어디 있겠나? 오늘 보니 아주 생소한 얼굴들도 많군. 조회朝會를 하는 것도 아닌데 분위기 딱딱하게 만들지 말고 다 같이 편안하게 즐기세. 마음 맞는 이들끼리, 평소에 알고 지내던 사람들끼리 같이 앉도록 하게. 연극 구경하는 자리에서까지 장유유서를 논하고 서열을 따질 것이 뭐 있는가!"

넷째와 열일곱째공주가 태후의 말에 황급히 맞장구를 쳤다.

"그럼요, 태후마마! 태후마마는 역시 인정 많으시고 천리를 꿰뚫어보시는 분이옵니다."

좌중의 공주들은 태후의 말이 끝나기 무섭게 호들갑을 떨면서 자리를 옮기기 시작했다. 그러자 서로를 부르고 대답하면서 한바탕 소란이 벌어졌다. 덕분에 엄숙하고 진지하던 분위기는 졸지에 온데간데없이 사라졌다. 곧 장내는 여인네들의 말소리와 웃음소리로 활기를 띠었다. 그러나 공주들의 어멈과 몸종들은 시종일관 꼼짝 않은 채 제자리를 지키고 서 있었다.

잠시 후 징소리가 울리면서 연극이 시작됐다. 마고 역을 맡은 희자 향운香雲은 북경에서도 유명한 소단小旦(젊은 여자 역을 맡은 배우)이었다. 긴 소매를 흐르는 물처럼 휘젓는 자태가 진짜 선경에서 노니는 선녀 같았다. 한 무리의 선녀들 중에서도 단연 군계일학이었다. 무대 위에 흰 연기가 자욱한 가운데 그녀가 채색 띠를 나풀거리면서 노래를 부르기 시작했다. 그 목소리는 마치 먼 하늘 끝에서 들려오는 소리처럼 듣는 이들을 전율하게 만들었다.

왕모王母를 알현하고자 요대瑤臺를 떠나 오색의 상서로운 구름을 탔네. 고개 돌려 바라보니, 천제의 궁궐은 그대로이고 천제의 은택은 가슴속에 남아 있네. 인간세상을 굽어보니 산봉우리가 우뚝하고 강물은 띠처럼 흐르네. 천년 반도蟠桃를 부처님께 드리고 여래전에 올리나니 억만 중생, 선남신녀善男信女를 굽어 살펴주시옵소서. 요堯와 순舜의 제덕帝德을 칭송하나니 천자의 은택이 감로수처럼 온 천하를 젖게 해주시옵소서.

곧이어 광대의 탈을 쓴 왕웅이 등장했다. 그리고는 뭇 선녀들 사이를 나비처럼 넘나들면서 우스꽝스런 동작을 거듭하더니 마고에게 다가가서 익살스럽게 말했다.

"아리따운 선녀께서 반도를 따오셨다면서요? 복숭아가 아직 싱싱할 때 부처님께 올리지 않고 뭘 하시나요?"

"그거야 당연하죠!"

마고가 새침한 표정으로 왕웅에게 면박을 주면서 긴 소매를 휘저었다. 그러자 삽시간에 무대에 안개가 자욱하게 피어났다. 잠시 후 안개가 걷히면서 선녀들의 손에 어느새 자그마한 복숭아 쟁반이 들려 있었다. 아직 5월이었으므로 절기상 복숭아 철은 아니었다. 그러나 북경 풍대豊臺의 유씨네 과수원에서는 이미 복숭아가 무르익었기 때문에 오늘 잔칫상에 탐스런 복숭아를 올릴 수 있었다. 선녀들은 무대 옆의 구름다리를 사뿐사뿐 내려와 태후 앞에 이르러 복숭아 쟁반을 머리 위로 받쳐 올렸다. 이어 일제히 예를 갖춰 문후를 올렸다.

"태후마마와 황후마마의 만수무강을 공축恭祝드리옵니다! 넷째공주마마의 천세, 천천세를 공축드리옵니다!"

태후가 희색이 만면한 얼굴로 말했다.

"공주들에게는 두 개씩, 황제와 우리에게는 한 접시만 내려놓게!"

태후가 마고를 가리키면서 넷째공주에게 말했다.

"저 아이에게 상을 내리게!"

"예, 마마."

넷째공주가 손짓을 하자 미리 대기하고 있던 가인들이 대나무 바구니 가득한 건륭전乾隆錢을 무대 한가운데로 들고 갔다. 이어 '와르르' 소리가 나도록 쏟아놓았다. 그러자 방금 전까지 단아하고 얌전하게 선녀의 자태를 자랑하던 희자들이 머리를 조아려 사은을 표하고는 행여 뒤질세라 서로 밀고 당기면서 무대 위로 달려갔다. 태후와 부찰씨는 말할 것도 없고 좌중의 사람들은 서로 돈을 더 가지겠다고 아옹다옹하는 그 모습들을 바라보면서 모두 배꼽을 잡았다.

《마고헌수》가 끝나자 공주들이 특별 주문한 연극들이 공연되기 시작했다. 귀신이 등장하는가 하면 승려들이 괴괴한 분위기를 연출하는 등의 요상한 내용도 많았으나 연극들은 그런대로 볼만했다. 얼마 후《만상홀》이 막을 올리자 장내 분위기는 갑자기 조용해졌다. 잠자코 있던 황후가 탄식을 했다.

"곽자의郭子儀(안녹산安祿山의 난을 평정한 당唐나라 최고의 무장武將)처럼 슬하에 수많은 아들과 사위들을 두고 장수와 부귀를 누린 사람은 아마 역사적으로 몇 안 될 걸?"

넷째공주가 그러자 껄껄 웃으면서 말했다.

"그래서 연극이 아닙니까? 곽자의처럼 만사가 순풍에 돛 단 배처럼 술술 풀리는 경우가 실제로는 있을 법한 얘기입니까? 실제로 곽자의라는 인물은 큰 공을 세운 사람이 아니랍니다. 황제가 은택을 한 번씩 내릴 때마다 황공해서 어찌할 줄 몰라 했다 합니다. 황은이 어디 그리 쉽게 내려지는 것입니까?"

"넷째누이의 말이 참으로 의미심장합니다. 인신人臣들이 다 그렇게 생각한다면 군신君臣 간의 불화는 있을 수 없겠죠!"

넷째공주의 말을 끝나기 무섭게 갑자기 등 뒤에서 말소리가 들려왔다. 좌중의 사람들이 고개를 돌리자 언제 왔는지 건륭이 빙그레 웃으면서 서 있는 모습이 보였다. 연극에 몰입하느라 황제가 온 줄도 모르고 있던 공주들은 약속이나 한 듯 일제히 무릎을 꿇었다. 희자들 역시 무대 위에서 일제히 무릎을 꿇고는 머리를 조아렸다. 태후가 황제에게 예를 차리지 말고 자리에 앉으라고 분부하고는 덧붙였다.

"나까지도 깜짝 놀랐네. 그래 접견은 다 끝난 건가? 열여섯째숙부와 홍석, 홍효, 홍승 등도 데리고 오지 그랬나? 오늘은 집안 모임이라 같이 와도 괜찮을 텐데."

건륭이 대답했다.

"저마다 할 일이 남아 있어 데리고 올 수 없었습니다. 어머님의 말씀대로 유통훈을 불러 몇 가지 분부하고 부랴부랴 쫓아왔습니다. 즉위 이후 처음 구경하는 연극이라 지금 잔뜩 기대하고 있습니다!"

건륭이 말을 마치고는 고무용을 향해 연극을 계속하라는 의미의 턱짓을 보냈다. 고무용이 곧 시작될 연극 제목이 《타금지》라고 아뢰었다. 건륭이 그 말을 듣고 웃으면서 말했다.

"무대 아래에 금지金枝(금지옥엽金枝玉葉의 준말)들을 한가득 앉혀놓고 무대 위에서는 타금지라니! 누가 주문한 연극인지 참으로 희한하군!"

"폐하!"

건륭의 말이 끝나자마자 갑자기 무대 아래에서 스무 살 쯤 되어보이는 공주가 불쑥 튀어나왔다. 이어 건륭의 앞으로 다가와 무릎을 꿇었다. 그녀는 고개를 번쩍 들고 말을 이었다.

"제가 주문한 연극이옵니다. 그런데 먼저 폐하께 아뢰올 말씀이 있사옵니다."

공주의 당돌한 언행에 좌중은 삽시간에 술렁거리기 시작했다. 공주들은 소곤대면서 귀엣말을 주고받고 태감과 어멈들은 어안이 벙벙한 표정을 한 채 서로를 마주봤다. 잠시 멍해 있던 태후가 입을 열었다.

"아니 열여덟째공주가 아닌가? 착한 애야, 무슨 일인지는 몰라도 나중에 얘기하면 안 될까?"

이번에는 건륭이 말했다.

"우리 꼬맹이가 어쩐 일인가? 이 연극이 자네가 주문한 거라고? 연극을 다 보고 얘기는 나중에 하는 것이 좋지 않겠어?"

"연극이 끝나면 태후마마께서는 궁으로 돌아가시고 폐하께서도 금세 자리를 뜨실 것이옵니다."

열여덟째공주가 낯빛도 변하지 않고 머리를 조아리면서 말했다. 이어 비장한 어조로 다시 입을 열었다.

"제가 이런 말을 했다 해서 폐하께서 저를 때려죽이신다고 해도 꼭 말씀드려야겠사옵니다!"

열여덟째공주는 건륭의 막내 여동생이었다. 평소에 가끔 만날 때면 예의 바르고 온유한 모습만 보여 온 공주였다. 그런데 오늘은 웬일인지 당돌하게 고집을 부리고 있었다. 건륭이 고개를 갸웃하면서 태후를 향해 조심스레 웃어 보였다. 그리고는 말했다.

"막내가 긴히 상주할 말이 있나 본데 먼저 들어봐야겠습니다."

태후가 탄식을 했다.

"저 아이가 무슨 말을 할지는 이 어미가 잘 알지. 어젯밤 열일곱째공주처럼 그런 일 아니겠나?"

그에 건륭이 다소 놀라면서 물었다.

"막내, 자네 액부가 그동안 직무가 없었나?"

"그것은 제가 드리고자 하는 말이 아니옵니다. 저는 폐하께 딱 한 가지만 여쭙고 싶사옵니다. 저의 남편이 누구인지, 그가 지금 어디에 있는지를 말이옵니다."

공주가 대답했다. 건륭의 안색이 굳어졌다. 그리고는 차가운 어조로 말했다.

"짐이 물어야 마땅할 말을 어찌 자네가 짐에게 묻고 있나? 자네는 혼인한 지 오 년쯤 되지 않았나? 평소에 착하고 얌전한 줄 알았는데 말도 안 되는 소리로 태후마마와 짐의 생각을 어지럽히다니? 자네 눈에는 국법이고 가법이고 안중에도 없는 건가?"

"저는 결코 어불성설을 내뱉은 것이 아니오니다! 제 나이 올해로 스물 셋이오니다. 갈산정葛山亭과 혼약한 지도 육 년이 지났사오니다. 그러나 그 동안 만난 횟수는 열 번도 되지 않사오니다. 그것도 저녁에 잠깐 저의 처소로 왔다가 날 밝기 전에 간 것이 전부이오니다. 혼례식 때 사흘 동안 함께 있었던 것을 제외하고는 같이 있어 본 적이 없사오니다. 선제께서 어찌해서 저에게 이런 독수공방을 강요하셨는지 모르겠사오니다. 솔직히 반년에 한 번쯤, 그것도 밤에만 보는 얼굴이 아직도 낯설기만 합니다. 낮에 사람들 틈에서 저의 남정네를 찾아내지 못하는 경우도 있사오니다!"

열여덟째공주가 즉각 되받아쳤다. 건륭이 애써 웃으면서 말했다.

"막내, 그 사람은 일 때문에 바빠서 그럴 수도 있네. 자네가 정 그리워 못 견디겠다면 내일이라도 북경으로 불러들이면 될 것 아닌가."

열여덟째공주가 갑자기 도리질을 했다.

"폐하 오라버니, 그런 것이 아니오니다! 그 사람은 지금 종인부에서 근무하고 있사오니다. 거처도 저의 집 지척에 있사오니다. 깊은 밤이면 그이가 지패紙牌놀이를 하거나 술이 거나한 채 주령酒令놀이를 하는 모습이 창문 너머로 가끔 보이오니다. 손을 내밀면 닿을 곳에 내 남편이 있는데, 만날 수 없다는 사실이 너무 안타까워 밤새 운 적도 있사오니다!"

열여덟째공주가 자신의 신세가 한심하다고 생각한 듯 어느덧 고개를 숙였다. 이어 숙연해진 다른 공주들을 가리키면서 말을 이었다.

"우리 공주들을 보십시오. 겉으로는 더없이 고귀하고 온갖 부귀영화를 누리는 것 같으나 속은 썩어 문드러지고 있사옵니다. 나이가 마흔도 안 된 사람들이 벌써 백발이 됐사옵니다. 순치황제 때부터 지금까지 수백 명이 넘는 공주들 중에서 나이 육십을 넘긴 사람은 하나밖에 없사옵니다. 오십을 넘긴 공주도 열셋밖에 안 되옵니다. 남녀가 성혼했으면 단란한 가정을 꾸려야 하지 않겠사옵니까? 하온데 어찌해서 젊은 사람들을 이같이 생이별 아닌 생이별을 시키는 것이옵니까? 소인은 오늘 죽을 각오로 폐하께 주청을 올리는 바이옵니다. 이대로 생이별이 계속된다면 내년 이맘때면 소위 금지金枝들 중 절반 이상이 저 세상으로 가고 없을 것이옵니다……. 이 자리에 있는 고모님들, 그리고 언니들, 이 막내의 말이 틀렸습니까? 제 말이 틀렸다면 이 자리에서 기군죄欺君罪로 죽어도 여한이 없을 것이옵니다!"

말을 마친 열여덟째공주가 급기야 대성통곡을 했다. 애절한 울음소리가 도화선이 된 것일까, 장내의 공주들도 모두 어깨를 들썩이면서 따라 울기 시작했다. 생일잔치는 삽시간에 초상집 분위기로 변하고 말았다.

건륭은 막내 여동생의 하소연을 듣고는 좌중을 둘러봤다. 그리고는 서로 부둥켜안고 눈물에 젖어 있는 고모와 누이동생들을 향해 버럭 고함을 질렀다.

"어찌 이런 일이 있을 수 있다는 말인가? 진작에 짐에게 상주하지 않고 뭐 했는가?"

"그건 여기 어멈들에게 물어 보시옵소서!"

열여덟째공주가 눈물을 닦으면서 공주들 등 뒤에서 사색이 돼 서 있는 어멈들을 가리켰다. 이어 작심한 듯 말했다.

"제가 오늘 일부러 저의 어멈을 데리고 오지 않은 이유는 이들을 성토하기 위해서이옵니다."

공주가 잠시 말을 멈추고는 경멸하는 표정으로 어멈들을 쓸어봤다. 이어 싸늘한 어조로 덧붙였다.

"너희들이 노처녀이고 늙은 과부이니 젊은 부부들이 한 이불 덮고 알콩달콩 사는 꼴은 못 봐주겠다 이거지? 어쩌다 둘이 같이 있게 돼도 어떻게든 떼어놓지 못해 안달이고! 신분을 따지면 한참 미천한 것들이 우리에게 조상의 훈육을 가르치는 입장이라고 여태껏 패왕覇王 노릇을 해왔어. 폐하, 왜 진작 말씀 올리지 않았냐고 하셨죠? 이 마당에 부끄러울 게 뭐가 있겠사옵니까? 제가 다 말씀 올리겠사옵니다. 명색이 공주인데 남편을 만나려면 먼저 저것들에게 뇌물을 바치지 않으면 안 됐사옵니다. 그러지 않으면 저희들을 '부끄러운 줄도 모르는 사람'으로 사정없이 매도했사옵니다. 공주에게 지급되는 용돈은 일 년에 고작 삼천 냥이옵니다. 그 중 반 이상을 저것들에게 뇌물로 바쳐가면서 남편을 만나야 했사옵니다. 이 같은 수모를 어디 가서 하소연하겠사옵니까?"

건륭의 막내여동생은 지금 황제, 태후, 황후를 비롯한 황가의 어른들 앞에서 부부간에 동거를 하게 해달라고 당당하게 요구하고 있었다. 평소 불만이 많았어도 자기주장을 하지 못하고 살던 좌중의 공주들은 그녀의 말에 십년 묵은 체증이 쑥 내려가는 것 같았다.

넷째공주는 그제야 이문 밖에서 다른 액부들과 함께 부인의 생일을 공축하고 있을 남편이 생각났다. 그녀 역시 이제껏 한 번도 남편과 생일을 함께 보낸 적이 없었다. 당연히 가슴이 아파야 했다. 하지만 이제는 더 이상 서글픈 생각도 없었다. 완전히 무감각해졌다 해도 과언이 아니었다. 그녀는 그런 생각이 들자 갑자기 마음이 복잡해졌다. 한편으로는 건륭이 열여덟째공주를 문책하거나 애매한 자신에게 책임을 묻지 않을까 걱정이 되면서도 다른 한편으로는 태후와 황후가 공주들의 손을 들어줬으면 하는 마음도 없지 않았다. 그때 황후가 뭔가 할 말이 있는 듯 자리에서 엉거주춤 일어나는가 싶더니 탄식을 하면서 도로 자리에 앉았다. 이어 태후에게 권했다.

"폐하께서 심기를 다치셨다면 태후마마께서 나서야겠사옵니다."

황후의 권유대로 태후가 즉각 입을 열었다.

"황제는 이런 일로 화 낼 사람이 아니네. 그나저나 저 어멈들이 해도 해도 너무했군. 모시는 주인이 아기 때 젖 몇 모금 빨았기로서니 그리 유세를 부렸다는 말인가! 덜돼 먹은 것들 같으니라고!"

태후의 말이 끝나기 무섭게 안색이 무섭게 굳어진 건륭이 열여덟째 공주를 향해 대갈했다.

"네 죄를 알겠느냐?"

"예, 폐하! 폐하께서 죄를 물으신다면 흔쾌히 받겠사옵니다!"

열여덟째공주가 머리를 조아렸다.

"짐은 자네들에게 물었다! 가노인 주제에 주인을 함부로 대하다니, 그 죄를 아느냐고 묻고 있는 것이다."

건륭이 험악하게 일그러진 표정을 한 채 다시 공주들 뒤에 서 있는 어멈들에게 호통을 쳤다. 그때까지도 사태 파악을 못하고 기고만장해 있던 어멈들은 건륭의 갑작스런 호통에 화들짝 놀랐다. 순간 100여 명의 어멈들이 앞을 다퉈 무릎을 꿇고는 머리를 조아렸다. 용서를 비는 소리가 제각각이라 누가 무슨 말을 하는지 알아들을 수조차 없었다.

"썩 물러가라!"

건륭의 우레 같은 호통이 다시 이어졌다. 지금껏 무소불위의 권위를 누려왔던 노회한 노복奴僕들은 그제야 건륭의 눈치를 살피면서 꽁지 빠지게 줄행랑을 놓았다. 건륭은 그런 얘기를 왜 이제야 했느냐는 듯 답답한 눈빛으로 공주들을 바라보더니 한숨을 지었다.

"어느 누구도 문책할 생각이 없네. 어멈들 중에는 진심으로 주인을 위하는 사람도 있으니 말일세. 앞으로 공주들이 시집을 갈 때는 내무부에서 더 이상 어멈을 파견하지 않을 것이네. 지금 있는 어멈들은 가노家奴로 부리도록 하게. 앞으로는 공주와 액부가 함께 살 수 있도록 짐이 조처하겠네. 어멈들이 악습을 고치지 않는다면 내쫓든 말든 공주들 마음대로 하게."

좌중의 공주들은 눈물을 글썽인 채 즉각 건륭의 은덕에 거듭 사은을 표했다. 태후의 표정도 어느새 환해졌다.

"그래, 그래. 황제라고 무조건 권위적이어야만 하는 것은 아니죠. 참으로 바람직한 황제의 모습이 이런 것이 아닌가 싶어요! 이참에 밖에 있는 액부들도 모두 불러들여 함께 넷째공주의 생일을 축하해주는 것이 어떻겠소? 모처럼 부부끼리 나란히 앉아 연극구경을 하면 얼마나 좋겠어요?"

"그러죠, 어머니! 어머니의 의지에 따르겠습니다. 그리고 열여덟째공주를 화석공주和碩公主로 봉하겠습니다!"

건륭도 환한 표정으로 흔쾌히 대답했다.

39장
열여덟째공주의 진면목

　넷째공주의 생일잔치는 열여덟째공주 때문에 한바탕 소동이 빚어지기는 했지만 전화위복이 된 셈이었다. 그동안 자신들의 처지를 비관하며 살아가던 공주들은 넘치는 기쁨을 주체하지 못했다. 사실 구중궁궐은 그들에게 창살 없는 감옥이나 마찬가지였다. 태어나서부터 태감과 어멈들로부터 걸음걸이, 앉음새, 음식 먹을 때의 예절과 관련해 하나부터 열까지 훈육을 받으면서 자라왔으니 그럴 만도 했다. 심지어는 '황가의 체통'을 지킨답시고 웃을 때 이도 드러내면 안 된다고 할 정도였다.

　때문에 그들은 밖에서 보기에는 더없이 존귀한 신분이었으나 빛 좋은 개살구마냥 마음속 고충을 그 어디에도 말할 데가 없었다. 그렇게 처음부터 틀에 박힌 행동과 숨죽이고 사는 삶에 익숙하다보니 혼인한 뒤에도 남편과 함께 살지 못하는 것을 당연하게 생각하고 불평 한마디 하지 못했다.

그러던 차에 오늘 건륭의 특별배려로 꿈에도 생각지 못했던 호사를 누리게 됐으니 기쁘지 않을 수 없었다. 액부들 역시 안으로 들라는 황제의 명이 떨어지기 무섭게 밀물처럼 밀려 들어왔다. 부부가 나란히 앉아 연극구경을 하다니, 그들은 이게 도대체 꿈인지 생시인지 몰라 얼떨떨한 표정을 짓고 있었다.

아무려나 태후와 담소를 나누던 건륭은 저쪽에서 자신을 훔쳐보는 나랍씨와 눈이 마주쳤다. 순간 문득 '유언비어'들이 떠오르며 마음이 갑자기 심란해졌다. 그러나 태후는 건륭의 속내를 알 수가 없었다.

"오늘 황제께서는 참으로 현명한 처사를 하셨습니다. 공주들이 저렇게 좋아하는 모습은 처음입니다. 참으로 보기 좋습니다. 그렇지 않습니까, 황제?"

"예? 예! 그럼요, 그렇고말고요."

깊은 생각에 잠겨 있던 건륭은 그제야 제정신이 돌아온 듯 황급히 어색한 웃음을 지었다. 건륭의 경황없는 모습을 물끄러미 바라보던 태후가 다시 웃음을 머금은 채 말했다.

"황제께서는 오늘 이 자리에 걸음하신 것만 해도 넷째공주의 체면을 충분히 세워주셨어요. 그러니 이제는 돌아가 쉬세요. 안색이 많이 피곤해 보이십니다. 나는 실컷 구경하고 갈 것이니 내 걱정은 마세요!"

그러자 건륭이 기다렸다는 듯 일어섰다.

"역시 어마마마십니다. 사실 소자도 피곤하지는 않습니다. 다만 몇 가지 처리해야 할 일들이 남아 있어 연극에 집중할 수가 없을 것 같습니다."

건륭은 말을 마치고는 일어나 태후를 향해 간단히 예를 갖췄다. 이어 고무용을 데리고 넷째공주의 처소를 떠났다.

열여덟째공주 내외도 생일잔치가 파하자 조양문 밖에 있는 부저府邸로 돌아왔다. 가마가 내려앉기도 전에 하녀들이 우르르 몰려왔다. 맨 앞에 선 사람은 공주에게 어릴 때부터 젖을 먹여 키운 어멈인 장씨였다. 그녀는 하녀들과 함께 엎드려 머리를 조아리고 나서 아뢰었다.

"소인은 천제묘天齊廟(중국 오악五岳의 하나인 태산泰山의 산신을 모시는 동악묘東岳廟의 다른 이름. 당나라 고조 때 동악이 천제왕天齊王으로 봉해진 것에서 유래함)로 가서 불공을 드리고 방금 돌아오는 길이옵니다. 점괘를 봤더니 공주마마께서 내년에 귀공자를 잉태하실 거라 하더군요. 너무 기뻐서 덩실덩실 춤을 추면서 돌아왔지 뭡니까!"

장씨는 계속해서 수선을 떨면서 열여덟째공주를 따라 대문 안으로 들어갔다. 그리고는 묵묵히 뒤따라오는 액부 갈산정을 돌아보더니 말했다.

"액부께서는 걸음을 멈추십시오. 두 분 모두 피곤해 보이시는데 액부께서도 처소로 돌아가 쉬셔야죠. 공주마마께서는 오늘 재계를 하시고 내일 천제묘로 불공을 드리러 가실 겁니다."

열여덟째공주의 어멈 장씨는 그녀의 생모 안정태비安定太妃가 시집올 때 데리고 온 하녀였다. 그러나 그녀는 집안도 훌륭했고 나중에는 대학사 윤태尹泰의 아우 윤안尹安과 결혼까지 했다. 사촌동생은 건륭의 성총을 한 몸에 받고 있는 장광사였다. 따라서 하녀 출신이라고는 했으나 누구도 함부로 대할 수 있는 사람이 아니었다. 사실상 열여덟째공주 부저의 실세라고 해도 과언이 아니었다. 갈산정은 그런 장씨의 말에 그 자리에 멈춰 선 채 착잡한 표정으로 열여덟째공주를 바라봤다. 그러자 공주가 말했다.

"일단 처소로 돌아가 계세요. 나는 오늘 생선과 고기를 엄청 먹었으니 재계는 글렀어요. 내일 천제묘에도 가지 않을 거예요. 낭군께서는 돌아가 짐을 꾸리고 계세요. 제가 곧 집으로 모셔올 테니 소식만 기다리세요."

말을 마친 공주는 곧 대문 안으로 들어갔다. 복도를 거쳐 상방으로 들어간 그녀는 자리에 앉아 차를 마시면서 잠시 생각에 잠겼다.

장씨는 무슨 영문인지 몰라 멍하니 서 있다 종종걸음으로 쫓아 들어오더니 공주를 마주하고 앉았다. 이어 입을 열었다.

"액부께서 멀리 출장을 떠나시려나 보죠? 그럴 줄 알았더라면 안으로 모시어 주안상이라도 봐드릴 걸 그랬사옵니다. 듣자니 오늘 폐하께서도 연극 구경을 오셨다더군요. 공주마마께서 하필이면 오늘 같은 날 이 노파를 천제묘로 보내실 것은 뭡니까? 폐하의 용안을 가까이에서 뵐 수 있는 절호의 기회였는데 말입니다!"

열여덟째공주는 실소를 흘릴 뿐 장씨에게는 눈길조차 주지 않았다. 이어 턱을 번쩍 쳐들고 밖을 향해 소리를 질렀다.

"화미畵眉, 어디 있느냐? 어서 들거라."

"예, 공주마마! 분부 내리시옵소서."

대답과 함께 하녀 한 명이 사뿐히 들어섰다.

"장정들을 몇 명 불러 내 침실과 몸채 사이를 가로막고 있는 병풍을 앞으로 당겨놓도록 해라. 유리 병풍이라 그런지 너무 무거워서 말이야. 너희들이 할 수 있는 일이 아니야."

열여덟째공주가 잠깐 침묵을 지키더니 다시 말을 이었다.

"창고에 아마 조총鳥銃과 왜도倭刀가 한 자루씩 있을 거야. 그걸 가져다 이 방에 걸도록 해라. 오, 저기 저 빨간 도자기병 옆에 걸어놓으면 되겠군. 그리고 내 방의 등나무 의자와 침구, 찻잔, 탁자도 모두 새것으로 바꿔 놓아라. 내 지시라고 하면 집사들도 감히 뭐라고 토를 달지 못할 거야. 그리고 서쪽 별채에 있는 옥관음도 이쪽으로 옮겨 놓도록 하고. 무슨 말인지 알겠느냐?”

“예, 공주마마!”

화미는 열여덟째공주의 분부를 토씨 하나 빠뜨리지 않고 고스란히 외워냈다. 그리고는 종종걸음으로 물러갔다. 장씨는 하인들을 불러 지시하고 자기 뜻대로 일을 척척 추진하는 공주의 모습을 처음 보는지라 의구심 그득한 표정으로 말했다.

“이 노파가 먼저 신경을 써야 마땅한데 공주마마께서 친히 분부하시니 황송하기만 하옵니다. 공주마마는 칼춤을 추거나 몽둥이 휘두르는 일에 소질이 있으신 분도 아닌데 방에 총과 칼을 걸어둔다면 체통에 어울리지 않을 것 같사옵니다.”

그러자 열여덟째공주가 받아쳤다.

“어멈, 액부를 불러들여 같이 지내려고 그래요. 밤이면 밤마다 악몽에 시달리니 남편이라도 옆에 있어주면 낫지 않겠어요?”

순간 장씨는 깜짝 놀라며 눈이 휘둥그레졌다. 그리고는 입을 헤벌린 채 공주의 얼굴에서 시선을 뗄 줄 몰랐다. 태어날 때부터 자신이 젖을 먹여 키워온 어린 그 공주가 맞는가 생각하는 듯했다. 공주는 장씨의 반응에는 전혀 아랑곳하지 않고 냉소를 흘렸다.

“왜? 이번에도 또 안 된다고 하려는 모양이지? 내가 돈을 넉넉히 찔러줄 테니 입 다물고 모르는 척해줬으면 좋겠네요.”

그러자 장씨가 아니나 다를까 펄쩍 뛰었다.

“그건 아니 되옵니다. 내무부에서 알면 난리가 나지 않겠사옵니까? 공주마마는 주인이시고 액부는 어디까지나 신하이옵니다. 마마께서 부르시면 들어오고 그렇지 않을 경우에는 마음대로 들어올 수 없는 사람이옵니다. 한 번씩 들어오고 나갈 때마다 내무부에 보고해 기록을 남겨야 한다는 것도 공주마마께서 누구보다 잘 알고 계시는 바가 아니옵니까? 부르시는 횟수가 많아지면 유난히 남자를 밝힌다고 뒤에서 수군대고 흉을 볼 것이옵니다. 몰래 만나고 조용히 물러가는 것은 어멈이 눈을 감아줄 수 있으나 이처럼 대놓고 공주부로 들어오게 하는 것은 무리입니다!"

공주는 한동안 말없이 장씨를 바라보더니 안방으로 들어갔다. 그리고는 은표 한 장을 꺼내왔다. 그녀의 눈에 곧 포의노包衣奴(집안 노비) 장대張大가 장정 한 무리를 거느리고 뜰에 서 있는 모습이 들어왔다. 그녀는 마침 잘 됐다는 표정으로 분부를 내렸다.

"내가 어멈하고 얘기 중이니 좀 있다 들어오너라."

공주는 말을 마치고는 장씨에게 다가가 말없이 은표를 밀어줬다. 그리고는 한참 후 입을 떼었다.

"장 어멈, 어멈은 내가 어릴 적부터 돌봐주던 사람이니 나에 대해 속속들이 다 안다고 해도 과언은 아니겠죠. 내가 출가하면서 하사 받은 은자 만 냥은 이미 다 써버린 지 오래 됐어요. 한 달에 한 번씩 나오는 월례로 우리 식구가 근근이 살아간다는 것도 잘 알겠죠? 이 돈은 지난 번 입궐했을 때 귀비 나랍씨가 내 의복이 허술하다면서 몰래 쥐어준 돈이에요. 그러니 어멈도 값지게 생각해 받아줬으면 해요."

장씨는 웬일인가 싶어 옆눈으로 은표를 몰래 훔쳐봤다. 즉석에서 환전이 가능한 천 냥짜리 용두龍頭 은표가 눈에 들어왔다. 공주가 큰마음 먹고 주는 돈이기는 했으나 집안사정이 넉넉한 장씨의 눈에 찰 리가 만무했다. 그녀가 황급히 사양을 했다.

"이 돈은 감히 사양하겠사옵니다. 하루 이틀 묵어가는 것도 아니옵고 아예 들어와 사신다고 하니 이 어멈은 그저 황당할 뿐이옵니다."

장씨가 한사코 은표를 사절할 때였다. 화미가 들어와 아뢰었다.

"집사 말로는 등나무 의자와 찻잔, 식탁 같은 것은 창고에 얼마든지 있다고 하옵니다. 그러나 창고를 지키는 장 어멈의 조카가 내주지 않고 있사옵니다. 이모의 허락 없이는 물건을 내줄 수 없다고 하옵니다!"

화미의 말이 끝나자마자 열여덟째공주가 섬뜩한 눈매로 장씨를 쏘아봤다. 이어 냉소를 터트렸다.

"흥! 그대의 온 집안 식구가 우리 집을 완전히 틀어쥐고 있구먼! 집사는 사촌동생, 창고 관리는 이종조카, 문지기는 친정조카가 하니 오죽하겠어? 내 방의 하녀들까지 어멈 자네 앞에서 벌벌 떠는 이유를 이제 알겠어!"

열여덟째공주는 장씨가 미처 상황을 깨닫기도 전에 무섭게 탁자를 내리치고는 벌떡 일어났다. 이어 반쯤 넋이 나가 있는 그녀를 향해 손가락질을 하면서 욕설을 퍼부었다.

"파렴치한 년 같으니라고!"

장씨는 마냥 얌전하고 순종적이던 공주의 입에서 차마 입에 담지 못할 욕설이 터져 나오자 기겁을 하지 않을 수 없었다. 순간적으로 머리가 아득해졌다. 그녀는 퀭한 두 눈으로 공주를 바라보더니 잔뜩 기가 죽은 채 말했다.

"공주마마, 이게 어찌된 일이옵니까? 이 늙은 어멈은 그저 놀랍기만 할뿐이옵니다!"

공주가 기다렸다는 듯 다시 버럭 고함을 질렀다.

"그 더러운 주둥아리 썩 다물지 못해! 여기는 공주부이지 늙다리 어멈의 집이 아니란 말이야! 내 집에서 내 마음대로 하겠다는데 어디서 어멈인 주제에 감히 감 놔라 배 놔라 하는 거야!"

공주는 화를 있는 대로 폭발시키며 발을 힘껏 구르고는 문어귀로 다가갔다. 이어 하녀 화미에게 명령을 내렸다.

"상방의 하녀들을 데리고 부저 곳곳을 돌면서 이르거라. 내가 화석공주로 승격됐으니 다 모이라고 말이야. 집안을 정리해야겠다."

분부를 마친 공주는 얼굴이 누렇게 뜬 장씨를 향해 다시 입을 열었다.

"내가 화석공주로 봉해졌다고 자네가 기뻐할 필요는 없네. 물이 불면 배가 높아지듯 자네도 한 자리 올라가리라고는 언감생심 꿈도 꾸지 말라고. 아직도 그렇게 뻣뻣하게 서 있는 것은 나에게 시위라도 하겠다는 건가?"

그제야 장씨가 털썩 무릎을 꿇었다. 그리고는 눈물범벅이 되어 흐느꼈다.

"이 늙은이가 건방진 것은 아니옵고 너무 놀라 얼어붙었사옵니다. 아무리 생각해봐도 오늘 특별히 잘못한 일이 없사옵니다. 공주마마께서 화석공주로 봉해지신 이렇게 기쁜 날 마마께서는 어찌해서 이토록 화를 내시는지 모르겠사옵니다."

사실 열여덟째공주도 하고 싶은 말이 산더미 같았다. 한낱 아랫것에 불과한 어멈에게 억눌려 산 세월이 너무나도 길었던 것이다. 그녀는 그동안의 울분이 한꺼번에 활화산처럼 폭발할 것 같았지만 용케 마음을 가라앉혔다. 이어 매서운 눈매로 어멈을 바라보고는 차갑게 쏘아붙였다.

"나는 어멈의 젖을 먹고 자라면서 어멈의 말이라면 뭐든 거역하지 않고 다 들었어. 반면에 어멈은 나를 어떻게 대해왔는가?"

장씨가 열여덟째공주의 질책에 연신 머리를 조아렸다.

"천지신명께 맹세합니다. 이 늙은 어멈은 공주마마를 친딸보다 더 끔찍이 위해왔사옵니다……."

열여덟째공주가 고개를 절레절레 저으며 장씨를 다그쳤다.

"바로 그게 자네의 가장 큰 잘못이네. 나는 자네의 딸이 아니야. 자네가 모셔야 하는 주인이지! 그리고 자네의 그 지극정성은 나에게 조금도 전달이 되지 않았네. 이 역시 비극이라면 비극이겠지. 나에게는 어멈에 대한 쓸쓸한 추억밖에 없네. 나는 남편과 하룻밤을 함께 보내기 위해서 어멈에게 은자를 찔러줘야 했어. 그리고는 날이 밝기 전에 도둑처럼 살금살금 내보냈지. 그럼에도 자네는 늘 나에게 여자로서 '창피한 줄을 알아야한다'면서 나무랐지!"

공주의 언성이 갑자기 높아졌다. 동시에 서슬 푸른 눈빛으로 장씨를 쏘아보더니 이빨 사이로 내뱉듯 다시 말을 이었다.

"방금도 자네는 나를 유난히 '남자를 밝히는' 여자인 것처럼 매도했어. 그래, 나는 남자 없이 못 살아! 성현도 사람은 적당히 색을 먹고 살아야 한다고 가르치셨어. 청상과부로 늙어서 남자 맛이 어떤 것인지 까맣게 잊은 자네하고는 비교도 할 수 없지!"

"공주마마……!"

"그 더러운 주둥아리 닥치라고 했지?"

열여덟째공주는 태어나서 처음으로 주인 행세를 하고 있었다. 그러나 그런 것치고는 놀랄 만큼 서슬이 시퍼랬다.

"나는 오늘 집안 대소사를 직접 챙기라는 폐하의 어지를 받았어. 여봐라, 화미, 앵무鸚鵡! 거기 있느냐?"

"예, 공주마마!"

화미와 앵무 두 하녀는 기쁨을 감추지 못한 듯 들뜬 대답소리와 함께 한 발 앞으로 나섰다. 그들 역시 평소에 장씨 어멈에게 억눌려 숨 한 번 제대로 내쉬지 못하고 살아왔었다.

"공주마마, 어인 명령이 계시옵니까?"

화미와 앵무 두 하녀는 그동안 참아 왔던 기지개를 쭉 켜듯 목소리마저 한껏 밝아져 있었다. 얼굴 표정은 더 말할 필요가 없었다. 열여덟째공주가 천천히 입을 열었다.

"명령이라고 할 것도 없다. 오늘부터 이 집안에서 주인으로서의 내 권위를 되찾을 것이야. 너희 남정네를 시켜 액부를 이리로 모셔 오거라. 앞으로 자질구레한 집안일은 너희 둘과 너희 남정네들이 안팎으로 책임지도록 해라! 그래도 정신 못 차리고 장씨의 입김에 불려 다니는 자들은 전부 내쫓아버릴 것이야! 주안상을 깨끗하게 마련해 오늘 밤 액부를 영접할 준비를 하거라!"

"예, 공주마마. 명을 받들겠사옵니다!"

"열일곱 살을 넘긴 하녀들의 명단을 올려 보내라. 적어도 일이백 명은 되겠지? 나이들이 찼으니 서둘러 짝을 지어줘야겠다. 밖에서 일하는 종복들 중에서 마음에 드는 사람을 고르게 해라!"

"예, 공주마마!"

공주의 말을 들은 열 몇 명의 상방 하녀들이 순간 수줍은 미소를 지으며 얼굴을 붉혔다. 말만 들어도 가슴이 설레는 모양이었다. 말을 마친 공주는 얼굴이 사색이 된 채 엎드려 있는 장씨를 바라보더니 갑자기 피식 웃었다.

"어명을 받았으니 어쩔 수 없이 어멈을 내보내야겠구먼. 어지에 따르면 자네 집을 수색해 여기서 빼돌린 물건이 없는지 살펴야 마땅하지만 미운 정도 정이라고 차마 그렇게까지 하지는 못하겠네. 방금 내가 준 천 냥짜리 은표를 가지고 자네 형제와 조카들을 데리고 떠나게. 돈만 있으면 그들도 자네를 상전으로 받들 것이니 우리 집에서 여러모로 신경 쓰는 것보다는 훨씬 편할 것이네."

한참을 얘기하던 공주가 잠시 말을 멈췄다. 한풀이라도 하듯 말을 다하고 나자 한결 마음이 누그러든 모양이었다. 그녀가 얼마 후 한숨을 지으면서 다시 덧붙였다.

"어쨌거나 어린 나에게 젖을 먹여주고 키워주느라 고생이 많았네. 가끔 이곳을 지날 때면 그냥 지나치지 말고 들어와 차라도 한잔 마시고 가게!"

"망극하옵니다, 공주마마."

장씨는 잔뜩 기가 죽어 있다가 공주의 말에 울컥 눈물을 쏟았다. 이어 울음을 억지로 참으면서 겨우 대답했다.

"이 늙은 것이 주제 파악을 못해서 그만……"

"됐네. 그만 물러가게!"

공주는 단호하게 손사래를 쳤다.

열여덟째공주의 집에서 무소불위의 권력을 휘젓고 다니던 장 어멈은 그렇게 조카와 동생을 데리고 풀이 죽은 모습으로 떠났다. 일처리가 다 끝나자 하녀 화미는 가인들을 거느리고 공주와 액부를 위한 보금자리를 꾸미느라 바빴다. 정신없이 바빴지만 신이 나서 힘든 줄도 몰랐다. 대부분의 다른 가인들 역시 장씨가 쫓겨 가는 것을 보면서 환호작약했으나 울고불고 배웅하는 이들도 없지는 않았다.

공주는 그런 가인들을 못 본 척 외면했다. 그리고는 어느새 몰라보게 달라진 방을 천천히 둘러봤다. 부군과의 감격적인 재회 장면을 그려보노라니 가슴이 설레었다.

그때 마침 막 이문을 들어서는 늠름한 액부가 그녀의 눈에 들어왔다. 그녀는 그 자리에 굳어지고 말았다. 갈산정 역시 거의 동시에 공주를 발견하고는 발걸음을 재촉했다. 이어 공주에게 다가와 한쪽 무릎을 꿇었다.

"갈산정이 공주천세께 문후를 올립니다!"

공주는 흥분한 나머지 얼굴이 달아오르고 가슴이 주체할 수 없이 뛰었다. 하지만 그녀는 뜰 가득한 가인들을 의식하고 그저 담담하게 입을 열었다.

"어서 안으로 드시죠! 앞으로는 사적인 자리에서는 이렇게까지 예를 갖출 필요 없어요. 우리가 오늘에야 비로소 명실상부한 부부가 됐네요. 헌데 낭군께서는 어찌해서 그렇게 서 계신가요?"

공주가 두 손을 공손히 모으고 똑바로 서 있는 갈산정을 향해 말했다. 갈산정이 웃음 머금은 얼굴로 대답했다.

"오랜 습관이 하루아침에 고쳐지는 것은 아니지 않습니까. 아직은 별로 실감이 나지 않습니다!"

공주 역시 웃음 띤 얼굴을 한 채 말을 받았다.

"나도 힘들었으니 그동안 낭군께서는 오죽했겠어요? 액부라는 신분 때문에 첩도 마음대로 들이지 못했죠. 그쪽 액부 처소에도 장 어멈이 들여보낸 하인들 일색일 테니, 낭군께서 보기에 쓸 만한 애들 몇 명만 데려오세요. 나머지는 적당히 달래서 내보내는 것이 좋겠어요. 너무 각박하게 쫓아낼 것은 없고요."

갈산정이 고개를 끄덕이며 대답했다.

"예, 그리 하겠습니다! 방금 대여섯 명의 액부들이 제 처소로 찾아와 공주천세를 여중호걸이라고 엄지를 내두르며 칭찬했습니다. 아마 다른 공주들도 나름대로 주인의 위치를 찾기 위해 분주한 모양이었습니다."

공주는 조금 전 넷째공주의 집에서 건륭을 뵙고 죽기를 각오하고 눈물로 호소하던 스스로의 모습을 떠올렸다. 그녀는 짧게 한숨을 내쉬더니 빙그레 웃으며 입을 열었다.

"모든 것이 영명하신 폐하 덕분이죠! 폐하께서는 세상만물의 이치를 두루 통찰하신 분이에요. 이번 일도 어지간한 결단력이 없으셨다면 쉬이 허락 못 하셨을 걸요? 어멈들 중에는 외척의 가노 출신도 있고 궁중에 상당한 인맥을 가진 사람들도 많아요. 폐하께서는 우리 '금지'들의 손을 들어주시면 다른 쪽에서 원성이 자자할 거라는 사실을 잘 알고 계셨을 거예요."

지척을 마치 구만리인 듯 생각하면서 수년 동안 떨어져 살아왔던 젊은 부부는 그렇게 무릎을 마주하고 앉아 눈을 맞추며 애기꽃을 피웠다. 이윽고 가인들이 정성껏 준비한 주안상을 올려왔다. 두 사람은 홍촉 아래에서 술잔을 기울였다.

갈산정은 술 석 잔이 들어가자 마음의 긴장이 어지간히 풀렸는지 고개를 저으면서 탄식했다.

"폐하의 황은은 하해와 같아 갚을 길이 없습니다. 이건 천지신명이 다 아는 일입니다. 그런데……, 어떤 자들은 폐하를 욕되게 하지 못해 안간힘을 쏟고 있으니……."

갈산정이 잠시 말을 멈췄다. 그리고는 엿듣는 사람이 없나하고 창밖을 확인했다. 이어 다시 제자리로 돌아와 앉은 채 목소리를 죽이고 말을 이었다.

"듣자 하니 이친왕 홍석이 폐하를 해코지하려고 음모를 꾸미고 있다 합니다!"

"그게 과연 사실인가요? 그 자식이 도대체 뭘 어떤 식으로 음모를 꾸미고 있다는 거죠? 어서 얘기 해봐요."

공주가 두 눈을 동그랗게 뜬 채 다그쳐 물었다. 공주의 과격한 반응에 갈산정은 술기운이 확 달아나는 듯했다. 그러나 입을 다물지는 않았다.

"글쎄, 나도 여러 군데에서 귀동냥을 한 것이라 어떤 말이 맞는지 판단하기는 어렵습니다. 그 사람들이 꿍꿍이를 꾸민다고 해봤자 결국 달걀로 바위치기 아니겠습니까? 그리고 그것이 우리하고 무슨 상관이 있습니까?"

공주가 갈산정의 말에 안색이 어두워졌다. 그리고는 잠시 뭔가 생각하더니 말했다.

"당연히 상관이 있죠. 그러지 않아도 폐하께서 요즘 각종 유언비어로 심기가 불편하시다고 귀비 나랍씨에게 들었어요. 이번 일은 내가 주장해 폐하의 윤허를 받아내긴 했지만 폐하께 피해가 돌아갈 수도 있어요. 외부에서 '조상의 가법을 무시한다'고 폐하를 공격이라도 하면 나도 편하게 잠을 못 잘 것 아니에요? 그러니 성은에 보답하는 뜻에서, 또 내 자신을 보호하기 위해서라도 우리는 폐하를 해코지하려는 자들을 묵과해서는 안 되죠!"

갈산정이 공주의 말을 묵묵히 다 듣고 나더니 고개를 끄덕였다. 이어 조심스러운 어조로 말했다.

"열여섯째친왕의 호위로 있는 능격색이 지난번 술자리에서 이런 얘기를 합디다……."

어렵사리 운을 뗀 갈산정의 입에서는 가히 충격적이라 할 수 있는 얘기가 흘러나왔다. 열여덟째공주의 얼굴이 순간 하얗게 변하기 시작했다. 갈산정의 말은 계속 이어졌다.

"하루는 일곱째 고륜固倫공주의 부마 하영, 열셋째공주의 부마 능격색, 그리고 나까지 셋이 술자리를 가졌어요. 그때 내가 말했죠. '따지고 보면 우리도 당당한 황친이 아닌가. 그런데 일 년이 가도록 폐하의 용안 한번 뵙기도 힘드니 이게 무슨 꼴이오? 명색이 부부이지 마누라 얼굴도 매일 볼 수 없지 않소? 마음 같아서는 날 잡아서 친가 친척들을 이끌고 폐하 면전에서 한바탕 난리라도 치고 싶소. 이게 사람 사는 꼴이냐고! 밖에서는 창기도 못 만나게 하고, 집안에서는 계집애 손끝 하나도 못 건드리게 하니 말이야. 마누라는 또 무슨 죄인가? 남편이 시퍼렇게 눈 뜨고 살아 있는데 독수공방 신세라니!'라고 말입니다. 그러자 능격색이 '폐하를 알현하면 또 어쩔 건가? 나는 매일 친왕마마를 따라 궁에 들어가지만 한쪽에 서서 분부만 기다릴 뿐 말 한마디 못하는데. 자네들 혹시 알고 있는가? 폐하께서는 얼마 전에 부항 어르신을 대동하고 하남으로 순유를 나가셨다네. 이 일은 자네들만 알고 있고 절대 밖에 소문을 내면 안 되는 거 알지?'라고 말하더군요."

갈산정이 잠시 말을 멈췄다. 열여덟째공주는 계속 뚫어져라 남편의 입만 바라보고 있었다.

"나와 하영은 그래서 폐하께서 당시 북경에 계시지 않는다는 걸 알았어요. 그때 이미 반쯤 취해 눈까지 풀린 늑격색이 술 냄새를 확확 풍기면서 내 귀에 대고 말하더군요. '따지고 보면 얘기가 복잡하네. 폐하께서는 아무것도 모르고 계시지. 자네들에게만 하는 비밀 얘기인데, 이친왕 홍석과 패륵 홍승이 때 아닌 기무旗務를 정돈한답시고 뭔가 꿍꿍이를 꾸미고 있다네. 얼마 전 내가 모시고 있는 장친왕(윤록)을 찾아온 거 있지? 봉천에 있는 팔기 기주들을 불러 기무 정돈에 관한 회의를 소집하겠다나 뭐라나. 자네들도 알겠지만 우리 장친왕은 주관이 없이 갈대처럼 이리저리 흔들리는 분이시지. 뭐 어려운 일이냐면서 그 자리에서는 시원하게 대답해놓고 돌아서서 생각해보니 뭔가 이건 아니다 싶으셨던지 이친왕怡親王(홍효)을 부르셨다네. 이친왕은 그 얘기를 듣자마자 발을 구르고 화를 내면서, '그들이 저를 먼저 찾아왔었습니다. 제가 펄쩍 뛰면서 절대 안 되는 일이라고 못 박았는데, 열여섯째숙부는 무엇 때문에 그들에게 동조하시는 겁니까?'라고 했다는 거야. 그러자 장친왕은 미간을 찌푸리면서 대수롭지 않게 '기무 정돈에 관해서는 선제와 지금 폐하께서 모두 거론하신 적이 있어. 그러니 별로 놀랄 만한 일도 아니지. 게다가 자네와 나 두 친왕에 장정옥, 악이태까지 북경에 떡하니 버티고 있는데 그들이 설마 모반이라도 꾸밀라고?' 뭐 이렇게 말이오."

"……"

"그 말에 이친왕의 표정이 어두워지더니 이런 얘기를 했답니다. '모반이니 뭐니 그런 것은 나는 모릅니다. 옹정 사 년에 여덟째, 아홉째, 열째 백부도 이와 똑같은 짓을 했죠. 기무를 정돈한답시고 철모자왕鐵帽子王 (세습 친왕) 회의를 소집하겠다고 설쳤죠. 듣기 좋아 회의이지 사실은 선제를 폐위시키고 팔왕의정제도를 복구시키려는 짓이 아니고 뭡니까? 열여섯째숙부는 그때 당시 서녕에 계셨기에 잘 모르실 겁니다. 선제께서는 봉천 장군에게 명령을 기다리라고 하셨습니다. 그리고 팔기 기주들 중 함부로 행동하는 자가 있으면 선참후주先斬後奏하라고 어명을 내리셨습니다. 까놓고 말해서 기무 회의가 일단 소집되기만 하면 선제의 정책에 대한 비난이 쇄도할 것이고, 더 나아가서 선제께 보위를 찬탈했다는 누명을 씌워 폐위시키는 일밖에 더 있겠습니까? 열여섯째숙부도 아시다시피 그때 당시는 팔기 기주들이 병권을 장악하고 있을 때였습니다. 여덟째, 아홉째, 열째 백부는 그 일 때문에 인생이 끝장났죠!'라고 말입니다. 그러자 장친왕이 '홍석 등에게 병사가 없기에 나도 동의한 거야'라고 했다고 합니다. 이친왕은 바로 '물론 그들에게는 군사가 없습니다. 하지만 대권을 장악한 조정 신하와 귀족들 중에 그들의 포의노 출신이 적지 않습니다. 그들이 들고 일어나면 누가 말릴 수 있습니까? 아무튼 열여섯째숙부 마음대로 하세요. 그리고 일이 터지면 열여섯째숙부가 다 책임지세요. 저는 할 말을 다 했습니다'라고 했고요. 장친왕은 그제야 사태의 심각성을 깨닫고 장정옥 등을 불러 상의하려고 했다고 합니다. 그러나 장정옥을 부르면 상서방까지 다 놀라게 할까봐 그러지도 못했다고 하더군요. 장친왕이 홍석 등에게 했던 말을 번복하자니 무능하다는 비난을 들을 것 같아 이러지도 저러지도 못하고 있을 때였습니다. 총명한 이친왕이 한 수 가르쳐줬다고 하더군요. '그들의 스승인 양명시를 불러다 얘기하십시오. 열심히 학업에만 정진하고 상관없는 일에는 참견 말라고 학생들에게 전하라고 하십시오. 양명시의 말이라면 들을 겁니다'

라는 말을 했다는 거죠. 그렇게 해서 장친왕의 얘기를 들은 양명시는 육경궁에 돌아간 다음 선제의 《성무기》를 꺼내들고 연속해서 여섯 시간이나 읽었다고 하네요. 친왕, 패륵, 패자들은 무릎을 꿇고 그것을 듣느라 나중에는 머리가 어질어질하고 일어날 힘도 없을 지경이 됐다고 해요. 양명시는 그런 다음 학생들이 선제의 유훈을 어겼다면서 엄하게 처벌을 했죠. 이친왕 홍석은 《성무기》를 한 벌 베껴 쓰는 벌을 받고 나머지 패륵과 패자들은 《성무기》를 머리에 이고 사흘 동안 무릎을 꿇었다네요. 다행히 양명시는 그 일을 폐하께 상주하지 않고 그냥 넘어갔어요. 안 그랬다면 아마 조정에서 한바탕 난리가 났을 겁니다.”

갈산정은 늑격색에게 들은 얘기를 상세하게 다시 한 번 반복하고 나서 바로 덧붙였다.

“혹시 이번에도 홍석마마를 비롯한 황자들이 소동을 일으키려고 유언비어를 퍼뜨리고 일을 꾸미는 것이 아닐까요?”

열여덟째공주의 안색이 창백해졌다. 손에 든 술잔을 마시지도 않고 내려놓지도 않은 채 멍하니 생각에 잠겨 있던 그녀는 한참 후에야 입을 열었다.

“소동이라니요? 몇 세대 전부터 내려온 케케묵은 장부를 지금 들춰내서 뭘 어쩌겠다는 건가요? 이친왕理親王은 정말 구제불능이군요. 선제와 지금 폐하의 인덕이 아니었다면 진작에 왕자 자리까지 박탈당해 일반 서인으로 전락해 손바닥만 한 하늘만 바라보면서 살아야 했을 위인이 어떻게 그럴 수가 있어요? 인간의 탈을 쓰고 은공을 갚지는 못할지언정 뒤통수를 치다니!”

“공주께서는 마음이 선하신 데다 바깥출입을 많이 하지 않아서 잘 모르시겠으나 졸렬하고 야비한 인간은 지천에 널렸습니다. 한 톨의 쌀을 줬더니 한 되의 원수로 갚더라는 말이 있지 않습니까? 아직 치기가 다분한 이친왕으로서는 지금의 보위가 당연히 자기 자리였어야 한다고 그릇된 마음을 품고 있는 것 같습니다. 선제께서 자기 아버지인 윤잉의 보위를 찬탈하고, 지금 폐하께서 선제로부터 보위를 승계 받았다고 생각하는 것이지요."

갈산정의 말에 공주가 바로 맞장구를 쳤다.

"사람의 마음은 참 간사합니다. 굶어죽기 직전에 누군가로부터 쌀 한 되를 받으면 고마워하지만 쌀 한 말을 받으면 딴 생각을 하게 되죠. '나에게 쌀 한 석을 줄 수 있으면서 왜 한 말밖에 안 주나?' 뭐 이런 심리겠죠."

공주의 눈이 반짝 빛났다. 사실 그녀와 장씨 어멈의 관계도 역시 비슷한 경우가 아니었을까. 그때 자명종이 아홉 번 울렸다. 해시亥時가 되었음을 알리는 소리였다. 공주는 자리에서 일어나 한참 방 안을 서성거렸다. 그리고는 아랫입술을 꽉 깨물고 나더니 뭔가 결심한 듯 하녀를 불렀다.

"난화, 어디 있느냐!"

앳돼 보이는 하녀가 바로 달려 들어왔다.

"부르셨사옵니까, 공주마마!"

공주가 분부했다.

"내가 지금 액부하고 입궐해 태후마마께 문후를 올리고자 하니 화미하고 앵무 내외를 깨워 따라 나서게 해라."

"예, 공주마마."

갈산정은 순간 아직은 다소 서먹한 부인을 뜨악한 표정으로 바라봤다. 마냥 귀엽고 얌전한 사람이라고 느꼈던 자기 부인이 알고 보니 주관이 뚜렷하고 추진력이 장군 못지않은 강한 여자였던 것이다. 갈산정이 입술을 실룩거리면서 말을 더듬었다.

"지금 이 시간에…… 궁문도 잠겼을 터인데……. 게다가 나는 외신外
臣이 아닙니까?"

그러나 공주는 그의 말에는 아랑곳하지 않고 다그치듯 명령을 내렸
다.

"가마를 대령하라!"

40장
위조된 상주문

건륭은 마지막 상주문까지 주비를 다 달고 나서 기지개를 쭉 켰다. 온몸이 나른했다.

"거기 누구 없느냐? 황후가 자녕궁에 있는지 종수궁에 있는지 알아보고 오너라. 짐은 오늘 저녁 황후의 처소로 들어야겠다."

건륭의 말이 떨어지기 무섭게 태감 진미미가 아뢰었다.

"황후마마께서는 지금 막 태후마마 전에서 나오셨사옵니다. 열여덟째공주마마와 액부가 폐하께 긴히 아뢸 말씀이 있다고 서화문 밖에서 기다리고 계시옵니다. 궁문이 닫혀 들어오지 못하고 있다고 하옵니다."

"음……."

건륭이 피곤기가 다분한 얼굴을 쓸어내렸다. 이어 잠시 생각하더니 말했다.

"알았네. 그만 물러가게."

건륭은 진미미가 물러가자 곧바로 다른 태감을 불러서 옷을 갈아입었다. 이어 묵직한 용포를 벗고 가벼운 비단 장포를 둘렀다. 그리고는 허리춤에 금박 와룡대를 착용하고 나서 바로 고무용에게 지시했다.

"짐은 궐 밖에서 산책을 좀 하고 올 것이니 시위 몇 명에게 일러 따라오라고 하게."

건륭을 조석으로 모시는 고무용은 같은 말을 두 번 하지 않는 그의 성격을 잘 알고 있었다. 그래서 잠시 주춤하다 바로 대답하고 물러갔다. 곧 새릉격塞楞格, 색륜索倫, 옥격玉格을 비롯한 10여 명의 시위들이 건륭을 따라나섰다.

승여乘輿를 마다하고 걸어서 영항을 나선 건륭은 융종문을 지나 바로 서화문 쪽으로 향했다. 과연 초조한 얼굴을 한 채 발을 동동 구르면서 기다리는 열여덟째공주 내외가 보였다.

"이 시간에 금지와 부마가 태후마마께 뵙기를 청하다니 어쩐 일인가? 두 사람이 또 싸운 것은 아니겠지?"

황제가 직접 걸음을 할 줄은 꿈에도 생각 못한 열여덟째공주와 갈산정은 당황한 나머지 황급히 엎드려 머리를 조아렸다. 공주가 먼저 입을 열었다.

"야심한 밤에 폐하를 놀라게 하는 죄를 지었사옵니다. 사실은 충격적인 말을 전해 듣고 폐하께 꼭 아뢰어야 할 것 같아서 찾아왔사옵니다. 낮에는 폐하께서 너무 다망하시어 알현할 수 없을 것 같아 이 시간을 택했사옵니다. 하오니 누이동생을 아끼시는 오라버니가 죄를 묻지는 않을 거라고 생각하옵니다."

"이깟 일로 죄를 묻겠나! 저 앞에 장정옥의 처소가 있으니 그리로 가세."

그러나 건륭은 동생이 하고 싶은 얘기가 그리 대단한 것은 아닐 거라고 생각하는 눈치였다.

건륭은 일행을 거느리고 북쪽으로 꺾어 들어갔다. 화살이 날아가 꽂힐 정도의 거리를 걸어가자 바로 등불이 휘황한 관저가 눈앞에 나타났다. 좁은 골목에는 10여 대의 가마가 세워져 있었다. 건륭이 살며시 대문 안을 들여다봤다. 관품 높은 관리 10여 명이 차를 마시면서 접견 차례를 기다리고 있었다. 그들 중에는 얼굴을 알 만한 사람도 있었으나 전혀 생소한 사람도 있었다. 고무용이 들어가려고 하자 건륭이 제지시키면서 나지막이 말했다.

"우리는 측문으로 들어가 직접 서재로 가면 되네."

고무용은 어지를 전하기 위해 거의 매일 장정옥의 관저를 드나드는 터라 문지기나 가인들과 모두 익숙한 사이였다. 덕분에 별 다른 제재 없이 동쪽 측문을 통해 안으로 들어갈 수 있었다. 등롱을 들고 길을 안내하던 가인이 서재 앞에 이르러 목소리를 낮춰 아뢰었다.

"장상께서는 눌친 중당과 함께 관리들을 접견하고 계시옵니다. 그들을 물리치라고 이르는 것이 어떻겠사옵니까?"

"그럴 것 없네. 자네들은 밖에 있게. 짐이 혼자 들어갈 테니."

건륭은 가인과 열여덟째공주 내외에게 차례로 말하고는 성큼 서재로 들어갔다. 장정옥과 눌친은 상석에 앉아 있었다. 또 기윤, 전도, 아계와 윤계선 등은 아랫자리에 앉아 악선의 보고에 열심히 귀를 기울이고 있었다. 모두들 첨산尖山 제방의 치수공사에 대한 얘기를 듣느라 누가 들어온 줄도 모르고 있었다. 건륭이 느릿느릿 입을 열었다.

"여러 상공들, 이렇게 늦은 시간까지 참으로 다망하군!"

좌중의 사람들은 귀에 익은 목소리에 화들짝 놀라 일제히 고개를 돌렸다. 그리고는 허둥지둥 자리에서 일어났다 다시 무릎을 꿇고 머리를 조아렸다. 장정옥이 먼저 입을 열었다.

"폐하께서 어찌 신의 처소로 친히 걸음을 하셨사옵니까? 일이 있으시면 신들을 부르십시오. 신들이 언제라도 달려갈 것이옵니다. 구주九州의 어버이이신 주군께서 이러시면 아니 되옵니다. 부디 노신의 간언을 받아주시옵소서, 폐하!"

"됐네!"

건륭이 대수롭지 않게 손사래를 치면서 상석으로 가서 앉았다.

"모두가 짐에게는 친근한 신하들이네. 굳이 자리를 피할 것도 없겠네. 사실 짐은 일이 있어 걸음을 한 것이 아니네. 갑갑한 속을 풀려고 산책 나온 것이 여기까지 오게 됐지 뭔가. 야식으로 차 한 잔과 간식 한 조각만 얻어먹고 가도 되겠지?"

장정옥이 황급히 가인들에게 간식을 내오라고 이르고는 한마디 덧붙였다.

"밖에서 접견을 기다리는 사람들에게는 내가 몸이 안 좋으니 내일 다시 오라고 이르게!"

장정옥과 눌친을 제외한 좌중의 다른 사람들은 여전히 잔뜩 긴장한 표정을 짓고 있었다. 그러자 건륭이 딱딱한 분위기를 깼다.

"안 그래도 한번 보고 싶던 사람들이 다 모여 있군. 자네는 불세출의 재학을 자랑하는 기윤이지? 요즘은 고기 구경을 좀 하고 사는가? 그리고 자네는 악선이지? 고향의 상주문에 자네 칭찬하는 말이 늘어지게 있더군. 자네가 제방을 튼튼히 쌓아 홍수 걱정을 하지 않아도 되겠다는 현지 백성들의 칭송이 자자하다지? 글재주 또한 비상하다고 했던 것 같네. 윤계선은 강남 순무로 일하면서 자질구레하게 골치 아픈 일이 한두 가지가 아닐 것이네. 자네 일은 오늘 저녁에 논하지 말고 나중에 보세. 그리고 전도 자네는 한차례 풍파를 겪더니 더 노련해 보이는군. 저쪽 끄트머리에 앉은 아계는 요즘 어떠한가? 장광사 시중을 드는 일이 그리 쉽지는 않을 테지?"

좌중의 사람들은 황제가 일일이 이름까지 부르면서 관심을 표하자 모두 황송해 하며 어쩔 줄을 몰랐다. 건륭이 덧붙였다.

"짐이 공주 내외를 데리고 왔네. 열여덟째공주, 들게!"

은밀하게 아뢰어야 할 얘기를 어떻게 이 많은 사람들 앞에서 한단 말인가? 열여덟째공주 내외는 그렇게 생각하면서 난감한 눈빛으로 서로를 마주봤다. 그러나 어쩔 수 없이 방 안으로 들어섰다. 좌중의 사람들이 모두 엎드려 있는 것을 보고 열여덟째공주 내외 역시 무릎을 꿇으려고 했다. 그러자 건륭이 제지했다.

"그만하고 다들 일어나게. 장정옥, 눌친, 공주는 의자에 앉고 나머지는 나무 걸상에 앉도록 하게."

건륭이 분부를 마치고는 아계에게로 시선을 옮겼다. 사실 아계는 뱃속 가득한 울분을 털어놓고자 장정옥을 찾아온 터였다. 다른 곳으로 전근시켜 달라고 청탁을 할 참이었다. 그런데 건륭이 관심을 보이자 행여 기회를 놓칠세라 바로 입을 열었다.

"방금 폐하께서 장광사에 대해 언급하신 부분은 실로 만리를 꿰뚫고 계시는 지당한 말씀이옵니다. 신은 장광사 군문의 안하무인 때문에 괴로울 때마다 폐하께서 신을 그의 군중에 파견하신 의중을 되새기면서 참았사옵니다. 서부 전선이 위태로울 때 이 한 몸 다 바쳐 지켜내겠다고 다짐하면서 이를 악물고 버텨왔사옵니다. 장 군문이 어마어마한 유공자일 뿐 아니라 관품 역시 신이 감히 견줄 바가 못 된다는 것은 잘 알고 있사옵니다. 하오나 장 군문이 제아무리 대단하다고 해도 필경은 폐하의 종이옵니다. 소인 역시 주군을 섬기는 충실한 종이옵니다. 신이 견딜 수 없는 것은 장 군문이 신을 자기 종으로 부리려 든다는 것이옵니다. 신은 주군의 종이지 장 군문이라는 종의 새끼 종은 아니옵니다!"

'종'奴이라는 말이 연이어 터져 나와 자칫 정신이 사나울 법도 했으나 그 뜻은 명료했다. 잠자코 듣고 있던 건륭이 크게 웃음을 터트렸다.

"만주족들은 오랜 세월 교만과 방종에 길들여져 그런 것이네. 그러나 자네는 문관 출신의 무관이니 그만한 고생도 하지 않고 어찌 큰 인물이 될 수 있겠나?"

아계가 황급히 대답했다.

"천만번 지당하신 말씀이옵니다. 신도 갈고 닦아 큰 인물이 되고 싶사옵니다. 하오나 그 사람은 소인들이 큰 인물이 되는 꼴을 보지 못하옵니다. 장 군문 휘하의 참장들은 그의 측근 친병 앞에서도 기를 못 펴고 있사옵니다. 소인 같은 경우에는 매일의 일과가 군막에 들어앉아 장 군문의 허풍을 들어드리는 것이옵니다. 한 번도 병사들을 거느려보지 못했사옵니다. 장 군문의 무용담은 귀에 못이 박히도록 들어서 이제는 거꾸로도 술술 외울 정도이옵니다. 그런데도 그 사람은 수없이 우려먹는 유치하기 이를 데 없는 공치사를 자신만의 독특한 '병법'이라고 철면피하게 고집하고 있사옵니다. 소인은 밤마다 그 사람의 잠자리를 지켜주고 요강을 내다버리는 일에 신물이 나옵니다!"

건륭은 얼마 전 부항으로부터 장광사와 범고걸의 갖은 비리에 대한 상소문을 받은 적이 있었다. 그런데 오늘 아계의 입에서 비슷한 얘기를 듣게 됐다. 그의 얼굴은 어느새 딱딱하게 굳어지고 있었다. 그때 옆자리에 있던 기윤이 나섰다.

"신은 장상의 부름을 받고 이 자리에 왔사옵니다. 장 군문이 부항을 탄핵하는 상소문을 올렸사옵니다. 부항이 공로를 독차지하기 위해 장 군문의 부하 장령을 죽였다고 했사옵니다. 또 비적 여두목과 타타봉에서 추한 작태를 보이면서 놀다가 여자를 죽여 버렸다고도 했사옵니다. 장 군문은 이 사실을 폐하께 상주하고 부항의 죄를 물어야 마땅하다고 했사옵니다. 하오나 몇 가지 석연치 않은 점이 있어서 이 상소문을 아직 폐하께 올리지 못하고 있사옵니다."

말을 끝낸 기윤이 조용히 건륭을 바라봤다. 건륭이 기다렸다는 듯 물었다.

"그래 자네 생각에는 이 일을 어찌 처리하는 것이 바람직할 것 같은가?"

기윤이 자신만만하게 대답했다.

"전에는 연갱요 장군이 스스로를 불세출의 영웅으로 자칭하면서 안하무인으로 일관하다 결국 불나방 신세를 자초하지 않았사옵니까? 선제께서는 연갱요 장군이 무소불위의 권력을 휘젓고 다니도록 방치한 책임이 당신께도 있다 하시면서 많이 자책하셨다고 하옵니다. 지난 일을 잊지 않으면 뒷날의 귀감이 된다고 했사옵니다. 장 군문이 아무리 대단한 사람이라고 해도 조정에서는 절대 그의 손만 들어주어서는 안 된다고 생각하옵니다. 외람되오나 신은 폐하께서 장 군문의 안하무인에 일조했다고 생각하옵니다. 장 군문이 누군가를 탄핵하거나 천거하는 주장을 올릴 때마다 폐하께서 백이면 백 모두 인준해주셨으니 그는 갈수록 기세등등해진 것이옵니다. 하오니 이번에는 부항의 손을 들어주어 공신의 마음을 위로해주는 것이 바람직할 것 같사옵니다. 또 장 군문은 사천 총독이면서 강남과 강북의 병마를 통솔하고 있으니 사실상 '천하병마대원수'天下兵馬大元帥라고 불러도 과언이 아니옵니다. 지금은 큰 전사戰事가 있는 것도 아니옵니다. 장 군문의 권력이 너무 큰 것 같사옵니다. 하오니 장광사 군문에게는 사천의 팔기병만 관리하게 하고 다른 성의 병무는 각자 자치권을 부여해 순무들에게 맡기는 것이 어떨까 하옵니다."

건륭이 흡족한 눈빛으로 기윤을 바라봤다. 그냥 재치 있고 똑똑한 문인쯤으로만 생각해왔는데 자세히 보니 사태를 파악하는 판단력도 뛰어나고 좌중을 압도하는 통솔력도 있는 것 같았다. 건륭의 얼굴에 웃음꽃이 피었다.

"자네가 진언한 두 가지 모두 취할 바가 있네. 허나 장광사와 연갱요를 동일선상에서 비교하는 것은 무리가 있네. 두 번째 건의는 자네 뜻을 어느 정도 취할 만하네. 군무는 여전히 장광사에게 맡겨야 하네. 유사시 상하좌우로 신속하게 군사를 배치하려면 장광사와 같은 유능한 지휘관이 필요하네. 다만 전에는 군량미를 호부와 병부에서 직접 조달했으나 이제부터는 각 성의 자율공급에 맡기도록 하겠네. 군신 간에 서로 상대방을 의심해서는 안 되네. 사람은 의심하다보면 끝이 없는 법일세. 형신, 부항이 천거한 이시요라는 친구 말이네. 짐이 보기에도 썩 괜찮은 재목인 것 같네. 산서山西성의 포정부사布政副使로 임명하고 부항의 참의도 역할을 겸하게 하는 것이 어떻겠나?"

"내일 당장 그리 처리하도록 하겠사옵니다, 폐하."

장정옥이 몸을 앞으로 숙이면서 대답했다. 이어 조심스럽게 다시 입을 열었다.

"그리고 폐하, 여기 내용이 심상찮은 상주문이 올라와 있사옵니다."

장정옥이 조심스럽게 상주문을 받쳐 올렸다. 한눈에도 섬뜩한 글발이 확 안겨왔다.

폐하께서 욕망을 절제하시어 여분의 정력을 정무에 쏟으실 뿐 아니라 옛 신하들을 아끼시면서 팔기 훈척들을 귀하게 대하실 줄 아시는 군주가 되셨으면 하는 바람으로 신 손가감이 엎드려 간언하는 바이옵니다.

상주문의 머리글 아래로 깨알 같은 글씨가 빼곡히 적혀 있었다. 족히 수만 자는 되어 보였다. 일단 건륭이 선제 때의 노신들을 꿰다 놓은 보릿자루 취급하고 아직 이마에 피도 안 마른 신인들만 중용한다는 것이 주된 내용이었다. 또 여색을 지나치게 밝힐 뿐 아니라 외척 여인들과도 그렇고 그런 관계에 있다는 비난도 있었다. 정사 장면을 설명한 내용은 마치 직접 눈앞에서 목격한 것처럼 생생하기까지 했다. 황제에게 올리는 상주문이라고는 생각도 못할 정도로 황제의 체면을 깡그리 밟아 놓은 글이었다.

요순堯舜과 같은 성군으로 역사에 길이 남기를 원하신다는 폐하께서 폭군인 걸주桀紂를 본받으시면 되겠사옵니까? 또 성조의 도와 세종의 법을 숭상하신다는 분이 명나라의 개만도 못한 법을 배워 풍속을 문란케 해서야 되겠사옵니까? 이는 수레는 남으로 가려고 하는데 바퀴는 북으로 가는 격이 아니고 무엇이옵니까? 그리 하니 온 천하가 실망하고 당혹해하는 것은 당연지사 아니겠사옵니까?

건륭의 두 손이 부르르 떨렸다. 얼굴에 경련이 일어나고 입술도 덜덜 떨렸다. 마치 폭풍 전야의 고요함처럼 무서운 침묵이 한참이나 흘렀다.

"손가감! 은공을 몰라도 유분수지 어찌 짐에게 이런 더러운 말을 퍼부을 수 있는가?"

급기야 건륭이 대로했다. 두 눈에서는 살기가 번뜩거렸다.

"글공부깨나 했다면서 정인군자를 표방하던 자가 이런 짓을 하다니……! 능구렁이처럼 군주의 뒤나 은밀하게 캐고 다녔군. '목숨을 잃는 것을 두려워하지 않고 직간을 했다'는 허명이 그리도 탐이 났던 것인가? 스스로 불나방 신세를 자초한 미련한 놈 같으니라고. 성조에게 직간해 크게 명성을 떨친 곽수처럼 되고 싶다 이건가? 어림도 없지!"

탁!

건륭이 말을 마치고는 바로 탁자를 무섭게 내리쳤다. 그 서슬에 탁자 위의 찻잔과 서류 뭉치들이 사정없이 진저리를 쳤다. 건륭이 끝내는 손가감이 올렸다는 상주문을 힘껏 땅바닥에 내동댕이치면서 내뱉듯 말했다.

"궁으로 돌아가겠네! 지금 상태로는 도무지 조정의 사무에 대해 논의를 할 수 없을 것 같네!"

"잠시 고정하시옵소서, 폐하."

장정옥이 엉거주춤 일어섰다. 그 역시 숨소리가 거칠고 무거운 것이 대단히 흥분한 것 같았다. 그가 덧붙였다.

"눌친은 바로 이 일 때문에 전도를 데리고 신의 처소를 찾았던 것이옵니다. 신들이 먼저 상의한 뒤 악이태와 함께 셋이 공동명의로 폐하께 주장을 올리려던 참이었사옵니다."

"셋? 서른, 삼백 명의 군기대신도 이 사건을 무마시킬 수 없어! 그자의 편을 드는 자는 그 누구라도 똑같이 죄를 물을 것이니 그리 알게!"

건륭은 황제의 체통도 잊은 듯 악에 받쳐 고함을 질렀다. 신하들은 차갑게 번쩍이는 그 눈빛을 감히 바라볼 수 없는지 모두들 고개를 푹 숙였다. 눌친이 용기를 내어 입을 열었다.

"폐하, 장상의 말은 사건을 무마하겠다는 뜻이 아니옵니다. 문제는 이 상주문은 손가감이 올린 것이 아니라는 사실이옵니다. 그래서 문제가 심각한 것이옵니다. 안 그래도 신이 이상하다 싶어 직접 손가감의 처소를 방문해 필적을 대조해보았사옵니다. 그 결과 누군가가 악의를 품고 날조한 것임이 드러났사옵니다. 그렇지 않아도 요즘 노환으로 병상 신세를 지고 있던 손가감은 상주문을 보자마자 기절하고 말았사옵니다."

"그게 과연 사실인가?"

건륭은 다시 한 번 대경실색했다. 이게 도대체 무슨 날벼락 같은 소리인가? 상주문을 위조하다니? 건륭은 정말 기가 막혔다.

얼마 후 반쯤 넋이 나가 멍하니 서재 창밖을 내다보던 건륭의 표정이 점차 차분해지기 시작했다. 방금 전까지도 흉흉한 빛을 발하던 두 눈동자도 어느새 평온해졌다. 곧이어 건륭이 아무 말도 없이 손을 내밀었다. 고무용은 건륭이 크게 발작할 것이 두려웠던지 지레 엎드려 있다가 엉금엉금 기어가서는 내던져진 상주문을 주워 올렸다. 건륭은 말없이 상주문을 소매 속에 밀어 넣고 자리로 돌아와 앉았다. 그리고는 가슴속에 가득 찬 울분을 한꺼번에 토해내려는 듯 깊은 한숨을 내쉬었다. 그제야 자신이 터트린 분노에 놀란 신하들이 안됐는지 일부러 환하게 웃어 보였다.

"이런 걸 일컬어 새옹지마塞翁之馬라고 하는가? 참으로 기쁘기 그지없네. 짐은 이제 안개 속에서 걸어 나온 느낌이네. 즉위 이래 만사가 대체로 순조로웠지만 가끔 기괴한 일도 없지 않아 의문을 품어왔었는데 오늘에야 비로소 모든 걸 알 것 같네. 지금껏 짐에게 재를 뿌려온 상대를 어렴풋이 짐작할 것 같네."

건륭이 잠시 말을 멈췄다 다시 이었다.

"열여덟째공주 내외가 밤중에 뵙기를 청한 것을 보면 필히 긴요한 일이 있을 거라고 생각했어. 궁중의 구설을 피해 이리로 왔는데 오자마자 황당무계한 글부터 접하게 됐군. 막내, 이제 말해보게."

"그게⋯⋯."

열여덟째공주는 건륭의 말에 방안 가득한 사람들을 쓸어보면서 망설였다. 그러자 눈치를 챈 장정옥과 눌친이 자리에서 일어나며 건륭에게 절을 올렸다.

"공주마마께서 밀주密奏를 하시려나 봅니다. 신들은 자리를 피해야 할 것 같사옵니다."

건륭이 바로 고개를 저었다.

"그럴 거 없네. 한쪽은 짐의 여동생이고, 경들은 짐의 측근 신하들이네. 오히려 다 털어놓고 다 같이 참작함이 좋을 것 같네."

열여덟째공주는 그제야 갈산정으로부터 들은 말을 상세히 전했다. 그리고는 덧붙였다.

"밖에서 이 같은 유언비어가 난무하고 뒤에서는 누군가가 팔기 친왕들의 입경을 획책하고 있사오니 아무래도 예삿일이 아닌 것 같사옵니다."

건륭이 잠자코 듣고만 있다 웃음을 지었다.

"선제 때의 밀주문 제도를 짐은 아직 복구하지 않았네. 밀주문이라는 것이 어쩌면 힘센 자의 횡포로 이어질 수도 있겠다는 생각 때문에 그 제도의 회복을 서두르지 않았지. 그러나 이제 보니 짐도 은밀한 이목耳目이 필요한 것 같네. 짐이 오늘 이 자리에 있는 모두에게 밀주권을 부여하겠네. 밀주할 내용은 노란 함에 넣어 짐에게 직접 올려 보내도록 하게. 오늘 이 자리에서는 누가 어떤 얘기를 해도 절대 문책하지 않을 것이니 들은 것은 모두 털어놓게. 터무니없는 요언일지라도 괜찮네. 짐은 듣기만 할뿐 시비곡직은 따지지 않을 것이네."

건륭의 말이 끝나기 무섭게 전도가 목청을 가다듬으면서 천천히 입을 열었다.

"폐하! 신은 며칠 전에 이위 대인의 처소에 다녀왔사옵니다. 이 대인은 소인을 알아보는 것 같긴 했으나 말은 못하고 눈물만 흘렸사옵니다. 그리고 신은 잠깐 이 대인의 부인을 만나 얘기를 나눴사옵니다. 신이 '이 대인의 병은 몸에 생긴 병이 아니라 마음의 병 같습니다. 그러니 부인께서 곁에서 자주 위로해주셔야겠습니다. 폐하께서는 아직도 이 대인을 위하는 마음이 여전하십니다. 원숭이도 나무에서 떨어질 때가 있다는데 한 번의 실수로 그리 낙담하지 말았으면 좋겠습니다. 저를 보십시오. 그렇게 송사를 당하고도 또다시 멀쩡하게 폐하의 신임을 받으면서 잘 지내고 있지 않습니까'라고 말씀드렸더니, 이 부인께서 이렇게 얘기했사옵니다. '저라고 그이의 병이 마음의 병인 것을 모르겠어요? 저이는 겉보기에는 화통하고 너그러운 것 같으나 마음속으로는 걱정이 참 많은 사람이에요. 답답한 일이 있어도 아무에게도 얘기 안 하고 혼자만 끙끙 앓지요. 그건 그렇고 보름 전에 제가 손가감 대인의 병문안을 다녀왔어요. 손 부인이 말하기를, 손 대인이 감기몸살 때문에 편찮은 것은 사실이나 이친왕怡親王이 다녀간 뒤로 아예 몸져눕고 말았다고 하더군요'라고 말이옵니다. 그래서 신은 걱정이 되옵니다. 두 부인의 말이 사실이라면 두 신하가 똑같은 증세를 보이고 있는 것 아니옵니까? 폐하의 고굉지신股肱之臣으로 성총을 한 몸에 받고 있는 두 신하가 대체 무슨 일로 고민에 빠져 몸져누웠다는 말이옵니까?"

전도는 하로형의 사건을 겪은 뒤로 훨씬 노련해졌다. 좌중의 이목이 집중되는 것도 별로 부담스러워하지 않았다. 그가 심각한 표정으로 다시 말을 이었다.

"그리고 누군가 손가감의 상주문을 위조해 올렸사옵니다. 이는 손가감을 직접 겨냥한 것임에 틀림없사옵니다. 손가감은 선제께 '서부의 병력을 철수시키고 골육들을 위해야 한다'면서 직간을 할 정도로 물불 가리지 않는 사람으로 유명하옵니다. 그러니 상주문을 날조한 자는 손가감에게 바가지를 덮어씌우는 일이 용이하다고 생각했을 것이옵니다. 폐하와 선제께서 아끼셨던 노신들을 음해하고 폐하와 신하들 사이, 노신과 신진 선비들 사이를 이간질시켜 불화를 조장하려는 불순한 의도가 틀림없사옵니다. ……장광사 군문의 그깟 '공로'는 성조와 선제 때 영웅적 기개를 떨쳤던 도해圖海나 조양동趙良棟, 주배공周培公, 채육영蔡毓榮 등 불세출의 영웅들은 말할 것도 없고 심지어 연갱요와도 비교할 가치조차 없이 보잘것없사옵니다."

흥분한 전도의 연설은 차츰 무아지경에 이르고 있었다. 그의 열변은 구구절절 이어졌다.

"그런 장 군문이 대체 뭘 믿고 그리 발호하겠사옵니까? 신이 괜스레 사람을 의심하는 것이 아니옵니다. 아계는 폐하의 신임을 받는 신하이옵니다. 그런 사람을 아무리 자신의 부하라고 해도 어찌 자기 집안의 종 부리듯 할 수 있다는 말이옵니까? 부항 또한 장 군문보다 연륜은 부족하나 그래도 흠차대신이옵니다. 그런데 월권을 해서 사전에 제멋대로 군사를 배치한 것은 흠차의 존재를 무시한 짓이 아니고 무엇이옵니까? 선제 때 병권을 깡그리 빼앗긴 팔기 친왕들이 조정의 병권을 한 손에 움켜쥔 장 군문을 끌어당겨 뭔가 물밑 거래를 하고 있을 가능성도 배제할 수 없사옵니다. 물론 이는 신의 어리석은 생각에 불과하옵니다."

건륭이 전도의 말에 연신 고개를 끄덕였다. 전도는 용기를 얻었는지 다시 자신있게 덧붙였다.

"조정에 간신이 있사옵니다. 물론 어두운 곳에 숨어 있사옵니다. 그자들은 장기판의 고수처럼 차분하고 여유롭게 최후의 일격을 위한 준비를 차근차근 하고 있사옵니다!"

전도의 말에 귀를 기울이며 듣고 있던 좌중의 사람들은 모두들 깜짝 놀라 눈이 등잔불처럼 커졌다. 건륭이 장정옥을 향해 물었다.

"형신, 자네는 전도와 기윤 두 사람의 말을 어찌 생각하나?"

장정옥이 숨을 길게 들이마시면서 즉각 대답했다.

"일이 이 지경에까지 이른 것은 재상으로서의 책임이 크옵니다. 하오나 설령 두 사람의 견해가 불행히도 적중한다 할지라도 크게 염려할 것은 없다고 사료되옵니다. 순치황제 때와 달리 지금은 천자의 한마디가 모든 신하의 영욕과 생사를 결정하옵니다. 철모자왕들이 제아무리 발버둥을 쳐도 팔왕의정제도를 회복할 수는 없을 것이옵니다. 그러니 폐하께서는 심려를 거두셔도 되겠사옵니다. 아울러 신의 어리석은 생각을 말씀드리겠사옵니다. 북경과 하남의 주둔군을 통째로 목란, 열하 일대로 보내고 건륭 원년의 무관 진사들을 중, 하급 군관과 부관으로 발탁해야 하옵니다. 시위들은 최측근 시위 한두 명만 남기고 나머지는 모두 전국의 각 군영에 분산시켜 보내야 하옵니다. 눌친이 직접 황족과 신하들의 자제들 중에서 믿을 만한 자들을 뽑아 부족한 시위를 보충할 것이옵니다. 각 성의 녹영綠營에서 삼만 명의 병력을 선발해 풍대豊臺 대영에 보내 집중 훈련을 시켜야 하옵니다. 보군통령아문의 병사들은 야전능력은 없으니 지휘관만 바꾸고 병사들은 그대로 둬도 될 것 같사옵니다. 이렇게 안배하면 만에 하나 변고가 생기더라도 아무런 문제없이 해결할 수 있사옵니다. 나머지 인사 변동 사항에 대해서는 오늘은 세세하게 얘기하지 않겠사옵니다. 방금 아뢴 사항을 폐하께서 윤허하시면 신이 눌친, 악이태와 더불어 실행에 옮기도록 하겠사옵니다. 그리고 조정에 간신이 있는 것은 사실인 것 같사옵니다. 그냥 간신이 아니라 음흉하고 악랄하기 그지없는 족속들인 것 같사옵니다. 그러니 물밑 조사를 철저히 해서 확실한 증거를 거머쥐는 것이 급선무인 것 같사옵니다."

건륭은 장정옥의 말이 끝나자마자 바로 고개를 들더니 입을 열었다.

"직예 총독은 가장 비중 있는 자리인데, 이위가 저러고 있으니 큰일이네. 마냥 비워둘 수도 없고……, 이렇게 하지. 이위에게는 관직과 명망만 높여주고 직예 총독의 빈자리는 악종기가 채우도록 하는 게 좋겠네. 악종기는 이밖에 풍대 제독까지 겸하도록 하게. 또 이번에 크게 공을 세운 부항을 북경으로 불러 구문九門 제독을 겸하도록 한 후, 이시요를 아문에 들여앉히고 부항은 바깥일을 처리하도록 하면 될 것 같네. 그리고 주둔군을 물갈이하는 일은 눌친이 진두지휘해서 석 달 내에 마치도록 하게. 조정에서 이같이 칼을 갈고 있는 모습을 보이면 언감생심 조정에 대적하려던 사악한 무리들도 찔끔하겠지? 그자들에게 미리 일격을 가하는 것도 나쁘지 않은 것 같네."

건륭이 잠깐 숨을 고르더니 다시 청산유수의 달변을 이어갔다.

"위조 상주문은 정상 경로를 통해 전해진 만큼 조사도 정정당당하게 착수해야겠네. 누가 누구의 사주를 받고 무엇 때문에 이 같은 짓을 저질렀는지 한 치의 의혹도 없이 다 밝혀내도록 하게. 장정옥 자네는 맡은 바 정무에만 전념하게. 골머리를 썩이고 알아보는 이런 일은 눌친과 유통훈 같은 젊은이에게 맡기세. 오늘 저녁에 논한 내용은 기밀에 붙여야 하는 중대사네. 여기 모인 사람들을 제외하고 알아야 할 사람에게는 짐이 주비를 달아 알려줄 것이네. 그러니 몰라도 괜찮은 사람에게는 절대 발설해서는 안 되겠네. 세 대신은 구태여 강조하지 않아도 잘 알겠지만 자네 신참들은 잘 들어두게. 짐은 평소에는 개미 한 마리 밟아 죽이지 않는 어진 사람이나 왕법을 어긴 자에 대해서는 가차 없다네. 지난번 유강이 죽기 전에 하늘을 우러러 통곡하면서 살려주십사 빌었으나 하늘도 결국 그를 구해주지 못한 것을 잘 봤잖은가!"

말을 마친 건륭이 빙긋 웃으면서 윤계선을 향해 말했다.

"자네는 왜 한 마디 말도 없는 건가? 상경한 지는 얼마나 됐는가? 왜 여태 패찰을 건네지 않았는가?"

윤계선은 호부에 식량을 납부하는 일 때문에 황급히 북경으로 온 터였다. 그런데 오늘 뜻밖에 장정옥의 서재에서 간담이 서늘해지는 엄청난 얘기를 듣고 말았다. 더구나 생각지도 못했던 천자까지 알현했다. 놀랍고도 긴장이 돼 언감생심 입을 열지 못했던 것이었다. 건륭이 묻자 그는 그제야 황급히 대답했다.

"신은 지금 꿈을 꾸고 있는 것 같사옵니다. 밖에만 있었으니 누가 감히 폐하를 해코지하리라고는 전혀 생각해볼 여유가 없었사옵니다. 신은 오늘 저녁 무렵 노하역에 도착했사옵니다. 너무 늦은 시각이라 패찰도 건네지 못하고 집에도 못 들어가고 이리로 왔사옵니다. 해녕海寧에 있는 진세관陳世倌도 동행했사옵니다. 호부에서는 군량미 부족을 이유로 올해부터는 식량 백만 석을 더 바치라고 하옵니다. 하오나 성조께서 영원히 세금을 올리지 않을 거라고 성훈을 내리신 것을 온 백성이 다 알고 있지 않사옵니까. 무슨 명목으로 그 많은 식량을 더 징수해야 할지 난감하기만 하옵니다. 이 일로 폐하의 훈시를 청하고자 뵙기를 청하려 했사옵니다."

건륭이 대답했다.

"그 일은 짐도 알고 있었네. 진세관까지 데리고 온 것을 보니 자네도 어지간히 골치 아팠던 게 아니로군. 진세관이라면 선제의 면전에서 눈물을 흘리면서 백성들을 위해 간청을 드렸다던 어버이 관리가 아닌가. 강남, 절강 모두 대풍작을 거뒀다고 들었네. 그런데 융통성이 대단한 윤계선이 백만 석 때문에 골치를 앓는다는 말인가?"

"식량은 얼마든지 있사옵니다!"

윤계선이 건륭의 말을 흔쾌히 수락할 수 없다는 듯 눈을 껌뻑이면서 변명을 했다.

"한 되에 삼전이오니 백만 석이면 은자 삼백만 냥이옵니다. 강남 번고에……."

그러나 윤계선의 말이 끝나기도 전에 건륭은 자리에서 일어났다. 그리고는 자신의 생각을 자세하게 설명했다.

"자네 뜻은 짐이 어림짐작으로 알고 있네. 염세鹽稅니, 상세商稅니, 해

관세海關稅니 해서 은자가 바닷물처럼 자네 번고로 흘러들고 있지 않나. 그걸 다 아는데 가진 사람이 베풀고 살면 좀 좋은가! 자네가 현무호玄武湖에 서원을 세우고자 돈을 모으고 있는 것도 알고 있네. 그러나 그 생각은 일찌감치 접는 게 좋을 듯하네. 풍작을 거뒀을 때 식량을 많이 비축해둬야 조정에서도 든든하지 않겠나. 이러다 언제 전쟁이 터져 파병해야 할지도 모르니 말일세. 오늘은 길게 말하지 않겠네. 내일 패찰을 건네게. 짐이 강남 문인들의 풍류에 대해 자네하고 논하고자 하네!"

건륭은 마치 윤계선의 속을 훤히 들여다본 것처럼 말하고 있었다. 할 말이 없어진 윤계선은 입꼬리를 추켜올리면서 멋쩍은 웃음을 지을 수밖에 없었다. 건륭은 이번에는 기윤을 향해 말했다.

"자네도 계선이하고 함께 뵙기를 청하게. 전에 성친왕誠親王(강희의 셋째아들 윤지允祉)이 《고금도서집성》古今圖書集成을 편찬했다고는 하나 짐은 그보다 더 방대하고 더 완벽한 책을 편수할 것이네. 이 일은 자네들이 팔을 걷어붙여야 할 것이야!"

건륭은 말을 마치고는 바로 떠나갔다. 나머지 사람들은 무릎을 꿇고 어가를 배웅한 다음 다시 서재로 돌아왔다. 모두들 흥분을 쉬이 가라앉히지 못하고 두 시간도 넘게 떠들고 나서야 흩어졌다.

41장
쇠자를 하사한 건륭의 마음

건륭이 장정옥 등과 중요한 현안에 대해 의논하고 있던 그 시각, 이친왕부理親王府에서도 은밀한 만남이 이뤄지고 있었다. 이친왕부는 원래 홍석弘晳의 아버지 윤잉允礽이 태자太子 자격을 박탈당하고 나서 연금돼 있던 곳이었다. 그곳의 커다란 뜰에는 인공호수가 있었다. 또 언덕 위에는 버드나무가 빽빽했다. 연금 기간 동안 윤잉은 호숫가에서 홀로 산책하기를 즐겼다. 그 모습을 본 내무부 사람들은 혹시라도 그가 딴생각을 할까봐 언덕 위에 버드나무를 심고 나무에 등롱을 훤히 내걸었다. 그리고 윤잉이 산책을 나갈 때면 가인들이 미리 달려 나가 등롱을 밝힌 채 윤잉의 일거수일투족을 감시하기도 했다. 결국 산책의 의미를 잃게 된 윤잉은 더 이상 호숫가로 나오지 않았다. 그때 심은 버드나무가 이제는 아름드리나무로 자라 있었다.

오늘 저녁 이 이친왕부로 초대받은 사람은 패륵 홍창弘晿, 장친왕 윤록의 둘째아들인 패자 홍보弘普, 그리고 항친왕 윤기允祺의 세자인 홍승弘昇이었다. 그들은 모두 홍석이 종학과 육경궁에서 사귄 사촌 형제들이자 절친한 벗이었다. 눈빛만 봐도 서로의 마음을 점칠 수 있을 정도로 각별한 사이라고 할 수 있었다.

홍석 등 네 사람은 호숫가를 따라 이어진 오솔길을 따라 한 바퀴 걷고 나서 서재 앞의 언덕에서 걸음을 멈췄다. 홍석이 개구리 울음소리를 들으면서 한숨을 토해냈다.

"여기 좀 앉자."

홍보 등의 세 아우는 다소 뜨악한 표정으로 서로를 번갈아보면서 장포 자락을 들고 돌 탁자 앞의 돌 의자에 엉덩이를 붙였다. 개구리가 첨벙대면서 뛰어간 자리에 잔물결이 일었다. 홍창이 그 모습을 한동안 뚫어지게 바라보다 먼저 입을 열었다.

"넷째형님, 사람을 불러놓고 말 한 마디 없이 호숫가만 빙빙 돌다니, 대체 어찌된 일이에요? 무슨 안 좋은 일이라도 있는 거예요?"

홍창은 이친왕怡親王 홍효의 맏형이었다. 옛 이친왕 윤상允祥은 정실을 들이지 않았기 때문에 네 아들은 모두 서출일 수밖에 없었다. 그러나 서출이어도 아버지의 위세에 힘입은 바는 컸다. 윤상은 살아생전 옹정의 으뜸가는 충신으로 '고금 제일의 현왕'古今第一賢王으로 불렸다. 옹정은 특별히 윤상에게만 이친왕을 세습할 수 있는 특권도 하사했다. 이 가문에도 이른바 '철모자왕' 시대가 열린 셈이었다. 적자가 없으니 윤상의 뒤를 이어 철모자를 쓸 사람은 누가 뭐래도 장자인 홍창이어야 마땅했다. 그러나 옹정은 특지를 내려 홍효를 세자로 세울 것을 명령했다. 홍창은 억울했으나 어쩔 수가 없었다.

그러나 그것은 아무것도 아니었다. 때는 윤상의 병이 위독해질 무렵이었다. 옹정은 윤상을 찾아와 아들들 중에서 군왕郡王으로 봉할 사람

을 선택하라고 했다. 그러자 말도 못하고 의식마저 흐릿했던 윤상은 옆
자리에서 약사발을 받쳐 들고 있던 홍효弘曉를 손가락으로 가리켰다.

그 사실을 안 홍창은 분통이 터졌다. 하지만 딱히 어찌할 방법이 없었
다. 홍창은 윤상이 죽은 뒤 겨우 패자에 봉해진 다음 건륭이 즉위하고
나서 패륵으로 승격했다. 그러나 친왕, 군왕에 비하면 엄연한 차이가 있
었다. 이런 연유로 그는 늘 불평불만을 입에 담고 살아왔다. 그러던 중
유유상종이라고, 항상 욕구불만이던 홍승, 홍보와 죽이 맞아 돌아다니
게 됐다. 또 '성스러운 거사'를 위해 일당을 물색하던 홍석과도 뜻이 맞
았다. 결국 그들은 한 배를 타게 되었다.

"나는 요즘 들어 심신이 편하지 못해. 우리가 벌인 일들이 마치 물속
에서 달을 건지듯 위태롭기 짝이 없다는 생각이 자꾸 드는구나."

홍석이 어둠이 내려앉은 수면을 바라보면서 말했다. 홍석의 옆자리에
앉은 홍승은 차분한 성격의 그답게 형의 말을 잠자코 듣고 있다가 천
천히 입을 열었다.

"일전에 《전등록》傳燈錄이라는 책을 읽은 적이 있어요. 달마의 큰 제자
인 혜가慧可가 처음 달마를 찾아와 불법을 깨우치도록 해줄 것을 간절
히 소망했다고 합니다. 그때 달마는 이렇게 말했답니다. '하늘에서 붉은
눈이 내리면 너를 제자로 받아들이겠다'라고요. 혜가는 그러자 눈밭에
서서 칼로 자신의 한쪽 팔을 잘랐답니다. 잘린 팔에서 피가 솟구쳐 주
위의 눈밭을 붉게 물들였대요. 이 얼마나 대단한 용기이고 결의인가요?
그런 그도 세속의 번뇌와 망상에서 벗어나지 못했다는군요. 그래서 어
느 날 달마에게 '스님, 요즘 들어 자꾸 마음이 불안합니다'라고 말했대
요. 이에 달마가 '그대의 마음이 어디에 있느냐? 가져 오너라. 빈도가 안
심시켜 줄 것이니!'라고 대답했답니다."

사실 홍승의 얘기는 좌중의 다른 황자들도 몇 번 들어본 적이 있는

것이었다. 그러나 지금 이 시각 홍승에게서 다시 듣자 모두들 차가운 냉수를 맞은 듯 머릿속이 시원해지며 큰 깨우침을 얻은 듯했다. 그때 홍보가 말했다.

"홍승의 불경 공부가 깊은 경지에 이른 것 같구먼. 같은 얘기를 하더라도 이렇게 유난히 듣는 사람을 깨우쳐주는 사람이 있더라고!"

홍보의 말에 홍승 대신 홍창이 입을 열었다.

"나는 내 마음을 열어 보였습니다. 넷째형님이 어찌해서 마음이 안녕하지 못한지 그 이유가 무척 궁금합니다."

홍창의 닦달에 홍석이 천천히 입을 열었다.

"팔왕의정제도가 폐지된 지도 벌써 칠팔십 년이 흘렀네. 우리가 무슨 수로 다 잊혀진 옛 제도를 다시 복원시킬 것인지, 설령 복원한다고 해도 뭘 어쩌자는 건지 요즘 들어 자꾸 회의가 느껴지는구나. 우리가 모역을 감행해 넷째, 건륭 그분을……, 어떻게 하기라도 해야 한다는 말인가?"

홍석의 말에 홍창과 홍보의 눈빛이 어둠 속에서 야수의 그것처럼 번뜩였다. 홍창이 크게 한숨을 내쉬더니 손으로 버드나무 가지를 흔들면서 말했다.

"지난번에 문화전文華殿에 갔다가 《영락대전》永樂大典(명나라 영락제의 명으로 1408년에 편찬한 중국 최대의 백과사전)을 뒤적인 적이 있어요. 그러던 중 눈에 띄는 글귀가 있어 외워뒀죠. 한번 기억을 더듬어 볼 테니 들어보세요."

말을 마친 홍창이 조심스런 눈빛을 한 채 주위를 둘러봤다. 이어 조용히 읊어 내려갔다.

내 전에 항우項羽를 논할 때는 칠 척 사내가 쉬이 경혈頸血을 오강烏江에 흘렸다고 유감이라 여기지 않았던가. 웅대한 의지와 기개를 잠시 접어두고 백성들이 안아주는 고향으로 일엽편주를 타고 돌아가 일보 후퇴, 이보 전진을 기약했어야 한다고 생각했지. 전쟁에 찌든 몸을 추스르면서 조용히 관망하노라면 한궁漢宮에 바람이 일어 새로운 역사가 탄생할 수도 있었을 거라고 아쉬워했네!

허나 오늘 고쳐 생각하니 내 마음이 속골俗骨과 탁장濁腸에 불과하다는 것을 뼈저리게 느낀다네. 당당한 사내대장부가 어찌 고개를 숙이고 군막 안에서 미인의 춤추는 자태만 구경할 것인가? 사면에 울려 퍼지는 초楚나라의 노랫소리, 장검 뽑아들고 창망한 밤하늘을 우러러 장탄식을 토해내니 칠진칠출七進七出의 영웅 기백 천추에 길이 빛나리! 영웅이 스러져간 모래벌판에서 까옥까옥 울어대던 까마귀들의 슬픔이 어이해서 그리 깊었는지 내 이제 알겠노라!

읊기를 마친 홍창이 물었다.

"어때요?"

"기개가 넘치는 것이 부러질지언정 굽히지 않을 사람인 것 같구나. 누구의 작품이지?"

홍석이 되물었다. 홍창이 고개를 갸웃거리며 대답했다.

"글쎄요, 책을 펴자마자 한눈에 들어오기에 읽느라 저자의 이름은 살펴보지 못했어요."

그러자 홍보가 별것 아니라는 듯 웃음 띤 얼굴로 말했다.

"넷째형님, 누가 썼는지가 중요한 게 아닙니다. 여기서는 '안 되는 줄 알면서도 과감히 밀어붙이는' 영웅의 기백을 칭송했다는 것이 중요하죠. 홍창이 이 시를 기억하고 읊은 이유도 그 때문이라고 생각합니다. 독재로 유명했던 성조께서도 대사를 앞두고는 팔왕들의 의견에 귀를 기울이셨는데, 세종은 어이해서 팔왕들을 꿔다 논 보릿자루 취급을 하셨는지 모르겠어요. 심각한 것은 선제의 정치에 사사건건 흠집을 내지 못해 안달인 건륭이 팔왕들에 대해서는 선제와 똑같은 태도를 가지고 있다는 겁니다. 계속 이대로 나간다면 후대들은 '팔왕의정'八王議政이라는 것이 뭔지 그 말조차 생소해질 게 아니에요?"

홍보의 말이 끝나기도 전에 홍창이 할 말이 있는지 몸을 앞으로 움직였다.

"넷째형님께서 팔왕의정제도를 복원하는 데 대해 회의를 품게 됐다고 하셨는데, 팔왕의정의 의미는 참으로 커요! 생각해 보세요. 성조께서 말년에 팔왕의정에 전 같은 열정만 보였더라도 아홉 명의 숙부, 백부님들이 골육상잔의 비극을 초래하지는 않았을 거예요. 여덟 명의 철모자왕이 태자를 보호했더라면 그런 실정의 위기가 생기지 않았을 거라는 얘기죠. 순치황제께서 일곱 살에 등극하셨을 때 천하는 그리 태평하지 못했어요. 그때 만약 예친왕睿親王(도르곤)이 팔기八旗 왕들을 거느리고 어가를 보필하지 않았더라면 지금쯤 우리는 아마 산해관山海關 밖에서 유리걸식하고 있을지도 몰라요. 이처럼 팔왕의정제도의 의미는 이루 말할 수 없이 중요합니다!"

홍창의 속내는 "철모자왕이 태자를 보호했더라면"이라는 한마디에 다 드러나 있었다. 윤잉이 황태자의 자리를 잃지만 않았더라도 오늘날 구중궁궐에 앉아 천하를 호령하고 있을 사람은 홍력이 아닌 홍석이었을 것이라는 의미를 강력하게 피력하고 있었던 것이다. 홍석 등은 모두 나이가 건륭에 비해 몇 살씩 더 많았다. 때문에 강희 연간에 빚어진 피비린내 나는 골육상잔의 이야기를 너무나 똑똑히 알고 있었다. 여덟째, 아홉째, 열째 숙부의 처참한 말로 역시 그들에게는 그리 먼 과거가 아니었다.

마음속으로는 다들 똑같은 생각을 하고 있었다. 다만 서로에 대한 경계심 때문에 속내를 시원스럽게 내비치지 않을 뿐이었다. 팔왕의정제도의 필요성을 '국사' 차원에서만 강조하는 홍창이 무엇보다 그랬다. 처음부터 짐짓 회의를 운운하면서 세 사람의 속내를 염탐하려 한 홍석은 더 말할 필요도 없었다.

홍석은 몇 마디 말을 통해 자신을 제외한 나머지 세 사람의 속내를 대충 짐작할 수 있었다. 속으로는 웃음이 나왔지만 겉으로는 탄식을 내뱉었다.

"솔직히 나는 공훈 같은 것은 바라지 않아. 그저 몹쓸 놈이라고 손가락질이나 안 당하면 그걸로 만족이야. 자네들은 나 같은 폐인을 어느 짝에 써먹겠다고 굳이 자네들의 배에 끌어올리려고 안달인가?"

"배라니요? 넷째형님, 그게 도대체 무슨 말씀이세요?"

홍석의 말에 홍보와 홍창이 일부러 놀란 표정을 지은 채 물었다.

"도둑배 말이야. 도둑배는 오르기는 쉬워도 내리기는 무지하게 힘들거든!"

홍석이 껄껄 웃으면서 일부러 대수롭지 않은 것처럼 대답했다. 그러나 그 말이 오히려 부자연스럽게 들렸다. 아무려나 홍석의 말에 세 사람은 모두 아연해지고 말았다. 외딴 묘지를 방불케 하는 정적 속에서 개구리가 첨벙대는 소리가 더욱 크게 들려왔다. 홍보 역시 큰 소리로 말했다.

"넷째형님, 우리가 무슨 도둑입니까? 도둑배에 오르다니요? 그건 그렇고 불러놓고 술 한 잔도 안 줘요? 한잔 하고 집에 돌아가 계집 껴안고 자면 세상 부러울 게 없을 텐데요."

홍보의 말에 홍석이 킬킬 웃어댔다.

"술이야 얼마든지 있지. 적당히 마시라고. 양명시처럼 죽을 줄도 모르고 퍼먹다가 중풍에 걸리지 말고. 글도 못 쓰고 말도 못하면 얼마나 한심하냐. 그건 그렇고 양명시의 조카 양풍이 장정옥에게 자기 숙부가 병으로 죽은 것이 아니라 급사한 것 같다면서 의혹을 제기했다는군!"

홍창과 홍보는 홍석의 말을 듣고 흠칫 놀랐다. 얼굴도 서서히 굳어졌다. 그러나 홍승은 달랐다. 홍창 등의 얘기는 듣는 둥 마는 둥 한 손 가득 버드나무 가지를 꺾어든 채 뭔가를 만들기에 여념이 없었다. 그가 수시로 등롱 빛에 비춰보면서 만들어낸 것은 다름 아닌 앙증맞은 바구니였다. 곧이어 홍승이 물가로 다가가더니 구멍이 숭숭 뚫린 바구니로 물을 떠 담는 시늉을 하면서 차갑게 말했다.

"어찌 그 의혹뿐이겠어요! 부항의 용병 계획을 파탄 낸 장광사를 탄핵하는 객이길선의 상주문이 지금 폐하의 책상 위에 놓여 있어요. 그 사건은 추궁할라치면 우리 넷 중 그 누구도 죄를 피해가지 못할 거예요. 그리고 손가감의 위조 상주문도 그래요. 누구의 소행인지는 모르겠으나 아슬아슬하기 짝이 없네요. 용주龍舟도 배고 도둑배도 배예요. 아무 데나 올라만 가면 적어도 물에 빠져 죽는 일은 없지 않겠어요? 보통 헛된 일에 정력을 낭비하는 경우를 일컬어 '대나무 바구니로 물을 뜬다'라고 하죠."

홍승이 잠시 말을 멈추고는 자신이 만든 바구니로 물을 떴다. 이어 천천히 다시 입을 열었다.

"물론 우리도 시행착오를 적지 않게 거쳤죠. 그러나 '대나무 바구니'로 물을 뜰 수 있는 방법도 생각만 하면 얼마든지 있어요. 감히 시도할 용기가 있느냐 없느냐가 중요하죠."

홍승이 갑자기 말을 멈추고 홍석에게 물었다.

"넷째형님, 혹시 밤말을 엿듣는 쥐새끼들이 있는 것은 아니겠죠?"

"그럴 리 없어. 내 옆에 있는 사람들은 돌아가신 이친왕과 환난을 같이한 자들이라 그런 짓은 절대 안 할 거야. 새로 선발돼온 애들은 전부 이문 밖에서 시중들 뿐 여기에는 들어오지도 못해. 그러니 걱정 붙들어 매라고.”

홍석이 정색을 한 채 대답했다. 이어 자신의 생각을 다시 입에 올렸다.

“지금은 다른 일을 고민할 여유가 없어. 오로지 팔왕의정에만 몰두해야 해. 지금 홍염弘瞻과 홍환弘晥은 양명시의 일에 대해 얼추 알고 있는 것 같아. 그것들의 입을 막는 것도 쉬운 일은 아니야. 그렇다고 돈을 찔러줄 수도 없고! 아까 홍승이 아무 배에나 올라타서 물에 빠지는 일만 없으면 최고라고 했는데 천만의 말씀이야! 아무리 급해도 다 부서져가는 배에 올라탈 수는 없지 않은가!”

그러나 홍승은 자신의 주장을 꺾지 않았다.

“우리는 지금 찬 밥 더운 밥 가릴 때가 아니라고요! 팔왕의정제도를 복원시키지 못하는 한 우리는 저 개구리처럼 아무리 발버둥을 쳐도 날지 못할 거예요. 손가감의 상주문을 위조한 것은 너무 단세포적인 발상이었어요. 누가 저지른 짓인지는 모르지만 말이에요. 이위가 지금은 병이 깊어 말을 못하고 있으니 저렇게 나죽었소 하고 있지 병상을 털고 일어나는 날에는 우리를 가만 두지 않을 거예요. 손아무개 역시 펄쩍 뛰면서 진상 조사에 앞장설 거예요. 두고 보세요. 내 말이 틀리면 내 눈알을 도려내겠어요. 내 말 틀렸어, 홍보?”

홍승이 갑자기 홍보를 향해 고개를 돌렸다. 사실 위조 상주문은 홍보가 한 짓이었다. 그는 쥐도 새도 모르게 잘해냈다고 스스로를 격려하면서 기회를 봐서 은근슬쩍 ‘공로’를 자랑하려던 참이기도 했다. 그런데 홍승이 마치 그 일을 다 알고 있는 듯 꿰뚫을 듯한 눈빛으로 자신을 바라보니 깜짝 놀라지 않을 수 없었다. 그러나 홍보는 곧 히죽 웃으며 말했다.

“그렇게 쳐다보지 말아요. 오금이 저릴 것 같네요. 내가 저지른 거 아니에요. 내가 그리 아둔한 줄 알았어요? 설령 내가 저질렀을지라도 여러 사람 곤란하게 하지는 않을 거니까 걱정은 붙들어 매두세요!"

홍석이 싸우지 말라는 듯 손사래를 치더니 신중한 어조로 말했다.

"승산이 없는 짓은 더 이상 하지 말아야겠네. 내가 언제까지 남의 뒤치다꺼리만 해야 하겠어? 생각해보니 전에 팔왕의정에 관해서 장친왕에게 잠깐 언급했던 것 같네. 미끼는 이미 던져놓았으니 입질을 하느냐 마느냐를 조용히 지켜보자고. 여덟째숙부와 아홉째숙부가 우리보다 백배는 더 강한 권력을 장악했으면서도 그리 된 이유는 느긋한 자세가 부족했기 때문이야. 형세를 조용히 관망할 줄도 알아야 하는데 그러지 못한 게지. 어디쯤에 암초가 있는지 빙산이 가로 막고 있는지 생각도 않고 무조건 배를 끌고 출항한 격이었어. 전진하다가 위험한 상황에 처하면 비켜가든지 후퇴하든지 해야 하는데 계란으로 바위치기인 것을 알면서도 막무가내로 밀고 나갔으니 배가 박살나지 않고 견디겠나? 우리는 숙부들의 전철을 밟으면 안 돼. 송곳으로 제 눈을 찌르는 식의 치기로는 수세에 몰리고 처참한 말로를 맞을 수밖에 없어."

홍창이 시큰둥하게 말을 받았다.

"처음에는 무슨 말인지 알 것 같더니 갈수록 뭔 얘기를 하는지 모르겠어요. 초패왕楚覇王의 용감한 기개를 따라 배우겠다고 할 때는 언제고 이제는 또 패왕의 치기가 우습다는 식으로 말하니 뭐가 뭔지 모르겠어요."

그러자 홍보가 입을 열었다.

"모르고 자시고 할 것도 없어요. 우리 취지는 변함없어요. 여유를 갖고 천천히 실속 있게 다가가자 이 말이에요. 힘센 물고기를 잡을 때는 막무가내로 붙들려고 하면 안 되죠. 옆에서 자꾸 노를 저어 어지럽게 만들고 이리저리 비틀거릴 때 잡으면 훨씬 안전하고 승산 있을 게 아니에요?"

홍승이 입을 헤벌린 채 말했다.

"넷째형님, 이제야 무슨 말인지 알 것 같네요. 어떻게 해서든 열여섯째숙부를 끌어들이자 이거죠. 그러나 열여섯째숙부는 별로 도움이 안될 것 같은데요. 열여섯째숙부가 상서방에서 권위가 있는 것은 사실이에요. 그러나 상서방은 권력을 군기처로 거의 다 이양하고 이제는 유명무실해졌어요. 현재 군기처에는 만주족과 한족이 반반씩 있어요. 그런데 나중에는 만주족들이 한족에 의해 밀려날 지경이에요. 그런 불행한 사태가 닥치기 전에 누가 됐든 철모자왕이 나서서 군기처를 휘어잡아야 해요. 그런 큰일을 맡기에 열여섯째숙부는 귀가 얇은 게 흠이에요. 이제 보니 홍효도 친왕은 친왕이네요. 비록 자기 아버지 발뒤축에도 못따라가지만 말이에요."

홍승의 말에 홍석이 미소를 머금었다.

"그렇지. 홍효도 세습 친왕이지."

"그렇다면 홍효도 팔왕의정제도에 반기를 들 이유가 없을 테니 한번 낚아보죠."

홍승이 자신만만하게 말했다. 홍승의 말이 끝나자마자 홍석이 버드나무 잎을 뜯어 호수에 내던지면서 결론을 맺었다.

"오늘 저녁은 '승산이 없는 짓은 시작하지 않고, 가급적 착오는 범하지 말자'라는 쪽으로 의견을 같이 했다고 할 수 있겠네. 이걸 앞으로 우리의 행동 강령으로 정하자고. 우리 중에는 철모자왕이 없잖아. 그러니 우리는 팔왕의정에 유달리 목말라 할 철모자왕들의 겨드랑이를 살살 간질여 놓고 뒤로 살짝 물러서는 '치고 빠지는 전략'을 구사해야 해!"

홍승이 동의한다는 듯 맞장구를 쳤다.

"가랑비에 옷 젖는 줄 모른다고 하잖아요. 우리는 이제부터 열여섯째숙부와 홍효에게 가랑비를 내려줘야겠어요. '진인사대천명'이라고, 하늘이 우리 노력을 가상히 여겨 큰 기회를 내려주실지 누가 알아요?"

이어 홍승은 옆에 있는 나뭇가지를 힘껏 잡아당겼다가 놓았다. 단잠에 빠져있던 이름 모를 새 한 마리가 깜짝 놀라 쉰 목소리로 짹짹 울면서 어디론가 날아갔다.

홍승의 예측은 적중했다. 그로부터 사흘 후, 손가감은 언제 병상 신세를 진 사람이었던가 싶게 씩씩한 모습으로 서화문 입구에 나타났다. 가짜 상주문에 대한 소문이 조야에 파다하고 손가감이 그 중심에 서 있던 때였다. 소문에 따르면 유통훈이 어지를 받고 상주문이 올라온 경로를 추적하고 있다고도 했다.

손가감은 수많은 이목이 집중되는데도 시종 태연하기만 했다. 주변에서 수군거리든 말든 침착하게 패찰을 건네고는 태연하게 돌계단 밑으로 물러가 있었다. 이어 소매에서 책을 꺼내 읽는 여유까지 부렸다. 그 와중에도 안면이 있는 사람과 없는 사람들이 수없이 오갔으나 아무에게도 알은척을 하지 않았다.

손가감은 외모가 상당히 못 생긴 편이었다. 키가 작고 머리통은 수박처럼 컸다. 뱁새눈에 코는 여자 코처럼 오똑했지만 입이 무척이나 컸다. 하지만 제멋대로 생긴 외모에 비해서는 박력과 패기가 대단한 사람이었다. 그 때문에 옹정황제 때는 이름을 크게 날렸다. 성격상 불의를 보면 참지 못하고 목숨을 걸고 직간을 하는 관리로 유명했다.

그는 옹정 즉위 초에는 호부의 말단 관리에 불과했다. 그럼에도 옹정이 이른바 옹정전雍正錢을 주조할 때 구리와 아연의 비율이 부적합하다는 이유로 상사인 호부 상서와 멱살을 잡고 융종문 앞에서 대판 싸웠다. 일개 말단 관리의 무례한 언동에 크게 노한 옹정은 손가감의 관직을 박탈하고 궁에서 쫓아냈다. 그러나 그는 굴하지 않고 건청궁 앞 담벼락에 머리를 박으면서 끝까지 할 말을 다 했다. 머리가 피투성이 될 정도로도 간언했다. 그런 그를 구해준 사람이 바로 양명시였다. 우여곡절 끝에 그렇게 다시 복직했으나 '목에 칼이 들어와도 할 말은 한다'는 그의 소신은 변함이 없었다.

옹정은 옹정 4년에 조야의 의견을 두루 수렴하겠다는 내용의 조서를 내렸다. 이에 다른 신하들은 별로 중요하지 않은 지엽적인 일들만 상주했다. 그러나 손가감은 달랐다. 또다시 위험 수위를 넘는 상주문을 줄줄이 올렸다. "골육상잔을 멈춰야 한다. 관직 매매를 중단시켜야 할 뿐 아니라 서부 변방 파병을 멈춰야 한다"는 어마어마한 내용이었다. 당연히 손가감의 상주문을 받아든 옹정은 크게 노했다. 신하들도 모두 안색이 변했다. 옹정이 신하들에게 물었다.

"한림원(당시 손가감은 한림원의 검토檢討였음)에 이런 미친 선비를 남겨둘 수 있느냐?"

그러자 옆에 있던 대학사 주식朱軾이 태연하게 말했다.

"미치광이 기질이 있긴 하지만 신은 그의 용기에 탄복하옵니다."

그 말에 옹정은 잠깐 생각하더니 이내 껄껄 웃고 말았다.

"짐도 그의 용기가 가상하네."

손가감은 당시의 일 때문에 단숨에 국자감國子監 제주祭酒로 파격 승진할 수 있었다. 그러나 이번 위조 상주문 사건은 그때와는 성격이 전혀 달랐다. 또 군주도 예전의 군주가 아니었다. 따라서 어떤 변수가 생길지 아무도 예측할 수 없었다. 손가감이 손가락에 침을 발라가며 책장을 넘기려 할 때였다. 태감이 나오더니 계단 위에서 큰 소리로 물었다.

"어느 분이 손석공孫錫公이십니까?"

"내가 손석공이오. 그런데 손석공은 어인 연유로 찾는 거요?"

손가감이 책을 가인에게 넘겨주면서 대답했다. 원래 청나라 때는 황제가 신하들을 부를 때 이름을 부르는 것이 관례였다. 때문에 손가감은 황제가 자신의 자字를 불러줄 줄은 생각지도 못했다.

"대인께서 손석공이셨습니까! 소인은 복인ㅏ仁이라고 합니다. 폐하께서 손석공을 들라고 하십니다."

태감은 아부 기운이 다분한 웃음을 배시시 지어내면서 말했다. 손가감은 출싹대면서 앞서 가는 태감을 따라 양심전으로 들어갔다. 그러다 어찌해서 고무용이 보이지 않을까 하고 내심 의아하게 생각했다. 그러나 양심전 뜰 안에 들어서서는 더욱 놀라고 말았다. 복도에 가득한 태감과 궁녀들이 모두 생판 낯선 얼굴들로 바뀌었던 것이다. 그리고 보니 고무용은 고개를 숙인 채 한쪽에서 빗자루를 들고 정원을 쓸고 있었다. 그는 그제야 고무용이 뭔가 사달을 일으켜 수석태감 자리에서 쫓겨났다는 사실을 알 수 있었다. 대체 무슨 일일까 잠시 생각하고 있을 때 안에서 건륭의 음성이 들려왔다.

"복의ㅏ義, 어서 손석공을 안으로 모시지 않고 뭘 하느냐?"

건륭이 말이 끝나자마자 곧바로 발이 걷히는 소리와 함께 또 다른 젊은 태감이 나왔다. 이어 손가감을 안으로 안내했다. 건륭은 열심히 책상 위를 들여다보고 있었다. 장조, 사이직, 악선 셋은 숨을 죽인 채 그 옆에 시립해 있었다. 건륭은 손가감이 장포 자락을 잡고 무릎을 꿇으려고 하자 여전히 고개는 들지 않은 채 손사래를 쳤다.

"몸이 안 좋은 사람이니 예는 면하도록 하게. 상의할 일이 있어 진작부터 부르려던 참이었네."

그래도 손가감은 고집스럽게 예를 행하고 일어섰다. 그의 눈에 곧 시초蓍草(옛날에 점을 치는 데 사용된 풀)를 가득 펴놓고 점괘를 보는 건륭의 모습이 들어왔다.

"손가감."

건륭은 괘상卦象이 흡족한 듯 미소를 지은 채 손가감의 이름을 불렀다. 이어 바로 본론으로 들어갔다.

"선제께서 손가감 자네 얘기를 많이 하셨네. 자네는 지독하게 고지식해 사람을 숨 막히게 한다더군. 그래도 돈을 좇아 비리를 저지르는 일은 절대 없을 것이니 미워할 수 없는 사람이라고도 하셨네. 은자를 오물 보듯 하다니 자네는 정인군자임에 틀림없네. 허나 돈을 싫어한다고 해서 돈을 미워해서는 안 되네. 돈은 천하에 꼭 필요한 것이니 말일세. 자네는 옹정전이 제 역할을 하도록 결정적인 기여를 한 사람이라니, 오늘 그 얘기를 하고자 불렀네."

건륭이 잠시 숨을 고르는 틈을 타서 옆에 있던 악선이 잽싸게 끼어들었다.

"요즘 시중에는 강희전과 옹정전이 유통되고 있사옵니다. 옹정전은 구리와 아연의 비율이 육대사이기 때문에 전처럼 녹여서 놋그릇을 만들수 없습니다. 그래서인지 그런 대로 잘 유통되고 있는 것 같사옵니다. 하오나 건륭전은 구리 함유량이 높고 품질도 우수해 감히 시중에 많이 풀 수가 없사옵니다. 문제는 화폐 공급이 경색되면 전량에도 영향을 끼치고 결국에는 민생도 직접적인 영향을 받을 수밖에 없다는 사실이옵니다. 하오니 화폐 발행도 결코 간단한 일이 아니옵니다."

건륭은 악선의 말에는 가타부타 대답 없이 장조를 향해 입을 열었다.

"자네의 대학사 자리는 짐이 이미 원래대로 해놓았네. 여전히 동궁에서 황자들을 가르치면 되겠네. 자네는 다 좋은데 너무 심약하고 소심한 것이 흠이야. 물론 수년 동안의 수감생활 때문에 매사에 조심스러워진 것은 이해할 수 있네. 허나 동궁에서는 스승의 위엄과 기강을 확실히 수립하지 못하면 안하무인의 종실 자제들을 휘어잡기 힘들다네."

건륭이 책상 위에 놓여 있던 쇠자鐵尺를 집어 들었다. 그리고는 장조에게 주면서 덧붙였다.

"이걸 자네에게 하사하겠네. 감히 없는 말을 만들어내 요언을 살포하고 스승을 존중하지 않는 자는 가차 없이 매질을 하게. 살점이 떨어져나가도 완고하게 버티는 자에게는 죽음을 내려도 상관없네!"

출옥하자마자 동궁에 들어간 장조는 평소에 됨됨이가 덜된 황자들로부터 갖은 놀림과 수모를 당하고 있었다. 하지만 그 억울함을 어디에도 하소연할 곳이 없었다. 그런데 오늘 건륭에게서 마음이 따뜻해지는 말을 들으니 저절로 눈시울이 붉어졌다. 그는 애써 눈을 깜빡이며 눈물을 삼키려 했다. 그러나 허사였다. 결국 재빨리 소매 끝으로 눈물을 훔친 뒤 털썩 엎드리면서 떨리는 두 손으로 쇠자를 받았다. 이어 황공한 어조로 말했다.

"노신은 조정과 폐하를 위한 일에 사력을 다하겠사옵니다. 원래는 공직에서 물러나 책을 집필할 생각을 했사오나 이제는 그 마음을 접겠사옵니다. 노신은 마지막 숨이 붙어있을 때까지 황가의 기둥을 양성하는 일에 전력을 다할 것을 약조 드리옵니다."

건륭이 장조의 말에 미소를 머금고 고개를 끄덕였다.

"동궁에서 종실 자제들에게 글을 가르치면서도 얼마든지 책을 쓸 수 있을 것이네. 그 훌륭한 학문을 혼자만 안고 가지 말도록 하게. 아직 기력이 따라줄 때 두 마리 토끼를 다 잡도록 시도해보게. 몇 년 후 건강이 여의치 않으면 짐이 국사관國史館으로 보내서 집필에만 전념하도록 배려해 줄 것이네. 다만 짐은 그 어떤 경우에도 자네를 향리로 보내는 일은 없을 것이네. 그러니 경은 북경에서 여생을 마칠 각오를 해두게. 평소에도 영감이 떠오르면 좋은 글귀를 적어놓게. 짐은 자네의 시를 좋아하니 더불어 즐기도록 하세. 그리 알고 그만 물러가게."

장조는 두 손에 철척을 받쳐 들고 술 취한 사람처럼 휘청거리면서 걸어 나갔다. 건륭이 그런 그의 뒷모습을 바라보고는 한숨을 내쉬었다.

"불세출의 학자이지. 그런데 총대를 메도록 해서 전쟁터로 내몰았으니 그 진가를 발휘할 수 있었겠는가? 짐이 보호막을 쳐주지 않았더라면 저 사람은 아마 양명시보다도 더 처참한 종말을 고했을지 모르네! 손가감, 경은 호부에서 잔뼈가 굵었다고 해도 과언이 아니지. 방금 들었다시피 건륭전이 제대로 유통되지 않고 있는 모양인데, 자네에게 좋은 대책이 없나? 건륭전을 두고 통보通寶, 통보 하는데 통해야 보배가 아닌가!"

원래 손가감은 위조 상주문 때문에 황제를 알현하려고 했다. 그런데 화폐에 대한 얘기가 나왔다. 그로서는 뜻밖일 수밖에 없었다. 순간 그 옛날 바로 이 자리에서 옹정전의 주조법을 두고 옹정제와 설전을 벌였던 일들이 머릿속에 떠오르며 감개가 무량해졌다. 곧이어 그가 마음을 추스르고 나서 또박또박 아뢰었다.

"신은 근래에 재정을 관장하지 않았기 때문에 무릎을 칠 만한 묘안은 떠오르지 않사옵니다. 옹정전은 건륭전에 비해 도안과 품질이 떨어지는 것이 사실이옵니다. 그러나 시중에 유통되는 화폐 중에서 옹정전을 따를 만한 것은 없사옵니다. 근래에 강소, 절강, 소주, 항주 일대에서는 비단, 방직물, 소금, 구리, 자기의 거래량이 강희 연간의 열 배도 넘는다고 하옵니다. 전국적으로 무역 거래가 하루가 다르게 활성화되고 있는 실정이옵니다. 상인들에게 물으면 백이면 백 모두 화폐가 은자보다 사용하기에 편리하다고 하옵니다. 하오니 전법錢法도 달라져야 할 것이옵니다. 구리 광산에 더 많은 인력을 보내 채굴량을 늘려야 하옵니다. 사람이 많아지면 무리를 지어 사달을 일으킬 우려가 있사오니 그들을 묶어놓을 만한 제도적인 장치도 꼭 필요하옵니다. 채굴량을 늘리는 동시에 민간에서 사사로이 동전을 사들여 구리그릇을 주조하지 못하도록 엄히 단속해야 하옵니다. 우렛소리만 요란하고 비는 떨어지지 않는 것처럼 유명무실한 금지령은 효과가 없사옵니다. 이상은 신의 짧은 소견이었사옵니다. 부디 폐하께 참작이 됐으면 하옵니다."

"참작 정도가 아니네. 짐은 큰 알맹이를 건졌네."

건륭이 손가감의 말이 끝나자 감탄을 했다. 그리고는 깊은 사색에 잠기기 시작했다.

'광부들은 시골 여기저기에 산재해 있는 농민들과 달라. 한데 모이면 사달을 일으키는 경우가 많았어. 그렇다고 일꾼을 늘리지 않으면 채굴량이 증가하지 않겠지. 채굴량이 증가하지 않으면 화폐 주조에 어려움을 겪을 것은 자명한 일이고……'

건륭이 그런 생각에 잠겨 있을 때였다. 내내 침묵을 지키고 있던 사이직이 입을 뗐다.

"구리 광산이 밀집된 운귀 지역에 형부 소속의 동정사銅政司를 설치해 불온한 움직임을 미연에 차단하는 것이 어떨까 하옵니다."

건륭이 미처 입을 떼기도 전에 악선이 먼저 동의하고 나섰다.

"사이직의 건의에 공감하옵니다. 동정사에 처결권까지 부여하면 금상첨화일 것 같사옵니다. 그러나 수많은 광부들을 관부의 힘으로만 관리한다는 것은 무리이옵니다. 조운 정책을 본받아 강호의 청방 세력을 빌려 일도 시키고 감독도 하게 하면 일석이조가 아닐까 싶사옵니다."

건륭이 악선의 말에 흥분을 한 듯 바로 무릎을 치면서 일어섰다.

"그래, 그게 좋겠네! 이 일은 사이직이 책임지고 추진하도록 하게. 올해 목표는 동전 주조량을 배로 늘리는 것이네. 또 사사로이 구리그릇을 주조하는 자들을 엄벌에 처해 일벌백계의 효과를 거둬야 하네!"

건륭은 흥분이 계속 가시지 않는 듯 부지런히 궁전을 배회했다. 창가로 다가가서 밖을 내다보기도 했다. 고무용이 잔뜩 풀이 죽은 표정으로 기둥을 닦고 있는 모습이 그의 눈에 들어왔다. 건륭이 그 모습을 한참 바라보더니 뭔가 결심을 한 듯 그를 불렀다.

"고무용, 잠깐 들어와 보게."

고무용은 어제 오후 말단 태감으로 강등 당했다. 손가감의 위조 상주문 사건 때문이었다. 양심전 태감들은 그로 인해 모두 처벌을 받았다. 궁중에 한바탕 피바람을 불러올 수도 있는 흉흉한 내용의 상주문을 누가 어디서 어떻게 올렸는지 태감들이 아무도 몰랐다니 용서받을 수 없었던 것이다. 그러나 다른 태감들은 여기저기 끌려가 벌을 받았으나 총관태감인 고무용에 대한 처벌은 아직 최종 결정이 나지 않고 있었다. 그랬으니 그가 가슴 가득 걱정을 안고 숨죽인 채 걸레질을 하고 있었던 것은 당연했다.

고무용은 갑작스레 건륭의 부름을 받자 화들짝 놀라며 들고 있던 걸레마저 떨어뜨리고 말았다. 그러더니 황급히 무릎걸음으로 건륭에게 다가와 엎드리면서 목소리를 뽑아 올렸다.

"소인의 실책이옵니다. 제 입에만 단단히 자물쇠를 걸면 되는 줄 알고 아랫것들의 입단속을 제대로 시키지 못했사옵니다. 죄를 물어 주시옵소서……."

"군소리 말고 어서 일어나!"

건륭이 고무용의 펑퍼짐한 엉덩이를 발로 걷어찼다. 이어 동난각으로 걸어가면서 덧붙였다.

"자네는 그놈의 입이 방정이야. 결코 악의를 품고 죄를 지은 것이 아니라는 것은 아네. 이번 한 번만은 용서해 줄 테니 두 번 다시 이런 일이 있어서는 안 되겠네!"

고무용은 울어서 퉁퉁 부은 두 눈을 들어 자리에 앉은 몇몇 대신들을 바라봤다. 그들이 말을 잘해줘서 건륭의 마음이 돌아섰다고 생각하는 것 같았다. 급기야 그가 좌중의 사람들을 향해 죽어라 머리를 조아리면서 중얼거렸다.

"망극하옵니다, 폐하. 살려 주신 은혜 두고두고 갚겠사옵니다. 지체 높으신 대인들, 황공하옵니다…….."

고무용이 엉거주춤 일어서더니 등을 새우처럼 구부린 채 동난각 병풍 앞으로 걸어갔다. 그리고는 그곳에서 무릎을 꿇고 건륭의 분부를 기다렸다.

"양심전의 태감들은 전부 물갈이했네. 짐의 신변에도 복인ㅏ仁, 복의ㅏ義, 복례ㅏ禮, 복지ㅏ智, 복신ㅏ信 다섯 명의 태감을 새로 들였으니 자네가 그들을 관리하도록 하게!"

"어지를 받들겠사옵니다, 폐하!"

"짐이 왜 이들의 이름을 이같이 고쳤는지 알겠나?"

"황공하오나 잘 모르겠사옵니다."

건륭이 경멸에 찬 웃음을 지으면서 설명했다.

"태감들이란 하나같이 천하디 천한 것들이지. 이들이 시시각각 본분을 잊지 않도록 고육지책으로 그렇게 개명했네('ㅏ'은 '不'과 발음이 같아 불인不仁, 불의不義, 불례不禮, 부지不智, 불신不信으로도 들림). 그밖에 복도에서 시중드는 여덟 명의 태감들도 같은 목적에서 왕효王孝, 왕제王悌, 왕충王忠, 왕신王信, 왕례王禮, 왕의王義, 왕렴王廉, 왕치王恥라고 이름을 지었네('왕'王은 잊을 '망'忘자와 발음이 같음). 기억하기도 무척 쉽더군."

"명심하겠사옵니다, 폐하!"

"자네도 오늘부터 고대용高大庸이라고 개명해야겠네!"

"예, 폐하. 그리 하겠사옵니다."

건륭의 말을 듣고 신하들은 아래에서 소리 죽여 키득거렸다. 건륭이 다시 고대용에게 분부를 내렸다.

"서쪽 곁채에 음식을 준비해 놓으라 했으니 사이직, 손가감과 악선을 그리로 안내하라. 시중은 몇몇 큰 태감들에게 맡기고 자네는 자리가 파하는 대로 손가감만 남겨두고 두 대신을 직접 영항 밖까지 배웅하게. 그만 물러가라!"

"예, 폐하!"

42장
충신의 간언

　손가감, 사이직과 악선은 모두 입이 무거운 사람들이었다. 그 때문인지 건륭이 내린 수라를 먹는 내내 거의 말이 없었다. 그럼에도 태감들은 세 사람에게 부담스러울 정도로 친절을 베풀었다. 자그마한 기침소리에도 경쟁을 하듯 달려와서는 등을 두드려주고 수건을 받쳐 올렸다. 술잔이 비기도 전에 주전자를 들고 술 따를 준비를 하는 등 수선도 떨었다. 그래서 세 사람은 앉아 있는 내내 마냥 불편하기만 했다. 결국 억지로 술 석 잔을 마시는 시늉을 하고 각자 평소에 즐겨 먹던 음식을 두어 젓가락씩 집어먹고는 누가 내쫓기라도 하듯 서둘러 음식을 물렸다. 사이직과 악선은 뜰에서 정전을 향해 삼배를 올리고 물러갔다. 손가감은 고대용을 따라 다시 양심전 동난각으로 돌아왔다.

　건륭은 주필을 들고 상주문에 주비를 달고 있었다. 손가감이 들어서는 것을 보고 나무걸상을 가리키면서 고개도 들지 않은 채 말했다.

"배불리 잘 먹었나? 예는 면하고 저쪽에 자리하게, 손석공. 대금천 지역의 장족藏族들이 심상찮은 움직임을 보이고 있다는 장광사의 상주문이 올라왔네. 요즘 일처리를 제대로 못해서 은근히 기가 죽어 있을 터이니 몇 마디 위로해 줄까 하네. 짐이 주비를 달고 나서 자네하고 할 말이 있네."

손가감은 걸상에 엉덩이를 살짝 붙인 채 비스듬히 걸터앉았다. 그는 이곳 동난각에 한두 번 온 것이 아니었다. 그러나 번번이 불려 들어오자마자 접견이 이뤄지고 접견이 끝나면 서둘러 물러났다. 그러다 보니 오늘처럼 실내를 자세히 둘러볼 기회가 없었다.

손가감은 앉은 자리에서 시선이 닿는 서쪽으로 눈을 옮겼다. 차분히 드리워진 누런 발 사이로 책이 빼곡히 꽂힌 책장이 한눈에 들어왔다. 바닥에 깐 검푸른 벽돌에 책장 그림자가 거꾸로 비치고 있었다. 책장이 있는 곳은 서난각이었다. 서난각 북쪽으로는 회랑이 보였다. 방문마다 궁녀들이 다소곳이 서 있었다. 가끔 집사 궁녀들이 오가는 모습이 보이기는 했으나 모두 바닥이 평평한 천 신발을 신은 탓에 발소리는 거의 들리지 않았다. 정전의 비어 있는 수미좌 양 옆에는 먼지떨이를 손에 든 태감 여덟 명이 앞만 바라보고 그린 듯 서 있었다. 동서 난각을 가로막은 병풍 옆에는 고대용과 복인, 복의 등 다섯 태감이 구부정한 자세로 시립해 있었다. 손가감은 여기가 바로 선비들이 오랜 고생을 감내하면서 꿈속에서도 그리는 소위 옥당금마玉堂金馬(재능이나 학식이 뛰어나 명망이 높아지고 부귀해짐), 기거팔좌起居八座(육부 상서尙書나 좌우 복야僕射 직급에 앉게 됨)의 자리인가 하고 잠시 생각했다. 그러자 갑자기 모든 것이 덧없다는 생각이 들었다.

얼마 후 손가감은 종잇장 넘기는 소리에 정신을 번쩍 차렸다. 건륭이 그새 상주문에 주비를 다 단 모양이었다.

시종 건륭만 바라보고 있던 고대용이 그가 붓과 문서를 치우려고 하자 황급히 다가가 조심스레 아뢰었다.

"뒷수습은 소인에게 맡기고 폐하께서는 그만 쉬시옵소서."

"책상 위에 있는 상주문은 평소에도 짐이 스스로 정리해왔네. 짐이 특별 어지를 내리지 않는 한 자네는 여기 있는 종이 한 장에도 손을 대서는 안 되네."

건륭이 고대용에게 딱딱한 어조로 명령하고 나서 손가감에게 시선을 돌렸다. 얼굴에 환한 미소가 피어 있었다. 건륭이 다시 좌중을 향해 입을 열었다.

"한漢, 당唐 때부터 명明에 이르기까지 얼마나 많은 어수룩한 황제들이 문서 관리를 소홀히 했는지 모르네. 그 탓에 비천한 내시들에게 뒤통수를 많이 얻어맞았지. 그렇게 생각했기 때문인지 성조와 세종 모두 태감들을 다스리는 데는 가차 없으셨네. 짐 역시 화근의 싹을 미리 잘라버리지 못하면 저것들에게 당하지 말라는 법이 없지 않은가. 그래서 짐은 한 가지 법을 정할까 하네. 감히 정무를 논하고 정무에 간섭하는 태감은 가차 없이 목을 칠 것임을 분명히 할 것이야! 짐이 보고 난 주장은 긴요하든 사소하든 간에 감히 훔쳐보거나 밖으로 발설해서는 안되네. 들키는 자는 즉석에서 목을 칠 것이야! 고대용, 귀를 씻고 똑바로 들었는가!"

고대용이 건륭의 말에 황급히 대답했다.

"여부가 있겠사옵니까, 폐하! 태감들은 소인을 포함해 모두 미천하기 그지없는 망종들이옵니다. 소인이 폐하의 어지를 토씨 하나 빼놓지 않고 그대로 궁중 전체에 전달하겠사옵니다."

건륭은 고대용의 말이 끝나자 한쪽에 밀어뒀던 쉰 가닥의 시초를 한데 모아 움켜쥐었다. 이어 고대용에게 말했다.

"짐을 따라 나서거라."

건륭이 온돌에서 내려와 정전으로 향했다. 손가감은 건륭이 도대체 무엇을 하려는지 무척이나 궁금했다. 그래서 자신도 모르게 고개를 빼들고 밖을 내다봤다.

건륭은 동서 난각을 가르는 병풍 앞으로 걸어갔다. 이어 한 손 가득 움켜쥔 시초를 아무렇게나 바닥에 내던졌다. 그리고는 헝클어진 시초를 가리키면서 분부했다.

"이곳은 매일 청소를 하되 청소가 끝난 뒤 시초가 항시 이 자리에 이 모양 그대로 있어야 하네. 대청大淸이 존속하는 한 이 규칙은 천년이고 만년이고 지켜져야 하네!"

건륭은 말을 마치자마자 한쪽에 멍 하니 서 있는 고대용에게는 시선 한 번 주지 않고 제자리로 돌아왔다. 이어 홀가분한 표정으로 우유 한 모금을 마시고 나서 손가감에게 물었다.

"짐의 처사가 어떠한가?"

손가감이 몸을 앞으로 굽히면서 대답했다.

"폐하, 신이 이번에 뵙기를 청한 것은 위조 상주문에 대해 억울함을 하소연하고자 하는 것이 아니옵니다. 폐하께서 태감들 단속에 긴장을 늦추지 마십사 주청 올리고자 함이었사옵니다. 성명하신 폐하께서 이같이 처사하시니 신의 건의는 기우에 불과한 것 같아 쑥스러울 뿐이옵니다. 신은 두 번 생각할 것도 없이 찬성이옵니다."

건륭이 태감 복례를 불러 손가감에게 차를 내주라고 명령했다.

"보아하니 자네는 방금 말한 것 외에도 달리 할 말이 더 있는 것 같군?"

손가감이 진지하게 입을 열었다.

"예, 폐하! 신은 폐하의 마음에 대해 여쭙고 싶사옵니다."

순간 건륭의 얼굴에 떠올랐던 미소가 굳어졌다. 한참 후 건륭이 천천히 우유 잔을 내려놓으면서 입을 열었다.

"무슨 말인지 소상히 말해보게!"

"폐하의 관대한 정치에 대해서는 온 천하가 주지하는 바이옵니다"

손가감은 딱 한마디를 입에 올리고는 조심스레 건륭을 바라봤다. 그 눈빛이 마치 고요한 수면 같았다. 건륭은 조용히 그 눈을 마주 바라보면서 "목에 칼이 들어와도 할 말은 한다"는 손가감의 좌우명을 다시 한번 떠올렸다. 건륭의 표정 역시 진지해졌다. 손가감은 건륭이 그렇게 자신의 말에 귀를 기울인다는 것을 확인한 후 그제야 말을 이었다.

"폐하께서 인효성경仁孝誠敬하시고 명서정일明恕精一(밝음과 어짊이 한결같음)하시는 것은 칭송받아 마땅하다고 사료되옵니다. 하오나 치란治亂(혼란한 국면을 다스리는 일)은 음양의 운행과 같사옵니다. 음이 극에 달하면 양이 생기고, 양이 극에 이르면 음이 시작되기 마련이옵니다. 만사가 극성極盛할 때에도 그 속에는 필히 화근이 숨어 있는 법이옵니다. 문제는 그 움직임이 미약해 사람들이 위기를 느낄 수가 없다는 것이옵니다. 일단 문제가 알아차릴 수 있을 정도로 불거진 뒤에는 이미 그 적폐가 너무 깊어 달리 손을 쓸 수 없사옵니다. 아니 그렇사옵니까, 폐하?"

건륭은 사실 손가감의 말에 가슴이 뜨끔했었다. 은근히 걱정이 되기도 했었다. 남의 흠집을 파헤칠 경우 인정사정 보지 않는 손가감이 당아나 자신을 걸고 넘어져 한바탕 사자후를 토하지 않을까 두려웠던 것이다. 그러나 손가감의 입에서는 다른 얘기가 흘러나왔다. 건륭이 적이 안도를 하면서 입을 열었다.

"석공, 계속 말해 보게!"

"신은 한 가지 일만 가지고 논하고 싶지는 않사옵니다. 그렇게 하면 나무만 보고 숲을 보지 못하는 착오를 범할 수 있사옵니다."

건륭이 손짓으로 계속 말하라는 시늉을 했다.

"폐하께서는 지금 위망도 높으시고 온 천하 백성들의 마음도 얻고 있는 중요한 시점에 계시옵니다. 그러니 신은 폐하께 삼습일폐三習一弊에 대해 직간을 올리고자 하옵니다."

손가감은 안면에 홍조를 띠면서 말을 이었다.

"귀가 기쁜 소식을 듣는 데만 습관이 되면 저도 모르게 달면 삼키고 쓰면 뱉는 착오를 범할 수 있사옵니다. 한마디로 아부만 좋아하고 간언은 싫어하게 된다는 것이옵니다. 지금 세상은 폐하의 한마디 한마디에 사해가 환호하는 상황이옵니다. 이로 인해 폐하의 귀는 천지를 진동하는 칭송 소리에 익숙해져 있사옵니다. 이럴 경우 나중에는 그 환호의 진위조차 가려내지 못하는 무감각한 상태에 빠지기 십상이 되옵니다. 이것이 첫 번째 습관이옵니다. 눈 역시 마냥 순종하고 부드러운 것에만 습관이 되면 언제인가부터 졸부의 아첨 어린 웃음이 역겨워 보이지 않게 되옵니다. 점점 무뎌지게 되옵니다. 그리 되면 폐하의 신변에서 진실한 사람은 멀어져 가고 사탕발림에 능한 졸렬한 소인배들만 들끓게 될 것이옵니다. 사람은 참 간사하옵니다. 아무리 기괴한 것도 자주 보면 이상해 보이지 않고 아무리 신기한 것도 자주 행하다 보면 시시해지기 마련이옵니다. 이것이 두 번째 습관이옵니다. 사람으로서 가장 위험할 때는 타인으로부터 단점을 지적당하지 않고 스스로 완벽한 사람이라고 자부할 때이옵니다. 자신의 모든 것은 다 정확하고 완벽하다고 생각하는 것은 매우 위험하옵니다. 무조건 자신에게 순종하는 사람에게만 마음이 향하고 조금이라도 자신의 흠집을 지적해 고쳐 주고자 하는 사람에게는 배타적일 수밖에 없기 때문이옵니다. 이것이 세 번째 습관이옵니다."

건륭이 숨을 길게 내쉬었다. 손가감의 말이 한 마디도 틀린 데가 없던 것이다. 더구나 그는 위조 상주문의 내용을 들먹여 건륭을 난처하게 만들지도 않았다. 또 스스로를 변호하는 말은 한 마디도 하지 않으면서 건륭을 훈계하는 데 성공했으니 참으로 대단한 사람이 아닐 수 없었다. 그럼에도 그는 시종일관 담담한 표정을 유지하고 있었다. 건륭은 내심 탄복해마지 않았다. 잠시 후 건륭이 말했다.

"전에 선제께 직간할 때도 이렇게 마냥 침착하고 태연했었나? 삼습三 習에 대해 들었으니, 이제는 일폐一弊가 무엇인지 말해보게. 짐은 귀를 씻고 경청할 준비가 돼 있네."

손가감이 건륭의 말에 진지하게 입을 열었다.

"황공하옵니다. 전에 선제께 직간할 때는 죽을 각오로 임했사옵니다. 정무상의 실수에 초점을 맞췄기 때문에 그럴 수밖에 없었사옵니다. 하오나 신은 지금은 목이 떨어질까 걱정을 안 해도 될 것 같사옵니다. 아직 이렇다 할 실정의 흔적을 발견하지 못했기 때문이옵니다. 다만 신이 방금 말씀올린 내용은 모두 혹시 닥칠지 모르는 환란을 미연에 방지하자는 취지이옵니다. 위에서 말씀 올린 '삼습'이 있으면 '일폐'를 불러오게 되니 그것은 곧 소인을 가까이하고 군자를 멀리하는 폐단이옵니다. 물론 폐하께서도 이 점을 간과하지 않으실 거라 믿어마지 않사옵니다. 폐하께서는 아직 춘추가 정정하시고 앞날이 구만리시옵니다. 그러니 신의 간언은 폐하의 창창한 미래를 위해 기도하는 노신의 노파심쯤으로 생각하시면 되겠사옵니다. '군자를 가까이하고 소인배를 멀리 해야 한다'는 도리는 아무리 어리석은 황제라도 다 아는 것이옵니다. 다만 역대 군주들 모두 자신이 중용하고 있는 신하를 군자라고 굳게 믿고 있었다는 것에 문제의 심각성이 있지 않았나 싶사옵니다."

건륭은 손가감이 말하는 내내 그 입만 뚫어지게 바라봤다. 그러다 한참만에 한숨을 지었다.

"정답이네! 짐 역시 소인배를 잘못 기용해 군자의 마음을 다치게 하지 않을까 전전긍긍하고 있다네. 허나 사람의 마음이라는 것이 버선목처럼 뒤집어볼 수 있는 것도 아니고, 군자와 소인을 구분하기는 너무 어려운 것 같네."

손가감이 다시 느릿느릿 입을 열었다.

"폐하의 뜻이 이러하시다니 이는 곧 사직의 홍복이 아닌가 싶사옵니다. '덕'德은 군자에게만 있사오나 '재'才는 군자와 소인이 모두 가지고 있사옵니다. 게다가 소인의 재능은 늘 군자보다 한 수 위인 것처럼 보이기 십상이옵니다. 군자는 대쪽처럼 바르고 고지식하기에 그 생각과 마음이 말과 글에서 고스란히 드러나옵니다. 그래서 군주의 심기를 불편하게 만드는 경우가 많사옵니다. 그러나 소인배들은 늘 입술에 꿀을 바르고 달콤한 말만 하옵니다. 더구나 바람 따라 움직이는 갈대의 근성이 특유의 영민함과 결합돼 사람을 현혹시키는 데는 따라갈 사람이 없사옵니다. 흑을 백이라 우기면 처음에는 펄쩍 뛰던 사람들도 시간이 흐르면 점차 검정이 흰색으로 보이기 시작한다니 흑백이 전도되고 시비곡직이 흐릿해지는 것은 시간문제이옵니다. 이로 볼 때 통치의 근본은 군자와 소인의 기용과 내침에 있사옵니다. 물론 칼자루는 군주가 쥐고 있사옵니다. 군주는 타인의 존경을 받기에 앞서 필히 스스로를 존경할 수 있어야 하옵니다. 건강은 건강할 때 지켜야 하듯 별다른 과실이 없을 때일수록 근신이 필요하옵니다. 시시각각 이 두 가지만 명심하신다면 치세에 오점을 남기는 일은 없을 것이라 생각되옵니다."

건륭이 온돌에서 내려섰다. 이어 신발을 신고 천천히 방 안을 거닐면서 손가감의 말에 귀를 기울였다. 손가감은 선제에게 직간했을 때와는 달리 특정 사건을 가지고 간언을 올리는 것이 아니라 큰 틀에서 뭉뚱그려 논하고 있었다. 건륭은 순간 손가감이 대체 어떤 사실을 지목해 그렇게 넌지시 에둘러 말하는지 혼란스러웠다. 위조 상주문의 내용이 전부 거짓인 것은 아니었기 때문에 더욱 그랬다. 건륭도 황제이기 전에 사람인만큼 결백하다고 자부할 수만은 없었던 것이다.

"경이 말한 부분은 짐도 평소에 유의하던 것들이네. 짐은 요즘 들어 석연찮은 일들이 많아 소인배의 농간에 걸려든 게 아닌가 하는 생각이 드네. 허나 아무리 눈을 크게 뜨고 살펴봐도 이렇다 할 증거를 찾을 수가 없어!"

건륭은 최근에 발생한 괴이한 사건에 대해 손가감에게 가감 없이 들려준 다음 다시 물었다.

"손석공은 이를 어찌 생각하나?"

손가감이 즉각 대답했다.

"실마리가 있는 사건은 정정당당하게 수사하고 아직 실마리가 보이지 않는 것은 조용히 관망하는 것이 바람직할 것 같사옵니다. 예컨대 위조 상주문 사건과 장광사의 실책 사건은 반드시 그 책임을 추궁해야 하옵니다. 장광사가 부항의 군사 전략에 개입함으로써 하마터면 전군의 패망을 불러올 뻔한 것은 그냥 넘어가서는 안 되옵니다. 하오나 팔왕의정 제도 복원을 꾀하는 문제에 대해서는 잠시 지켜보시는 편이 나을 것이옵니다. 그들의 속셈이 단지 조상들의 옛 제도를 회복하는 데 그치느냐 아니면 다른 음모가 숨어있느냐를 가려내야 하기 때문이옵니다. 군자도 소인도 모두 오욕칠정에서 벗어날 수 없사옵니다. 썩 괜찮던 사람도 악습에 물들면 소인배로 전락할 수 있사옵니다. 따라서 난을 평정하는 방법은 폐하께서 결정하셔야 하옵니다. 폐하께서 항시 마음을 광명정대하게 세우시고 흔들림 없이 중심을 잡고 똑바로 서 계신다면 언젠가는 모든 사람들의 진심이 보이게 될 것이옵니다. 일이 터졌다고 급히 군자와 소인을 가려내려하는 것은 위험천만한 발상이옵니다."

건륭은 손가감의 말을 듣고 있노라니 갑자기 얼굴이 뜨거워졌다. 남의 남정은 밖에서 조정을 위해 한 몸 바쳐 일하고 있는데 군주인 자신은 뒤에서 엉뚱한 짓이나 하고 있으니, 손가감이 말한 '광명정대한 마음'은 본인의 마음이 떳떳하지 못하니 온갖 의구심이 일어난다는 뜻이 아니고 무엇인가. 건륭은 순간 손가감에게 속내를 들킨 것이 아닌가 하는 생각이 들었다. 그러자 몹시 부끄러워지면서 갑자기 주눅이 들었다. 결국 그가 가벼운 한숨과 함께 말머리를 돌리면서 물었다.

"경은 강희 오십이 년의 진사였지?"

"예, 폐하."

"금년에 쉰일곱이고?"

손가감은 건륭이 느닷없이 나이를 물어오자 건륭을 힐끔 쳐다봤다. 그러나 곧 대답을 했다.

"노신은 쉰하고도 여덟이옵니다."

건륭이 미소를 지어보였다.

"그러니 만으로는 쉰일곱이지. 자네와 경륜이 비슷한 신하들 중에서는 윤계선을 빼면 자네가 가장 젊은 편이군. 며칠 전까지 병상에 누워 말 한마디 못한다던 사람이 어떻게 멀쩡하게 털고 일어났는지 궁금하군. 대체 무슨 병을 어떻게 앓았기에 자네 안사람조차 마음의 병이 더 깊다고 했다는 건지 궁금하군."

손가감이 건륭의 말에 즉각 대답했다.

"신도 젊지는 않사옵니다. 근래에 위장이 말썽을 부리고 입맛이 없어 침상 신세를 진 것은 사실이옵니다. 신의 안사람은 당황한 김에 그리 추측해서 말했었나 봅니다. 물론 밖에 갖가지 요언이 난무하니 신도 마음이 우울했던 것은 사실이옵니다. 오늘 폐하를 알현한 또 다른 이유는 신을 향리로 보내 주십사 하고 주청 올리기 위해서이옵니다."

그러자 건륭이 다그치듯 물었다.

"밖에서 떠도는 요언 때문에 병들어 누웠던 것은 아니라는 말이지? 그렇다면 자네는 그런 요언들이 전혀 두렵지 않다는 말인가?"

손가감이 고개를 숙이고 잠시 생각하더니 대답했다.

"이에 대해서는 신도 곰곰이 생각해 본 적이 있사옵니다. 신은 물불 가리지 않는 직간으로 유명세를 탄 사람이옵니다. 물은 배를 띄울 수도 있고 뒤집을 수도 있다 했사옵니다. 그러니 신도 그로 인해 패망하지 말라는 법이 없을 것이옵니다. 솔직히 재학을 논할라치면 신이나 사이직이나 모두 명성만큼 뛰어난 편이 못 되옵니다. 다행히도 폐하께서는 현명하시고 지금의 신하들도 그나마 괜찮습니다. 세상이 태평하게 안정된 이 시점에 신은 낙향하고 싶은 마음이 굴뚝같사옵니다. 여기에 계속 있으면 어떤 식으로든 욕심이 생길 것 같아 마음이 불안했던 것이옵니다."

건륭이 다시 한 번 강조했다.

"자네를 향리로 보내는 일은 없을 것이네. 그러니 짐과 더불어 여생을 보낼 생각을 하게! 아무리 생각해봐도 자네는 어사御史 자리에 적합할 것 같아 나이를 물었던 거네. 건강이 허락하는 데까지 일하고 여의치 않게 되면 도찰원都察院(감찰기관)에 들어앉게. 그렇게만 해줘도 짐은 든든할 거네. 아직까지는 출처가 묘연하지만 분명한 것은 조정을 혼란스럽게 만드는 사기邪氣가 있다는 거지. 경도 알다시피 위조 상주문은 짐뿐만 아니라 성조와 세종마저 욕되게 했네. 짐으로서는 절대 간과할 수 없는 일이네. 짐은 이미 유통훈에게 수사에 착수하라는 명을 내렸네. 주모자를 색출하는 대로 필히 정국을 혼란스럽게 만든 죄를 물을 것이네."

손가감이 고개를 숙이면서 아뢰었다.

"신은 평생을 어사로 늙어온 사람이옵니다. 다시 도찰원의 어사로 눌러 앉아도 괜찮을 것 같사옵니다. 그런데 한 가지 청하고 싶은 것이 있사옵니다. 그것은 폐하께서 앞으로 어사들에게 풍문風聞을 상주할 수 있는 권한을 부여해 주셨으면 하는 것이옵니다. 아니 땐 굴뚝에서 연기 나는 경우는 없사옵니다. 풍문도 그 근원은 꼭 존재하게 마련이옵니다."

사실 풍문주사風聞奏事 제도는 과거에 있던 제도였다. 그러나 강희 말년에 폐지돼 버렸다. 당시 황자들이 제위를 놓고 서로 피 튀기는 싸움을 벌이느라 조정에는 피비린내가 진동했다. 그런데 어사들이 이른바 '풍문'을 주사한답시고 사태를 더욱 복잡하게 만들었다. 말년의 강희로서는 판단에 혼선을 빚을 수 있었다. 그래서 그 제도를 폐지한다는 용단을 내렸던 것이다. 그런데 손가감은 바로 그 풍문주사 제도의 회복을 건의한 것이다. 하지만 건륭은 그게 섣불리 결정을 내릴 사안이 아니라고 생각했다. 결국 조심스럽게 얼버무렸다.

"그건 섣불리 결정할 수 없는 중대 사안인 만큼 짐이 상서방, 군기처와 의논해 어지를 내릴까 하네. 풍문주사 제도는 언관들에게 말할 자유를 틔워주는 역할도 하겠으나 세상 조용한 꼴을 못 보는 자들에게 악용될 소지도 크네. 이를 적당히 절충하는 방법이 필요하네. 신빙성이 있는 사실을 상주하는 언관에 대해서는 그 언사가 아무리 귀에 거슬리더라도 죄를 묻지 않고 실적을 인정해줘야 하네. 반면 허위 사실을 유포하는 자는 가차 없이 징벌을 가하는 식으로 하면 어떨까 싶네. 자네가 조금 더 깊이 생각한 다음 주장을 올리도록 하게."

건륭이 말을 마치자마자 바로 자리에서 일어나려고 했다. 손가감 역시 황급히 일어섰다. 이제 그만 물러가야겠다고 생각한 것이다. 그러나 건륭은 손짓으로 앉으라는 시늉을 하면서 다시 입을 열었다.

"올해 남위南闈시험 때는 자네와 윤계선을 학정으로 파견할 것이니 전시에 참가할 인재를 잘 물색하도록 하게. 병부 시랑 서혁덕舒赫德이 시문時文을 폐지시켰으면 하는 내용의 주장을 올렸더군. 이것도 논의해야 할 것이니 나중에 그 사람의 상주문을 자네에게 보내주겠네."

손가감은 건륭의 말에 정색을 했다.

"시문 폐지에 대해서는 일찍이 성조께서 조유가 계셨사옵니다. 시문은 과거시험을 통해 인재를 선발하기 시작한 수당隋唐 때부터 지금까지 사백 년 동안 이어지고 있사옵니다. 사실 시문은 그 시대를 반영하는 문체라는 거창한 이름만 갖고 있을 뿐이옵니다. 실속 없이 겉만 화려하옵니다. 이 사실은 누구나 주지하는 바이옵니다. 그러나 이처럼 그 병폐를 알면서도 없애버리지 못하는 것은 이를 대신할 만한 마땅한 인재선발 방식이 없기 때문이옵니다. 신이 산동성 향시를 주최할 때의 일이옵니다. 시제試題가 '시계'時鷄였사온데 어떤 수재가 끄적인 것을 보니 '이 닭鷄은 검은 닭인가 흰 닭인가 아니면 검지도 희지도 않은 닭인가?'라고 했사옵니다. 신은 너무 우스워서 '얼룩 닭'이라고 평어를 달아줬사옵니다. 다시 그 아래를 보니 '이 닭은 암놈인가 수놈인가 아니면 암놈도 수놈도 아니라는 말인가?'라고 쓰여 있었사옵니다. 아마 재학을 품고 있으나 운이 없어 과거에서 누차 낙방한 자의 하소연 같았사옵니다. 그래서 신은 어쩔 수 없이 '거세한 닭'이라는 평어를 달았사옵니다……"

건륭은 손가감의 말이 채 끝나기도 전에 입안 가득한 찻물을 뿜어내고 말았다. 너무나 웃겼던 것이다. 한참 후 건륭이 다시 입을 열었다.

"참으로 우습군. 마냥 근엄하기만 한 줄 알았는데, 자네에게 그런 해학적인 면이 있었던가?"

그러자 손가감이 한숨을 지으면서 아뢰었다.

"신은 모든 것을 이치에 따라 행할 뿐이옵니다. 군주를 모실 때는 나름의 도리가 있사옵니다. 벗을 만날 때도 나름의 이치가 있사옵니다. 아랫사람을 대할 때도 나름의 형편과 사정이 있는 것이옵니다. 신은 폐하의 안전에서 농담을 한 것이 아니옵니다. 이는 사실이옵니다."

손가감의 표정은 시종 담담했다. 얼굴에는 언제 그랬냐는 듯 웃음기도 사라지고 없었다.

손가감은 일반인은 흉내도 낼 수 없을 만큼 속이 깊은 사람이었다. 기쁘거나 노하거나 좀처럼 내색을 하지 않는 것으로 유명했다. 또 사람을 대할 때에도 상대에 따라 거리를 조절하고 모든 것은 이치에 따라 행했다. 건륭은 오랜 대화를 통해 손가감의 그런 사람 됨됨이에 대해 분명히 알 수 있었다.

손가감이 물러가자 건륭은 그제야 자신이 아직 저녁 수라 전임을 깨달았다. 자명종을 보니 유시가 지나고 있었다. 그러나 여름에는 해가 길므로 아직 등롱을 밝힐 정도로 어둡지는 않은 시각이었다. 하지만 피곤한 것은 어쩔 수가 없었다. 고대용이 그런 건륭을 안쓰럽게 바라보더니 조용히 다가와 어깨를 두드려주면서 말했다.

"방금 태후마마께서 말씀을 전해 오셨사옵니다. 오늘 몇몇 복진들과 함께 대각사大覺寺에서 예불을 올렸다고 하옵니다. 삭신이 노곤해 일찌감치 침수 드실 것 같으니 저녁 문후는 올리지 않으셔도 좋다고 말씀하셨사옵니다. 어선방에서 저녁 수라 준비에 바쁘기에 소인이 분부했사옵니다. 폐하께서 하루 종일 대신들을 접견하시느라 심신이 노곤하실 테니 기름기는 피하고 좁쌀죽을 끓이라고 말이옵니다. 참기름을 살짝 묻힌 절임 반찬과 함께 개운하게 드셨으면 하옵니다."

"잘했네."

건륭이 고대용의 말허리를 싹둑 잘라버렸다. 나이가 들어갈수록 수다스러워지는 그에게 더 말할 틈을 주기 싫었던 것이다.

잠시 후 궁녀가 은 쟁반에 좁쌀죽, 오이무침, 아기 주먹만 한 만두와 두반장豆瓣醬을 담아 가져왔다. 서민들의 식탁에나 오를 법한 수수한 음식이었으나 건륭의 식욕을 돋우기에는 충분했다. 건륭이 만두 하나를 덥석 집어 들고 반색했다.

"다 좋은데 구색이 좀 안 맞네. 앞으로 이런 음식을 내올 때는 은쟁반 말고 나무쟁반에 받쳐 내오도록 하게!"

건륭은 단숨에 쌀죽 두 그릇을 비웠다. 사각사각 식감이 좋은 오이무침에도 젓가락이 자주 갔다. 건륭이 곧이어 만두까지 두 개 먹고 나더니 불룩한 배를 쓸어내리면서 만족한 표정으로 말했다.

"역시 태감은 보정保定 출신이 최고라니까. 시중드는 방식이 다르니 말일세!"

고대용은 양심전 총관태감에서 쫓겨난 후 처음 듣는 칭찬에 흥분했는지 몸 둘 바를 몰라 했다. 그러나 건륭은 그가 다시 뭐라 주절댈세라 황급히 먼저 입을 열었다.

"앞장을 서게, 황후에게 가겠네!"

건륭이 고대용을 앞세우고 종수궁에 도착했을 때는 날이 이미 어둑어둑해져 있었다. 건륭은 안으로 들어가 알리려는 궁녀를 제지하고 성큼 안으로 들어갔다. 그러나 곧 그 자리에 주춤 멈춰서고 말았다. 황후의 방에 유호록씨와 당아도 함께 있을 줄은 몰랐던 것이다. 황후는 온돌에 앉아 우유를 홀짝이고 있었다. 그 옆에는 유호록씨가 시립해 있었다. 울어서 두 눈이 퉁퉁 부은 당아는 그 앞에서 무릎을 꿇고 있었다. 아마 황후에게 뭔가 하소연을 하던 중인 것 같았다. 건륭이 사전 연락도 없이 불쑥 들어서자 세 사람은 모두 놀라는 표정이 역력했다. 그 와중에도 유호록씨는 눈치 빠르게 황급히 무릎을 꿇었다. 그러나 당아는 감히 고개도 쳐들지 못하고 있었다. 뒤이어 황후가 자리에서 일어나 몸을 약간 숙이면서 담담한 어조로 입을 열었다.

"대신을 접견하신다고 들었사옵니다."

건륭은 일부러 아무렇지 않은 표정을 지어보였다.

"헌데 자네들은 지금 뭘 하는 것인가? 오늘은 오경에 기침해 지금까지 옷 갈아입을 시간도 없이 바빴네. 너무 오래 앉아 있었더니 다리가 다 저리군."

건륭이 말을 마치고 잠깐 황후의 눈치를 힐끔 보면서 다시 당아에게 물었다.

"당아 자네는 어찌해서 여기 있는 것인가? 태후마마를 뵈러 왔다가 헛물을 켠 게로군."

당아가 몰래 눈물을 닦으면서 대답했다.

"태후마마께서 일찍 침수드시어 문후만 올리고 그냥 물러나왔사옵니다. 입궐한 김에 황후마마와 귀비마마께 문후 올리고자 들어왔사옵니다."

건륭이 가만히 고개를 끄덕이고는 당아에게 일어나라고 명령을 내렸다. 이어 차분한 어조로 말했다.

"부항은 돌아오는 일정이 조금 늦춰질 것이네. 아직 산서 쪽에 처리해야 할 일들이 많네. 집에 필요한 것이 있으면 주저 말고 황후께 아뢰게. 성의껏 챙겨줄 거야."

건륭의 말에 당아는 연신 고개를 숙이며 사은을 표했다. 그런데 행동이 여간 불편해 보이지 않았다. 어느새 많이 불러온 배 때문인 듯했다. 건륭은 생각 같아서는 당아와 유호록씨를 모두 자리에 앉히고 싶었다. 그러나 황후의 눈치를 살피면서 입가에 맴도는 말을 삼켜버렸다. 황후가 그런 건륭의 속내를 모를 리 없었다. 그러나 짐짓 모르는 척 미소를 지었다.

"당아, 유호록! 날도 저물었고 폐하께서도 노곤하실 터이니 자네들은 그만 물러가게. 밖에서 나도는 유언비어는 한쪽 귀로 듣고 한쪽 귀로 흘려보내게. 나는 자네의 인품을 믿네. 나와 유호록 귀비가 있는 한 어느 누구도 감히 자네를 해코지하지 못할 것이네. 몸이 무거우니 무리한 걸음은 삼가고 되도록 집에 있게. 내 남동생의 안사람인데 내가 어련히 알아서 돌봐주지 않을까! 그러니 쓸데없는 걱정은 말게."

"망극하옵니다, 황후마마."

당아가 부찰씨를 향해 엎드려 절을 했다. 이어 일어서면서 몰래 건륭을 일별했다. 그런 그녀의 두 눈에는 원망이 가득 실려 있었다. 당아와 유호록씨가 물러가자 건륭이 궁금한 것을 참지 못하고 황후에게 물었다.

"짐이 오기 전에 무슨 얘기가 오갔던 거요? 짐이 들어오니 하던 얘기가 뚝 끊어지던데 무슨 일이라도 있는 거요, 황후?"

황후가 건륭에게 인삼탕을 따라 올렸다. 이어 태감 진미미에게 명했다.

"다들 물러가라고 해라!"

황후가 추상같은 위엄으로 주위를 물리치고 난 다음 천천히 입을 열었다.

"모두 밖에서 떠도는 소문 때문이옵니다. 이친왕怡親王의 복진과 몇몇 비빈들이 오늘 태후마마 전에서 지패를 놀 때 가시 돋친 말로 당아를 괴롭혔다 하옵니다. 그래서 제가 이친왕 복진에게 내일 당아에게 직접 사죄하라고 명했사옵니다. 명을 어길 경우 형님, 동서 사이는 말할 것도 없고 군신의 명분도 없어질 것이니 영원히 입궐을 못할 줄 알라고 엄포를 놓았사옵니다."

말을 마친 황후가 무거운 속내를 털어놓듯 긴 한숨을 토해냈다. 건륭이 멍하니 생각에 잠겨 있더니 천천히 입을 열었다.

"무슨 얘기가 오갔는지 알 것 같네, 황후. 더 이상 황후를 기만할 수 없을 것 같아 더 늦기 전에 고백하려 하네. 사실 당아의 배 속에 있는 아이는 짐의 혈육이네. 황후만 알고 있었으면 하네. 결자해지라고 했으니, 이 일은 끝까지 짐에게 맡겨주게."

황후는 그 말을 듣고도 전혀 놀라는 기색이 없었다. 그러나 터져 나오는 한숨은 어쩌지 못했다.

"폐하께서는 황자를 얻을 기쁨에 흐뭇하시겠지만 당아는 마음고생이 오죽하겠사옵니까?"

황후가 말끝을 흐리더니 고개를 숙였다. 이어 옷고름만 만지작거렸다. 약간 화난 듯 앵돌아진 모습이었다. 순간 건륭은 솟구치는 욕정을 느꼈다. 사실 황후는 미모로 따지면 유호록씨에게 전혀 뒤지지 않았다. 다만 평소에 황후의 체통을 유지하기 위해 근엄한 표정만 짓다보니 여성스러운 면이 다소 부족해보인 것뿐이었다. 그러나 등불 밑에서 건륭과 단둘이 앉아 있는 지금은 아니었다. 평소와는 전혀 다른 요염한 매력을 풍기고 있었다. 건륭은 자신도 모르게 황후에게 다가가 어깨를 끌어안았다. 음흉하게 웃으면서 황후의 귓가에 대고 은근한 말도 건넸다.

"자네가 무슨 말을 하려는지 알고 있네. 짐이 오늘부터 여자를 좋아하는 버릇을 고치면 될 것이 아닌가."

건륭은 말을 마치자마자 부찰씨를 온돌 위에 쓰러트리듯 눕혔다. 그러나 부찰씨는 건륭을 가볍게 밀어젖히면서 밖을 향해 분부를 내렸다.

"묵향墨香은 폐하의 침수 시중을 들거라. 그리고 향을 사르거라. 나는 이 불경을 다 읽고 자야겠다."

건륭은 맥없이 팔을 떨어뜨렸다. 눈앞의 황후는 어느새 평소의 근엄한 모습으로 돌아와 있었다.

43장
한밤의 침입자

　유통훈은 위조 상주문의 출처를 밝혀내라는 어명을 받은 다음 다른 일은 다 접어두고 그 일에만 매달렸다. 그러나 한 달이 가고 두 달이 가도 아무런 소득이 없었다. 까칠하게 자란 수염을 깎을 시간도 없이 집에도 들어가지 않은 채 뛰어다녔으나 범인은 어디에 숨었는지 좀처럼 꼬리를 드러내지 않았다. 상주문이 올라온 경로를 추적해 육부와 병부를 이 잡듯 뒤졌어도 마찬가지였다. 여전히 범인은 오리무중이었다. 그렇게 칠월칠석이 지나도록 감감무소식이자 건륭은 특단의 조치를 내렸다. 유통훈의 책임을 물어 관직을 두 등급이나 강등시킨 것이다.

　유통훈은 이날도 천근만근 무거운 다리를 끌고 병부를 나섰다. 그리고는 형부가 자리 잡고 있는 승장繩匠 골목을 멍하니 바라봤다. 뒤에서 따라오던 전도는 감히 말을 붙이지 못한 채 눈치만 살폈다. 한참 후 유통훈이 입을 열었다.

"정성이 지극하면 고목에도 꽃이 핀다 했거늘 아직도 내 정성이 부족한가? 머리털 나고 처음으로 절에 가서 삼천 배라도 올리고 싶은 심정이군. 공맹을 숭상하는 사람으로서 어불성설이지만 말이야."

전도도 깊은 한숨을 내쉬었다.

"위조 상주문을 만든 장본인이 누구인지는 일단 제쳐두더라도 상서방의 접본처接本處와 등본처謄本處는 그 책임을 피할 수 없을 것입니다. 제 소견으로는 이 두 곳의 책임자를 불러 혹독한 고문을 시도해 보는 게 어떨까 합니다. 매 앞에 장사가 있겠습니까? 요즘 장친왕莊親王과 이친왕怡親王은 물론 악이태마저 폐하의 힐책을 받았기에 아무도 감히 상서방을 두둔하지 못할 것입니다."

전도의 말인즉슨 위조 상주문을 접수한 상서방 관리들을 닥치는 대로 족쳐 자백을 받아내자는 얘기였다. 과연 형명 막료를 지낸 사람다운 발상이 아닐 수 없었다. 그러나 유통훈은 고개를 저었다.

"상서방 사람들도 그리 호락호락하지 않을 거네. 콧대가 세고 웬만한 사람은 안중에도 없는 팔기인 후예들이네. 꼴들은 비실비실해도 저마다 등에 어마어마한 인물들을 하나씩 업고 있단 말이야. 소경 코끼리 만지는 식으로 해서 될 일이 있고 안 될 일이 있어. 그 속에 진범이 없는 날에는 우리는 그야말로 빼도 박도 못하는 위험한 지경에 이르고 만다고!"

"그러면…… 이제 어떡합니까? 조사할 만한 곳은 다했는데……."

말을 꺼냈다가 본전도 못 찾은 전도가 혼잣말로 중얼거리듯 말했다. 수염이 더부룩하게 자란 유통훈의 대춧빛 얼굴의 근육이 무섭게 푸들거렸다. 이어 그가 웃는 듯 마는 듯한 표정으로 섬뜩한 말을 뱉었다.

"천하의 유통훈이 여기서 곤두박질칠 수는 없지. 자, 이위 대인 댁에 문병이나 다녀오자고."

유통훈이 뭔가 결심이 선 듯 성큼성큼 발걸음을 옮겼다. 전도는 갑자기 이위의 집에 간다는 말에 어리둥절했으나 따라나서는 수밖에 없었다. 가마도 타지 않은 채 병부 골목을 나서서 북으로 동으로 이리저리 골목을 누비자 어느새 이위의 집 앞에 당도했다. 문 앞의 커다란 홰나무가 먼저 눈에 안겨왔다. 낙엽을 쓸고 있던 몇몇 가인들이 두 사람을 발견하고는 황급히 빗자루를 내던지고 달려와서는 문안인사를 올렸다. 유통훈이 물었다.

"이 대인은 요즘 어떠신가?"

"거의 쾌차하셨습니다. 저희 대인의 병세는 가을에 좋아지셨다 겨울에 도집니다. 그래서 집사람들 모두가 서리가 내리는 것을 두려워합니다. 대인과 마님은 서화청에서 산책 중이십니다."

가인이 대답했다. 유통훈은 전도를 데리고 대문 안으로 들어갔다. 본채 서쪽에 있는 월동문을 지나면서 보니 과연 이위와 취아가 화청 앞의 둔덕에 앉아 어딘가를 가리킨 채 담소를 즐기고 있었다. 때는 팔월 추석을 코앞에 둔 계절이었다. 그래서인지 정원 가득한 화초는 붉은 빛과 푸른 빛을 잃고 누렇게 말라가고 있었다. 높낮이가 다른 갖가지 나무들도 가을을 맞아 살짝 단풍이 들기 시작했다. 사철 푸른 소나무는 더욱 푸르러진 것 같았다. 그러나 얼마 전 내무부에 의해 반쯤 헐렸던 담벼락은 그대로 흉물스럽게 방치돼 있었다. 담벼락 주위에 월계화와 장미꽃으로 대충 울타리를 만들어놓은 것이 그나마 다행이었다. 역시 그때 헐다 만 서쪽 서재도 골조물만 앙상하게 남아 있었다. 유통훈이 멀리서 공수를 하면서 큰 소리로 이위에게 인사를 했다.

"우개공, 쾌차를 감축 드립니다. 바깥출입까지 하신 모습을 뵈니 너무 좋습니다!"

"연청 대인과 전도 대인이 걸음을 하셨습니다."

취아가 이위에게 말했다. 이위가 자리에서 일어서려고 하자 그녀가 황급히 어깨를 눌러 앉혔다.

"서로 허물없는 사이인데 그대로 앉아 계세요. 전 대인은 실로 오랜만에 걸음을 하셨습니다."

취아의 말에 전도가 턱을 약간 치켜들고 잠깐 생각하더니 말했다.

"아마 한 달쯤 되지 않았을까요? 별로 하는 일도 없이 얼마나 바쁜지 모르겠어요. 오늘도 유 대인이 이리로 걸음하지 않으셨다면 못 왔을 겁니다."

유통훈이 그의 말을 받았다.

"전도의 말이 맞습니다. 병부에서 나오던 중 문득 가까이에 계신 총독 대인께 문후라도 올리고 싶어 찾아왔습니다."

이위는 여름 내내 동쪽 서재를 단 한발자국도 떠난 적이 없었다. 오늘도 날씨가 워낙 좋은 탓에 모처럼 밖으로 산책을 나온 것이었다. 그러나 척 보기에도 병색이 깊어 보였다. 안색이 창백하다 못해 푸르스름한 빛까지 감돌고 있었다. 기력이 많이 회복됐다 해도 아무래도 큰 병을 앓고 난 뒤라 그런 모양이었다. 이위가 유통훈과 전도가 수선을 떨면서 인사를 하자 핏기 없는 입술을 혀끝으로 축이고는 힘겹게 웃어 보였다.

"그…… 그만 하게. 같이…… 앉지. 가을 경치는 참 좋은데 머릿속에 든 게 없으니 뭐라 감흥을 나타낼 방법이 없군."

그러자 유통훈이 말했다.

"신맛 쓴맛이 내 안에 가득해도 수심을 말하기에는 가을 경치가 너무 좋구나. 이 시구가 총독 대인의 심경을 얼추 때려 맞추지 않겠나 싶습니다. 아무쪼록 안심하시고 몸조리 잘하십시오. 요즘 들어 폐하께서는 이 대인의 부재를 부쩍 크게 느낀다고 하셨습니다. 어제도 얘기를 하셨습니다. 이위만 몸져눕지 않았더라도 위조 상주문의 범인은 벌써 잡았을 텐데 하시면서 못내 아쉬워하셨습니다."

이위가 유통훈의 말에 한숨을 내쉬었다.

"성은은 여전한데 몸이 따라주지 않으니 서글프기 짝이 없네. 헌데 그 위조 상주문 사건은 여태 진전이 없나?"

유통훈이 말머리를 놓칠세라 황급히 대답했다.

"그렇습니다. 아직 아무런 단서도 잡지 못한 상태입니다. 다만 단언할 수 있는 것은 육부의 관리들 중에는 범인이 없다는 것입니다. 생각은 굴 뚝같으나 아직 각 왕부에 대한 수색은 보류하고 있는 중입니다. 궁중의 비화에 대해 그분들보다 더 잘 아는 사람은 없지 않겠습니까. 조만간 착 수는 해야 할 텐데 어떤 방식으로 해야 할지 모르겠습니다. 그래서 이 대인께 조언을 구하고자 왔습니다."

이위는 잠시 아무 말도 하지 않았다. 그저 상체를 숙여 앞에 있는 풀 잎을 하나 뜯어 입에 넣고 잘근잘근 씹을 뿐이었다. 의아쩍어 하는 전 도를 보면서 취아가 말했다.

"별것 다 먹죠? 전생에 소였나 봐요. 오랜 습관이에요. 생각이 깊을 때 는 풀잎을 뜯어 입에 넣죠. 그렇게 하지 말라고 아무리 말려도 자기 버 릇 남 못 준다고 고쳐지지 않네요. 그게 멋인 줄 알고 따라 하는 사람 들도 있습니다."

이위는 취아의 수다를 짐짓 못들은 척했다. 그리고는 천천히 입을 열 었다.

"자칫 정국의 혼란을 초래할 수 있는 사건이네. 결코 소홀히 넘겨서는 안 돼. 그렇게 때문에 폐하께서도 자네를 그리 닦달을 하셨을 거네. 설 령 어느 왕공이 일을 저질렀다고 해도 자네가 육부에서 몇 개월 동안 뭉개는 동안 벌써 증거를 열두 번 인멸하고도 남았을 거네. 내가 자네에 게 찬물을 끼얹는 것은 아니네. 왕공들에게 집착하지 말게. 돌을 들어

자기 발등 찍을 정도로 아둔한 왕공은 없을 거네. 물론 위조 상주문이 하늘에서 떨어지지 않은 이상 범인은 존재하기 마련이지. 육부도 아니고 왕공들도 아니라면 결국은 지방에서 수십 건씩 올라오는 상주문 속에 묻혀 들어 왔다고 볼 수밖에 없네."

유통훈이 허리를 깊숙이 숙였다.

"무슨 말씀인지 잘 알겠습니다. 제가 의욕만 넘쳤지 생각이 짧았던 것 같습니다. 믿고 맡기신 폐하께 너무 죄송하고, 쥐구멍이라도 있으면 들어가고픈 마음뿐입니다. 선배 대인의 가르침을 받들겠습니다. 내일 각 성에 육백 리 긴급 서찰을 발송해 총독과 순무들에게 혐의자를 색출하라고 지시하겠습니다."

전도가 유통훈의 말이 끝나자 서글픈 웃음을 지었다.

"총독과 순무들은 선뜻 책임을 떠안으려 하지 않을 것입니다. 제가 여기 오기 전에 몇몇 순무들을 모셔봐서 잘 압니다. 큰일은 작게, 작은 일은 무마해버리는 것이 총독과 순무들의 생리입니다. 소인의 소견으로는 위조 상주문에 대해서는 얘기하지 않는 것이 좋을 것 같습니다. 각 성의 총독, 순무들과 직주권이 있는 관리들에게 작년부터 지금까지 상서방에 올린 상주문들의 기록 문서를 올려 보내라고 해야 할 것입니다. 상서방에 남아 있는 기록과 맞춰봐야 한다고 하면 될 것 같습니다."

전도의 말에 이위가 고개를 끄덕였다.

"평생 총독과 순무로 늙어온 내가 보기에도 전도의 생각이 절묘한 것 같네."

이위가 말을 마치고는 잠시 침묵을 지켰다. 이어 서글픈 웃음을 지으면서 다시 입을 열었다.

"오늘 보니 연청 자네는 아직 너무 순진한 것 같네. 자네는 이 일이 이렇다 할 진전이 없다고 창피하다고 했으나 아무도 그렇게 생각하는 사람은 없네. 폐하께서는 자네의 고충을 헤아리고도 남으실 분이네. 자네를 문책하시고 처벌을 내리신 것은 이 사건에 대한 천자의 의지를 사람들에게 보여주기 위한 거네. 결코 문책을 위한 문책, 처벌을 위한 처벌은 아니라는 말일세. 손가감 대인은 직접적인 피해 당사자임에도 느긋하고 차분하기만 하지 않는가. 그건 그 양반이 벌써 폐하의 마음을 읽어냈기 때문이네. 내가 보기에 폐하께서는 바보스러울 만치 우직한 자네의 성품을 믿고 이 일을 맡기신 것 같네. 그러니 용기를 잃지 말고 계속 잘해보게."

유통훈은 이위의 진심에서 우러나오는 격려를 받자 눈시울이 붉어지는 것을 어쩌지 못했다. 그러나 눈물을 닦을 생각은 하지 않고 어느새 피곤기가 역력해진 이위의 얼굴을 보면서 황급히 자리에서 일어났다.

"오늘 총독 대인을 뵈러 온 것이 얼마나 잘한 일인지 모르겠습니다. 큰 깨우침을 얻었습니다. 계속 지켜봐주십시오. 오늘은 이만 물러가고 나중에 다시 찾아오겠습니다."

"그러게."

이위도 미소를 지으면서 일어섰다. 그리고는 휘청거리면서 유통훈과 전도를 배웅하기 위해 나섰다. 이어 나지막하게 덧붙였다.

"관보를 보니 손가감 대인이 곧 남하할 거라고 하더군. 혹시 배웅 나갈 거면 안부나 전해주게."

전도가 한동안 생각에 잠겨 있더니 대답했다.

"소인이 한 가지 궁금한 게 있습니다. 방금 총독 대인께서 이런 얘기를 하셨죠? '폐하께서 연청 대인을 문책하신 것은 이번 사건의 장본인을 엄히 단죄하려는 폐하의 의지를 사람들에게 보여주기 위함이다'라고 말입니다. 여기서 말한 '사람들'은 도대체 누구를 가리키는 건지요?"

유통훈이 쓸데없는 걸 물어본다는 표정을 지어보였다.

"그건 우리가 언감생심 캐물을 일이 아니네. 신하로서의 본분만 다 하면 되지 그걸 왜 신경 써?"

이위는 그저 히죽 웃기만 할뿐 말이 없었다.

손가감이 남위 향시를 주관하러 남경에 도착했을 때는 추석이 갓 지난 8월 18일이었다. 가는 길은 험난하기 짝이 없어 온갖 일을 다 겪었다. 황하를 건너자마자 하남과 직예의 기후 차이는 매우 컸다. 하남의 기온은 북경의 보름 전 기온과 비슷했다.

손가감 일행은 개봉을 지난 다음에는 서두르느라 배도 타지 않고 말과 수레를 타고 육로로 갔다. 손가감은 일행도 많이 거느리지 않았다. 평소에 흉허물 없이 지내던 몇몇 막료들만 대동했을 뿐이었다.

그들 중에는 처음으로 먼 길을 떠난 막료들도 있었다. 그들은 자신들도 모르게 녹음이 우거지고 싱그러운 풀내음이 다분한 남녘의 경관에 푹 매료됐다. 그 때문이었을까, 밥 짓는 연기가 모락모락 피어오르는 촌락에서 묵으며 졸졸 흐르는 냇가에서 시를 읊기도 하면서 전혀 여독을 느끼지 못하는 듯했다. 그렇게 여행을 즐기던 일행은 드디어 안휘성을 지나 남경에 도착했다. 일행이 성 밖의 자그마한 객잔에 여장을 풀었을 때는 날이 어두워진 뒤였다. 손가감이 강남 순무 윤계선에게 사람을 보내려고 하자 막료들이 말리고 나섰다.

"오늘은 하루 종일 말 잔등에만 매달려 있어 죽을 맛입니다. 눈앞이 가물거리고 다리가 통통 부어 그저 죽은 듯이 자고픈 생각밖에는 없습니다. 지금 윤 중승께 기별을 넣으면 곧 이리로 걸음을 하실 텐데 내일 대인께서 친히 순무아문을 방문하시는 것이 예의상 더 낫지 않을까요? 예정일보다 닷새나 앞당겨 도착했으니 그리 서두를 것은 없다고 봅니다."

손가감은 막료들이 죽어라 말리는 통에 어쩔 수 없이 눌러앉고 말았다.

막료들은 오랜 여정에 얼마나 지쳤는지 저녁상을 대충 물리고 나서는 씻지도 않은 채 방으로 들어가 그대로 드러누워 버렸다. 이어 누가 업어 가도 모를 정도로 단잠에 빠져들었다. 그러나 손가감은 아무리 뒤척여도 잠을 청할 수가 없었다. 밤이 깊어 사위가 고요하자 개구리와 풀벌레들의 울음소리가 더 크게 들려왔다. 손가감은 아예 베개를 밀어버리고 일어나 앉았다. 머리맡에 놓여 있던 냉차도 두어 모금 마셨다. 그러자 서서히 정신이 맑아지면서 시흥이 북받쳐 올랐다.

푸르른 정원에 추색이 기댈 곳 없구나. 종일 달리면서 강물에 시를 띄웠다네.
푸르름은 여전해도 그 누가 막을쏘냐, 가을이 오는 발걸음을.

손가감이 잠시 다음 구절을 생각하고 있을 때였다. 갑자기 지붕 위에서 누군가 대구對句를 읊었다.

이별의 수심 안고 떠날 때는 산 위의 구름도 소슬해서 눈물을 흘렸다네.
버드나무 우거진 강가에서 날개 꺾인 아픔 안고 떠나던 그날을 잊지 못하리.

"누구냐?"
손가감이 흠칫 놀라면서 외마디 소리를 질렀다. 그리고 창밖으로 고개를 내밀어 소리의 진원지를 찾았다. 그러나 아무도 보이지 않았다. 그가 대경실색한 채 반쯤 넋이 나가 있을 때였다. 갑자기 지붕 위에서 시커먼 그림자가 바람과 함께 사뿐히 창가에 내려섰다. 손가감은 다시 한 번 소스라치게 놀랐다. 억지로 정신을 가다듬고 눈여겨보니 상대는 체구가 어중간한 열대여섯 살 정도의 애송이 청년이었다. 놀란 손가감을 향해 히죽 웃는 얼굴에 다행히 악의는 없어 보였다. 그제야 손가감은 적이 안도했다.

"나는 산서성의 선비 손가감이라는 사람이네. 관품은 낮은 편이 아니나 가진 것은 이 비실비실한 몸뚱이밖에 없는 사람이야. 무슨 일로 왔는지는 모르겠지만 나에게 앙심을 품은 누군가의 명으로 찾아왔다면 내 수급을 취하는 일은 아주 쉬울 거네."

청년이 긴 머리채를 목뒤로 넘기더니 웃음을 터트렸다.

"솔직히 말씀드리겠습니다. 저는 산서 백양교白陽敎의 호법사護法使 묵군자墨君子입니다. 본명은 요진姚秦이라고 합니다. 표고라는 도인이 제 재능을 질시해 내쫓는 바람에 갈 곳을 잃어 하루아침에 이렇게 양상군자梁上君子(도둑을 일컫는 말)로 전락했답니다. 술값이나 훔칠까 하고 왔다가 대인의 시 읊는 소리에 참지 못하고 한마디 지껄였습니다. 대인을 놀라게 했다면 미안합니다."

청년은 말을 마치자마자 바로 물러가려고 했다. 그러자 손가감이 황급히 청년을 붙잡았다.

"기왕 왔으니 잠깐 앉았다 가게. 방금 즉석에서 읊는 시를 들어보니 남다른 품격이 느껴지더군. 잠도 안 오는데 내가 끄적여 놓은 시나 좀 봐주게."

손가감이 서둘러 보따리에서 책자 하나를 꺼내 청년에게 건넸다.

"손 대인의 우레와 같은 함자는 익히 들어왔습니다. 호탕한 성격의 대장부라 들었는데, 과연 명불허전인 것 같습니다!"

청년이 책자를 받더니 등불 밑에서 한참을 뒤적였다. 이어 도로 손가감에게 돌려주면서 말했다.

"어떤 시에서는 당나라 전성시대의 호방한 풍격이 느껴지는 반면 '버드나무 집에 황혼이 깃들었다'느니 하는 내용에서는 또 당나라 말기의 우울함 같은 것이 느껴지기도 합니다."

청년이 잠깐 생각을 더듬더니 다시 말을 이었다.

"그런가 하면 '베갯머리의 속삼임을 과연 누가 엿들었단 말인가' 하는 부분은 시인으로서의 중후함이 없고 다소 경박한 느낌이 드네요."

손가감이 요진의 평가가 어이없다는 듯 웃음을 터트렸다.

"한낱 비적에 불과한 주제에 감히 나 손아무개의 '중후'함을 논하다니! 시풍이 그러하다니 참고 넘기겠네만 자네도 좋은 작품이 있다면 한 수 읊어보게나."

청년이 바로 한숨을 지었다.

"비적과 관리는 담벼락 하나의 차이랍니다. 그래서 승자는 왕이 되고 패자는 도둑이 된다고 하지 않았습니까? 듣자니 손석공도 왕년에 이유야 어찌 됐건 사람을 죽였다면서요? 그것 역시 왕법이나 천리에 어긋나는 일이 아닙니까? 누군가 그랬죠. 산 속의 비적은 몰살시킬 수 있으나 마음속의 비적은 없애기 어렵다고 말입니다. 좋은 작품이 있느냐고 물었죠? 둥지를 잃고 전에 있던 시집들을 다 태워버려 하나도 없습니다. 즉흥적으로 한 구절 읊어 오늘 저녁의 만남을 기념할까 합니다."

청년이 말을 마치자마자 바로 시를 읊기 시작했다.

허리띠 하나 없이 새로운 전쟁터에 내몰리니
날은 어둡고 갈 길은 아득하구나.
혹시라도 시 읊으면서 높은 처마 밑을 지나지 마라,
명주明珠를 얻으려다 금낭錦囊을 잃을 수는 없으니!

청년은 보통 재주가 아니었다. 범상치 않다는 말로는 부족했다. 손가감은 속으로 그의 재학에 내심 탄복해마지 않았다. 자신도 모르게 주머니에 손이 갔다. 다행히 은자 다섯 냥이 있었다. 그가 그것을 꺼내 탁자 위에 내려놓으면서 한숨을 지었다.

"과연 흙 속의 진주로군. 이런 인재를 발굴하지 못하고 흙 속에 묻혀 있게 했다니, 우리 학정들의 착오가 아닐 수 없네. 그대에게 공명을 약속할 수는 없지만 이제라도 깨끗이 손을 씻었으면 하네. 그 재학을 조정을 위해 바친다면 필히 벼슬길에 올라 청운의 꿈을 실현할 수 있을 것이네. 대단히 약소하나 이거라도⋯⋯. 나도 털어봤자 먼지밖에 없는 가난한 관리라 큰 도움은 못 주겠네. 이 돈이면 당분간 배는 곯지 않을 거야."

"누군가 '도인이 우스운 꼴을 당하려면 바다를 떠돌고, 사람이 추해지려면 관모를 쓰면 된다'라고 말하는 것을 들은 적이 있습니다. 은자는 고맙게 받겠습니다. 그러나 방금 하신 그런 말씀은 손 대인의 제자들을 훈육할 때나 써먹으세요."

손가감은 청년의 말에 잠시 할 말을 잃었다. 청년 역시 손가감을 똑바로 쳐다볼 뿐 말이 없었다. 그러나 둘은 서로에게서 말로 형언할 수 없는 묘한 동질감을 느끼고 있었다. 오늘 처음 만난 사이에 나이 차이도 많이 나고 성격도 판이했으나 놀랍게도 그랬다. 동시에, 둘은 언젠가는 각자 지향하는 바에 따라 서로 불구대천의 원수가 될 수도 있겠다는 생각도 하고 있었다. 한참 후 손가감이 침묵을 깨고 입을 열었다.

"관직에 뜻이 없는 것은 이해하겠네. 그러나 성명하신 폐하와 신하들이 만들어 가는 밝은 세상에 살면서 무엇 때문에 조정과 대적하는 무리로 남으려고 하는 것인가?"

청년이 손가감의 질문에 히죽 웃었다.

"아무리 찬란해도 필경은 오랑캐 만주족이 주무르는 세상 아닙니까.

표고는 동네 개울물에서 놀다가 끝나버렸으나 저는 그와 다른 길을 걸을 것입니다. 제가 세운 '천리교'天理教가 삼십 년 뒤에 천하를 호령하지 말라는 법도 없지요. 오래 살다 보면 손 대인도 그런 날을 맞이하게 될 것입니다."

손가감은 나이 어린 청년의 다부진 말에 순간 등골이 오싹해졌다. 그리고 황급히 한마디 하지 않을 수 없었다.

"나는 앞으로 강산이 세 번 바뀔 때까지는 살아 있지 못할 것이네. 그러나 젊은이의 발상은 무지하고 위태롭기 짝이 없는 것이네."

"두고 보십시오. 대인의 자손들은 필히 우리 천리교가 흥하는 세상에서 살게 될 것이니."

"우리 자손들은 전부 나 죽었소 하고 가만히 있을 것 같은가?"

"길고 짧은 것은 대봐야 하지 않겠습니까? 가만히 있지 않으면 붙겠죠!"

퉁명스레 내뱉고 난 청년이 손가감을 향해 공수를 했다.

"저는 그만 가봐야겠습니다, 흠차 대인."

손가감은 씁쓸한 웃음을 지으면서 뭐라고 말하려고 했다. 그러나 청년은 손가감이 입을 열기도 전에 올 때와 똑같이 바람같이 어둠 속으로 사라지고 말았다.

"산속의 비적을 소멸하기는 쉬워도 마음속의 비적은 없애기 어렵다……."

손가감은 등불에 비친 긴 그림자를 끌고 방 안을 서성이면서 잠꼬대하듯 청년의 말을 되뇌었다. 멀리서 닭이 홰를 치는 소리가 세 번 들렸으나 여전히 잠은 오지 않았다. 그는 등잔에 기름을 더 부은 다음 심지를 돋우었다. 그리고는 책상 앞에 다가앉았다. 이어 도둑을 만나 얘기를 나눈 사연을 자세히 적은 다음 꼼꼼하게 밀봉했다.

그가 그러는 사이 어느새 창밖이 훤하게 밝아왔다. 지붕 위로 밥 짓는 연기도 모락모락 피어오르고 있었다. 뒤뜰 마구간에서는 말들의 합창도 이어지고 있었다. 멜대 끝에 물통을 매단 일꾼들의 한가로운 모습도 지나갔다. 손가감은 아예 이부자리를 걷어버렸다. 이어 찬물에 얼굴을 두어 번 문지르고는 의자 등받이에 기댄 채 눈을 감았다.

44장

윤계선의 풍류

　손가감은 객잔에서 대충 아침을 먹고 난 다음 막료들을 남경성 안에 있는 역관으로 보냈다. 그리고 본인은 심부름하는 아이 둘만 데리고 윤계선을 찾아 순무아문으로 향했다. 문지기는 그의 명함을 보고 잠시 놀란 표정을 짓더니 말했다.

　"중승께서는 손 어사께서 사흘이나 닷새 후에 도착하시는 줄 알고 계십니다. 이걸 어떡하죠? 중승께서는 지금 자리에 안 계십니다. 시험 보러 가시는 몇몇 식객들을 막수호莫愁湖까지 배웅하신다고 나가셨습니다. 어사께서는 잠깐 공문결재처에 가셔서 차를 드시고 계십시오. 소인이 사람을 보내 모셔오도록 하겠습니다. 두 시간도 안 걸릴 것입니다."

　손가감이 대범하게 말했다.

　"급한 일도 아닌데 그 사람의 흥을 깰 수는 없지. 그럴 것 없이 내가 그리로 찾아가겠네."

손가감은 그대로 발길을 돌려 말 위에 올라타고 성황묘 옛터에서 남쪽으로 향했다. 저 멀리 추풍에 흐느적거리는 버드나무 사이로 시리도록 파란 호수가 한눈에 보였다. 호숫가에는 곡랑曲廊(호숫가 주위의 구불구불하게 이어진 정자)이 구불구불 이어지고 수면 위에서는 연잎이 손님을 맞이하듯 나풀거리고 있었다. 점점이 화방畫舫(유람선을 의미함)도 떠 있었다. 그곳이 바로 천하에 명성을 떨치는 막수호였다.

손가감은 유랑遊廊(건축물 외부에 붙어 있는 벽 같은 것)을 따라 앞으로 걸었다. 낙홍교落虹橋를 지나 승기루勝棋樓를 에돌아가자 드디어 정자가 보였다. 그는 그 옆의 가산假山에서 발걸음을 멈추고 한참이나 주위를 살펴봤다.

호수 위에는 유람객들을 실은 화방이 여럿 떠다니고 있었다. 또 연안에도 유람객들이 개미처럼 바글거렸다. 그 많은 사람들 틈에서 윤계선을 찾아낸다는 것은 모래 속에서 바늘 찾는 격이었다. 손가감은 어찌할 바를 몰라 주위를 두리번거렸다. 바로 그때 호수 저편에서 은은한 음악 소리가 들려왔다.

그는 소리 나는 쪽을 유심히 바라봤다. 연잎이 무더기로 쌓여 있는 곳에 멋드러진 화방 한 척이 보였다. 순간 반주에 맞춰 부르는 여인의 청아한 노랫소리가 호수에서 불어오는 시원한 바람을 타고 그의 귓전을 간질였다.

곱게 단장한 채 낭군과 손잡고 언덕에 올라서니 춘풍에 저고리 섶이 팔랑이네. 오가는 수레 안에서 그대 살며시 내 손 잡으니 낭군의 품속이라면 그 어딘들 춘풍이 없을까. 낭군이 이 노래의 의미를 알고 싶다면 손가락으로 오동나무를 가리키시라.

손가감은 자신도 모르게 노랫소리가 들려오는 쪽을 바라봤다. 놀랍게도 그 화방 안에 윤계선이 있었다. 손가감은 너무나 놀라 자기도 모르게 눈을 비비고 다시 살펴봤다. 농염한 가기歌妓들을 옆에 두고 술잔을 주고 받는 그 사내는 윤계선이 틀림없었다. 얼마 후 화방이 뱃머리를 돌려 다른 곳으로 향하려고 했다. 손가감은 화들짝 놀라 황급히 고함쳐 불렀다.

"계선 아우, 팔자 한번 끝내주는군!"

"누군가?"

윤계선은 언덕에서 자신을 부르는 소리를 듣고 음악을 멈추도록 명했다. 그리고는 자리에서 일어나 이쪽을 바라보더니 손가감을 발견하고는 잠시 멍한 표정을 보였다. 그는 곧이어 화방을 언덕 쪽으로 붙이라고 손짓했다. 그리고는 공수를 하면서 말했다.

"아니, 흠차대인께서 벌써 도착하셨습니까? 적어도 닷새는 더 걸려야 도착할 줄 알았는데요."

윤계선이 반색을 하면서 마구 떠들었다. 그 사이 화방은 언덕에 닿았다. 윤계선이 언덕 위로 성큼 뛰어오르더니 손가감의 손을 덥석 잡았다.

"공사는 잠시 제쳐두고 배에 오르시죠. 괜찮은 선비들을 소개시켜 드릴 테니까요."

손가감은 두 아이에게 말고삐를 던져주고 윤계선을 따라 배에 올랐다. 배 안에는 윤계선의 말대로 과연 대여섯 명의 선비들이 있었다. 손가감을 보고는 저마다 일어나 반갑게 맞으며 인사를 했다. 윤계선은 손가감이 다소 경계하는 기색이 보이자 웃음을 머금었다.

"천하의 손석공이 오늘은 왜 이러세요? 못 올 데를 온 것도 아니고 우리 막료들을 괴물 보듯 하다니요? 늑민이 북경으로 회시를 보러 가게 돼 이렇게 날을 잡아 배웅 나온 거예요."

윤계선이 늑민을 가리키면서 말했다. 그러자 늑민이 손가감을 향해 허리를 굽혀 인사를 했다.

"나머지는 내 막료로 충분히 만족하는지 시험에는 통 관심이 없네요. 이 사람은 조설근曹雪芹, 저 두 사람은 하지何之와 유소림劉嘯林이라고 합니다. 다들 내로라하는 문장가들이죠."

윤계선이 막료들을 일일이 소개한 다음 손가감을 옆자리로 끌어당기면서 덧붙였다.

"여러분은 잘 모르겠지만 이분이 바로 직간直諫으로 유명한 손석공 어사시오. 이번에 강남으로 남위 시험을 주관하러 오셨다네. 역시 풍류에는 뒤지지 않는 고매하신 분이야."

윤계선의 말에 식객들이 모두 웃었다. 손가감도 따라 웃었다.

"다들 나를 인간세상과 동떨어진 신선쯤으로 알고 있는데 그런 것은 아니오. 나도 사람인데 어찌 오욕칠정이 없겠소. 내가 소위 말하는 '직신'直臣이 맞는지 아닌지는 모르겠소. 그러나 내가 위선자들을 무척 혐오하는 것은 사실이오. 말끝마다 선비 가문의 후예라면서 책밖에 모른다고 거짓말하는 축들, 여색에는 곁눈도 주지 않는다고 호언장담하는 자들, 그러면서 머릿속으로는 온통 계집들의 벌거벗은 몸뚱이 생각만 하는 그런 가식적인 인간들은 정말 구역질이 난다오. 실제로 그런 치들을 많이 봤소. 여기 늑민 이 친구는 언젠가 봤던 기억이 나는군. 나머지는 전혀 생소한 얼굴들이고. 조설근 선생은 오늘 처음 만났으나 얘기는 많이 들었소. 이친왕怡親王이 '천하제일인재'라고 입이 닳도록 칭찬하더군. 오늘 우연찮게 여러 인재들을 만나니 반갑소. 즐거운 자리가 될 것 같군. 나 때문에 술자리의 흥이 식지나 않았는지 모르겠소. 내가 오기 전처럼 편하게 즐겼으면 하오."

"여기 이분은 소림 선생이라고, 강희 오십일 년의 탐화探花였습니다. 사詞에 능하고 만인을 능가하는 웅심도 품었었죠. 애석하게도 관운이 따라주지 않아 번번이 좌절한 끝에 세속에 묻혀 이렇게 늙어버리고 말았다는군요."

윤계선이 흰 수염이 폭포처럼 흘러내리는 소림 선생이라는 사람에게 술을 따르면서 말했다.

"요즘은 우리 집에서 애들 글공부를 가르치고 있는 중이에요. 설근이 집필 중인 《홍루몽》 원고를 봐주기도 하고……."

그러자 유소림이 수염을 쓸어내리면서 고개를 저었다.

"과거는 이미 흘러간 물이니 새삼스레 떠올려서 뭘 하겠소. 이제는 다 죽어가는 고목이거늘. 석양은 한없이 좋지만 황혼을 재촉하니 서글 프기만 하오."

"무슨 말을 그리 하는가? 아직 살 날이 얼마나 많이 남았는데!"

윤계선이 악의 없는 어조로 나무랐다. 그리고는 연신 술을 권했다.

"당나라 시인 이상은李商隱은 '하늘은 그윽하게 피어난 풀들을 어여삐 여기고, 사람 사는 세상에서는 맑게 갠 저녁나절을 중히 여긴다'天意怜幽 草, 人間重晩晴고 하지 않았는가. 자, 자, 괜한 말로 기분 우울해지지 말고 손석공과의 만남을 위해, 늑민의 장원급제를 위해 우리 모두 건배하세!"

손가감은 풍류를 즐길 줄 아는 봉강대리 윤계선을 한참이나 바라봤 다. 윤계선은 이제 겨우 서른을 갓 넘긴 젊은이처럼 외무가 깔끔했다. 하 얀 얼굴에는 팔자수염을 멋스럽게 기르고 있었다. 까맣고 반지르르한 머 리채는 허리까지 닿았다. 그런 겉모습은 아무리 봐도 방종한 생활에 물 든 귀족 자제 그 이상도 이하도 아니었다. 하지만 그의 진면목은 보통이 아니었다. 스무 살도 안 된 젊은 나이에 한림원에 들어갔을 뿐 아니라 흠 차대신의 수행원 신분으로 광동에 갔다가 큰 공을 세웠다. 당시의 광동 포정사인 관달官達과 안찰사 방고영方顧英의 목을 쳐 관가의 해이해진 기 강을 바로잡고 화산처럼 폭발하기 직전이었던 민란을 단숨에 잠재웠다.

옹정은 그런 윤계선의 공로를 크게 치하해 하루에 관품을 무려 여섯 등급이나 격상시켰다. 그후 그는 또 4년도 안 돼 일약 순무로 승진했다. 지금은 한 지역을 호령하는 제후로 자리매김을 하고 있었다. 그러나 이런 사실을 잘 아는 사람은 그리 많지 않았다. 손가감이 이런저런 생각에 잠겨있을 때 윤계선이 고개를 돌려 물었다.

"석공, 무슨 생각을 그리 하십니까?"

손가감이 황급히 술잔을 들어 윤계선의 잔에 부딪치면서 대답했다.

"글쎄……, 윤 중승에 대해 생각하고 있었네. 무슨 사람이 재주가 이다지도 많을까? 조운, 염정, 군사, 정무 두루 통하지 않는 데가 없지. 게다가 지금처럼 풍월을 즐기는 데도 따라올 사람이 없으니 실로 감복하지 않을 수 없네. 다 같은 사람인데 나는 왜 윤 중승의 발뒤꿈치도 못 따라가는지 모르겠네. 아버님이신 윤태 어르신께서 덕을 많이 쌓으셨나 봐."

"또, 또 그 소리네요."

윤계선이 당치도 않다는 듯 손가감의 말허리를 잘라버렸다.

"사실 저는 그냥 평범한 사람일 뿐이에요. 다른 사람보다 조금 나은 점이 있다면 호기심이 많고 배움을 좋아하는 것이랄까요. 부친께서 강희 연간에 강남 순시를 자주 다니셨죠. 그때마다 졸졸 따라다니면서 눈으로 보고 머리로 생각을 많이 했습니다. 이마에 피도 안 마른 어린 녀석이 나라 걱정에 잠을 못 이뤘다니 웃기시죠? 믿거나 말거나입니다. 옹정 육 년에 선제께서는 저를 강남 순무로 보내시면서 방금 손 대인의 말과 똑같은 말씀을 하셨던 기억이 나네요. 그때 제 대답 역시 지금과 같았습니다. 덧붙인 것이 있다면 앞으로 이위, 전문경, 악이태 세 신하를 많이 본받고 싶다고 말씀 올린 것이죠. 그러자 선제께서는 세 사람 모두 모범 총독인 만큼 본받을 점이 많다면서 흡족해하셨어요. 그래서 저는 이렇게 말씀드렸죠. '신은 이위의 용맹은 본받되 거친 성정은 본받지 않을 것이옵니다. 전문경의 근면함은 본받되 각박함은 따라하지 않을 것이옵니다. 악이태 역시 본받을 점이 많사오나 지나치게 고지식한 성품은 취할 바가 못 되옵니다'라고 말입니다. 이는 손석공에 대해서도 마찬가지예요. 저는 대인의 강직한 성정은 좋아하나 융통성이 좀 부족한 것 같아 무척 아쉽습니다."

말을 마친 윤계선은 시무룩한 표정이었다. 그러자 손가감도 말했다.

"내가 고물인 거야 세상이 주지하는 바가 아닌가. 서혁덕이 시문을 폐할 것을 주장하니 폐하께서 나에게 그의 주장을 반박하는 글을 쓰라고 명하셨네. 비록 쓰기는 했으나 억지스러운 느낌을 지울 수가 없었지. 이제 보니 글공부와 사람 공부, 세태 공부를 결부시켜온 윤 중승이야말로 진짜 실학파인 것 같네. 팔고문으로 인재를 선발하는 방식에 대해 윤 중승은 어떻게 생각하는가? 나는 팔고를 폐지하는 데 두 손 들어 환영하는 바이네."

윤계선이 즉각 도리질을 했다.

"그놈의 썩어빠진 팔고 얘기는 꺼내지도 마십시오. 저는 출세만을 위한 그따위 글은 측간에 내버린 지 오래 됐어요. 소림 선생이 명기 소순경蘇舜卿의 애도문을 쓰고 있으니 이런 얘기는 그만 합시다."

손가감이 그제야 유소림에게 눈길을 돌렸다. 윤계선의 말대로 두 사람이 얘기를 나누고 있는 사이 유소림은 무릎에 종이를 펴놓고 뭔가 열심히 적고 있었다. 손가감은 이번에는 조설근에게 고개를 돌리면서 물었다.

"설근 선생의 《홍루몽》은 문체가 시詩, 사詞, 곡曲 가운데 어디에 가까운지?"

조설근이 겸손하게 대답했다.

"홍루몽은 시도, 사도, 곡도 아닌 패관소설稗官小說입니다."

"오, 그렇구먼."

손가감의 웃음이 어색하게 식어갔다. 실망한 티가 역력했다.

"비록 패관소설이라고는 하지만 시문도 아름답고 곡도 일품입니다."

손가감의 표정을 읽은 윤계선이 말을 마치기 무섭게 손뼉을 마주 치면서 가기들에게 분부를 내렸다.

"음악을 연주하라!《홍루몽》의 감초 역할을 하는 가곡을 들어보자꾸나."

가기들이 윤계선의 명령에 따라 섬섬옥수로 거문고를 타기 시작했다. 아름다운 선율과 더불어 간드러진 노랫소리가 호수 전체로 바람을 타고 울려 퍼졌다.

그이는 천애절벽 깊은 골짜기의 난蘭이요, 그이는 저녁놀을 타고 날아가는 큰기러기.

그이는 봄바람에 흐느적거리는 버드나무요, 그이는 양원梁園의 정자에 핀 한 떨기 꽃.

그이를 만나게 해준 하늘이 고마워 거듭 절을 올리나이다.

하오나 우리는 삼생의 원수,

사랑하지만 누를 끼칠까 마음대로 그리워하지도 못한다네.

아, 이내 마음 어찌하여 유독 그이를 잊지 못하나.

어젯밤 꿈속에서는 손잡고 천애지각天涯之角을 달렸거늘

새벽달 마주하고 창가에서 시린 설움을 씹는다네.

노래가 끝나자 뭔가 못마땅해 하던 손가감의 얼굴에 잔잔한 파문이 일었다. 그가 노랫소리를 듣고 마음이 흔들린 것은 평생을 통틀어 이번이 처음이라고 해도 좋았다. 사실 그에게도 가슴 아픈 첫사랑이 있었다. 죽마고우의 외사촌 여동생과 서로 사랑에 빠진 적이 있었던 것이다. 그는 그녀와 장래까지 약속했다. 그러나 외모가 추하다는 이유로 여자의 집에서 둘의 혼사를 한사코 반대했다. 다행히 갖은 노력 끝에 출세를 했다. 여자 앞에 당당하게 나설 수 있게 됐다. 그러나 그동안 그녀의 집안에는 큰 변고가 생겼고, 가족들은 모두 뿔뿔이 흩어진 후였기에 그는 다시는 그녀를 만나지 못했다. 그런데 오늘 노랫소리를 들으니 문득 전부다 잊은 줄만 알았던 그 옛날의 아픈 사랑이 떠올랐던 것이다.

가시에 찔린들 마음이 이보다 더 아플까? 그는 갑자기 눈물이 쏟아질 것만 같은 슬픔을 느꼈다. 손가감은 몇 곡을 연이어 듣고는 크게 관심을 보였다.

"방금 들은 노래들은 모두다 《홍루몽》의 삽입곡인가? 어디 좀……."

조설근은 손가감이 책을 보고 싶어한다는 것을 알아차렸다. 급기야 겸연쩍게 대답했다.

"《풍월보감》편에 나오는 곡들입니다. 홍루몽은 아직 책으로 만들어지지 못했습니다. 쓰는 족족 수없이 많은 수정을 거쳐야 그나마 읽을 만하거든요. 워낙에 재능이 없는지라 어쩔 수 없습니다. 생각 같아서는 기서奇書 한 부로 살다 간 흔적이라도 남기고 싶지만 되지도 않을 한낱 미완의 꿈으로 남게 될까 적이 걱정스럽습니다."

조설근은 솔직히 남경에 있는 것이 마냥 편하지는 않았다. 윤계선의 세심한 배려로 의식주 걱정은 덜었으나 소싯적의 아픈 추억이 떠오르는 곳인지라 마음 한구석은 늘 서글펐던 것이다. 그래서 이번 기회에 늑민과 함께 북경으로 돌아가려고 했으나 윤계선이 극구 말리는 바람에 어쩔 수 없이 도로 주저앉고 말았다. 그래서일까, 그는 자신의 가곡을 듣고 깊은 상념에 잠긴 손가감을 보면서 지기知己를 만난 느낌을 받았다. 허나 교분이 깊지 않은 탓에 달리 뭐라고 말을 붙일 수도 없었다. 곧 그가 슬쩍 말머리를 돌렸다.

"소림 선생의 애도문이 마침표를 찍은 것 같은데 우리 함께 기문奇文이나 감상합시다."

조설근의 말에 좌중의 사람들은 약속이나 한 듯 유소림 옆으로 다가갔다. 애도문은 이미 완성이 돼 있었다.

묻노니 십구 년의 여린 삶, 이보다 더 기구한 이 어디 있을까?

촛불처럼 타들어가는 아픔 안고 누에고치처럼 매인 몸으로 살아왔건만

하늘은 어찌 그리 무심해서 꽃 한번 못 피운 청춘을 데려가는가?

미인박명이라 치부해버리기에는 너무 애달프구나.

오호! 누구라도 손 내밀어 구해주지 못했음이 안타깝네.

부용꽃 이슬 아래에서, 미풍에 춤추는 버드나무 앞에서 꾀꼬리 같은 목소리로 노래 부르고 물 찬 제비의 몸짓으로 춤을 추던 그 모습이 어제 같은데,

발그레하게 홍조 띤 백옥 같은 얼굴을 다시 보지 못한다니 아쉽기만 하구나.

멀리 밤하늘 마주 하고 귀엣말 주고받던 다시없을 인연에 오늘밤도 저미는 가슴 쓸어내리네.

다분히 눈물샘을 자극하는 글귀에 좌중의 분위기는 금세 숙연해졌다. 손가감이 한숨을 내쉬었다.

"벌써 십 수 년이 흘렀군. 그동안 수많은 명신, 명장들이 죽었어도 아무도 이같이 절절한 애도문을 쓰지 않았어."

"명신, 명장이라도 명기 한 사람의 죽음보다 사람들의 심금을 울리지 못한 것은 나름대로 이유가 있을 것입니다. 백성들은 자신들의 삶에 더

가까운 사람을 동정하고 가엾게 여기기 마련이니까요."

좌중의 사람들이 윤계선의 말뜻을 음미하면서 각자 생각에 잠겨 있을 때였다. 저쪽 언덕 위에서 누군가 손나팔을 하고 윤계선을 부르는 소리가 들려왔다.

"중승 대인, 급전이옵니다!"

"실컷 놀고 가기는 글렀군."

윤계선이 미소를 지으면서 가볍게 한숨을 내쉬었다. 곧이어 뱃머리를 돌려 언덕으로 향했다. 일행을 부른 사람은 바로 순무아문의 친병이었다. 그는 화방이 멈춰서기 무섭게 뱃전에 뛰어올랐다. 이어 윤계선을 향해 예를 갖춰 인사하고는 군기처의 날인이 찍힌 통봉서간通封書簡을 두 손으로 받쳐 올렸다. 다리를 꼬고 앉아 서간의 겉봉을 뜯은 윤계선은 '어비'御批라는 두 글자를 발견하고는 벌떡 일어났다. 그리고는 조심스레 속지를 꺼내 두 손으로 받쳐 들고 읽었다.

신 산서순무 객이길선은 산서 포정사 살합량이 공금을 횡령한 부패의 물증을 확보했으므로 그 사람을 탄핵할 것을 강력히 주청 올리옵니다.

윤계선은 객이길선의 상주문을 대충 훑어보고 난 다음 그 밑으로 눈길을 돌렸다. 과연 건륭의 어비가 있었다.

각 성으로 발송하라. 이부 시랑 양사경楊嗣景을 현지로 파견해 부항과 함께 진상 조사에 착수하도록 하라.

윤계선은 어두운 표정을 한 채 침묵에 잠겼다. 손가감은 성유聖諭의 내용이 궁금했으나 묻지 않았다. 좌중의 다른 사람들도 두 사람이 입을 다물고 있자 먼저 입을 열지 않았다. 한참 후 윤계선이 무겁게 입을 뗐다.

"폐하께서 즉위한 이래 첫 번째로 발생한 부패 횡령 사건입니다. 전에 제가 몇 사람의 부패 혐의를 확인하고 주장을 올렸으나 폐하께서는 한 번도 진상 조사에 대해 언급하시지 않으셨습니다. 이번에는 대단한 게 터진 모양이네요. 심상치 않습니다."

윤계선이 객이길선의 주장을 손가감에게 건네줬다. 손가감이 꼼꼼히 읽어보고 난 다음 말했다.

"객이길선 이 미꾸라지가 이번에는 먼저 선수를 쳤군! 장친왕부의 문인인 살합량을 첫 번째 제물로 삼았으니 장친왕이 가만히 있지 않을 텐데……. 쉽게 결판이 날 사건이 아닌 것 같네!"

손가감의 말이 끝나자 윤계선이 바로 좌중을 향해 공수를 했다.

"모처럼 나왔는데 끝까지 배석하지 못해 미안하오. 나와 손 어사는 일이 있어 그만 아문으로 돌아가야겠소. 여러분은 달리 할 일이 없으니 실컷 놀다들 오시게. 나 대신 늑민 아우를 즐겁게 해드리게. 늑민 아우, 나중에 길 떠날 때 내가 다시 배웅을 할 것이니 너무 서운해 하지는 말게."

이어 함께 수레에 오른 윤계선과 손가감은 곧바로 아문으로 향했다.

윤계선이 강남 순무아문의 공문결재처에 자리를 잡고 앉자마자 입을 열었다.

"장친왕도 장친왕이지만 양사경은 이친왕부의 측근이자 살합량과 과거시험 동기이지 않습니까. 그런 양사경이 객이길선을 도와 살합량을 조사한다고요? 말이나 되는 소리입니까?"

윤계선이 부채를 만지작거리더니 다시 말을 이었다.

"객이길선의 뒤에는 부항이 있습니다. 명신이 되고자 야망을 불태우는 부항이 산서성에서 탐관오리에게 칼을 뺄 것이라는 얘기는 이미 조정에 파다했습니다. 폐하께서 이 사건을 조용히 처리하실 생각이셨다면 객이길선의 주장을 각 성으로 발송하라고 명하실 이유가 없습니다. 또 이 사건의 투명성과 형평성을 고려하셨다면 양사경에게 진상 조사를 맡기지 않았을 테고요. 이게 대체 어찌 된 일인지 모르겠습니다."

외관을 지내본 적이 없는 손가감은 윤계선의 분석을 듣고 적지 않게 놀랐다. 상식대로라면 봉강대리들은 그런 내용의 주장을 받았을 때 '내 주변에는 이런 사건이 있나 없나?' 생각하면서 주위를 둘러보거나 '이 사람의 주장이 사실인가 허위인가?' 고민한 다음 사실을 밝히는 데 급급하기 마련이었다. 그런데 윤계선은 그 모든 것을 다 제치고 사건에 대한 황제의 뜻을 점치느라 골머리를 앓고 있지 않은가.

"내가 윤 중승이라면 그런 생각으로 머리를 복잡하게 만들지 않을 것이네. 나라면 바로 강남 번고로 달려가 나 자신부터 점검해 볼 것이네."

손가감의 직설적인 발언에 윤계선이 씩 웃으면서 말했다.

"그런 생각을 품고 있다면 손 대인께서는 순무 임기를 다 채우지도 못하고 나앉을 것입니다. 본인이 청백리인지 탐관오리인지는 본인이 더 잘 알 것이니 생각할 것도 없습니다. 그리고 주변에 탐관오리가 있는지 여부도 생각할 필요가 없습니다. 탐관오리는 어디에나 다 있으니까요. 다만 경중의 차이만 있을 뿐이죠. 저는 진작부터 생각을 하고 있었습니다. 제가 폐하의 뜻을 헤아리는 데만 집착한다고 비웃을지도 모르나 이 자리에 오래 버티고 있으려면 그렇게 하는 수밖에 없습니다. 하로형 사건만 봐도 그렇지 않습니까? 천하의 이위가 무엇 때문에 그 불같은 성격을 죽이고 사건을 묻어버리려고 했겠어요? 선제 때였다면 어림도 없는 일이죠. 지금 폐하께서는 관대한 정치를 강조하고 나서시니 자칫 긁어 부스럼 만들지 않기 위해 그랬던 것 아니겠습니까? 우리는 폐하의 뜻을 미리 점치고 행해야 합니다. 조정과 백성을 위해 좋은 일을 하고 싶어 하는 사람이 아무 일도 못하고 관직에서 쫓겨나면 그걸로 끝이지 달리 방도가 있겠습니까? 태평한 세월이 오래 지속되니 열에 아홉은 탐관오리가 된다고 해도 과언이 아니에요. 일일이 뒤를 캐려면 밑도 끝도 없을 것입니다. 물이 너무 맑으면 고기가 살지 못한다고 했습니다. 벼슬도 마찬가지예요."

손가감이 가만히 고개를 끄덕였다. 누가 옳고 그른지 판단하기 어렵다는 윤계선의 말에도 일리가 있었던 것이다. 그는 순간 갑자기 객잔의 불청객 청년이 "산 속의 비적은 몰살시킬 수 있으나 마음속의 비적은 없애기 어렵다"고 한 말을 떠올렸다. 그의 표정은 순식간에 어두워질 수밖에 없었다. 그때 윤계선이 손가감에게 물었다.

"손 대인, 무슨 걱정거리라도 있는 겁니까? 심사가 무거워 보입니다."

"조금…… 두려움이 없지 않아 있네."

"두렵다니 그게 무슨 말입니까? 탐관오리가 많아 두렵다는 말씀입니까?"

윤계선이 다그치듯 물었다.

"아니네. 그대처럼 높은 벼슬자리에 있는 사람들이 다 그런 생각을 하고 있을까 두렵다는 얘기네. 그러다가 혁명이 일어날 수도 있지 않겠는가?"

손가감이 씁쓸하게 말하자 윤계선이 크게 웃음을 터트렸다.

"손석공, 혁명은 하늘의 뜻입니다. 아무도 거역할 수 없는 하늘이 내린 사명이라는 말이에요. 성인들이 강조한 '화광동진'和光同塵(빛을 부드럽게 해 속세의 티끌과 함께 함)이란 바로 현실에 순응하면서 살라는 뜻이 아니겠습니까? 혁명이 필연이라면 우리 같은 인간은 막으려야 막을 수 없습니다. 필사적으로 막아봤자 손바닥으로 하늘을 가리는 격이니까요. 조정의 신하로서 맡은 바 소임에 진력해 혁명의 도래를 늦출 수는 있어도 원천을 막기는 어렵다 이 말입니다. 폐하께서 소망하시는 극성시대는 이미 윤곽이 드러났어요. 허나 달도 차면 기울듯이 정상에 오른 뒤에는 내려오는 길밖에는 없는 법입니다. 박학다식하신 폐하께서 이 도리를 모르실 리 없지 않겠습니까? 나라를 위한 손 어사의 일편단심은 잘 알겠지만 현실은 녹록치 않습니다."

"냉수에 목욕한 기분이구먼. 나는 항상 걱정이 너무 많은 것이 흠인 것 같네."

손가감이 억지웃음을 지으면서 말했다. 이어 성 밖 역관에서 한밤중에 비적을 만난 경위와 묵군자라는 청년이 던지고 간 말을 소상히 들려줬다. 손가감의 얘기를 듣는 윤계선의 얼굴에서 순식간에 웃음기가 씻은 듯 사라졌다. 그가 한참 깊은 생각에 잠겨 있더니 한숨을 지었다.

"백련교는 그저 어중이떠중이들의 무리인 줄로만 알았는데 그런 인물이 있었다니요. 그런 생각을 하는 자들이 많다는 것은 우리 대청에 큰 위협이 아닐 수 없습니다."

어지를 받고 향시의 주시험관을 맡은 손가감과 윤계선은 이튿날부터 관리들의 내방을 사절한다는 팻말을 내걸었다. 특히 윤계선은 순무아문의 일을 당분간 강남 포정사인 목살합穆薩哈에게 맡기고 1차 채점을 해줄 막료들과 함께 손가감이 머무는 역관으로 들어갔다. 시험 날짜까지는 아직 거의 한 달이 남았으나 잡음을 피하기 위해 의례적으로 해왔던 것이라 달리 도리가 없었다. 그래서 윤계선은 일부러 집에서 책을 몇 상자나 가져왔다. 이참에 두문불출하고 평소에 읽고 싶었던 책들을 읽으려고 한 것이었다.

그러나 그에게는 편안하게 책을 읽을 복이 없었던 모양이었다. 역관으로 들어간 지 닷새째 되던 날 또다시 산서 순무 객이길선의 상주문이 날아왔다. 여전히 탐관오리를 탄핵한다는 내용이었다. 그러나 이번에는 살합량이 아닌 산서성 학정 객이흠이었다. 어조는 강경하기 이를 데 없었다.

객이흠은 뇌물을 받고 문무文武 생원을 선발했사옵니다. 그 증거도 충분하옵니다. 그는 또 돈으로 유부녀를 사서 첩실로 들였사옵니다. 조정 관리의 명성을 크게 손상시키는 파렴치한 짓이 아닐 수 없사옵니다. 관가의 기강을 망가뜨린 객이흠의 목을 베어 일벌백계를 함이 마땅할 것이옵니다."

객이길선의 상주문 뒤에는 붉은 빛이 선연한 어비가 선명했다.

이 상주문을 각성의 순무들에게 발송하라. 어사 손가감에게도 원본을 보여주라.

그 아래에는 예부상서가 올린 글이 있었다.

손가감은 남위 시험 때문에 이미 강남으로 출발했사옵니다.

그 아래에는 건륭의 주비가 또 적혀 있었다.

손가감이 강남으로 내려간 것은 짐의 어명에 따른 것이거늘 짐이 모를 리 있겠나! 혼매하구나! 예부 상서와 시랑의 관품을 한 등급씩 강등시킨다!

"산비山雨가 오려나, 누각에 바람이 심상찮구나."
동쪽 서재에서 어지를 받은 윤계선이 손가감을 찾아 서쪽 서재로 달려오면서 말했다. 표정은 어느새 엄숙하게 굳어 있었다.

"손 대인, 보아하니 손 대인은 이번 남위 시험을 지켜보지 못 할 것 같습니다. 제 예감이 맞는다면 폐하께서는 대인에게 총대를 메게 해 이 사건을 처리하게 하실 겁니다. 손 어사께서는 아마도 산서로 파견될 것 같네요."

손가감은 수박처럼 큰 얼굴을 두 팔 사이에 파묻고 객이길선의 상주문 내용을 떠올렸다. 그리고는 한참 동안 생각에 잠겼다. 그러더니 가벼운 한숨과 함께 입을 열었다.

"내 생각도 같네. 아마 어지가 이리로 오고 있는 중일 거야. 이 사건은 큰 파란을 몰고 올 게 분명해. 적어도 수십 명의 산서 관리들이 파직을 당할 것 같아. 그런데 의문스러운 게 하나 있어. 자네가 얘기했듯 흠차대신 부항 어르신이 현지에 있는데, 폐하께서 하필 나를 고집하시는 이유가 무엇인가 하는 거지. 나를 파견하시지 않을 거라면 굳이 나에게 상주문을 읽으라고 하셨을 리 없을 텐데……."

"폐하께서는 바보스러울 만치 순수한 대인의 충정을 높이 사신 게 틀림없습니다. 또 필요하다면 얼마든지 험상궂게 보일 수 있는 대인의 얼굴도 유리한 점이고요. 이 점도 간과할 수 없습니다. 그리고 부항에 대해서 말하자면 저는 그 사람이 객이길선의 뒷배라는 것을 단언할 수 있습니다. 아마도 이 사건을 수사할 입장이 못 될 겁니다."

윤계선이 단정하듯 말했다. 이어 다시 입을 열려고 할 때였다. 문지기가 헐레벌떡 달려 들어오더니 예의를 갖출 겨를도 없이 말했다.

"중승 대인, 내정內廷의 왕례王禮가 쾌마로 도착했습니다. 어지를 전하고자 순무아문을 거쳐 이리로 오고 있는 중이라고 합니다. 두 분 대인께서 함께 어지를 받으시라고 합니다."

손가감과 윤계선은 '어지'라는 말에 벌떡 일어났다. 이어 윤계선이 잠시 마음을 진정한 다음 명령을 내렸다.

"예포를 울리고 중문을 열어 영접하라. 책상도 가져다 놓아라!"

"예, 알겠습니다!"

그 사이 손가감과 윤계선은 부랴부랴 의복을 갈아입었다. 손가감은 신양神羊을 수놓은 보복과 구망오조의 관포를 입고 산호 정자를 달았다. 윤계선은 금계를 수놓은 보복을 입고 꽃무늬가 화려한 산호 정자를 달았다. 두 사람은 준엄한 표정으로 나란히 서재를 나섰다. 예포 소리가 세 번 울렸다. 동시에 둘이 성큼성큼 앞으로 걸어 나갔다. 그러자 스물 대여섯 살쯤 되어 보이는 젊은 태감이 두 손에 어지를 받쳐 들고 중문을 들어서고 있었다.

"손가감, 윤계선은 어지를 받들라!"

태감 왕례는 먼 길을 달려오느라 힘들었는지 온몸이 먼지와 땀범벅이었다. 그럼에도 그걸 털어낼 생각도 하지 않고 책상 앞으로 다가가더니 남쪽을 향해 똑바로 섰다. 이어 태감 특유의 오리 목소리를 뽑아 올리면서 어지를 읽었다.

봉천승운황제조왈奉天承運皇帝詔曰:

짐은 등극 이래 신하들을 크게 신뢰했다. 녹봉을 올려주고 양렴은도 넉넉히 내줬다. 이는 모두가 주지하는 바이다. 짐은 천하의 신하들이 이에 감격해 필히 더욱 분발한 다음 부패 척결에 선봉 역할을 충실히 해줄 것을 기대해마지 않았다.

허나 믿는 도끼에 발등 찍힌다고 했던가. 짐은 산서 포정사 살합량과 학정 객이흠이 장물을 산더미처럼 쌓아두고 있다는 말에 배신감을 금할 길 없다!

계단 밑에 무릎을 꿇은 손가감과 윤계선은 가만히 서로를 마주봤다. 그들의 예상이 적중했던 것이다. 왕례가 어지를 계속 읽어 내려갔다.

……지난 십여 년 동안 선제께서 일궈놓은 이치쇄신의 성과가 가시화되고 별다른 잡음이 없었다. 그런데 미꾸라지 한 마리가 그 견고한 제방을 망가뜨리려 하고 있다니 실로 분개하지 않을 수 없다. 짐의 성은을 배신한 것은 차치하더라도 국법을 무시하고 선제의 큰 뜻을 어겼다는 것은 도저히 용서할 수 없는 짓이다. 짐은 분노를 금할 길이 없다! 선제 때 유홍도가 문무 생원들에게서 뇌물을 받은 사건이 있었다. 선제께서는 유홍도를 가차 없이 정법에 처하시어 유사 사건의 재연을 미연에 방지했었다. 오늘날 객이흠이 똑같은 짓을 했으니 똑같은 처벌을 받게 될 것임은 자명한 일이다.

왕례는 한참을 읽고 나더니 목이 타는 듯 혀를 내밀어 입술을 축였다. 그리고는 손가감을 힐끗 쳐다보고 나서 계속 읽어 내려갔다.

이미 이부 시랑 양사경을 파견해 살합량, 객이흠 사건 수사에 착수하도록 명을 내렸었다. 순무 객이길선의 협조하에 추호의 사심도 없이 법에 따라 엄정히 처리할 것이라 믿는다. 이밖에 어사 손가감을 산서로 급파해 사건을 총괄 처리하도록 할 것이다. 손가감은 설령 황친이 연루되더라도 원혐怨嫌을 두려워하지 말아야 할 것이다. 또 그 어떤 위협 앞에서도 초심을 잃어서는 아니 될 것이다. 만에 하나 양사경이 불의에 타협하는 모습을 보인다면 손가감은 어사와 흠차 자격으로 과감히 조정과 짐의 뜻에 따라 처리해야 할 것이다. 남위 시험의 주시험관으로는 악선을 파견할 것이다. 윤계선과 악선은 함께 향시를 무사히 치르기 바란다. 이에 특별히 밀지를 발송하는 바이다!

"명심하겠사옵니다, 폐하!"
손가감과 윤계선은 약속이나 한 듯 깊숙이 머리를 조아렸다.

45장

흠명요범欽命要犯을 잡아라!

　윤계선은 손가감을 배웅한 다음 물안개가 자욱한 장강長江의 제방 위에서 한참을 서성거렸다. 그리고는 건륭으로부터 받은 밀지를 떠올렸다. 밀지에는 건륭이 평소에 입버릇처럼 말하던 '관대한 정치'寬政라는 단어는 단 한 군데도 없었다. 대신 "선대의 이치쇄신 업적을 망가뜨리는 자는 용서할 수 없다"는 요지의 강경한 대응 방침이 피력돼 있었다. 이는 건륭이 이번 일을 계기로 이치쇄신의 기치를 내걸었다는 분명한 증거라고 해도 과언이 아니었다. 허나 밀지의 내용만 가지고서는 아래에서 어떻게 밀고 나가야 할지 감을 잡을 수 없었다. 강희황제처럼 한편으로 백관들에게 '준법세심'遵法洗心(법을 따르고 마음을 깨끗이 함)을 강조하고 다른 한편으로 일벌백계를 꾀해야 하는지 아니면 옹정황제처럼 강도 높은 수사를 벌여 넝쿨에 달린 수박처럼 사건과 관련된 자들을 줄줄이 끌어내 모조리 엄벌에 처해야 하는지 도통 갈피를 잡을 수 없었다. 그 사이 손가감이 탄 배는 작은 점이 되어 멀어져 갔다.

"중승."

갑자기 수행원이 등 뒤에서 말을 걸었다. 윤계선은 그 소리에 깊은 생각에서 빠져나왔다. 수행원이 다시 입을 열었다.

"중승께서는 이곳의 경관에 매료되신 것 같은데 소인이 근처 가게로 가서 주안상을 마련해오겠습니다."

그러나 윤계선은 고개를 내저으며 말 잔등에 올라타고 말했다.

"응? 아! 방금 전까지 손 어사하고 술을 마셨지 않은가. 자네는 내가 술고래라도 되는 줄 아나? 성으로 돌아가야겠어. 나는 하도아문에 들러 흠차인 악선에게 폐하의 어지를 전하고 역관으로 돌아가겠네. 자네들은 그만 돌아가게."

윤계선은 말고삐를 느슨하게 잡고 두어 걸음 앞으로 나갔다. 이어 잠시 침묵하더니 입을 열었다.

"성 동쪽의 고궁 서편에 있는 우리 저택이 적어도 수십 칸은 되겠지?"

"어찌 수십 칸뿐이겠습니까? 적어도 백 칸은 될 것입니다. 왕년에 서혁덕이 사달을 일으켜 실각한 후 선제께서 대인께 하사하신 저택 아닙니까!"

"그런 말은 주절댈 필요 없어. 그중 몇 칸을 깨끗이 청소하게. 지금 아문 화원에 머무르고 있는 조설근과 몇몇 선생들을 내일부터 그리로 모시도록 하게."

"예, 중승! 하오나 그분들이 그리로 옮기는 이유를 물어오신다면……?"

"이쪽 화원은 대대적인 수리에 들어갈 것이라고 여쭈어라."

윤계선이 두 다리를 오므려 말 잔등을 가볍게 조였다. 말이 천천히 달릴 태세를 취했다. 그러자 윤계선이 덧붙였다.

"수리가 끝나는 대로 다시 돌아올 거라고 말씀드려라."

말을 마친 윤계선은 뽀얀 먼지를 일으키면서 내달렸다. 곧이어 한적한 번고 구역을 지났다. 그러자 울창한 대숲 너머로 기와지붕을 인 푸른 벽돌집이 나타났다. 하도아문에 도착한 것이다. 악선의 흠차행원도 그곳에 있었다. 윤계선의 얼굴을 알고 있는 문지기 친병들은 그가 말에서 내리기를 기다리더니 앞 다퉈 문후를 올렸다. 윤계선은 아뢰러 들어가려는 친병을 손짓으로 제지시키면서 성큼 뜰로 들어섰다. 안에서는 악선이 누군가와 얘기를 주고받고 있었다. 윤계선이 큰 소리로 말했다.

"악공, 불청객이 들이닥쳤소!"

"원장元長(윤계선의 호) 아우, 어쩐 일이오?"

웃음을 머금은 말소리와 함께 주렴이 걷혔다. 이어 악선이 모습을 드러냈다. 그 뒤로 서른 살을 넘긴 듯한 중년사내 한 명도 따라 나왔다. 공손히 뒤에 물러서 있는 사내는 용모가 깔끔하고 점잖아 보였다. 옷은 회색 비단 장삼을 입고 있었다. 사내는 악선과 윤계선이 서로 예를 갖추기를 기다렸다. 그리고는 조심스럽게 두 사람을 향해 한쪽 무릎을 꿇고 인사를 했다.

"악 흠차께서는 손님을 접견하셔야 하니 소인은 그만 물러가겠습니다. 빌려주신 은자는 요긴하게 잘 쓰고 몇 개월 후에 필히 갚도록 하겠습니다."

악선이 말없이 고개를 끄덕였다. 사내는 종종걸음으로 물러갔다. 그제야 악선이 윤계선에게 물었다.

"향시 일자가 얼마 남지 않았다고 짐 싸들고 역관으로 들어간 사람이 여기는 어쩐 일이오?"

윤계선은 사내의 뒷모습을 힐끔 쳐다보면서 말없이 악선을 따라 서재로 들어왔다. 이어 자리에 앉기 전에 악선을 향해 천천히 입을 열었다.

"실은 밀지가 있어서 왔소."

악선은 윤계선의 말에 크게 놀랐다.

"잠깐만 기다려주오! 옷을 갈아입고 나와서 어지를 받겠소."

"그럴 것은 없소. 급한 김에 나도 그냥 왔소."

윤계선이 손을 내저었다. 이어 악선이 무릎을 꿇기를 기다렸다가 그를 향시 주시험관으로 임명한다는 내용의 어지를 전했다. 물론 자신과 손가감에 대해 거론한 부분은 빼고 말하지 않았다.

윤계선이 그렇게 말하자 악선이 대답했다.

"망극하옵니다, 폐하!"

"손석공은 따로 임무가 있나 보오. 폐하께서 갑자기 이런 어지를 내린 이유는 나도 모르겠소. 아무튼 악 흠차가 이곳 치수 사업에서 큰 공을 세운 것을 높이 사신 게 틀림없소. 아마 그대를 여러모로 연마시키고자 그런 내용의 어명을 내린 것 같소."

악선이 고개를 숙이며 말을 받았다.

"성은이 망극하심은 두말이면 잔소리지만 너무 뜻밖이어서 놀라울 따름이오. 방금 전까지만 해도 제방 보수 공사에 드는 비용을 계산하느라 머리가 터지는 줄 알았소. 그런데 갑자기 짐 싸들고 문인묵객들 속으로 들어가라고 하니 많이 당혹스럽소."

윤계선 역시 머릿속이 이런저런 생각으로 복잡했다. 악선과 오래 앉아 있고 싶은 생각도 없었다.

"방금 나간 사람은 이곳 하도의 재정을 책임지고 있나 보오? 나는 또 가뜩이나 빠듯한 살림에 뜬금없이 돈 빌리러 온 애물단지인 줄 알았지 뭐요. 아무튼 이곳 일은 오늘 중으로 인수인계를 마치고 내일, 늦어도 모레까지는 역관으로 들어와야겠소. 허구한 날 강물하고 씨름만 하지 않고 모처럼 조용한 시간도 가져보면 얼마나 좋겠소? 미리 와서 함께 책도 읽고 바둑도 두는 것이 좋지 않겠소."

악선도 웃음 띤 얼굴을 한 채 자리에서 일어나면서 대답했다.

"역시 윤 중승의 눈은 비수라니까. 방금 그 친구는 내무부에서 서판으로 일하던 사람인데, 이 년 전 운귀 지역에 무관 천총 자리가 비었다 해서 그리로 갔었나 보오. 고향집이 큰 화재를 입었다면서 가 봐야 하는데 당장 노자가 없다지 뭐요. 나에게 와서 은자 천 냥을 꿔달라고 하더이다. 북경에 있을 때 안면이 있던 사이인지라 매정하게 외면하지 못하고 오백 냥을 빌려줬소. 나는 내일 가겠소. 안 그래도 주판알 튕기는 소리에 정신이 사나워죽겠는데 차라리 잘 됐소. 흙모래와 씨름하던 내가 좀 조용한 시간을 갖게 됐으니."

윤계선과 악선은 그렇게 내일 만나기로 약속하면서 작별인사를 했다. 악선의 처소에서 나온 윤계선은 역관으로 향하다가 방향을 틀어 순무아문으로 향했다. 유소림이 뭘 하고 있는지 궁금했던 것이다. 때는 점심 무렵이었다. 다들 밥을 먹으러 갔는지 아문은 텅 비어 있었다.

윤계선은 가지와 잎이 모두 누렇게 색이 바랜 뜰 안의 아름드리나무를 바라봤다. 비로소 가을이라는 것이 실감이 났다. 그는 다시 천천히 서화청으로 다가가다 발걸음을 멈췄다. 다른 곳은 다 쥐죽은 듯 조용한데 서화청 바로 옆 서판방書辦房에서 인기척이 들려왔던 것이다. 아직 점심시간이 끝나려면 한참이나 남았는데 누가 이 시간에 밥도 먹으러 가지 않고 남아서 일을 하고 있다는 말인가? 윤계선은 문을 열고 안으로 불쑥 들어갔다. 몇몇 서판들이 방금 인쇄한 듯 묵향이 짙은 문서를 한 무더기씩 묶고 있는 모습이 보였다. 윤계선은 그들을 보고 알은체하며 말을 걸었다.

"다들 밥 먹으러 가지도 않고 뭘 그리 열심히 묶고 있나?"

"아, 중승 대인!"

그제야 며칠 만에 불쑥 나타난 윤계선을 발견한 서판들이 하던 일을 멈추고 다가와 예를 갖췄다. 서판방 총책임자인 사서司書가 대답했다.

"수배령입니다. 어제 밤 명을 받고 지금 막 인쇄를 끝낸 상태입니다. 각 주현들에 발송하려던 참이었습니다."

사서는 형부에서 내려온 원문을 윤계선에게 건넸다. 윤계선이 보니 사이직의 친필이 틀림없었다.

손가감 어사를 사칭해 위조 상주문을 날조한 흠명요범欽命要犯(황제의 이름으로 처벌할 중요 범죄자) 노로생盧魯生을 수배한다. 각 성 순무아문은 적극 협조할 것을 명령한다. 노로생은 올해 나이 삼십삼 세로 전 북경 내무부 소속의 운귀 공품고貢品庫 서판 출신……

수배령의 원문 아래에는 범인의 인상착의에 대한 설명이 상세하게 적혀 있었다. 순간 한 사람의 얼굴이 윤계선의 뇌리에 번뜩 떠올랐다. 그는 흥분을 감추지 못하면서 수배령을 책상 위에 던져버리고 방 안을 부지런히 서성거렸다. 33세, 내무부 서판 출신, 그것도 운귀 지역에서 일했다? 방금 악선을 만나러 갔을 때 본 그 작자가 아닐까? 윤계선은 황급히 책상께로 다가가 문서를 다시 집어 들고 상세히 읽어봤다. 문서에서 묘사한 외모의 특징도 거의 일치했다. 더 이상 지체할 수 없었다. 그는 문서를 서판의 손에 쑤셔 넣다시피 하면서 황급히 지시했다.

"지금 당장 쾌마로 달려가 악선 흠차에게 문서를 보여드려. 뭔가 짚이는 데가 없냐고 물어봐. 나는 화청에서 기다리고 있을 테니 어서 갔다 와!"

분부를 마친 윤계선은 화원으로 들어가지 않고 곧장 화청으로 향했다. 혼자 차를 따라 마시면서 흥분과 불안으로 벅차오르는 가슴을 안은 채 서판이 돌아오기만 기다렸다.

시간은 참 더디게도 흘렀다. 약 15분쯤이 지났을까, 밖에서 급한 말발굽 소리가 들려왔다. 윤계선은 엉거주춤 일어나 창밖을 내다봤다. 악선이었다. 윤계선은 악선이 직접 달려온 것을 보면 십중팔구 사실일 것이라는 생각에 자신도 모르게 빠르게 걸어 나왔다.

"악공, 이자가 그자 맞소?"

"틀림없소. 그자가 바로 노로생이오. 그 자식, 간이 여간 큰 게 아니구먼. 그런 사고를 쳐놓고 감히 나를 찾아와 은자를 빌리다니!"

악선이 말에서 날렵하게 뛰어내리면서 대답했다. 이어 씨근대면서 두 계단씩 뛰어올랐다. 어느새 얼굴이 벌겋게 상기돼 있었다. 범인을 눈앞에서 놓쳤을 뿐 아니라 그런 자에게 은자까지 빌려줬으니 자신에 대한 원망과 상대에 대한 분노로 가슴이 터질 것 같았다. 그는 윤계선이 자리를 권하기도 전에 털썩 의자에 주저앉았다.

"이런 경우를 일컬어 돈 주고 뒤통수를 맞는다는 것이 아닌지 모르겠소! 더군다나 흠명요범에게 돈을 빌려줬으니 자칫 방조죄에 걸려들지 않을까 모르겠소. 허참! 그자는 지금 어디로 튀었을까?"

"멀리는 못 갔을 거요. 설사 손오공이라고 해도 아직 남경의 성내를 벗어나지 못했을 거요. 서판들을 모두 불러오너라!"

윤계선이 아랫입술을 꽉 깨물면서 냉소를 흘렸다. 진작부터 이상한 기미를 눈치채고 이쪽 동정에 귀를 기울이고 있던 서판들은 윤계선의 명령이 떨어지자마자 황급히 달려왔다. 윤계선은 창밖을 뚫어지게 응시하면서 말마다마다 힘을 주었다.

"몇 가지 명령을 즉각 전하도록 하라! 남경 성문령城門領아문은 즉각 총출동해 남경성 주변의 길목을 봉쇄하라. 남경 교외의 팔기주둔군은 육로의 길목을 즉각 차단해 주야로 비상경계에 돌입하라. 오가는 행인들은 한 사람도 놓치지 말고 수색을 강화하라. 현무호아문의 수군은 즉각 각 부두로 출동해 승선객들에 대한 수색을 강화하고 인상착의가 비슷한 자들은 무조건 연행하라. 군대 산하의 군선을 파견해 수로도 전부 봉쇄하라. 안찰사아문은 즉각 사람을 파견해 남경 주변의 주현들에 대한 경계를 강화하라. 남경을 벗어나는 자들 중에서 수상쩍은 자들을 구속시켜 수색하라. 아역들도 파견해 경내의 모든 객잔과 기방을 샅샅이 훑도록 하라. 내일 날 밝기 전까지 반드시 이 노로생이라는 자를 잡아들여야 한다. 어서 내 명을 전하거라."

"예, 명을 받들겠습니다."

"잠깐!"

황급히 뒤돌아서는 서판들을 향해 윤계선이 다시 입을 열었다. 이어 그들의 등 뒤에 조금 전보다 훨씬 더 지엄한 목소리를 날렸다.

"크게 떠벌리지 말고 조용히 움직이라고 전하라. 모든 행동은 기밀에 붙여야 한다. 형부의 수배령을 각 아문에 발송하고 범인을 체포하는 즉시 구속했던 사람들은 전부 석방시키라고 일러라. 그만 물러가거라!"

"예, 중승 대인!"

서판들이 우렁차게 대답했다. 목소리에 수배자를 찾을 수 있다는 자신감이 넘치고 있었다. 그들은 곧 윤계선의 명을 전하러 각 아문으로 흩어졌다. 커다란 화청은 삽시간에 썰렁해졌다. 표정이 잔뜩 굳어진 악선은 심신이 불안한 듯 엄차釅茶(차의 일종. 맛이 진함)만 꿀꺽꿀꺽 들이켰다. 윤계선은 굳이 물어보지 않아도 악선의 속내를 짐작할 수 있었다.

악선은 명신 알필륭遏必隆의 증손이었다. 벼슬길에 오른 이후 맡은 바 소임을 충실히 수행해 건륭의 성총을 받아온 명문가 출신이었다. 그런 사람답게 평소의 마음가짐도 대단했다. 한 점의 부끄러움도 남기지 않고 끝까지 매사에 진력을 다해 가문을 빛내고 천고의 명신으로 남고자 항상 마음을 다스려온 터였다. 그런 그가 대역죄인에게 은자 500냥을 빌려줬으니 입이 백 개라도 할 말이 없을 수밖에 없었다. 그것도 자기 돈도 아닌 번고의 은자를 사사로운 일에 빌려줬으니 결백을 주장하기 위해서라도 반드시 노로생을 잡아들여야 했다. 악선은 빈 찻잔을 잡고 멍하니 앉아만 있었다. 윤계선이 그런 그를 애처로운 듯 보면서 다가가 차를 따라줬다.

"내가 너무 호들갑을 떨어 놀랐나 본데 걱정 마시오. 나는 만일의 경우를 대비했을 뿐이오. 네 시간 안으로 노로생을 만나게 해줄 테니 염려는 붙들어 매시오. 전쟁터를 누비면서 혁혁한 전공을 세운 대장군의 후예가 이만한 일에 낙담해서야 되겠소? 자, 우리는 그동안 바둑이나 한 판 둡시다."

"오늘은 그대를 못 이길 것 같소."

악선이 억지로 웃으면서 윤계선이 건네주는 하얀 바둑알을 받았다. 이어 기가 죽을 대로 죽은 어조로 입을 열었다.

"조상을 능가할 생각은 언감생심 해본 적도 없소. 그저 조상을 욕되게 하는 일만 없었으면 했는데……."

윤계선이 즉각 위로의 말을 건넸다.

"자신을 지키는 명철보신도 중요하나 필요할 때는 단호하게 밀고 나가는 용기도 필요하다고 보오. 나는 물론 항상 후자를 택하지만 말이오."

윤계선의 말에 악선이 말을 받았다.

"그대가 나하고 바둑을 둬 이겨본 적이 거의 없다는 것에 대해 이견이 있소? 왜 그런 줄 아오? 본인 진영은 개판이면서도 내 것을 탐내 공격에만 열을 올렸기 때문이오."

윤계선은 악선의 악의 없는 그 말에 곰곰이 생각해봤다. 과연 맞는 말인 것 같았다. 그저 씩 웃을 수밖에 없었다. 그러면서도 이번만은 꼭 악선을 이겨보리라 속으로 다짐하는 것은 잊지 않았다. 그런 자세로 바둑판을 열심히 들여다보는 윤계선과 달리 악선은 정신이 온통 딴 곳에 가 있었다. 불과 몇 분 만에 악선 쪽의 수비는 뻥 뚫려버리고 말았다. 터무니없이 적에게 고지를 점령당한 악선이 씁쓸한 웃음을 지으면서 바둑판을 밀어냈다.

"이번 한 판은 져줬으니 역관으로 돌아가 제대로 붙어 봐야겠는데?"

윤계선도 같은 생각이라는 듯 대답했다.

"솔직히 오늘은 나도 마음이 불안해서 집중할 수가 없었소. 방금 했던 말은 조설근에게 들은 소리요. 군자의 은택恩澤은 오 대 째에서 끊어진다고 했소. 오 대 이상 이어진다는 것은 창업보다 더 어려운 것이라 했소. 자신을 보전하면서도 융통성 있게 앞으로 나아간다는 것은 지극히 어려운 일이오. 아무것도 따지지 않고 죽을 등 살 등 앞으로 내달리기만 하면 쉽게 함정에 빠질 것 아니겠소. 그렇다고 과거의 명예에만 매달려 앞으로 나아가기를 두려워한다면 그보다 더 비참한 대장부 일생이 어디 있겠소."

악선이 윤계선의 말에 길게 한숨을 내쉬었다.

"조설근, 참 대단한 인물이지. 헌데 원장, 조설근 그 사람을 잘 타일러 보오. 크게 될 사람이 허구한 날《홍루몽》인지 뭔지 하는 소설에 나올 공허한 시문만 읊고 다녀서야 무슨 일을 하겠소. 그의 조부 조인曹寅은 한 시대를 풍미한 인물로 아직까지 명성이 자자한데 말이오. 사람은 머리를 어디에 쓰느냐에 따라 일생이 달라지는 법인데 총명한 사람이 왜 그 이치를 모를까? 그 재주와 지혜를 제대로 된 곳에 심으면 반드시 큰 결실을 맺을 사람인데 말이오!"

윤계선이 악선의 말에 바로 반론을 제기했다.

"나는 그리 생각지 않소. 나도 책을 적게 읽은 사람은 아니지만 동서 고금을 막론하고 《홍루몽》에 비견될만한 책은 없었던 것 같소. 입덕立德, 입언立言, 입공立功은 모두 중요한 일이오. 그러나 꼭 벼슬을 해야만 인간이 완성되는 것이 아니오. 솔직히 그대나 나나 이 정도의 벼슬이면 작은 것이 아니지 않소? 대문을 나서면 의장대와 수행원이 구름처럼 따르고, 자리에 앉으면 수많은 사람들을 호령할 수 있으니 말이오. 그럼에도 우리는 우리보다 높은 윗사람을 만나면 허리를 굽실거리고 비굴한 웃음까지 지어보이면서 비위맞추기에 급급하지 않소. 더구나 폐하의 어명 한 마디면 나락 끝까지 떨어질 수 있는 신세니 자신도 모르는 사이에 얼마나 비굴해져 있는지 모르오. 허나 조설근은 언제 어디서나 꼿꼿하게 살 수 있는 도골선풍의 사내요. 그러니 가만히 앉아만 있어도 친왕, 황자에서부터 가난한 선비에 이르기까지 문턱이 닳도록 찾아오고 술집으로, 청루로 끌고 가고 싶어 안달이지. 그대도 알지만 강희 연간의 탐화 유소림은 선비의 자존심만 빼면 아무 것도 없는 사람이 아니오? 그런 그가 조설근을 위해 선뜻 먹을 갈아주고 종이를 펴주는 모습을 보고 내가 얼마나 감명을 받았는지 모른다오. 그러니 그대도 편견을 버리도록 해보시오!"

그러나 악선은 가만히 듣기만 할 뿐 말이 없었다. 그러다 한참 후 말머리를 돌렸다.

"노로생 말이오. 한낱 무관에 불과한 자가 그런 장편의 위조 상주문을 써 올렸다는 것이 나로서는 도통 믿기지가 않소. 또 정신이 제대로 박힌 자라면 어찌 달걀을 바위에 내리치는 그런 아둔한 짓거리를 감행할 수 있다는 말이오?"

윤계선은 자신이 입술까지 축여가면서 한 말에 대해서는 가타부타 응답이 없고 오로지 노로생 사건에만 정신이 팔려 있는 악선을 보자 불쌍한 생각이 들었다. 급기야 가벼운 한숨과 함께 다시 입을 열었다.

"궁금하고 이상하기는 나도 마찬가지요. 아무리 생각해봐도 유통훈은 귀신인 것 같소. 어떻게 범인을 색출해 냈을까?"

윤계선은 말을 마치자마자 바로 책상 앞으로 다가갔다. 이어 막 붓통에서 붓을 집어 들었을 때였다. 갑자기 친병 한 명이 방 안으로 들어섰다. 윤계선과 악선의 얼굴에 일순 긴장이 감돌았다. 윤계선이 다그쳐 물었다.

"노로생 그 자식을 잡았어?"

친병이 황급히 대답했다.

"그런 것은 아닙니다. 포정사布政使 주전사鑄錢司의 우병수于秉水 대인이 뵙기를 청했습니다."

윤계선은 고개를 꼬고 잠시 생각을 더듬어 봤다. 순간 뇌리를 스치는 것이 있었다. 번대藩臺 갈순례葛順禮가 우씨 성을 가진 자에게 주전사를 맡기는 것이 어떻겠냐면서 윤계선에게 《역경》 한 권을 슬쩍 선물한 것은 작년의 일이었다. 그러나 솔직히 그것은 선물이라고 가볍게 받아 챙기기에는 엄청나게 진귀한 물건이었다. 바로 채경蔡京이 직접 쓴 필사본이었던 것이다. 윤계선은 그 책을 며칠 동안 매만지면서 고민을 한 끝에 본인에게 다시 돌려주고 말았다. 결국 주전사의 빈자리에는 우병수라는 자가 들어갔다. 그때 윤계선은 벼슬을 위해 그 비싼 뇌물을 상납할 정도라면 우병수라는 자가 그리 깨끗한 사람은 아닐 것이라고 지레판단을 내렸다. 그런데 오늘 문득 그 생각이 다시 떠올랐다. 그가 단호하게 말했다.

"두 흠차는 흠명요범을 잡는 일 때문에 머리에 쥐가 날 지경이니 나중에 다시 오라고 그래!"

친병이 대답하고 물러갔다. 그러자 악선이 말했다.

"우병수라면 내가 알기로 제대로 된 경로를 통해 벼슬을 딴 사람은 아니오. 하지만 인간성은 썩 괜찮은 것 같더군. 점잖고 멋스럽지."

윤계선은 악선의 말에 히죽 웃기만 할뿐 구태여 반박하지 않았다. 친병이 물러간 뒤 얼마 지나지 않았을 때였다. 밖에서 갑자기 어지러운 발자국소리가 들리더니 몇몇 친병들이 성큼 들어섰다.

"중승 대인, 잡았습니다. 그 노로생인가 뭔가 하는 토끼 새끼를 잡았습니다!"

악선은 순간 튕기듯 벌떡 일어났다. 그러다 진지한 표정으로 태연하게 앉아있는 윤계선을 보고 멋쩍었는지 도로 자리에 앉았다. 잠시 후 친병들이 짐짝처럼 꽁꽁 묶은 노로생의 등을 떠밀면서 들어왔다. 노로생은 밖에서부터 억울함을 호소하더니 들어온 뒤에도 고개를 빳빳하게 치켜들고 오만불손한 태도를 보였다. 자리에 앉아 있는 악선을 보고는 다짜고짜 거칠게 내뱉기도 했다.

"이봐요, 악 흠차 대인! 제가 은자를 빌리고 차용증을 써주지 않은 것도 아닌데 어찌해서 사람을 이리 무참하게 만드시는 겁니까?"

그러자 악선이 눈썹을 무섭게 치켜세우면서 두 눈을 부릅떴다.

"그 때문이 아니야. 네 놈이 한 짓은 네 놈이 더 잘 알 것 아니냐!"

"무슨 얘기인지 통 알아들을 수가 없네요."

노로생이 짐짓 딴청을 부렸다. 윤계선이 흥! 하고 코웃음을 쳤다. 이어 노로생에게는 눈길도 주지 않고 찻잔 뚜껑을 만지작거리면서 명령을 내렸다.

"이 안하무인의 죄인을 무릎 꿇려라!"

"제가 대체 무슨 죄를 지었다는 말입니까? 똑똑히 말해주지 않는 한 무릎 꿇을 수가 없습니다. 이래봬도 저도 당당한 조정의 명관입니다. 내가 대인들의 부하도 아닌데 왜 무릎을 꿇어라 말아라 하는 겁니까?"

노로생이 턱을 있는 대로 치켜든 채 반항했다.

"꿇어, 이 자식아!"

친병 두 명이 양 옆에서 노로생의 두 어깨를 힘껏 눌렀다. 노로생은 그래도 휘청거리면서 일어나려고 했다. 그러자 친병들이 기다렸다는 듯 무릎 뒤를 힘껏 걷어찼다.

윤계선은 마지못해 무릎을 꿇은 노로생을 향해 껄껄 웃었다. 이어 찻잔을 내려놓으면서 입을 열었다.

"구렁이도 담 넘어가는 재주가 있다더니 뻗대는 재주는 타의 추종을 불허하는군. 흥, 이자의 포승을 풀거라."

"예!"

"몸을 뒤져!"

"예!"

친병들이 대답과 함께 달려들더니 노로생의 포승을 풀고 온몸을 샅샅이 뒤졌다. 다른 물건은 없었다. 있는 것은 오직 은표뿐이었다. 몇 백 냥짜리부터 몇 십 냥짜리까지 족히 사오십 장은 될 것 같았다. 윤계선은 친병에게서 은표를 받아들고 한 장씩 살펴본 뒤 다시 악선에게 넘겨줬다. 그리고는 고개를 들어 노로생을 노려보면서 일갈을 했다.

"이제는 알겠어? 왜 잡혀왔는지?"

악선이 윤계선의 뜻을 모를 리 없었다. 그저 말없이 자신이 노로생에게 빌려줬던 은표를 소매 속에 집어넣었다. 그때 노로생의 악에 받친 대답소리가 들려왔다.

"저는 죄가 없습니다. 왜 잡혀왔는지 모르겠습니다."

"총 일만 삼천칠백 냥이야. 이 많은 돈이 어디서 났는가? 그리고 어디에 쓰려고 했어?"

"우리 집이 화재 때문에 잿더미가 되고 말았어요. 이 돈은 그동안 제가 모아 둔 겁니다. 새집이라도 한 채 사려고 가져가는 중이었습니다,

왜요?"

윤계선은 바보에게도 먹히지 않을 노로생의 새빨간 거짓말에 풋! 하고 웃음을 터트렸다.

"그렇다고 치자! 묻겠는데, 자네 같은 천총의 일 년 녹봉이 얼마인가?"

윤계선의 예리한 질문에 노로생은 그만 말문이 막히고 말았다. 일순 당황한 기색을 보이더니 다급히 둘러댔다.

"그중 일부는 빌렸다고 봐야죠. 못 믿겠으면 악 흠차께 물어보십시오."

노로생의 말이 끝나기도 전에 윤계선이 말허리를 잘랐다.

"녹봉에서 아껴 모은 돈이 얼마이고 빌린 돈은 얼마인가? 빌렸다면 누구에게 빌렸고 빌린 금액은 총 얼마인가? 꿍꿍이수작을 부릴 생각은 집어치우고 제대로 불어!"

윤계선이 동시에 무섭게 탁자를 내리쳤다. 벼루와 붓, 찻잔이 모두 높이 솟았다 떨어졌다. 옆에 있던 악선이 오히려 더 놀라 흠칫했다.

"그건……."

노로생은 기세가 한풀 꺾였다. 그저 진땀으로 번들거리는 얼굴을 들어 윤계선만 바라봤다. 그러나 입술만 맥없이 실룩거릴 뿐 아무 말도 하지 못했다.

"나 윤계선을 호락호락하게 봤다면 큰 오산이지. 조정 신하를 사칭해 가짜 상주문을 올린 죄가 얼마나 무거운지 아는가? 돌이키지 못할 화를 불러일으키고는 걸음아 날 살려라 도망갔지. 그리고 노자가 없으니 평소의 인맥을 악용해 돈이나 꾸러 다니고. 한탕 크게 해가지고 아예 이 세상에서 종적을 감춰버리려고 했던가? 흥! 법망은 크고 엉성해 보이지만 악인은 절대 놓치지 않는다는 걸 몰랐는가!"

윤계선이 소름 끼치는 표정을 지으면서 노로생에게 한바탕 호통을 쳤다. 이어 천천히 방 안을 거닐었다. 그러더니 우물처럼 깊고 검은 눈빛으로 노로생을 노려보면서 덧붙였다.

"고작 그깟 재주로 조정을 들쑤시려 했다는 말이야? 개가 웃다 이빨 빠질 일이로군. 하기야 오늘 이 악공이 아니었더라면 얼마나 더 활개치고 다녔을지 모르지."

윤계선은 이번 사건에 수많은 고관과 귀인들이 연루됐을 것이라는 사실을 직감적으로 느끼고 있었다. 때문에 노로생을 붙잡은 공로를 은근슬쩍 악선에게 넘겨버린 것이다. 귀찮은 일에는 가급적 손을 안 대려는 속셈이 분명했다.

그러나 악선이 윤계선의 속내를 알 리가 만무했다. 범인을 붙잡아 혐의를 벗은 것만 해도 다행인데 윤계선이 공로까지 밀어줬으니 속으로 쾌재를 부를 수밖에 없었다. 하지만 내색은 하지 않고 얼굴을 길게 늘어뜨리면서 말했다.

"어쩐지 느낌이 이상하다 했어. 그처럼 엄청난 짓을 저질러놓고 언감생심 나에게 돈을 빌리러 와? 말해봐, 그 위조 상주문은 자네가 쓴 것이 맞지?"

"아닙니다. 소인은 간이 열개라도 감히 그런 짓은 못 합니다."

"끝까지 오리발을 내밀 거야?"

"소인은 정말 억울합니다. 소인은 위조 상주문이 뭔지도 모릅니다."

노로생은 어느새 김빠진 공처럼 풀이 죽어 중얼거리듯 변명을 했다. 악선은 골칫거리를 떠안은 줄도 모르고 무작정 취조에 열을 올렸다. 윤계선은 어수룩한 선비 출신 흠차의 그런 모습을 지켜보면서 속으로 웃었다. 잠시 후 그가 넌지시 한마디를 던졌다.

"매에는 장사가 없다고 했지. 다섯 가지 혹형이라도 받아봐야 실토를 할 것 같구먼."

"그래 맞아, 살가죽이 찢어지는 고통을 맛보게 해줘야겠군!"

악선은 자신도 흠차대신이니 당연히 이 사건을 물을 자격이 있다고 생각하고는 윤계선의 말에 맞장구를 쳤다. 그리고는 양 옆에 대기하고 있는 친병들을 향해 고함을 쳤다.

"이는 황제께서도 신경을 쓰는 사건이니 추호도 지체할 수 없다. 여봐라, 대형大刑을 준비하라!"

상황이 갑자기 엉뚱하게 돌아가고 있었다. 정작 사건을 담당해야 할 사람은 강 건너 불구경하듯 부동자세로 앉아 있고 하도아문에서 온 흠차가 주관이 돼 길길이 날뛰고 있었던 것이다. 아무려나 명령을 받은 친병들은 윤계선의 눈치를 힐끗 살피고는 대답과 함께 형방으로 달려가 형구를 꺼내왔다. "탕!" 하는 육중한 소리와 함께 떡갈나무로 만든 협곤夾棍(주릿대를 의미함)이 노로생의 발 옆에 떨어졌다.

악선이 득의양양한 표정으로 말했다.

"봤지? 천하에 소문난 표고도 이 앞에서는 꼼짝 못했다. 네놈의 뼈가 설마 강철로 된 것은 아니겠지?"

두 친병이 어느새 나무틀을 노로생의 다리에 끼웠다. 이어 세 사람이 끈을 하나씩 들고 잡아당길 태세를 취했다.

"당겨라!"

마침내 악선의 추상같은 명령이 떨어졌다. 친병들은 행동하기에 앞서 자신들의 상관인 윤계선을 한번 바라봤다. 그러나 윤계선은 여전히 무덤덤한 표정이었다. 어쩔 수 없이 친병들은 흠차의 명령에 따라 힘껏 줄을 잡아당겼다.

"악!" 하는 외마디 비명소리와 함께 노로생은 두 눈을 까뒤집으면서 기절해 버리고 말았다. 아역이 미리 준비하고 있던 냉수를 입에 넣고 노로생의 얼굴에 대고 뿜었다. 얼마 지나지 않아 송장처럼 뻗어 있던 노로생이 천천히 정신을 차렸다. 그 모습을 본 악선이 냉소를 터트렸다.

"말해봐! 싫어? 좋아, 그러면 이번에는 아예 뼈를 가루로 만들어버릴 테다."

"아, 안 돼! 말하겠습니다. 다 말하겠습니다."

노로생이 기겁하더니 죽어라 머리를 조아리면서 숨넘어가는 소리로 실토했다.

"사실 그 위조 상주문은…… 소인이 쓴 것이 틀림없습니다."

"누구의 사주를 받았어? 누가 주모자야?"

"……"

"말 못해?"

"제발, 제발!"

노로생은 잔뜩 겁에 질려 덜덜 떨면서 울었다. 이어 얼마 후 불과 몇 시간 전에 흔쾌히 자신에게 노자를 빌려줬던 악선과 마냥 무덤덤한 표정의 윤계선을 번갈아 보며 훌쩍이더니 겨우 입을 열었다.

"누가 주모자인지는 소인도 정말 모릅니다. 흠차대인께서도 아시다시피 소인은 내무부에 안면 있는 어중이떠중이들이 많지 않습니까. 작년에 진천秦川이라 부르는 자가 몇 사람을 데리고 운남으로 내려왔었습니다. 술이 서너 순배 돌아가자 지금의 폐하에 대한 험담이 심심치 않게 오갔습니다. '선제는 혼군昏君이고 부당한 방법으로 보위를 찬탈했다', '그 보위를 물려받은 지금의 폐하도 무능하고 별 볼 일 없는 군주이니 쫓아내야 한다'는 등, 그런 말을 주거니 받거니 하던 중 진천이라는 자가 한 가지 제안을 하더군요. 이 세상에서 가장 겁 없는 대신이 손가감이라면서 그 사람의 상주문을 위조하자고 부추겼습니다."

노로생이 말을 잠시 멈추고는 심상치 않은 표정의 두 대신을 훔쳐봤다. 이어 다시 죽어라 바닥에 머리를 찧었다.

"일이 이 지경까지 이르리라고는 정말 생각지도 못했습니다. 죽을죄를 지었습니다⋯⋯."

노로생은 알아듣지도 못할 말을 계속 장황하게 늘어놓았다. 악선이 짜증스럽다는 듯 손사래를 치면서 고함을 질렀다.

"시끄러워. 정신 사납게 주절대지 마! 그 진천이라는 자는 어디 있나?"

"아룁니다. 듣자니 그 빌어먹을 놈은 북경으로 돌아가는 길에⋯⋯ 병들어 죽어 버렸다고 합니다."

"이게 진짜 혼이 덜 났군!"

"사실입니다. 정말입니다!"

성격이 급한 악선은 노로생에게 또다시 형벌을 안길 태세를 보였다. 윤계선은 이대로 계속 심문하다가는 본인까지 끌려들어갈지 모른다는 생각이 불현듯 들었다. 순간 자신도 모르게 책상 밑으로 악선의 발끝을 힘껏 밟았다. 이제는 그만해도 된다는 암시였다. 사실 악선은 윤계선의 총알받이가 될 만큼 아둔한 사람은 아니었다. 그러나 너무 흥분한 김에 부지불식간에 불덩이를 그만 떠안고 말았다. 윤계선의 신호를 받은 그는 분명 그럴 만한 이유가 있을 것이라 생각했는지 성질을 죽인 채 말했다.

"오늘은 이쯤에서 그친다. 밤새도록 잘 생각해 봐. 내일까지 바가지로 콩 쏟아 붓듯 다 털어놓지 않는다면 나를 무정하다고 욕해도 소용없을 거야. 내일이 너의 제삿날이 될 테니까!"

악선이 친병들이 노로생을 끌고 물러가기를 기다렸다가 물었다.

"중승, 무슨 일이오?"

"별일 있어서가 아니오."

윤계선이 남쪽으로 하염없이 흘러가는 흰 구름을 바라보면서 긴 숨을 토해냈다. 이어 천천히 입을 덧붙였다.

　　"위에서 체포하라고 했으니 우리는 붙잡은 걸로 임무를 완수했소. 심문하는 것은 유통훈의 몫이 아니겠소?"

46장

미복 차림으로 민정시찰에 나선 건륭

악선은 윤계선의 뜻을 받아들였다. 남경에서는 노로생에 대한 심문을 더 이상 하지 않기로 한 것이다. 둘은 바로 초심初審의 결과를 형부에 보고했다. 악선은 형부에서 즉시 쾌마로 범인을 북경으로 압송하라고 할 것이라고 생각했다. 그동안 범인 색출에 진을 뺄 만큼 뺐으니 당연히 그럴 것이었다. 그러나 유통훈에게서는 가타부타 아무런 소식이 없었다. 범인을 잡지 못해 안달이던 유통훈이 어떻게 된 것일까? 그러자 조급해진 쪽은 악선이었다. 나중에는 후끈 달아오른 철판 위의 개미처럼 안절부절 못했다. 뜨거운 감자 같은 범인을 빨리 형부에 넘겨버려야 두 발 쭉 펴고 편하게 잠을 잘 수 있을 텐데 아무런 소식도 없으니 속이 탈 노릇이었다. 그는 기다리다 못해 몇 번씩이나 형부의 의사를 탐문했다. 그러나 그때마다 한결같이 '따로 지시를 내릴 때까지 당분간 남경에 구류하라. 옥중에서 죽게 해서는 안 된다'라는 답변만 돌아왔을 뿐이었다. 그는 갑갑한 마음에 윤계선에게 달려가 상의를 했다. 그러나 윤계선은 급할 것 없다는 듯 태연하기만 했다. "황제가 급한 입장이 아닌 것 같은데 태감이 호들갑을 떨어서 뭘 어쩌겠느냐?"는 핀잔만 들었다.

악선은 상황이 이렇게 되자 기가 막혔다. 차라리 하도에서 흙탕물과 씨름하던 때가 마음이 편했다는 생각이 들었다. 그러나 이제는 후회해도 늦어버렸다. 가만히 놔뒀더라면 윤계선이 어련히 알아서 잘 처리했을 텐데 괜히 끼어들어 진퇴양난의 처지에 빠져버린 것이다. 그래도 그 사이 향시는 무사히 끝났다. 악선은 시험지를 채점하면서도 마음은 콩밭에 가 있어 좌불안석이었다.

그러나 겉으로 보기에 태연해 보이는 윤계선 역시 마음이 복잡하기는 마찬가지였다. 물론 사건의 배후가 어마어마할 것임을 미리 짐작하고 엄청난 소용돌이에 휘말려들세라 악선에게 불덩이를 넘겨버린 것은 그나마 다행스러운 일이었다. 그러나 벼슬살이의 고달픔을 아직 모르는 순진한 악선이 안절부절 못하는 모습을 지켜보는 것도 마음 편한 일은 아니었다. 미안한 마음이 없지 않아 있었던 그는 얼굴에 걱정근심이 역력한 악선을 위로했다.

"일이란 것은 어차피 때가 되면 술술 다 풀리게 돼 있소. 앉아서 엉뚱한 추측은 할 필요가 없소. 내 생각에는 사이직과 유통훈이 요즘 산서성의 두 가지 사건 때문에 경황이 없어서 그런 것 같소. 그대는 공로가 있으면 있었지 과오는 없는 사람인데 뭐가 두려울 것이 있겠소?"

악선이 윤계선의 말에 미간을 찌푸렸다.

"두려운 건 없소. 나라에서 찾던 흠명요범을 잡은 건데 두려울 게 뭐가 있겠소? 나는 그저 형부의 미온적인 태도가 이상할 따름이오. 이 사건의 배후에 뭐가 있기에 그들이 감히 손을 대지 못하는 건지 궁금한 것이오. 채점이 끝나면 다시 공문을 보내야겠소. 그때도 답변이 똑같다면 폐하께 사이직과 유통훈을 탄핵하는 상주문을 올릴 것이오. 어쨌든 한족들은 우리와는 뭐가 달라도 많이 다른 것 같소. 아무리 솔직해 보이는 사람도 각자 꿍꿍이속이 다 있으니 말이오!"

윤계선이 쑥스럽게 웃었다.

"왜 그렇게 섭섭한 얘기를 하시오? 나도 한족 아니오. 나까지 싸잡아 욕할 셈이오? 하하, 그대는 보기에는 온화하고 인내심이 많을 것 같은데 성격이 꽤 급하군. 급할수록 돌아가라고 했소. 그들이 흠명요범을 풀어주라고 한 것도 아닌데 무슨 이유로 탄핵한다는 거요? 정 찜찜하면 채점이 끝난 뒤 직접 노로생을 북경으로 압송해 형부에 넘기면 되지 않겠소? 자기들 물건을 배달까지 해주는데 설마 받지 않겠소?"

윤계선은 아예 이 사건에서 손을 털어버린 것 같았다. 악선은 윤계선이 그렇게 나올 줄은 꿈에도 몰랐던 터라 어처구니가 없었다. 그러나 스스로 생각해봐도 뾰족한 수가 없었다. 그가 한참 동안 윤계선의 말을 음미해보더니 입을 열었다.

"북경에 다녀온 지 얼마 되지도 않은 사람이 이유야 어찌됐건 자주 들락거리면 사람들의 구설수에 오르지 않을까 걱정이오. 특히 허벅지만 보고도 엉덩이까지 봤다고 말하는 이부 관리들이 부담스럽소. 나를 폐하의 면전에서 아부 떤다고 씹어대기 십상일 거라는 말이오."

그 말을 들은 윤계선이 파안대소하며 뭔가 말하려고 했다. 그러나 옆방에 사람들이 드나드는 것을 보더니 입을 닫아버렸다. 그리고는 황급히 악선에게 눈짓으로 주의를 줬다. 동시에 악선의 어깨를 두드리면서 소리 죽여 웃음 띤 얼굴로 말했다.

"그건 어불성설이오. 우리 신하된 사람들이 군주의 면전에서 아부를 떠는 것은 당연한 일 아니겠소? 그러면 지나가는 거지를 붙잡고 굽실거려야 마땅하다는 말이오? 이부의 그자들은 구제불능의 속물들이라 몇

푼 찔러주면 금세 혹해서는 그런 생각도 못할 거요!"

윤계선의 말에 악선의 얼굴에서는 서서히 수심이 걷히기 시작했다. 뭔가 결심이 선 듯했다.

악선은 이후 윤계선의 말을 그대로 따랐다. 향시가 다 끝나자 방榜이 나붙기도 전에 노로생을 압송해 북경으로 간 것이다. 그리고는 북경에 도착하자마자 역관에 머무르지도 않고 곧바로 승장 골목에 위치한 형부로 향했다.

그가 사이직을 만나고자 명함을 건네고 기다리고 있을 때였다. 구경거리가 생겼다하면 빠지지 않는 북경 사람들이 어디서 무슨 얘기를 들었는지 수백 명도 넘게 모여들었다. 이어서 형부 앞은 몰려든 사람들로 인해 아수라장이 되었다. 잠시 후 서리인 듯한 사람이 나오더니 범인을 수감하라고 친병들에게 명령을 내렸다. 그리고는 악선을 향해 말했다.

"사이직 대인께서는 자리에 안 계십니다. 대신에 유 대인께서 영접 나오실 겁니다."

아니나 다를까, 친병의 말대로 곧 희색이 만면한 유통훈이 빠른 걸음으로 나오고 있었다.

"이보게 연청, 무슨 이런 경우가 다 있소? 남경은 말할 것도 없고 전국을 떠들썩하게 만든 범인을 검거했는데 정작 위에서는 아무런 말이 없으니 이게 대체 무슨 일이오? 구워 먹으라든지 삶아 먹으라든지 무슨 언급이라도 있어야 할 게 아니오? 속만 끓이고 있다가 예산안 때문에 호부에 볼일도 있고 해서 오는 길에 범인을 압송해왔소."

공문결재처로 따라 들어간 악선은 자리에 앉자마자 퉁명스럽게 쏘아붙였다. 유통훈은 악선의 푸념을 조용히 듣기만 했다. 그리고는 악선의 말이 다 끝나자 그에게 차를 따라주면서 말했다.

"숨이나 좀 돌리시오. 그러지 말고 내 말 좀 들어봐요. 사실 그대보다 더 급한 곳은 우리 형부라오."

유통훈은 잠시 말을 마치고는 창밖을 살폈다. 그리고 나서 목소리를 낮춰 다시 말을 이었다.

"폐하께서는 지금 북경에 안 계시오. 사이직 대인도 없고!"

"그게 무슨 말이오? 폐하께서 어디 순시를 나가셨다는 말이오? 관보에서는 아무런 언급이 없던데?"

악선이 깜짝 놀라며 펄쩍 뛰었다. 유통훈이 조용히 하라는 듯 손가락을 입에 갖다 대고는 고개를 끄덕이면서 대답했다.

"폐하께서는 미복 차림으로 비밀리에 순시를 나가셨으니 당연히 관보에 실리지 않았지요. 장친왕, 악이태, 기윤, 우리 아문의 전도까지 대동하셨소."

"어디로 가셨소?"

악선이 궁금증을 못 이겨 불쑥 물었다. 유통훈은 빙긋 웃으면서 대답을 하지 않았다. 악선은 그제야 자신이 물어서는 안 되는 것을 물었다는 것을 깨달았다. 이어서 유통훈이 오해라도 할세라 다급히 해명했다.

"내 말은 폐하께서 대략 언제쯤 귀경하시냐는 뜻이오. 그걸 묻는다는 게 그만……. 이번에 호부에서 은자 백만 냥을 조달해야 하는데 폐하의 어지가 없으면 호부에서 그 많은 액수를 내주지 않을 것 같아서 그러오."

유통훈이 악선의 말을 듣고는 모자를 벗어 던지고 반들거리는 앞머리를 쓸어내렸다. 그리고는 차분한 어조로 말했다.

"일정이 어찌 되는지는 나도 모르오. 폐하께서 순시를 나가신 사실은 상서방과 군기처, 구문제독 등 몇몇 사람만 알고 있는 사실이오. 그리고 나도 알게 된 지 얼마 되지 않소. 확실한 것은 아니나 나 같은 사람에게까지 순시 소식이 알려진 걸 보면 아마 폐하께서 이제 돌아오실 때가 되지 않았나 싶소. 허나 설사 귀경하셨을지라도 당분간은 관리들을 접견하지 않으실지도 모르오."

유통훈의 말만 들어서는 건륭이 귀경을 했는지 안 했는지 도통 알 수가 없었다. 악선은 속으로는 유통훈을 '미꾸라지 같은 놈'이라고 욕을 하면서 겉으로는 웃어보였다.

"어쩔 수 없지. 아무튼 나는 범인을 인계했으니 구워 먹든 삶아 먹든 그대가 알아서 하시오."

그러자 유통훈이 웃는 듯 마는 듯한 표정을 한 채 말을 받았다.

"그자가 제 입으로 위조 상주문의 장본인이라고 자백했다고 하지 않았소? 그러면 내가 보기에는 그것으로 사건을 종료하면 될 것 같은데."

악선이 기다렸다는 듯 말했다.

"그러나 아래에서는 그리 간단하게 생각하지 않는 모양이오. 알다시피 노로생은 한낱 미관말직에 불과하오. 그런 자가 상서방과 군기처에서도 잘 모르는 사실을 떠들고 다녔다는 것은 있을 수 없는 일이오. 대체 누가 그자에게 그 같은 유언비어를 제공했는지, 위조 상주문이 어떤 경로를 통해 상서방으로 흘러 들어갔는지, 그리고 어떻게 폐하에게까지 전달됐는지 모든 것이 온통 의문투성이라는 말이오. 이런 일은 노로생 혼자서 벌일 수 있는 것이 아니오. 일이 틀어지고 사달이 났다는 소식도 어찌 그리 빨리 입수할 수 있는지, 운귀에서 강남까지 와서 사기를 치고 다녔을 정도니 말이오."

유통훈이 웃음을 지어보였다.

"보아하니 악공은 형명刑名에 대해 잘 알고 계시는 것 같소. 그렇다면 악공은 왜 심문할 때 모든 의혹을 끝까지 파헤치지 않았소? 자신의 죄를 자백한 자가 제 코가 석 자인 마당에 설마 주동자를 실토하지 않았을까?"

유통훈의 한마디에 악선은 답변할 말이 궁해지면서 갑자기 머리가 아찔해졌다. 악선은 그제야 윤계선이 이 사건에서 손을 털고 나앉은 이유를 알 것 같았다. 그러나 이미 물은 엎질러진 후였다. 윤계선을 원망해봤자 아무 소용이 없었다. 그는 멍한 표정으로 아무 말도 못하고 앉아 있었다. 유통훈은 그런 악선을 지그시 바라보다가 자신의 노골적인 지적이 그의 마음을 상하게 했다고 생각했는지 다소 누그러진 어조로 덧붙였다.

"악공, 사람이 어찌 그리 순진하오? 이런 유형의 사건은 심문 자체는 그리 어렵지 않소. 문제는 사건을 끝맺을 수가 없다는 거요. 그래서 이런 사건을 일컬어 '뜨거운 감자'라고 하는 거요. 아무도 맡으려 들지 않기 때문이오. 그래서 우리 형부에서는 지금 어지가 내려오기만 눈이 빠지게 기다리고 있는 중이라오. 넝쿨을 더듬어 수박을 찾아내듯 끝이 보일 때까지 철저히 수사를 하라든가, 아니면 일벌백계로 종결하라든가……. 그렇게 폐하의 지시만 기다리는 중이오. 감자는 겉보기에는 한 포기만 달랑 있는 것 같아도 뽑아보면 크고 작은 알맹이가 얼마나 많이 딸려 나오오? 흙속에 묻혀서 끝까지 안 나오는 것도 있소. 이런 사건 역시 주동자가 따로 있고 위조한 자가 따로 있소. 그밖에도 요언을 유포한 자, 붙는 불에 키질을 한 자, 강 건너 불구경하듯 다 알면서도 보고하지 않는 자 등, 이런저런 사람이 적어도 수백 명은 연루됐을 거요. 내말이 틀렸다면 내가 손에 장을 지지겠소! 이렇게 큰 추문을 폐하께서 가벼이 처리해 버리실 수 있겠소? 위조 상주문 자체만 추궁한다면 단칼에 노아무개의 목을 치면 뚝딱 끝나버리겠으나 문제는 그게 아니잖소?"

악선은 유통훈의 말을 들으면 들을수록 머리가 지끈거리는 것 같았다. 생각할수록 후회막급이었으나 누구를 원망할 수도 없는 노릇이었다. 이제야 그는 철석같이 믿었던 윤계선에게 완전히 당했다는 것을 깨달았다. 그러고 보니 더욱더 유통훈이 고맙기 그지없었다. 윤계선은 제 살길을 찾아 불덩이를 떠넘긴 반면 유통훈은 정치라고는 모르는 자신에게 이렇게 상황을 알기 쉽게 설명해주지 않는가! 얼마 후 그가 간절한 어조로 말했다.

"이 돌대가리는 이제야 자초지종을 알 것 같소. 연청, 진심으로 나를 벗으로 대해줘서 고맙소. 이번 일은 결코 잊지 않을 것이오. 앞으로 내가 어떻게 해야 하는지 한 수만 더 가르쳐주시오."

유통훈이 즉각 대답했다.

"내가 초심 기록을 읽어봤소. 무리 없이 적당한 선에서 잘 끝낸 것 같소. 그대는 워낙 성총을 한 몸에 받고 있는 사람이오. 그러니 폐하께서도 이번 일에 대해 그대를 치하하시면 하셨지 꾸중하시지는 않을 거요. 그러니 더 이상 염려하지 않아도 될 것 같소."

유통훈은 직급이나 성총 등 모든 면에서 자신을 능가하는 악선의 겸허한 자세에 적이 감동을 받았다. 그러나 그런 내색은 전혀 하지 않고 그에게 좀 더 충고를 해줬다.

"기왕 북경에 온 이상 기다렸다가 폐하를 알현하고 가도록 하오. 폐하께서는 노로생의 사건에 대해서 당연히 물어보실 것이오. 여쭐 내용을 잘 생각해뒀다가 상주하면 만사대길일 것이오."

악선은 유통훈의 조언에 대해 곰곰 생각해봤다. 황제를 알현할 때 노로생 사건과 관련해 주변사람들을 연좌시키지 말 것을 주청 올린다면 어떻게 될까? 그러면 노로생을 잡은 공로를 인정받는 것은 말할 것도 없고 그 덕분에 화를 모면한 많은 사람들로부터 치사를 받게 될 것이 아닌가? 생각만 해도 가슴이 두근거리고 기분이 좋아졌다. 그뿐 아니라 많은 사람을 이 사건에 연루시키지 않으면 정국의 안정에도 유리할 것은 자명한 일이었다. 악선은 거기까지 생각이 미치자 윤계선의 앞에서 유통훈을 비난했던 일을 떠올리면서 속으로 미안한 마음이 가득했다. 그는 서둘러 자리에서 일어나면서 유통훈을 향해 읍을 했다.

"연청, 나는 그만 가봐야겠소. 폐하께서 귀경하시면 패찰을 건네겠소. 짬을 내서 내 처소로 놀러오시오. 아껴둔 술이 있는데 우리 둘이 한잔 합시다."

악선은 말을 마치자마자 밖으로 나갔다. 유통훈의 배웅을 받으면서 이문을 나서니 저쪽 대문으로 막 들어서는 늑민이 보였다. 그와는 윤계선을 통해 안면을 익힌 사이였다. 그러나 윤계선이 밉다보니 그와도 알은체할 기분이 아니었다. 결국 짐짓 모르는 척하면서 외면해버렸다.

그 시각 건륭은 산서성 태원현 아문에 머물러 있었다. 그러나 도착한 지 열흘이 됐음에도 순무, 장군, 제독은 물론 흠차대신인 부항, 양사경과 새로 온 손가감까지도 어가가 도착해 있다는 사실을 전혀 모르고 있었다.

태원현 아문은 성의 서북 모퉁이에 위치해 있었다. 그래서 각 주현의 아문이 운집해 있는 성 안에서도 그 존재가 전혀 두드러지지 않았기 때문에 건륭은 일부러 그곳을 택했다.

태원현 아문은 뜰도 넓었다. 조벽照壁, 대문, 대당, 이당二堂, 금치당琴治堂을 주축으로 서쪽에는 서재와 화원이 있었다. 또 동쪽에는 화청과 큰 정원이 있었다. 현령은 군기처의 밀지를 받자마자 바로 아문의 아역들을 전부 남쪽에 있는 감옥으로 보냈다. 물론 수감자들을 지켜야 한다는 핑계를 댔다. 워낙 복잡한 사건이 연달아 터져 경황이 없는 터라 현령은 동원東院을 들락거리는 사람들에게는 관심도 주지 않았다.

때는 초겨울이라 날이 하루가 다르게 추워지고 있었다. 나무들은 앙상한 가지만 남긴 채 쓸쓸한 분위기를 자아내고 있었다. 그러나 분위기와는 달리 살합량과 객이흠 관련 사건은 펄펄 끓는 죽가마처럼 벌렁대면서 좀처럼 조용해질 기미가 보이지 않았다. 한편 부항은 성 남쪽에 있는 흠차행원에 머물면서 내방객을 일절 만나주지 않았다. 손가감이 도착했어도 알은체하지 않았다. 그 때문에 객이길선은 순무아문의 업무는 완전히 내팽개친 채 주먹을 불끈 쥐고 살합량과 객이흠을 족치기에 바빴다. 또 양사경은 하루에도 몇 번씩 7품 이상 관리들을 불러 심문을 했다. 하지만 대부분은 원고 객이길선을 성토하면서 자신들의 혐의를 완강히 부인했다. 결국 사건은 계속 제자리걸음만 했고, 그 사이 건륭은 밖으로 외출하는 횟수가 잦아졌다.

시월에 접어들자 하늘에서 한차례 찬비가 떨어지는가 싶더니 어느새 눈으로 변했다. 불그스레한 먹구름이 태원을 숨 막히게 뒤덮고 있는 가운데 왕소금 같은 눈발이 사람들의 얼굴을 아프게 때렸다. 이어 북풍이 밤새도록 기승을 부리더니 기온이 급강하했다. 그러자 삽시간에 천지가 한 덩어리로 얼어붙은 것처럼 변했다. 아침 일찍 기침하는 습관이 몸에 밴 건륭은 눈을 뜨자마자 창밖이 훤히 밝은 것을 보고 흠칫 놀랐다. 늦잠을 잔 줄 알고 부랴부랴 일어나 수행원들을 불러 의복 시중을 들게 하면서 일찍 깨우지 않은 것을 나무랐다. 그러자 복인, 복의 두 태감이 조심스레 아뢰었다.

"폐하, 밖에 눈이 내려 이리 밝은 것이지 사실은 아직 이른 시간이옵니다. 악이태 대인과 장친왕께서는 아직 기침 전이십니다."

"오, 그래? 눈이 내렸다는 말이지?"

건륭은 눈이 내렸다는 말에 언제 화를 냈냐는 듯 두 눈을 반짝였다. 이어 반색하면서 다시 입을 열었다.

"어제 밤에도 조금씩 눈발이 날리기는 했지. 땅에 닿는 즉시 녹아 버리기에 눈이 쌓일 거라고는 기대도 안 했는데!"

건륭은 허리띠까지 매고 난 다음 두 팔을 시원스럽게 쭉 폈다. 이어 기대에 찬 얼굴로 문을 밀었다. 찬 기운과 함께 눈발이 안으로 확 밀려 들어왔다. 그 바람에 건륭의 얼굴과 목에 눈이 가득 들러붙었다. 두 태감은 건륭이 크게 화를 낼세라 잔뜩 움츠러들었다. 그러나 건륭은 화를 내기는커녕 크게 웃음을 터트렸다.

"설경이 끝내주는구먼!"

건륭은 눈발이 기승을 부리거나 말거나 흥이 도도한 채 문을 밀고 나 갔다. 그러자 문어귀에서 눈사람이 돼 서 있던 시위 새릉격이 황급히 다 가가더니 건륭의 몸에 내려앉는 눈을 털어냈다. 그리고는 멀지도 가깝 지도 않은 거리를 유지한 채 건륭의 뒤를 따랐다.

눈은 첫눈치고는 제법 많이 내렸다. 아문을 나서니 세상이 온통 백설 로 뒤덮여 원래 색깔을 알아볼 수 없을 정도였다. 우중충하고 초라해 보이던 주변 집들 역시 하얗게 새 단장을 한 것 같았다. 지붕 위에 쌓 인 눈이 세찬 바람에 한 층씩 벗겨지면서 눈발이 시야를 뽀얗게 가렸 다. 한참을 저벅저벅 걸어가던 건륭의 눈에 저 멀리 망망한 눈밭 한가운 데 서 있는 새까만 그림자가 보였다. 흰 입김을 토해내면서 서 있는 두 사람은 기윤과 전도였다. 두 사람은 솜옷에 모자와 장갑까지 두툼하게 차려 입고 있었다. 건륭이 두 사람의 등 뒤로 다가가 큰 소리로 말했다.

"허허, 고아한 선비 흉내를 내고 싶었던 게로군. 설경을 감상하러 나 온 사람들 차림새가 그게 뭔가. 딱 곰 같구먼. 목을 잔뜩 움츠리고 덜덜 떨면서 서 있으니 그게 어디 설경 구경하는 모습인가? 꼭 벌 받는 사람 같구먼! 이런 경우를 두고 거문고로 불을 지펴 학을 삶아먹는다고 하 지. 운치를 모르는 사람들에게 설경이 아깝군!"

"폐하!"

기윤과 전도 두 사람이 깜짝 놀라 뒤를 돌아봤다. 두 사람 앞에 양가

죽을 댄 회색 비단 장포에 자줏빛 털조끼를 껴입은 건륭이 갑자기 나타 났던 것이다. 모자도 쓰지 않은 채 바람에 장포자락을 휘날리면서 약간 언덕진 곳에 서 있는 건륭의 얼굴에는 건강미가 넘쳤다. 두 사람은 황급 히 눈밭에 엎드려 문후를 올렸다. 기윤이 조심스레 아뢰었다.

"신들은 첫눈을 감상하고자 마음먹고 나왔사온데 그만 흥이 깨지고 말았사옵니다……."

건륭이 다가가 물었다.

"흥이 깨지고 말았다니, 무슨 일이 있는가?"

전도가 말없이 손을 뻗어 멀리 언덕 건너편을 가리켰다.

"저기를 보시옵소서, 폐하!"

건륭은 전도가 가리키는 방향을 따라 멀리 내다봤다. 순간 그의 얼굴 이 어두워졌다. 건너편이라고 해봤자 화살이 날아가 꽂힐 정도의 가까 운 거리였다. 그곳에 있는 초가집들이 지붕에 쌓인 무거운 눈을 이기지 못하고 폴싹 주저앉아버린 것이 눈에 들어왔다.

건륭은 눈을 가늘게 좁히면서 유심히 살폈다. 제일 먼저 이 추운 날 씨에 몇몇 아낙이 품에 아이를 껴안은 채 밖에 나와 앉아 있는 모습이 보였다. 또 남정네들은 힘없이 괭이를 휘두르면서 흙더미를 뒤지는 모 습이 뭔가를 찾고 있는 듯했다. 그 와중에도 눈은 그치지도 않고 계속 내렸다. 사락사락 눈이 내리는 소리는 마치 간간이 들려오는 젖먹이의 울음소리와 섞인 채 들려왔다. 건륭이 잔뜩 어두워진 안색을 한 채 입 을 열었다.

"태원부에서는 도대체 뭣들 하고 있는지 모르겠군. 눈이 이 정도로 내 렸으면 일찌감치 순시를 돌았어야 할 게 아닌가."

전도가 건륭의 말이 떨어지기 무섭게 한숨을 지으면서 아뢰었다.

"어서 빨리 살합량, 객이흠의 사건을 매듭지어야 하겠사옵니다. 관리들이 전부 자기에게 불똥이 튈까봐 몸을 사리기에만 급급하다 보니 정작 민생에는 통 관심이 없사옵니다."

기윤도 망설이더니 조심스럽게 입을 열었다.

"폐하! 신이라도 나서서 저 사람들을 도와주는 것이 어떨까 하옵니다."

그러나 건륭은 아무런 대답도 없이 돌아섰다. 기윤과 전도는 재빨리 눈짓을 교환하면서 그의 뒤를 뒤따라갔다. 그들이 현아문 앞에 도착했을 때였다. 윤록과 악이태가 나오다가 건륭과 딱 마주쳤다. 건륭이 천천히 계단을 오르면서 말했다.

"열여섯째숙부, 간밤에 돼지꿈이라도 꾸셨어요? 기분이 좋아 보이네요."

건륭의 말이 채 끝나기도 전이었다. 윤록의 뒤에서 허겁지겁 달려오던 한 사람이 눈길에 주르륵 미끄러지더니 바로 넘어졌다. 건륭의 바로 앞에서 추태를 보인 그 사람은 다름 아닌 태원 현령이었다.

"조정 관리라는 사람이 어찌 그렇게 체통 없이 뛰어다니는 건가!"

장친왕이 심각하게 굳어진 건륭의 눈치를 살피면서 현령을 꾸짖었다. 현령은 자신의 아문에 소리 소문 없이 들어와 거의 보름 동안 '살림'을 차리고 눌러앉은 정체불명의 '인물'들을 바라봤다. 이어 고개를 숙인 채 대답했다.

"예, 대인! 소인이 무례를 범했습니다. 간밤에 내린 눈 때문에 저쪽 동네의 집들이 무너졌다는 급보를 받고 달려가던 중이었습니다. 노인 한 명이 매몰돼 사경을 헤매고 있는 모양입니다. 저희 관할구역은 아니옵니다만 인명 앞에 어디 네 구역 내 구역을 따지고 있겠습니까?"

건륭이 그 소리에 기분이 조금 풀린 듯 조용히 물었다.

"자네는 태원현 관리인가? 이름은?"

"아룁니다. 소인은 왕진중王振中이라는 사람입니다."

"오, 왕진중이라……."

건륭이 조용히 현령의 이름을 중얼거렸다. 당장 떠오르지는 않았으나 어쩐지 귀에 익은 이름이었던 것이다. 어디선가 들어본 이름이 틀림없었다. 건륭이 잠시 생각하더니 말했다.

"체통 없이 뛰어다닌 것은 지적당해 마땅하네. 그러나 백성들의 질고를 헤아려 자기 소관이 아님에도 주먹 쥐고 달려가는 모습은 보기 좋네."

왕진중은 건륭의 말에 그동안 얼굴을 몇 번 본 적이 없는 젊은 '상인'에게 눈길을 돌렸다. 관직이 웬만하지 않을 법한 두 영감을 좌우에 거느린 것을 보면 범상치 않은 사람임에 틀림이 없었다. 그는 속으로 '도대체 저 젊은이는 뭘 하는 사람인가?'하고 잠시 궁금해 하다가 입을 열었다.

"과찬이십니다. 관리는 백성들을 보살펴주기 위해 필요한 존재가 아닙니까? 백성들의 질고를 나 몰라라 할 바에는 집에 가서 땅이나 파는 편이 더 낫지요. 죄송합니다만 소인은 갈 길이 급해 그만 가봐야겠습니다."

왕진중이 연신 허리를 굽실거리고는 물러갔다.

건륭은 흡족한 눈매로 멀어져가는 왕진중의 뒷모습을 오래도록 응시했다. 그리고는 고개를 끄덕였다. 이어 윤록 등 네 사람을 데리고 동원의 화청으로 들어갔다.

건륭은 차가운 눈밭에 있다 방 안에 들어오자 몸이 사르르 녹는 것 같았다. 마음도 가벼웠다. 그는 젖은 옷과 신발을 벗고 간편한 옷으로 갈아입은 다음 온돌 위에 다리를 포개 앉으면서 윤록을 향해 말했다.

"숙부님은 악이태하고 저쪽에 자리하세요. 나머지 두 사람은 아직 젊으니 서 있고."

윤록을 비롯한 네 신하는 황급히 사은을 표하면서 명에 따랐다. 악이태가 말했다.

"폐하, 폐하께서는 북경을 떠나실 때 '양사경이 사심 없이 수사에 임하지 못할 것 같다'고 예측하시지 않았사옵니까? 지금까지의 상황을 보면 그 예측이 적중하신 것 같사옵니다. 그렇게 보지 않았는데 사람이 어찌 저 모양인지 모르겠사옵니다."

윤록이 건륭의 말도 기다리지 않고 먼저 입을 열었다.

"이상할 것도 없네. 양사경은 객이흠의 형과 같은 해에 과거시험에 합격한 진사야. 살합량과도 사돈지간이라고 들었네. 아무려나 지금은 평소 대인관계가 별로인 객이길선이 오히려 공격을 받고 있는 상황이야. 살합량은 본인이 객이길선의 지시에 따라 움직인 꼭두각시에 불과하다고 그를 모함하고 있네. 뇌물을 받고 생원 자격을 팔았다는 일만 봐도 그러네. 객이길선은 객이흠이 뇌물을 받은 증거를 확보했다고 했네. 그러나 객이흠은 객이길선이 그렇게 하라고 시켜서 따랐을 뿐이라면서 본인은 억울하게 덤터기를 쓴 것이라고 호소하고 있네. 뭐가 진실인지 나도 모르겠네. 내가 보기에 이번 사건은 자기네들끼리 장물을 배분하는 과정에서 불화가 생겨 서로 물고 뜯고 하는 것 같네."

전도가 그 말에 맞장구를 쳤다.

"소인도 이들의 행각이 내분 때문에 일어난 것이라고 생각합니다."

"어제 전도 자네가 법사아문에서 심문과정을 지켜보고 왔다고 했나? 손가감은 여전히 입을 꾹 다물고 있던가?"

건륭의 물음에 전도가 황급히 대답했다.

"예, 폐하. 손가감 대인은 심문이 끝날 무렵 한마디 했을 뿐이옵니다. '이 사건은 더 이상 질질 끌 수 없다. 앞으로 사흘 내에 이번 사안의 처리를 끝낼 것이니 증인들은 증언할 준비를 하라'라고 했사옵니다. 그리고는 양사경 대인과 무어라 말하는 것 같았습니다. 그러나 사람들이 떠드는 소리 때문에 잘 듣지 못했사옵니다."

건륭이 다시 기윤에게 물었다.

"부항은 뭐라 그러던가?"

기윤이 황급히 몸을 숙이면서 대답했다.

"처음에는 신을 만나주려 하지 않았사옵니다. 군기처의 징표를 보여 줘도 소용없었사옵니다. 밀지를 받고 특별히 북경에서 내려왔노라고 거 짓말을 해서 겨우 만났사옵니다. 폐하께서 궁금해 하셨던 것을 다 물었 사옵니다. 부항 어르신의 말로는 객이길선이 살합량과 객이흠이 저지른 죄의 증거를 들고 자신을 찾아왔을 때 '확증이 선다면 상소문을 올려 라. 폐하께서는 이런 일을 절대 간과하시지 않으실 거다'라고 말해줬다 고 하옵니다. 객이길선은 폐하께 상주한 뒤 몇 번 부항 어르신을 찾아 왔었으나 폐하의 어지를 받고 나서는 한 번도 오지 않았다 하옵니다."

기윤이 잠시 망설이더니 덧붙였다.

"하오나 부항 어르신은 객이길선이 간사한 미꾸라지라며 비난했사옵 니다. 또 손가감 대인이 대의에 따라 공정하게 이 사건을 처리하지 못할 경우 본인이 직접 나설 것이라 했사옵니다."

건륭이 기윤의 말에 입을 열었다.

"역시 불은 부항이 붙인 것이 틀림없군. 부항은 흑사산을 평정하고 나서 인근 몇 개 현의 현령을 갈아치우려 했지. 그러나 살합량은 부항 이 추천한 몇 사람을 전부 퇴짜 놓았다네. 부항의 심기가 불편해진 것 은 당연한 일이지. 나중에 살합량은 현지 치안을 유지하기 위해서라는 명목으로 남아 있던 도둑들에게 일인당 은자 백 냥씩을 내줬다고 하더 군. 이는 비적 소탕에서 공로를 세운 관병들이 받은 은자의 배나 된다고 해. 그러니 부항에게 미운털이 안 박힐 리 있나. 그래, 오늘은 이만하지.

짐은 이제 좀 감이 잡히네."

건륭이 잠시 말을 멈췄다 다시 입을 열었다.

"오늘은 눈 때문에 여기저기 귀동냥하러 다니기도 힘들 텐데 몇몇 친병들을 순무아문과 학정아문에 보내 동정을 알아보라고 하게. 자네들은 오늘 하루 푹 쉬게. 아까 그 왕진중이라는 관리가 썩 괜찮아 보이던데, 열여섯째숙부가 이부에 전갈해 왕진중을 태원 지부로 승격시키도록 하세요. 기윤, 자네는 군기처에서 전해온 주장들과 유통훈이 어제 보내온 밀주문을 이리로 가져오게. 다들 물러가게."

"예, 폐하!"

잠시 후 기윤은 옆방에서 문서를 한 아름 안고 돌아왔다. 이어 조심스레 건륭 앞에 내려놓고 물러가라는 말을 기다렸다. 그러나 건륭은 가타부타 말을 하지 않았다. 기윤은 두 손을 모은 채 한쪽에 조용히 서 있을 수밖에 없었다.

건륭은 기윤의 존재는 잊은 듯 각지에서 올라온 문후 상주문을 비롯해 기후에 관한 보고서를 읽느라 여념이 없었다. 산동, 직예, 하남에서는 대설이 내렸다는 소식을 전해왔다. 황제의 홍복에 힘입어 올해도 풍작이 기대된다는 내용을 읽은 건륭은 흡족한 표정으로 붓에 주사를 묻혀 어비를 달기 시작했다.

군기처는 하남, 산동, 직예에 전하라. 이곳 산서에도 대설이 내려 올해 풍작이 기대되노라. 허나 이런 날씨에 오갈 데 없는 가난한 백성들을 잊어서는 아니 될 것이다. 지방관들에게 민생 현장을 자주 돌아보고 굶어 죽거나 얼어 죽는 사람이 없도록 잘 조처하라고 이르라.

건륭이 다음에는 유통훈의 주장을 펼쳐들었다. 분량이 최소한 만 글자는 될 것 같았다. 유통훈은 우선 운귀 총독의 처소에서 노로생의 위조 상주문 초안을 발견했다고 전했다. 또 사건에 무려 여섯 개 성이 연루됐다고 덧붙였다. 나아가 강서, 호북, 호남, 사천과 귀주 등에서 근무하는 42명의 관리들이 이 위조 상주문을 미리 읽어본 적이 있다고도 했다. 유통훈은 마지막으로 주동자가 아직 정체를 드러내지 않았기 때문에 심문의 강도를 더 높이겠노라고 말했다. 건륭은 그것을 다 읽고 나자 온돌에서 내려왔다. 이어 천천히 방 안을 거닐었다. 그러다 어딘지 초조해 보이는 기윤을 보고는 말했다.

"두 시간이 지났나, 네 시간이 지났나? 그 새를 못 참아 그리 안절부절못하는가?"

기윤이 건륭의 질책에 눈을 끔벅이면서 대답했다.

"그건 아니옵고…… 담배의 인이 발작을 한 것 같사옵니다. 갑자기 담배 생각이 간절해지는 바람에 견딜 수가 없었사옵니다. 둘째가라면 서러워할 '골초'라 이렇게 구제불능이옵니다."

건륭이 기윤의 변명에 피식 웃었다.

"짐은 자네가 오곡은 뒷전이고 '남의 살(육류를 의미함)'을 좋아하는 데는 타의 추종을 불허한다는 것도 알고 있네. 원래는 안 될 일이지만 아무도 없으니 파격적으로 자네에게 담배 한 대 태우도록 해주겠네."

기윤은 생각지도 못했던 건륭의 너그러운 말에 연신 머리를 조아렸다. 그리고는 마치 아편에 중독된 사람처럼 허겁지겁 주머니에서 연초를 꺼내 엄지로 꼭꼭 눌러가면서 곰방대에 재웠다. 이어 불을 붙여 물고 게걸스레 뻑뻑 빨아댔다. 건륭이 그 모습을 보고 껄껄 웃으며 구제불능이라는 듯 손가락질을 했다.

밖에서는 눈발이 더 거세지고 있었다. 조용한 실내였으므로 눈 떨어지는 소리마저 들렸다. 삭풍에 창호지도 파르르 떨었다. 건륭이 한참 침묵하고 있다가 천천히 입을 뗐다.

"이보게 기윤, 자네가 보기에는 위조 상주문 사건과 산서성 사건 중 어느 쪽이 더 중요한 것 같은가?"

기윤이 두말할 필요도 없다는 듯 단호하게 대답했다.

"당연히 산서성 사건이옵니다. 산서성 사건은 사직의 우환이나 위조 상주문 사건은 개선지질疥癬之疾(옴같이 하찮은 질병)에 불과하옵니다. 폐하께서 과감히 산서행을 강행하신 것에 대해 신은 마음 속 깊이 탄복을 금할 수 없사옵니다."

"사직의 우환과 개선지질이라……."

건륭이 기윤의 말을 곱씹으면서 방 안을 거닐었다. 그러더니 갑자기 무슨 생각이 떠오른 듯 심지 돋운 등잔불처럼 두 눈을 반짝이면서 온 돌로 돌아가 앉았다. 이어 유통훈의 상주문에 붓을 날려 주비를 달기 시작했다.

수개월이 지나도록 여태 주동자를 색출해내지 못했다는 것은 경의 무능함을 적나라하게 보여주는 것이네.

건륭이 비난 같기도 하고 격려 같기도 한 짧은 글을 써놓고는 다시 장황하게 덧붙였다.

이 사건은 증정 사건과 성격이 다르다는 것을 밝혀두네. 짐이 증정을 주살한 것은 그가 성조와 선제를 욕되게 했기 때문이었네. 그러나 짐이 이번 사건을 이쯤에서 마무리 지으려 하는 이유는 노로생이 위조한 상주문의 내용이 너무 터무니없기 때문이네. 대꾸할 가치조차 없다는 얘기일세. 개가 짖어대는 건 본성이니 사람이 어찌 그 소리에 흔들릴 수 있겠는가? 유통훈은 즉각 정범 노로생을 석방시켜 원적으로 돌려보내라. 지방관들에게 특별히 명하라. 그자를 철저하게 보호하고 잘 교화시켜 천자의 은혜로움 속에서 천수를 누리도록 배려하라고 말이다. 혹시라도 누군가가 접근해 위해를 가하지 못하도록 경호를 철저히 하라고 전하라!

건륭이 주비를 다 달고는 흡족한 표정으로 붓을 내려놓았다. 문서는 기윤에게 넘겨줬다. 이어 덧붙였다.

"이제 정신이 번쩍 드는가, 골초? 이 서류들을 즉각 장정옥에게 전해 처리하도록 하게!"

기윤이 서류를 받아들고 미처 대답도 하지 못했을 때였다. 갑자기 밖이 소란스러워졌다. 한바탕 승강이를 벌이는 듯하더니 웬 여자의 울음소리가 들려왔다. 건륭은 즉각 태감에게 나가보라고 명령을 내렸다. 태감 복인이 대답과 함께 쏜살같이 뛰쳐나가더니 곧 다시 들어와 아뢰었다.

"폐하, 태원 현령의 딸이옵니다. 그 아비가 마을에 내려가 시찰을 하던 중 법사아문에 의해 연행이 됐다 하옵니다. 듣기에 그 아비가 살합량 사건의 가장 중요한 증인이라는 것 같았사옵니다."

복인의 말대로 밖에서는 여자가 째지는 목소리로 다른 태감과 입씨름을 하고 있었다.

"높은 사람이면 다예요? 우리 같은 사람은 높은 사람을 못 만나본 줄 알아? 심지어 폐하께서 우리 집에 머무르신 적도 있단 말이에요!"

건륭과 기윤은 순간 흠칫 놀라고 말았다.

47장

왕정지와의 재회

건륭은 말없이 문을 밀고 나갔다. 이어 처마 밑에 서서 소동이 벌어지는 쪽을 바라봤다. 눈보라 때문에 시야가 흐릿한 가운데 서쪽 측문에서 두 태감이 열여덟 살쯤 되어 보이는 여자와 실랑이를 벌이고 있었다. 그녀가 워낙 발악을 하는 통에 두 태감은 감당하기 버거운지 연신 뒷걸음을 치고 있었다.

"이리 데리고 오너라."

건륭은 다시 방 안으로 들어왔다. 이어 주섬주섬 책상 위의 문서를 정리하면서 지시했다.

"기윤, 이 문서들을 장친왕에게 보내게. 악이태도 한번 보라고 하게. 다 본 다음에는 각 지역으로 발송하라고 이르게."

기윤은 대답과 함께 물러갔다. 잠시 후 여자는 언제 열 손가락을 치켜세우고 덤볐던가 싶게 조용히 흐느끼면서 방 안에 들어섰다. 순간 건륭은 불에 덴 것처럼 화들짝 놀랐다. 두 눈을 크게 뜨고 다시 한 번 뜯어 봐도 틀림이 없었다. 그녀는 바로 건륭이 하남성을 순시하다가 진하묘鎭河廟에서 몸져누웠을 때 극진히 간호해 주었던 왕정지王汀芷였다!

건륭은 머릿속에 비바람이 기승을 부리던 그날 일이 생생히 떠올랐다. 하루 종일 자신의 침상 옆을 지키면서 미음과 약을 떠먹여 주던 그 왕정지가 지금 자신의 눈앞에 있다니! 그는 온돌에 걸터앉아 멍하니 그녀를 바라봤다. 무슨 말을 해야 할지 머릿속이 정리가 되지 않았다. 세상이 크고도 작다더니 이렇게 다시 만날 줄은 꿈에도 몰랐다.

그러나 왕정지는 건륭을 알아보지 못했다. 밖에서 갓 들어왔을 때는 눈앞이 어두워 아무것도 보이지 않았으니 그럴 만도 했다. 그러나 점차 어둠에 익숙해진 눈에 실내의 모습이 희미하게 정체를 드러냈는데도 그 랬다. 아마도 착 가라앉은 분위기가 그녀를 적이 주눅 들게 만들었기 때문이 아닌가 싶었다.

한참 후에야 왕정지는 고개를 슬며시 들어 방 안을 살폈다. 우선 온 돌에 앉아 있는 젊은 남자 한 명이 눈에 들어왔다. 또 하나같이 허리를 굽힌 채 조각처럼 서서 숨소리조차 내지 못하고 있는 주위의 사람들도 보였다. 그녀는 누군지는 모르나 아무튼 대단한 인물임에는 틀림 없는 것 같다는 생각을 했다. 그러자 저절로 다시 고개가 숙여졌다. 이후 그녀는 감히 건륭을 똑바로 바라보지 못했다. 무거운 침묵이 한참이나 흘렀다. 결국 용건이 있는 왕정지가 먼저 침묵을 깨뜨렸다. 헝클어진 머리카락을 쓸어 모아 뒤로 넘기고는 몸을 낮춰 인사하면서 나지막한 목소리로 말했다.

"뵙게 돼 영광이옵니다."

왕정지가 한쪽으로 물러서면서 다시 말을 이었다.

"소녀가 나리를 뵙고자 한 것은 법사아문에 붙잡힌 소녀의 아비를 풀어주십사하고 나리께 간청을 드리기 위함이었습니다. 소녀의 아비는 천하에 둘도 없는 청백리입니다. 어차피 죽으면 썩어 없어질 육신인데 백골난망의 성은에 조금이라도 보답해야 한다면서 죽는 순간까지 백성들을 어루만지다 가시는 게 소원이라 하신 분입니다. 그런 분을 어인 연유로 잡아갔는지 모르겠습니다. 몸도 성치 않으신 분입니다. 법사아문의 차가운 방에 갇히면 살아 나오기 힘들 것입니다. 나리께서는 모르시겠으나 소녀의 아비가 소녀 모녀를 이 임지任地로 데려온 것은 마님과 공주로 모셔놓고 호강시켜주기 위한 것이 아닙니다. 어차피 들여야 할 심부름꾼의 비용을 아끼기 위해서라고 하셨습니다. 엊그제 아버지께서 동원에 순무보다 더 높으신 분들이 계신다고 말씀하시는 것을 얼핏 들었습니다. 오늘 문득 그 생각이 나서 예의가 아닌 줄 알면서……, 이리 생떼를 부렸습니다."

왕정지는 다시 서러움이 밀려오는지 손수건으로 입을 가리고 가녀린 어깨를 달싹였다. 이어 다음 말은 잇지도 못하고 흐느꼈다.

"자네 아비가 왕진중이라는 사람인가?"

"예, 어르신……."

"자네 아비는 어찌해서 내가 순무보다 벼슬이 높다고 한 건가?"

"아버지께서는 수염이 없는 데다 목소리가 이상한 사람들이 몇 사람 드나드신다면서…… 꼭 궁중의 태감들 같다고 하셨습니다. 아버지가 그러시는데 조정의 군기대신들도 태감을 부릴 수는 없다 하셨습니다."

왕정지가 수줍은 듯 발가락으로 바닥을 후비면서 대답했다. 건륭은 그제야 복인, 복의 두 태감이 목소리를 제대로 간수하지 못해 눈치 빠른 왕진중에게 들켰다는 것을 알았다. 그러나 별일 아니라는 듯 대답했다.

"자네 아비 말이 맞네. 우리는 벼슬이 순무보다는 조금 높은 편이지.

복지, 자네는 이걸 가지고 가서 손가감에게 왕진중을 풀어주라고 하게."

건륭이 침대머리맡에 놓여 있던 노란 와룡대를 태감 복지에게 건네주면서 명령을 내렸다. 이어 눈이 휘둥그레진 왕정지를 향해 웃는 얼굴로 말했다.

"이제 됐지?"

"불쌍한 저희 아비를 살려주신 은혜 백골난망입니다!"

왕정지는 일이 이처럼 순순히 풀릴 줄 생각지도 못한 듯 감동의 눈물을 흘렸다. 그리고는 엎드려 연신 머리를 조아렸다. 곧이어 일어서서 물러가려고 했다.

"그럼…… 소녀는 이만 물러가겠습니다."

왕정지가 말을 마치고는 고개를 쳐들었다. 순간 건륭을 바라보던 그녀의 두 눈에 일말의 놀라움이 서렸다. 그러나 이내 고개를 갸웃하고는 천천히 돌아섰다.

"잠깐! 자네는 내가 누구인지 궁금하지 않나?"

건륭이 미소를 지은 채 왕정지를 불러 세웠다. 이어 태감들에게 물러가라고 명령을 내렸다. 왕정지가 고개를 숙인 채 대답했다.

"아버지께서 이곳 동원에 계시는 분들은 큰일 하시는 분들이니 괜스레 이것저것 묻고 다니지 말라 하셨습니다."

건륭이 다시 물었다.

"잘 아는 사이라도?"

왕정지는 안 그래도 어딘가 낯익은 건륭의 모습에 머릿속으로 잠시 생각을 더듬었다. 얼마 후 비로소 건륭을 알아본 듯 삽시간에 안색이 창백하게 질렸다. 도톰한 입술을 힘겹게 달싹이면서 말까지 더듬었다.

"혹시 폐…… 폐하이시옵니까?"

건륭이 빙그레 웃으면서 고개를 끄덕였다. 왕정지는 얼마나 놀랐는지 무릎 꿇는 것도 잊은 채 몸 둘 바를 몰라 했다.

방 안에는 잠시 침묵이 흘렀다. 건넛방 화롯불 위에서 끓고 있는 주전자 뚜껑이 달그락거리는 소리까지 또렷하게 들릴 정도였다. 한때 서로 좋은 감정을 지녔던 둘은 그 마음을 깊은 곳에 감추고 있다가 이렇게 갑자기 만나게 되니 쉽게 마음이 진정되지 않았다. 아니나 다를까, 수줍게 얼굴을 붉힌 왕정지는 어느새 예전의 얌전하고 양순한 여인으로 돌아가 있었다. 전에 봤던 그 고운 자태도 여전했다. 여자를 뚫어지게 바라보는 건륭의 눈은 순간 보석처럼 빛났다. 그렇게 서로 마주한 채 말 한마디도 하지 않은 시간이 얼마나 흘렀을까, 마침내 건륭이 먼저 입을 열었다.

"참으로 오랜만이네! 자네 생각을 하면 늘 함초롬하게 이슬 머금은 향긋한 난초꽃이 떠오르고는 했어. 그때나 지금이나 폐부를 적시는 상큼한 느낌은 여전하군!"

건륭이 한걸음에 다가가 눈 둘 곳을 모르고 서있던 왕정지를 와락 품 안에 끌어안았다. 이어 미소를 가득 머금고 말했다.

"가끔씩 보고 싶었다네. 사무치도록 말이네. 자네가 믿을지 말지는 모르겠지만 말일세."

왕정지는 복숭아처럼 발갛게 상기된 얼굴을 건륭의 넓은 가슴에 묻었다. 이어 건륭의 손길이 닿는 대로 입술이 닿는 대로 자신의 몸을 내맡겼다. 물론 그러면서도 처녀의 본능으로 그 품을 빠져나올 것처럼 꼼지락대기도 했다.

"이러시면 안 되옵니다. 사람들이 보면……, 거긴 정말 아니 되옵니다……."

"거기는 안 되다니? 어디를 말인가? 정말 많이 보고 싶었네. 자네는 짐이 보고 싶지 않았나?"

건륭이 이미 욕망에 불이 붙기 시작했는지 귀엣말로 속삭였다.

"뵙고 싶었사옵니다……. 몇 번이나 꿈속에서 만나 뵈었던 것 같사옵니다."

"자네 아비는 훌륭한 관리이네. 짐이 곧 더 큰 벼슬을 내릴 것이네. 나중에 가족 모두를 북경으로 부를 테니 자네는 입궐해서 창춘원으로 들도록 하게……."

왕정지는 갑작스러운 건륭의 말에 번쩍하고 정신이 드는 것 같았다. 동시에 한사코 파고드는 건륭의 손을 가볍게 밀어냈다. 그리고는 옷섶을 여미면서 한숨을 내쉬었다.

"그러고 싶사오나 소녀의 팔자가 그건 아닌가 봅니다……. 소녀는 벌써…… 혼약을 한 사람이 있사옵니다."

"그건 짐도 들어서 알고 있네. 국자감의 감생 허씨 아닌가? 자네는 그대로 그와 혼례를 하게. 짐이 허씨에게 벼슬을 줘서 북경으로 부를 테니 자네도 따라오면 될 것이 아닌가. 북경에 있으면 앞으로 만나기가 훨씬 더 편하겠군."

건륭은 전혀 문제될 것 없다는 듯 다시 짐승처럼 달려들더니 왕정지를 덮쳤다. 이어 온돌에 쓰러뜨려 눕혔다. 그리고는 허겁지겁 그녀의 속곳을 벗겨냈다.

왕정지는 소리를 지를 수도, 건륭의 손에서 빠져나올 수도 없게 되자 어쩔 수 없이 반항을 멈췄다. 건륭이 하는 대로 몸을 내맡긴 그녀는 단한마디 말만 했다.

"소녀는 이제는 폐하의 여자이옵니다. 폐하께서는 소녀를 내치시면 아니 되옵니다."

건륭이 거친 숨을 몰아쉬면서 응낙했다.

"당연하지. 북경으로 오면 짐이 보고 싶을 때마다 불러들일 거네."

건륭이 더 말하려고 했을 때였다. 갑자기 밖에서 태감 복인의 기침소리와 말소리가 들려왔다.

"악 대인, 폐하께서는 얘기 중이시니 잠시 후에 들어가십시오."

왕정지는 모든 게 끝나자 건륭의 이마에 가볍게 입을 맞췄다. 이어 다시 단단히 다짐하는 것을 잊지 않았다.

"폐하, 사람이 온 것 같사옵니다. 소녀를 잊지 말아주시옵소서."

건륭과 왕정지는 일어나서 옷매무새를 정리했다. 건륭은 너무 기분이 좋았다. 두 태감에게 왕정지를 집까지 잘 데려다주라고 명령한 다음 만족스러운 표정을 한 채 기지개를 쭉 켜기까지 했다. 이어 명령했다.

"악이태를 들라 하라."

이튿날도 폭설은 멈추지 않았다. 이날 손가감은 사건을 종결하기로 결정을 내렸다. 태감이 보내온 와룡대를 보고 건륭이 지척에 와 있다는 사실을 알았으나 결코 그것 때문에 사건의 종결을 서두른 것은 아니었다. 나름 이유가 있었다. 무엇보다 원고와 피고가 자신에게 유리한 증인을 찾기 위해 온갖 수단을 다 동원하고 있었다. 급기야 쌍방 간 공방이 갈수록 심해져 위험수위에까지 이르렀던 것이다. 사실 그렇지 않아도 몇몇 신하들은 각자의 파당을 만들어 파벌 다툼을 심심찮게 벌여왔었다. 이번 살합량과 객이흠의 사건 역시 그랬다. 나중에는 이 파벌 다툼이 정쟁으로 비화될 조짐까지 보였다.

세상에는 길게 끌어서 될 일이 있고 길게 끌면 안 되는 일이 있는 법이었다. 손가감은 이번 사건이 후자에 속한다고 판단했다. 사실 그는 제일 늦게 산서로 온 흠차였다. 도착했을 때는 순무, 법사, 학정 세 아문이 하나같이 각지에서 올라온 '증인'들로 초만원을 이루고 있었다. 그래서 어쩔 수 없이 학정아문과 벽 하나를 사이 둔 문묘文廟에 머물러야 했던 것이다. 이후 법사아문에 머물러 있다는 양사경에게 사람을 보냈다. 대답은 1시간도 채 안 돼 전해졌다.

"양 흠차께서는 곧 친히 방문하실 거라 하셨습니다."

"내가 마중을 나가지."

손가감은 서둘러 밖으로 나왔다. 이어 눈을 저벅저벅 밟으면서 문어귀에 이르렀다. 때마침 양사경이 막 도착해 수레에서 내려서고 있었다. 한 무리의 막료들이 그의 뒤를 따르고 있었다. 손가감이 빠른 걸음으로 다가갔다.

"몽웅夢熊(양사경의 호), 주심 공당公堂은 그쪽인데 내가 그리로 가면 될 것을 거꾸로 걸음을 하시다니요."

손가감과 양사경은 눈밭에서 서로 공수를 하면서 예를 갖췄다. 곧이어 양사경이 손가감의 안내를 받아 안으로 들어가면서 허허 웃었다.

"사건을 종결시키기에 앞서 우리 두 사람이 먼저 의견일치를 봐야 하지 않겠소. 내가 있는 곳은 이목이 너무 많아 조용히 얘기를 나눌 수 없을 것 같아서 이리로 온 거요. 내가 이부의 관직을 맡고 있으니 이번 사건과는 무관하게 눈도장이라도 찍어두려는 자들이 설쳐대 통 정신이 없다오. 나도 하루빨리 사건을 종결시키고 그만 북경으로 돌아가고 싶소."

양사경의 말에 손가감이 화답했다.

"사전에 우리 두 사람의 회동이 미리 있어야 함은 당연지사 아니겠소? 내가 독단적으로 전횡을 할 줄 알았소?"

손가감과 양사경은 문묘의 서쪽 배전配殿의 난각으로 들어갔다. 양사경이 주객으로 자리를 잡고 앉자마자 말했다.

"손석공의 대쪽 같은 성격을 누가 모르겠소? 내가 어찌 감히 그런 생각을 품을 수 있겠소. 하온대 이 두 가지 사건에 대해 손석공은 어찌 생각하시오?"

양사경이 인사치례가 끝나자 따끈한 차를 두어 모금 마시고 나서 본론을 꺼냈다. 손가감이 일단 간단명료하게 대답한 다음 장황하게 설명을 덧붙였다.

"집착하지 않고, 질질 끌지 않고, 많은 사람을 연루시키지 않는다는 것이 내 원칙이오. 며칠 동안 조용히 지켜봤는데 참으로 가관이었소. 원고와 피고 모두 케케묵은 장부를 들춰내 서로 인신공격을 하면서 진흙탕 싸움을 벌이고 있었소. 객이길선은 산서에서 버슬한 지 내일 모레면 이십 년 되는 사람이오. 그 중 순무로 일한 세월만 구 년이고. 비록 공공연하게 뇌물을 받아 챙긴 적은 없다고 하나 편의를 봐주고 사후에 몰래 받아 챙긴 경우는 없잖아 있었다고 하오. 살합령과 객이흠은 이 때문에 객이길선에게 앙심을 품어왔다고 하오. 그러니 이번 사건은 자기들끼리 물고 뜯는 내분이라고 봐도 무리는 아닐 거요. 문제는 살합량과 객이흠의 경우 빼도 박도 못할 증거들이 속속 밝혀졌다는 거요. 그러니 죄를 벌하는 것은 불가피할 것이오. 하지만 조정에서 연좌는 원치 않을 터이니 주범의 죄만 묻는 것으로 이번 사건을 마무리 짓는 것이 바람직할 것 같소. 객이길선에 대해서는 나중에 폐하께 주청을 올려 결정하는 것이 좋겠소. 몽웅, 그대는 어찌 생각하오?"

양사경은 손가감의 설명을 듣자 미소를 띠며 연신 고개를 끄덕였다.

"손석공의 말뜻은 충분히 알겠소. 허나 살합량과 객이흠이 객이길선의 혐의를 거론하고 나선 이상 형평성을 위해서라도 두 사건을 동일선상에 놓고 수사는 해야 하지 않겠소? 객이길선에 대해서만 나중에 폐하께 주청을 올린다는 것은 옳지 않은 것 같소. 어제 이친왕怡親王이 보낸 서한을 손석공도 읽어봐서 잘 알지 않소. 이미 일각에서는 우리가 객이길선의 손을 들어줬다는 유언비어가 나돌고 있다지 않소. 그 사람에게 유리한 방향으로 수사를 몰고 간다는 유어비어 말이오. 만에 하나 우리가 돌아간 다음 객이길선의 죄에 대한 확실한 증거가 나온다면 우리 둘은 입이 열 개라도 그 혐의를 벗어날 수 없을 것이오. 지금은 겨울 농한기라 관리들은 임지로 되돌아가도 달리 할 일이 없을 거요. 그러니 서둘러 수사를 마무리 지으려고 하지 말고 조금 더 지켜봅시다. 내분이건 개가 개를 무는 형국이건 상관하지 말고 말이오. 흙탕물 속에서도 진실은 언제든지 밝혀지게 돼 있소."

손가감이 다급하게 반론을 제기했다.

"그건 아니오. 그렇게 밑도 끝도 없이 지지부진하게 사건을 끄는 것은 좋지 않소. 산서성 전체의 정무가 마비되고 흙탕물을 뒤집어쓰지 않는 사람이 없을 정도로 사안이 점점 더 복잡해지고 있소. 벌써부터 먼지를 시커멓게 뒤집어쓴 옛날 옛적 장부까지 뒤져내면서 공방을 벌이고 있지 않소. 때문에 갈수록 사건의 핵심과는 멀어지고 엉뚱한 사건들이 불거져 복잡해지기만 하고 있소. 이번 대설에 굶어 죽고 얼어 죽은 사람이 적지 않다고 하는데, 주현의 관리들을 증인입네 하고 다 붙잡아 놓으면 어쩔 셈이오? 땅이 녹으면 파종도 하고 재해 복구도 서둘러야 하는데 한두 가지 사건 때문에 산서성 전체를 아수라장으로 만들어서야 되겠소?"

대화가 점점 이상하게 진행되고 있었다. 급기야 손가감과 양사경 두 흠차는 서로 얼굴을 붉히기 시작했다. 그러나 이부에서 닳고 닳은 양사경은 눈치와 속셈이 빠르기로 소문이 난 사람답게 치밀어 오르는 화를 억지로 참고 먼저 꼬리를 내렸다. 성격이 강직한 손가감과 정면충돌을 해봤자 승산이 적다는 것을 잘 알고 있는 때문인 듯했다. 그가 속으로는 고깝기 그지없었음에도 애써 웃으면서 말했다.

"손석공, 그러면 이렇게 하는 것은 어떻겠소? 지금 증인으로 와 있는 관리들은 전부 되돌려 보내고 원고와 피고 세 사람만 남겨두는 것 말이오. 그리고 조금 더 수사의 강도를 높여보는 것은 어떻겠소?"

양사경은 굳이 더 이상 속마음을 숨기려 하지 않았다. 공공연히 피고를 감싸고돌겠다는 속셈이 눈 위의 발자국처럼 확연하게 드러났다. 순간 손가감의 얼굴에 살기등등한 노기가 드러났다. 이어 차갑기 이를 데 없는 얼굴로 한참 창밖을 노려보더니 급기야 자리를 박차고 일어났다.

"나는 폐하의 밀지를 받고 온 사람이오. 폐하께서는 이번 사건과 관련해 결정적인 순간에는 내 목소리를 내고 내 판단대로 해도 된다고 하셨소. 내 판단이 정확할 경우 당연히 공로는 그대와 내가 반반씩 나누겠지만 내가 틀렸을 때는 모든 책임을 나 혼자 떠안을 테니 그리 아시오. 그만 일어납시다!"

"그러죠. 그러면 손석공만 믿겠습니다."

양사경이 벌레 씹은 표정을 한 채 자리에서 일어나면서 대답했다. 이어 굳어진 기색을 숨기지 않고 문묘를 나섰다. 얼마 후 둘은 각자 자신의 가마에 올랐다. 그리고는 징소리도 울리지 않고 자박자박하는 가마꾼들의 단조로운 발소리를 들으면서 법사아문으로 갔다.

법사아문은 썰렁한 문묘와는 딴판이었다. 각종 도구를 가지고 수십 명의 태원부 아역들이 눈 치우기에 여념이 없었다. 어느새 사람 키보다 훨씬 높은 눈더미도 한쪽에 쌓여 있었다. 흠차 대신들의 가마가 머무를 수 있는 공터 역시 미리 만들어져 있었다.

"안으로 드시오."

손가감이 한 발자국 뒤로 물러나는 양사경을 향해 안으로 들어가자는 손짓을 하면서 먼저 대문으로 들어갔다. 이어 곧바로 대당으로 향했다. 곧 그의 눈에 복도와 처마 밑에 삼삼오오 모여 서 있는 사람들의 모습이 들어왔다. 모두 각 지역에서 '증인'으로 온 관리들이었다. 각자의 임지에서는 나름대로 어버이 관리라고 행세깨나 하던 사람들이 이곳 법사아문으로 끌려와 눈밭에서 생고생을 하고 있었다. 시일이 지날

수록 행색들도 말이 아니었다. 제대로 먹지도 못하고 차가운 땅바닥에 거적을 깔고 지내더니 열병을 앓고 난 사람처럼 눈이 퀭하고 얼굴도 누렇게 떠 있었다.

그러나 그들은 그 와중에도 편을 갈라 서로 등을 지고 있었다. 가끔 눈이라도 마주치면 퉤퉤 침을 내뱉고 쌍스러운 욕설도 서슴지 않았다. 원고와 피고 쌍방의 증인들을 한곳에 붙여놓았으니 그럴 만도 했다. 손가감과 양사경이 막 대당 안으로 발을 들여놓으려 할 때였다. 갑자기 밖에서 문지기의 고함소리가 들려왔다.

"흠차 산서 주절사駐節使 부항 대인 납시오!"

끓는 가마솥처럼 시끄럽던 뜰이 물을 뿌린 듯 삽시간에 조용해졌다. 이윽고 구망오조를 수놓은 화려한 관복을 입은 서른 살 정도 되어보이는 관리가 성큼 들어섰다. 까만 가죽장화를 신고 거침없이 걸어들어오는 모습이 상당히 권위 있게 보였다.

부항은 비록 나이는 어리지만 이미 그 명성은 널리 퍼져 있었다. 500명의 군사만 거느리고 타타봉을 기습해 비적을 소탕한 일이 천하에 널리 알려졌던 것이다. 뜰 안의 사람들은 산서성 전체가 살합량, 객이흠의 사건으로 떠들썩할 때도 두문불출하면서 단 한마디도 하지 않았던 그가 예고도 없이 갑자기 들이닥치자 모두들 크게 놀랐다. 반면 친병 두 명만 대동한 채 나타난 부항은 딱딱한 표정 대신 온 얼굴에 환한 웃음을 머금고 있었다.

부항이 안으로 향하다 말고 갑자기 걸음을 멈췄다. 이어 복도에 서서 추위에 떨고 있는 한 노인을 보고는 다가가 물었다.

"호부 전량사錢糧司의 팽세걸彭世傑이 아닌가?"

"아, 아룁니다, 흠차 대인! 원, 원래는 호부에서 일했었습니다."

팽세걸이 황급히 한쪽 무릎을 꿇으면서 말을 더듬었다.

"흑사산을 공략할 때 자네가 군량미를 제때에 공급해줘서 큰 도움이 됐네."

"별말씀을요……. 그건 소인이 마땅히 해야 할 일이었습니다."

"자네는 그만 집으로 돌아가게. 내가 자네를 잘 아네. 이 나이에 이런 곳에서 추위에 떨고 있지 말고 그만 돌아가게!"

부항이 팽세걸의 어깨를 두드리면서 격려했다.

"하오나 양 흠차께서……."

"문제될 거 없네. 내가 보낸다는데 누가 뭐라고 하겠나!"

부항이 손사래를 치자 팽세걸은 마지못해 밖으로 걸음을 옮겼다. 그 사이 손가감과 양사경이 다가왔다. 그러자 부항이 황급히 마주 걸어가면서 말했다.

"두 분 흠차, 그간 무고하셨소?"

양사경은 솔직히 부항의 웃는 얼굴에 침이라도 뱉고 싶은 심정이었다. 이 많은 사람들 앞에서 자신의 체면을 깎아내리고 인심을 베풀었으니 속이 부글부글 끓어올라 참을 수 없었던 것이다.

'어제는 손가감이 왕아무개라는 현령을 풀어줬지. 그 일만 생각해도 기분이 나빠 죽겠어. 그런데 오늘은 이 작자가 또 똑같은 짓을 하는군. 정말이지 한 대 쥐어박았으면 속이 시원할 것 같네.'

양사경은 그러나 자신의 생각을 실행에 옮길 위인이 되지 못했다. 입으로는 속마음과 정반대의 말이 술술 흘러나왔다.

"다 같이 어명을 받고 같은 성 안에 머물러 있으면서 서로 얼굴도 못 봤습니다. 오늘 대설이 귀인을 데려다주니 참으로 반갑습니다. 하하하하……!"

부항은 양사경의 공치사에 가타부타 대답을 하지 않았다. 대신 한마디도 없는 손가감을 힐끔 쳐다보면서 입을 열었다.

"두 분 대인이 오늘 사건에 대한 결정을 내린다기에 구경을 하러 왔소. 참 잘된 일이오. 내가 듣기로 요 며칠 새 성 밖에 얼어 죽는 사람이 하루에도 몇 명씩 된다고 하던데, 언제까지 이 사건에 매달려 백성들의 질고를 나 몰라라 하고 있겠소."

부항을 비롯한 세 사람은 일제히 대당에 들어섰다. 정중앙에 재판석 두 개가 나란히 배열돼 있었다. 손가감과 양사경의 자리일 터였다. 또 서쪽에 있는 책상과 의자는 객이길선, 동쪽에 있는 걸상 두 개는 살합량과 객이흠을 배려한 자리인 것 같았다. 걸상 앞에는 살합량과 객이흠이 있었다. 또 객이길선은 기둥 옆에 멍하니 서 있었다. 세 사람 모두 부항을 힐끔 쳐다보았지만 아무 말도 하지 않았다. 양사경이 곧 명을 내렸다.

"부항 흠차의 자리를 하나 더 만들라!"

"그럴 것 없소. 손바닥만 한 곳에 책상을 더 놓을 자리가 어디 있소? 나는 양 흠차 옆에 붙어 앉아 구경하면 되오."

부항이 대수롭지 않게 말했다. 이렇게 해서 세 사람은 함께 공안으로 올라가 자리했다.

"흠차대신 승당昇堂이시오!"

양사경의 친병이 큰 소리로 외쳤다. 그러자 밖에서 대기하고 있던 조예皂隸(관아에서 죄인을 취조하는 임무를 담당한 말단 아역)들이 귀청이 찢어질 듯한 기합소리로 기선을 제압하면서 들어와 한 줄로 섰다. 저마다 붉은 색과 검은색의 수화곤水火棍을 들고 있었다. 이어 수십 명의 친병들이 장검을 뽑아들고 대당 주위에 늘어섰다. 대당 안의 분위기는 삽시간에 살벌하게 변했다.

"오늘 이 자리는 사건의 판결을 마무리하기 위한 자리라는 것을 분명히 해둔다. 본 흠차와 양 흠차는 상의 끝에 밖에 대기 중인 증인들을 전부 임지로 돌려보내기로 했다. 증인들에게 즉각 임지로 돌아가라고 전하라!"

손가감이 오랜만에 입을 열었다. 상황이 상황이니 만큼 얼굴이 목석처럼 무표정했다.

"예!"

"잠깐만! 사건을 종결지으려 한다면서 증인을 되돌려 보내다니, 이게 무슨 어불성설입니까?"

친병이 대답과 함께 손가감의 명령을 전달하기 위해 밖으로 나가려고 할 때였다. 갑자기 살합량이 벌떡 일어나면서 소리쳤다. 그리고는 다시 털썩 자리에 앉았다. 객이흠 역시 똑같은 주장을 펼쳤다.

"어불성설? 이것들이 모가지가 오락가락하는 판에 아직도 정신을 못 차렸구먼. 어느 면전이라고 감히 공당에서 소란을 떠다는 말인가! 여봐라, 저것들의 걸상을 빼버려라!"

손가감이 소름 끼치는 웃음소리를 내면서 명령했다. 아역들은 그에 따라 살합량과 객이흠에게 다가갔다. 그러나 두 사람은 미동도 않고 자리를 지켰다. 그러자 아역들이 망설이는 모습을 보였다. 상대방이 비록 피고이기는 하나 아무래도 조정 고관인지라 감히 강제로 어쩌지 못하는 것이었다.

"탁!"

손가감이 급기야 당목을 힘껏 내리쳤다. 이어 두 눈을 무섭게 부릅뜬 채 일갈했다.

"자리를 빼라고 말했다! 너희들은 파직됐어. 그런 만큼 일반 서민들과 전혀 다를 바 없어!"

살합량과 객이흠은 그제야 마지못해 자리에서 일어났다. 그래도 진사 출신인 객이흠은 기가 죽지 않았다. 고개를 똑바로 들고 대들었다.

"자고로 사대부에게는 형벌을 내리지 않는다고 했습니다. 이 자리는 양 흠차께서 마련해준 자리입니다."

객이흠의 말에 손가감이 껄껄 웃었다.

"자네에게 자리를 내줄 수 있다면 당연히 빼앗을 수도 있지. 별로 당당하지도 못한 주제에 조금 서 있기로서니 그걸 형벌이라고 하는가. 파직까지 당한 자가 무슨 체면으로 사대부를 운운하는 건가.《대청률》은 '재물을 탐내는 탐관오리에게는 예를 갖출 필요가 없다'라고 명시하고 있어. 그 더러운 입 다물지 못할까?"

손가감의 호통에 옆에 앉은 양사경이 흠칫 몸을 떨었다. 켕기는 구석이 있는 터라 손가감의 말이 바늘처럼 심장을 찌르는 모양이었다. 그러나 이내 자신이 너무 떨고 있다는 사실을 깨달았는지 손가감의 눈치를 힐끔 살폈다. 그래서였을까, 혹시라도 손가감이 알아차렸을까 곁눈질하는 얼굴이 돼지 간처럼 벌겋게 달아올라 있었다. 그때 갑자기 밖에서 환호성이 터져 나왔다. 아마 친병이 손가감의 명령을 전달한 것 같았다. 잠시 후 법석대는 소리와 함께 증인들이 하나둘 짐을 싸들고 떠나가기 시작했다. 뜰 안은 삽시간에 조용해졌다.

"객이흠, 네 죄를 알렸다?"

손가감이 물었다. 객이흠은 불길한 예감이 드는지 식은땀을 흘리면서 떨리는 목소리로 대답했다.

"예, 죄를 자백하겠습니다."

"뇌물을 준 생원이 몇 명인가? 한 사람당 뇌물을 얼마씩 받았는가? 말해봐!"

손가감이 큰 소리로 따져 묻고 나서 당목을 힘껏 내려쳤다.

"모두 열일곱 명입니다. 일인당 사백 냥에서 오백 냥 정도 받았습니다. 오십 몇 냥만 받은 경우도 있습니다……."

객이흠이 기어 들어가는 목소리로 대답했다.

"그건 무엇 때문인가?"

객이흠이 손가감의 물음에 다시 대답했다.

"문장 실력이 떨어지는 생원들한테는 많이 받고 글재주가 좋은 생원들한테는 적게 받았습니다. 준재俊才로 추천받은 생원들에게서는 한 푼도 받지 않았습니다……."

"물건에 따라 값을 매긴다? 그래 장사꾼이라면 그래야지. 영수증을 꽤 많이 받아놓았더군. 그것보다 더 명확한 증거는 없지!"

손가감이 비꼬듯 말했다. 이어 버럭 고함을 질렀다.

"저리로 가서 무릎 꿇고 판결을 기다리라!"

부항은 손가감의 말을 듣고 재판석 위를 힐끗 쳐다봤다. 인합印盒 옆에 종이쪽지들이 수북하게 쌓여 있는 것이 눈에 들어왔다. 그는 별생각 없이 몇 장 가져다 펼쳐봤다. 쪽지에는 간단한 내용이 적혀 있었다.

　　오늘 급전이 필요해 학정 객이흠 나리로부터 은자 사백삼십오 냥을 차용했음.

　　　　　　　　　　　　　　－건륭 삼 년 제과制科 산서 효렴 위호고魏好古

부항은 종이에 적혀 있는 내용을 보고 처음에는 이것이 무엇을 뜻하는 건지 언뜻 알아차릴 수가 없었다. 그러나 잠시 생각해보니 그 오묘함에 무릎을 치지 않을 수 없었다.

한마디로 그들은 만일을 대비해 마치 위호고가 학정 객이흠으로부터 돈을 빌린 것처럼 위장을 했다. 다시 말해 위호고가 미리 차용증을 써놓은 다음 시험 성적에 따라 객이흠에게 돈을 줄지 안 줄지를 결정하는 식이었다. 시험에 합격할 경우 당연히 차용증 금액에 따라 돈을 '갚을' 것이나 합격하지 못할 경우에는 위호고가 '건륭 3년의 효렴'이 아니니 차용증도 무용지물이 된다고 볼 수 있었다. 물론 돈을 받고 효렴 자격을 파는 것이 목적인 객이흠은 가능한 한 위호고를 합격시키려고 갖은 노력을 다했을 터였다. 그야말로 대단한 수법이 아닐 수 없었다. 부항은 하마터면 웃음을 터트릴 뻔했다. 그가 그렇게 잠시 생각에 잠겨 있을 때 손가감이 다시 객이흠을 불러 따져 묻는 소리가 들려왔다.

"그러면 그 많은 시험지 중에서 차용증을 미리 쓴 사람의 시험지를 어떻게 알아본다는 말인가?"

"아뢸니다, 흠차대인. 사전에 약정한 암호가 있습니다. 미리 차용증을 쓴 사람들은 시험지 첫 머리에 '천지현황'天地玄黃 네 글자를 적어놓기로 약속했습니다. 그러나 소인은 맹세코 전에는 이런 짓을 저지르지 않았습니다. 근래에 눈에 뭐가 쓰였는지 이 같은 황당한 짓을 저지르고 말았습니다……."

객이흠이 연신 머리를 조아렸다. 나중에는 눈물까지 흘렸다.

"썩 물러가지 못해! 조금 있다 다시 부를 것이니 저리로 가서 기다리라!"

손가감이 벽력같이 소리를 지르면서 손가락으로 기둥 쪽을 가리켰다. 이어 살합량에게 물었다.

"네 죄를 알렸다?"

그러나 살합량은 객이흠처럼 고분고분하지 않았다. 어딘가 믿는 구석이 있는 듯했다. 그래서일까, 뭔가 조언을 구하는 눈빛으로 양사경을 바라보고 있었다. 그러나 양사경은 고개를 외로 꼰 채 다른 곳으로 시선을 돌렸다. 살합량은 자신의 시선을 외면하는 양사경의 반응에 다소 당황하더니 손가감이 묻는 말에 황급히 대답했다.

"범관犯官도 죄를 인정합니다. 하오나 한 가지 아뢸 말씀이 있습니다."

살합령이 잠시 말을 멈추고는 마른 침을 꿀꺽 삼켰다. 이어 모종의 결심을 한 듯 입을 열었다.

"범관은 모든 것을 객이길선에게 미리 말하고 그 사람의 뜻에 따라 처리했을 뿐입니다."

살합량은 객이길선을 물고 늘어졌다. 그러자 객이길선이 자리에서 일어서며 발끈했다.

"그게 무슨 말인가?! 내 뜻에 따라 뇌물을 받아 챙겼다는 건가? 증거를 대봐. 나는 내가 허락한 일은 항상 증거를 남기는 습관이 있어. 어서 증거를 대보란 말이야!"

"평소에 은근히 그런 냄새를 풍겼잖아! 그깟 쥐꼬리만 한 녹봉으로 식구들 입에 풀칠이나 하겠냐면서 툴툴댄 사람이 누군데?"

객이길선도 지지 않았다.

"그게 전부야? 그걸로 내가 자네에게 검은 돈을 받아 챙기라고 시켰다고 증명할 수 있어? 생사람 잡지 마. 내가 궁색한 것은 사실이야. 그래서 구시렁댄 것도 사실이고. 그런데 그걸 악용해 나에게 바가지를 씌우려고 들다니, 유치하기 짝이 없군!"

객이길선의 항변에 살합량이 다시 침을 튀기면서 삿대질을 했다.

"지금 말 다했어? 겉 다르고 속 다른 놈 같으니라고!"

"그 입 다물지 못할까! 여기는 어명을 받고 공개적인 심문을 하는 공당이야. 너희들의 집구석이 아니라고!"

손가감은 객이길선과 살합량의 말다툼이 인신공격으로 비화될 조짐을 보이자 다시 책상을 힘껏 내리쳤다. 이어 손가락으로 살합량을 가리키면서 말했다.

"살합량, 우리는 이미 자네가 지은 죄의 증거를 충분히 확보하고 있네. 괜히 다른 사람을 물고 늘어질 생각은 일찌감치 접는 것이 좋아. 선제께서는 이치쇄신에 평생을 고심하셨어. 십 수 년 동안 피나는 노력 끝에 겨우 환부를 도려내고 상처를 봉합시키셨지. 그런데 선제께서 붕어하신 지 얼마나 됐다고 벌써 구태의연한 짓거리를 일삼고 다닌다는 말인가? 사람이 잘해주면 고마움을 알아야 할 것이 아닌가. 인간의 탈만 쓰면 인간인가? 지금 폐하께서는 관대한 정치를 선언하시고 관리들의 녹봉을 올려주면서 양렴은까지 넉넉하게 주시고 계셔. 객이흠, 자네가 해마다 받는 사천 냥의 양렴은은 자그마치 백미를 사천 석이나 살 수 있는 액수야. 그 돈으로 먹고살기가 힘들었던 건가? 뇌물에 손을 댄 자네의 행위는 그 어떤 식으로든 정당화될 수 없어. 살합량은 그보다 배는 더 많은 팔천 냥이나 받으면서 그런 짓거리를 하고 다녔나? 부패 척결에 솔선수범해야 마땅한 자들이 앞장서서 왕법을 어기고 백성들을 착취하니 이게 웬 말세라는 말인가!"

손가감의 두 눈에는 잔뜩 독이 올라 있었다. 섬뜩한 빛도 발하고 있었다. 그가 다시 입을 열었다.

"본 흠차는 파렴치한 기생충들을 처단해 굶어 죽고 얼어 죽은 산서 백성들의 원혼을 위로하고자 한다. 끝으로 할 말이 있으면 말해보라."

대당 안팎에 시립한 백여 명의 막료들과 아역, 친병들은 손가감의 말에 모두 아연실색했다. 어지도 구하지 않은 채 독단적으로 두 명의 조정 신하를 정법에 처할 줄은 아무도 생각 못했던 것이다.

"끌어내라! 법사아문의 깃발 아래에서 형을 집행하도록 하라."

손가감이 포효하듯 명령을 내렸다. 아역들은 그의 추상같은 명령에 놀란 듯 부리나케 두 사람씩 달려가서는 살합량과 객이흠을 끌어냈다. 둘은 그제야 상황이 실감이 났는지 짐짝처럼 끌려가면서 처량하게 외쳐댔다.

"이봐, 양사경! 끝까지 못 본 척할 거요?"

살합량과 객이흠의 몸부림은 소용이 없었다. 양사경은 안색이 창백하게 질린 채 분노에서인지 두려움에서인지 그저 두 손을 덜덜 떨면서 아무 말도 하지 못했다. 그사이 두 사람은 대당 입구까지 끌려갔다. 한 걸음만 더 나가면 문밖이었다. 그러자 살합량이 마음이 다급해진 듯 광기에 가까운 몸부림으로 두 친병의 손을 뿌리쳤다. 이어 홱 돌아서서 재판석 앞으로 달려왔다. 입술을 깨물어서 입에서는 선지 같은 피가 흐르고 있었다. 살합량은 그에 아랑곳 하지 않고 악에 받친 표정을 한 채 양사경을 한참이나 노려봤다. 이어 장포 자락을 들고 안쪽에 덧댄 천 조각을 뜯어냈다. 그리고는 그 속에서 종이 한 장을 꺼내 손가감에게 건네주면서 말했다.

"손석공, 양사경이 이번에 산서로 내려와 소인에게 가져다준 편지입니다. 홍승마마가 대필한 이친왕怡親王의 서한이라 합니다."

손가감이 손을 내밀어 종이를 받으려 할 때였다. 갑자기 양사경이 잽싸게 먼저 그 종이를 낚아챘다. 그리고는 손가감이 미처 말리기도 전에 종이를 입안에 쑤셔 넣었다. 순간 옆자리에 앉아 있던 부항이 뭔가 이상한 낌새를 채고는 양사경을 바로 쓰러뜨렸다. 그러나 양사경은 이미 종이를 씹어 삼켜버린 뒤였다!

장내는 삽시간에 아수라장이 되고 말았다. 그 어수선한 틈을 타고 이번에는 객이흠이 아역들을 밀치고 책상 옆으로 달려왔다. 이어 마치 성난 사자처럼 객이길선을 덮치더니 다짜고짜 매질을 해대기 시작했다. 살합량도 기회를 놓치지 않고 바로 합세했다. 객이길선은 무방비 상태로 당할 수밖에 없었다. 살합량과 객이흠은 그래도 화가 풀리지 않는지 그를 땅에 넘어뜨린 다음 계속 주먹세례를 퍼부었다.

"그만들 하지 못해!"

급기야 손가감이 벌떡 일어났다. 살합량과 객이흠은 씨근덕대면서 동작을 멈췄다. 손가감은 두 범인을 매섭게 쓸어봤다. 그리고는 사색이 된 양사경을 향해 소리를 질렀다.

"저자의 관복을 벗기고 정자를 뜯어라!"

이제 사건의 전모는 모두 밝혀진 것이나 다름없었다. 심문을 더 해보지 않아도 배후의 이친왕과 홍승이 수면 위로 떠오르는 것은 불문가지였다. 그러나 그렇게 되면 결국 건륭에게 더욱 어려운 숙제를 내주는 격이 될 터였다. 손가감이 잠시 생각하더니 입을 열었다.

"성명하신 폐하께서는 양사경 자네가 사심 없이 이 사건을 처리하기 어렵다고 판단하시어 나를 추가로 파견하셨네. 명색이 흠차라는 사람이 목숨 걸고 사명을 완수하지는 못할망정 두 탐관오리의 죄상을 덮어주기에 급급했으니 결코 용서받을 수 없다! 여봐라, 살합량과 객이흠은 내가 귀경할 때 압송할 것이니 당장 수감시켜라. 양사경은 끌어내 즉각 참수하라!"

사건은 또 이렇게 전혀 뜻밖의 반전을 맞이했다. 정작 도마 위에 올랐던 두 범인은 수감되는 것으로 끝나고 흠차의 목이 날아가게 된 것이다. 정말 꿈에도 생각하지 못할 일이었다. 그랬으니 처음부터 모든 과정을 지켜본 아역들은 눈앞에 벌어진 일이 도대체 꿈인지 생시인지 실감이 나지 않았다. 그들은 그러나 잠시 망설이는가 싶더니 곧 양사경에게 달려들었다. 양사경은 몸부림치면서 끌려갔다. 그러나 금방이라도 피를 토할 것 같은 표정으로 손가감을 노려보면서 반항의 말을 내뱉는 것은 잊지 않았다.

"네가 감히 내 목을 치겠다고? 네가 감히?"

"그래, 지금 당장 칠 테다!"

손가감은 양사경의 말이 끝나자마자 바로 그의 등 뒤에 대고 '퉤!' 하고 침을 뱉었다. 얼마 후 세 발의 대포 소리와 함께 양사경의 머리는 저만치 나가떨어졌다. 손가감은 그래도 여전히 분이 풀리지 않는지 거칠게 손사래를 치면서 명령했다.

"퇴당하라!"

객이길선은 뭔가 할 말이 남아 있는 듯 했으나 결국은 감히 입을 열지 못했다. 손가감의 추상같은 호령에 잔뜩 겁에 질린 것이 분명했다. 결국 아무 말도 못하고 두 손을 맞잡아 인사하고는 육중한 몸을 비틀거리며 물러갔다.

그렇게 일이 모두 끝나고 공당에는 손가감과 부항 두 사람만 남게 됐다. 둘은 약속이라도 한 듯 일어나 대당 출입문 쪽으로 걸어갔다. 그리고는 지칠 줄 모르고 떨어져 내리는 눈꽃을 응시하면서 한참을 말없이 서 있었다.

"폐하께서는 지금 태원에 와 계십니다."

손가감이 긴 숨을 내쉬면서 말했다.

"어가는 오늘 아침에 이미 북경으로 떠났소."

"그랬군요."

"손 어사가 양사경을 처단한 것에 대해 조정에서는……."

"그건 제가 알아서 할 일입니다. 조정에서는 잘했다고 상을 내릴 겁니다. 그러나 제가 큰 화를 자초했다는 것도 알고 있습니다."

손가감이 담담하게 말했다. 그러자 부항이 천천히 입을 열었다.

"현명하신 폐하께서 손 흠차의 방패가 돼 주실 것이오. 걱정하지 마시오."

48장

건륭의 분노

건륭은 북경 근교의 풍대에 도착한 후에야 손가감과 부항의 밀주문을 받아볼 수 있었다. 손가감의 상주문은 그리 길지 않았다. 심문 과정을 간략히 서술한 후 설명을 덧붙였다.

양사경은 많은 사람들 앞에서 자신이 저지른 죄의 증거를 삼켜버렸습니다. 완전히 법과 하늘이 무서운 줄 모르는 자였습니다. 이 일이 후세에 전해지면 이는 곧 조정의 수치이자 이 나라의 오점이 될 것이옵니다. 신은 이런 자를 살려둬야 할 이유를 찾지 못해 현지에서 정법에 처했사옵니다. 신은 현장을 지켜 본 모든 관리들에게 절대 이 사실을 밖으로 누설해서는 안 된다고 엄히 단속을 시켰습니다. 만에 하나 이를 어겼을 시는 즉시 참수한다고 엄포도 놓았사옵니다. 폐하의 재량을 기다리옵니다. 폐하께서 신의 처사가 부당하다고 판단하시어 죽음을 내리신다면 달게 받아들이겠사옵니다.

간단명료한 손가감의 주장에 반해 부항의 상주문은 상당히 길었다. 패관소설 못지않게 심문 과정을 어찌나 생생하게 묘사했는지 그 현장을 직접 보고 있는 듯한 느낌이 들 정도였다. 건륭은 법사아문을 한바탕 떠들썩하게 만들었을 전투 같은 장면을 상상하자 갑자기 마음이 착잡해졌다. 웃어야 할지 울어야 할지 갈피를 잡을 수 없었다. 그런 상태로 한참 멍하니 앉아 있던 그는 태감 복인을 보내 장친왕과 악이태를 불러오도록 했다.

건륭이 머문 곳은 풍대 대영 옆에 있는 자그마한 객잔이었다. 미복 차림으로 귀경하는 터라 역관에 알릴 필요가 없어 일부러 작은 객잔을 찾았던 것이다. 물론 풍대 대영에는 건륭이 왔다는 소식을 알렸다. 은밀히 파견된 병사들이 객잔을 겹겹이 둘러싸고 경계를 강화했다. 그렇게 건륭은 궁궐 밖에서의 마지막 날을 보내고 있었다.

건륭은 방 안이 너무 덥다고 생각했다. 위험할 수도 있었으나 할 수 없이 복인에게 창문을 약간 위로 올리도록 했다. 그때 장친왕 윤록과 악이태가 들어섰다. 건륭이 말했다.

"숙부, 산서에서 직예까지는 내내 대설이 끊이지 않았어요. 그런데 북경에 들어오니 신기하게도 눈이 하나도 내리지 않았군요."

윤록이 황급히 대답했다.

"여기도 잔뜩 흐려 있는 것이 아무래도 곧 눈이 내릴 것 같사옵니다. 보아하니 폐하께서 눈을 몰고 다니시는 것 같사옵니다."

건륭이 피식 웃으면서 다시 입을 열었다.

"대설은 풍년을 뜻한다는데 많이 내려야죠. 오늘은 여기서 묵자고요. 내일은 호부에 명해 황하 이북의 각 성에 명을 내리세요. 눈이 내리건

안 내리건 백성들에게 조금 더 신경을 쓰라고요. 특히 눈이 내릴 때는 더욱 세심히 살피고. 왕진중처럼 말이에요."

건륭은 왕진중의 이름을 입에 올리자 왕정지와 한 약속이 떠올랐다. 곧바로 악이태에게 분부를 내렸다.

"그리고 악이태, 자네는 왕진중을 즉각 호부 낭중郎中 자리로 전근시키도록 하게. 태원부에는 적당한 사람을 골라 앉히면 되겠네. 중앙의 중요 부처에는 백성들의 질고를 잘 아는 그런 관리가 필요하네. 그리고 각 지역의 지방관들에게 이르게. 왕진중을 본받아 백성들이 뭘 먹고 사는지, 폭설에 집이 무너지지 않았는지 발로 찾아가 두 눈으로 직접 보고 실질적인 도움을 주라고 말이네. 끼니를 잇지 못하는 사람들에게는 번고의 돈을 먼저 빌려줘서 식량을 사먹을 수 있도록 해주게. 내년 징량徵糧 때 갚도록 하면 되지 않겠는가."

건륭은 말을 마치자 부항과 손가감이 보낸 밀주문을 책상 위에 던졌다. 이어 차분한 어조로 명령을 내렸다.

"그대들도 읽어보시오. 우리가 산서를 떠난 그날 법사아문에서 한바탕 난리가 난 모양이오."

건륭은 뒷짐을 진 채 창가로 다가갔다. 윤록의 말대로 가는 눈발이 하나둘씩 흩날리기 시작했다. 건륭이 태감 복의에게 물었다.

"오는 동안 투숙하는 객잔마다 우리 일행만 묵도록 통째로 다 빌린 걸로 알고 있는데, 이번에는 아닌가 보군? 저쪽 방에 불이 켜져 있고 낯선 사람 그림자가 어슬렁거리는걸 보니."

복의가 즉각 대답했다.

"아뢰옵니다, 폐하. 전시 날짜를 기다리는 공생이라 하옵니다. 성 밖으로 친구를 찾으러 나왔다가 만나지 못하고 이곳에서 하룻밤 묵어가기로 했다 하옵니다. 유약한 선비라 별 탈은 없을 것이옵니다. 하오나 만일을 대비해 엄밀히 동태를 주시하고 있사오니 심려 놓으시옵소서, 폐하."

건륭은 더 이상 말을 하지 않았다. 그 사이 밀주문을 대충 훑어보고 난 악이태가 침묵을 지키고 있는 윤록을 힐끗 쳐다보고 나서 말했다.

"신하들이 이토록 몰염치한 뇌물 행각을 벌였다는 것이 믿기지 않사옵니다. 허나 손가감이 독단적으로 양사경의 죄를 벌한 것은 신중하지 못한 처사가 아닌가 싶사옵니다. 목을 치는 것만이 능사는 아닌데 말이옵니다. 차라리 양사경을 북경으로 압송해 죄를 문초했으면 더 좋았을 것 같사옵니다."

윤록이 맞장구를 쳤다.

"악이태의 말에 공감하옵니다. 양사경이 죽어버렸으니 그가 말한 종이쪽지의 임자가 누구인지 밝혀낼 수 없게 됐사옵니다."

"연극이라면 재미있기나 하지. 짐은 웃을 수가 없어요. 양사경을 북경으로 끌고 왔더라면 짐이 더 골머리를 앓았을 거예요. 산서에서는 아무리 자기들끼리 물고 뜯고 싸워도 결국에는 강아지들끼리의 싸움에 그쳤을 거예요. 그러나 사건을 북경으로 끌고 온다면 구왕拘王들 간의 피비린내 나는 싸움으로 돌변할지도 모르죠! 소인배들은 이래서 다루기 어렵다는 거예요. 시정잡배 같은 인간들을 고위직에 앉혀 놓으니 충효와 인의는 뒷전이고 제 잇속 챙기기에만 여념이 없는 것 아니겠어요? 한심한 것들 같으니. 윗사람들 앞에서는 벌벌 기고 불쌍한 백성들만 들들 볶아대니 백련교 같은 사교가 구더기처럼 끓지 않을 리 없죠. 백성들이 무슨 죄가 있다고 백성들의 피를 빨아먹으려 드느냐 말이에요. 게다가 조금 관대한 정치를 펼치려 들면 머리 꼭대기에 올라앉아 오물 세례를 안기려 들지 않나. 정말 어찌해야 할지 모르겠네요. 짐은 너무 힘이 들어요. 몸과 마음이 모두 지쳤어요."

건륭이 자신의 말대로 서글픈 기색을 보였다. 급기야 눈에 이슬도 맺

했다. 여간해서는 우울한 표정을 짓지 않는 그가 눈물까지 보였으니 상심이 보통은 아닌 모양이었다. 그러나 윤록과 악이태로서도 위로할 방법이 없었다. 그저 고개를 숙인 채 입을 다물고 있기만 했다. 그때 기윤과 전도가 밖에서 뵙기를 청해왔다. 건륭이 처연한 마음을 황급히 털어내면서 평온한 목소리로 말했다.

"들게!"

기윤과 전도가 들어와 건륭에게 문후를 올렸다. 눈치 빠른 두 사람은 실내 분위기가 심상치 않다는 사실을 눈치챘다. 기윤이 먼저 입을 열었다.

"상서방과 군기처에서는 모두 폐하께서 풍대에 당도하셨다는 것을 알고 있사옵니다. 장상이 인편에 서한을 보내왔사옵니다. 문후를 올리러 이리로 와도 괜찮은지 폐하께 여쭤보라고 했사옵니다. 그밖에 장상은 또 내정의 시위 십여 명을 이리로 파견해 폐하의 경호를 맡게 했사옵니다."

건륭이 긴 한숨을 내쉬면서 대답했다.

"문후 올리러 올 필요는 없다고 하게. 다들 장정옥처럼 일편단심이라면 얼마나 좋을까? 그건 짐의 허황된 욕심이겠지. 형신은 높은 자리에 있으면서도 항상 살얼음판을 걷는 자세로 조심스럽게 행동하니 참으로 억만금을 주고도 살 수 없는 고귀한 품성이네. 세 조대를 걸친 유일한 재상임에도 불구하고 언제 한번 거드름을 피우는 걸 못 봤네."

건륭은 장정옥을 치하하면서 마음이 조금 가라앉은 듯했다. 이어 다시 온화한 표정을 한 채 기윤과 전도를 향해 입을 열었다.

"산서의 사건으로 볼 때 이치吏治는 내리막길을 걷고 있는 것이 틀림없네. 짐은 분노와 슬픔으로 지금 온전한 판단을 할 수 없네. 그러니 오늘은 자네들의 의견을 듣고 싶네."

전도가 콩알처럼 작은 눈을 굴렸다. 이어 잠시 생각하더니 먼저 입을 열었다.

"상황이 더 나빠지기 전에 이치를 바로 세워야 함은 자명한 일이옵니다. 이치쇄신에 있어서는 선제를 능가할 군주가 없다고 생각하옵니다. 역대 사례를 보면, 횡령 사건을 수사할 때 항상 '고래'는 풀어주고 '새우'들만 족치고는 했사옵니다. 그래서 위에서 모든 각본을 짜고 지시를 내린 거물급들은 법망을 이리저리 피해 버젓이 활개를 치면서 다니고 별 볼 일 없는 졸개들만 죽어났사옵니다. 그리고는 마치 사건의 뿌리를 모두 뽑은 것처럼 대서특필하고는 했사옵니다. 사정이 이렇다 보니 '고래'들은 눈에 뵈는 것이 없게 됐사옵니다. 아무도 감히 건드리지 못할 거라는 오만함에 빠진 나머지 여기저기에 새끼 탐관오리들을 열심히 번식시키고 있사옵니다. 윗물이 맑아야 아랫물이 맑다고 했사옵니다. 청렴한 신하들은 하관들이 허튼 수작을 부리도록 내버려두지 않사옵니다. 살합량이나 객이흠이 평소에 빈틈을 보이지 않았다면 어찌 아랫것들이 은자를 싸들고 와서 기웃거릴 수 있었겠사옵니까?"

기윤은 그러나 전도와는 다소 다른 주장을 펼쳤다.

"전도의 말에 상당 부분 공감하옵니다. 하오나 한 가지 짚고 넘어가야 할 것이 있사옵니다. 폐하께서 관대한 정치를 기조로 삼아 오늘날의 상서롭고 조화로운 세상을 이끌어내신 것은 결코 용이한 일이 아니옵니다. 따라서 이번 사건이 단지 산서성에서만 발생한 뇌물수수, 부패횡령 사건인지 아니면 유사한 병폐가 전국에 만연돼 있는지를 먼저 살펴야 할 줄로 생각하옵니다. 신의 어리석은 생각으로는 관풍사觀風使를 전국에 파견해 실사를 하는 것이 급선무인 것 같사옵니다. 그들에게 탄핵권만 부여하고 처결권을 주지 않으면 전체적인 정국에는 혼란을 가져다주지 않을 것이옵니다."

기윤은 한번 말문을 트자 거침이 없었다. 청산유수라는 말이 부끄럽지 않을 정도로 시원시원하게 사자후를 토했다.

"신은 조정의 고관들뿐만 아니라 일반 관리들에게도 징계와 교육이 필요하다고 생각하옵니다. 징계와 심성 교육을 결부시켜 귀에 못이 박히도록 가르침을 줘야 할 것이옵니다. 새끼가 자라서 어미가 되고 어미가 다시 새끼를 낳는 되풀이가 이어지는 한 한두 사람만 단속해서 될 문제가 아니라고 생각하옵니다. 물론 전도의 말처럼 과감하게 고관들의 목을 내리쳐 일벌백계를 꾀하는 것도 필요하옵니다. 그러나 그 기초 위에서 징계와 교육을 병행하여야 하옵니다. 역대 사례를 보면 죽음 앞에서는 백성들보다 고관들이 더 약한 모습을 보였사옵니다. 이는 후세에 들을 욕을 두려워했기 때문이옵니다. 때문에 이번에는 산서성의 두 패륜아를 공개 처형해야 하옵니다. 천하의 관리들에게 자신을 돌아보고 반성하면서 개과천선하는 계기를 만들어줘야 할 줄로 믿사옵니다."

조용히 귀를 기울이던 건륭이 천천히 입을 열었다.

"기윤 자네는 참으로 사려 깊은 사람이네. 두 사람의 주장에 모두 일리가 있으니 돌아가서 방금 말한 내용을 문서로 작성해 올려 보내게. 짐의 취지는 두 가지네. 하나는 정국에 혼란을 주지 않는 범위 내에서 이치쇄신에 박차를 가하는 것이네. 다른 하나는 계속 관대한 정치를 펼치는 것이네. 그러나 그게 탐관오리가 되는 것을 용인한다는 뜻은 아니네."

군신 간의 길고 긴 대화는 계속 이어졌다. 그 사이 날은 서서히 어두워졌다.

건륭은 저녁을 대충 먹고 관보와 상주문을 펼쳐들었다. 모두가 "삼가 문후를 올리옵니다" 따위의 틀에 박힌 내용이었다. 무료하기 짝이 없었다. 건륭은 급기야 상주문을 한쪽으로 밀어버렸다. 이어 아무도 부르지 않고 홀로 밖으로 나갔다. 하늘에서 눈이 꽃처럼 날리고 있었다. 그는 뒷짐을 진 채 고개를 뒤로 꺾었다. 눈꽃이 얼굴에 떨어지면서 물로 변하는 느낌이 그렇게 시원할 수 없었다. 지난 20여 일 동안 산서에 다녀오느라 쌓인 여독이 모조리 사라지는 것 같았다. 한 지방의 수토水土가 그 지방의 사람을 키운다고 했던가. 북경에 돌아오니 두부처럼 반듯한 사합원四合院(북경의 일반적인 가옥)과 폐까지 시원하게 스며드는 청량한 밤공기가 그렇게 반가울 수가 없었다. 건륭은 문득 왕정지의 얼굴이 떠올랐다. 이어 당아와 유호록씨, 부찰씨의 얼굴도 떠올렸다. 순간 건륭은 한 가지 사실을 분명히 깨달았다. 자신의 마음 깊은 곳에 붙박인 채 변함없이 그리운 존재는 황후 부찰씨라는 사실을. 그는 갑자기 황후가 못 견디게 그리워졌다. 황후는 지금쯤 무얼 하고 있을까? 그는 자신도 모르게 북경 쪽으로 시선을 돌렸다. 순간 뇌리에 문득 다른 생각이 떠올랐다.

'양사경 그자가 삼켰다는 쪽지에는 도대체 무슨 내용이 담겨 있을까? 열 손가락이 성한 홍효弘曉는 무엇 때문에 홍승弘昇에게 대필을 시켰을까? 일전에 그들이 암암리에 쑥덕거리던 '팔왕의정'과 관련이 있는 걸까?'

건륭은 수많은 의혹이 한꺼번에 밀려오자 머리가 터질 것만 같았다. 그때 갑자기 선비가 묵고 있다는 방에서 낭랑하게 글 읽는 소리가 눈의 장막을 뚫고 들려왔다.

그대를 배웅해 남포南浦로 오니 푸른 버드나무 우거진 곳에 낙화落花의 잔영이 슬프구나. 떠나보내는 이내 아쉬움을 아는지 저 꾀꼬리소리는 오늘따라 왜 이리 처량한지. 누각에 올라 멀리 바라보니 산은 겹겹이요 물은 깊구나. 대나무 숲에서 시를 읊고 화원에서 술잔을 기울이던 기억들, 저무는 봄처럼 저 강물 따라 사라지네. 부디 공명에 대해 묻지 말게, 저 하

늘의 별은 그대로인데 백발만 무성해졌으니. 새벽을 알리는 닭 울음소리
는 여전하나 그대의 고향은 어디인가? 그대 그리는 이 밤 서창西窓을 때리
는 비에 수심이 녹아드네.

눈꽃이 흩날리는 고요한 밤에 들려오는 이름 모를 나그네의 글 읽는
소리는 순식간에 건륭의 마음을 사로잡았다. 건륭은 마치 귀신에 홀린
듯 소리 나는 쪽으로 발길을 돌렸다. 그 사이 낭랑한 목소리는 다시 이
어졌다.

하늘은 시리도록 푸른데 땅에는 누런 낙엽만 가득하네. 추색秋色은 연이은
물결 같고, 물결 위에는 푸른 안개만 일렁이네. 산에는 석양이 지고 하늘
은 강과 맞닿았건만 무정한 방초芳草는 석양 밖에 서 있네. 고향 생각에 슬
픔은 더해가고, 나그네는 밤마다 좋은 꿈에 잠을 청하지 못하네. 밝은 달
아래 높은 누각에 홀로 서 있지 마시게, 수심으로 가득 찬 마음에 술 한
잔 들어가면 그리움이 눈물 되어 북받칠 것이니.

"실례하오."
건륭이 나그네가 묵고 있는 방의 문을 밀고 들어갔다. 그리고는 공
수를 했다.
"눈 내리는 고즈넉한 밤에 낭랑하게 글 읽는 소리를 들으니 기분이 새
롭구먼. 어째서 그렇게 처연한 시를 읊고 있는지? 심사가 깊어 보이는데
무슨 일인지 혹시 여쭤 봐도 되겠소?"
건륭은 사내를 자세히 눈여겨봤다. 나이는 서른 살쯤 되어 보이고 낡
은 비단 장포를 입고 있었다. 준수하고 갸름한 얼굴에는 주근깨가 몇 개
있었다. 또 목에는 가느다란 머리채를 멋스럽게 감고 있었다. 그는 갑작

스러운 불청객의 방문에 놀랄 법도 했으나 사람 좋게 대답했다.

"상방에 드신 손님인 것 같은데 어서 앉으시오. 실례가 안 된다면 존함을 여쭤도 되겠소?"

건륭 역시 소탈한 웃음을 띠고 사내를 마주 하고 앉았다.

"나는 전흥田興이라고 하는 사람이오. 산서 쪽에 말을 팔고 오는 중이오. 선생의 글소리에 이끌려 이렇게 실례를 무릅쓰고 들어왔소. 그러는 그대는 존함을 어찌 쓰시오?"

사내가 건륭의 말에 미처 대답하기도 전이었다. 갑자기 전도가 불쑥 문을 밀고 들어섰다. 그리고는 방 안에 있는 사람은 쳐다보지도 않고 말했다.

"주인나리, 악씨가 매상 보고를 올리겠다고 합니다. 소인에게 주인나리가 어디서 뭘 하시나 가보고 오라고 했습니다."

전도가 말을 마치고는 고개를 들었다. 이어 사내를 보자 깜짝 놀라며 소리쳤다.

"아니, 자네는 늑민이잖아! 이게 어찌 된 일인가?"

늑민은 사실 먼저 전도를 알아봤다. 얼굴에 바로 웃음이 떠올랐던 것은 그 때문이었다. 그 역시 고된 여로에서 만난 옛 친구가 무척이나 반가운 듯 들뜬 목소리로 물었다.

"그러는 자네는 어쩐 일인가? 형부에서 일한다고 하지 않았나? 헌데 어째서 이분을 주인나리라고 부르는 건가?"

전도는 당황할 법도 했으나 기민하게 둘러댔다.

"아, 이분은 우리 형부의 관리가 아니야. 내가 모시는 나리의 친척분이지. 산서에 장사를 다녀오는 길에 만나 동행했을 뿐이야."

"늑민…… 선생."

건륭 역시 둘의 대화를 듣고 전도와 늑민이 친밀한 사이라는 것을 알아차렸다. 그리고는 그에 대한 일말의 경계심을 풀었다.

"존함을 들으니 만주족인 것 같은데 혹시 어느 기旗 소속인지 물어봐도 되겠소?"

늑민이 그러자 한숨을 내쉬면서 대답했다.

"사실대로 털어놓자면 창피하고 가슴 아픈 일이오. 선친께서는 생전에 호광 순무를 지냈던 분이오. 그러나 선제 때 사달을 일으켜 가문이 졸지에 망해버리고 말았소. 그래서 나는 기인이라면 누구나 다 받을 수 있는 월례月例 은자도 받지 못하는 실정이라오. 다행히 의로우신 윤계선 중승이 공생 자리를 마련해주신 덕에 이렇게 전시를 보러 올 수 있었다오. 요즘 내무부에 칠사七司아문이라고 새로운 아문이 생겼소. 그래서 전시 때까지 며칠 동안 거기서 잔심부름이나 해주면서 방 값이라도 벌어 쓰고 있는 처지요……."

늑민의 말이 끝나자 건륭이 바로 말을 받았다.

"인연이 닿으려고 하니 이렇게 만났나 보오."

늑민이 잠시 말을 멈추고는 차 두 잔을 따라 건륭과 전도에게 건넸다. 그러나 전도는 손사래를 치면서 찻잔을 받지 않았다.

"내가 어찌 주인나리와 한자리에서 차를 마시겠나? 그건 그렇고 자네는 이렇게 추운 날씨에 풍대에는 왜 온 거야?"

늑민이 한숨을 내쉬더니 천천히 입을 열었다.

"옥아를 찾으러 왔어. 북경에 도착하자마자 장씨 정육점을 찾아갔었지. 그런데 장명괴가 가솔들을 거느리고 이사를 했다더군. 술을 팔던 육육도 주인집에서 쫓겨난 뒤 소식이 끊어지고……. 나에게는 태산 같은 은혜를 베푼 사람들인데 어디로 갔는지 알 수조차 없다니 마음이 아프군."

늑민의 눈에 갑자기 눈물이 방울방울 맺혔다. 그러자 전도가 당황해서 황급히 늑민에게 위로의 말을 건넸다.

"너무 상심할 것 없어. 자네가 그들을 잊지 않는 한 언젠가는 꼭 만나게 될 거야. 이번 전시에 합격해 관직을 얻으면 내가 그들을 찾을 수 있도록 도울 테니 너무 걱정하지 마."

전도는 말을 마치자마자 건륭을 쳐다봤다. 늑민의 사연을 궁금해 하는 표정이 얼굴에 나타나 있었다. 그는 하는 수 없이 늑민과 옥아의 사연을 상세하게 들려줬다. 건륭은 늑민의 사연을 듣고는 왕정지의 얼굴을 떠올렸다. 이어 동병상련의 마음으로 늑민을 위로해줬다.

"사람 사는 것이 다 그런 것 아니겠소? 마음을 넓게 가지고 멀리 보면 별일 아니오."

늑민은 건륭의 위로가 도움이 되지 않은 듯 눈물로 범벅이 된 얼굴을 쓱 문지르면서 말했다.

"나라고 왜 그런 도리를 모르겠소? 다만 지금까지도 내가 뭘 잘못했는지 모르겠다는 거요. 도대체 뭘 어떻게 잘못했기에 그들이 나를 피해 이곳을 떠난 건지 말이오. 요즘 나는 틈만 나면 장씨의 정육점 옛터로 가서 한참 동안 머물고 온다오."

늑민은 급기야 어깨를 들썩이면서 흐느끼기 시작했다. 전도는 그런 늑민을 위로해 줄 말이 더 이상 떠오르지 않았다. 그저 안타까운 눈길로 그를 바라만 볼 뿐이었다. 얼마 후 그가 더 이상 머물러서는 안 되겠다고 생각한 듯 건륭과 늑민에게 말했다.

"악씨가 기다리고 있습니다. 늑민, 너무 상심하지 마. 전시가 끝나면 나도 나서서 도와줄게. 자, 가시지요. 주인나리!"

건륭은 말없이 늑민을 향해 고개를 끄덕여보이고는 전도를 따라 상방으로 향했다. 윤록과 악이태, 기윤이 함께 기다리고 있었다.

"내정內廷에서 오늘의 관보를 가져왔나요?"

건륭의 질문에 윤록이 황급히 대답했다.

"오늘 관보는 아직 가져오지 못했사옵니다. 며칠 사이 황궁에 대한 통제가 이전보다 훨씬 삼엄해졌사옵니다. 신설된 칠사아문이 원래의 내시위방內侍衛房을 견제하면서 관보를 가지러 간 태감을 쫓아냈다고 하옵니다. 태감 복신이 신의 친필서신을 가지고 갔사오니 두 시간 후면……."

"생뚱맞게 칠사아문이라니?"

건륭은 조금 전 늑민에게서 들었을 때는 그가 뭔가 잘못 알고 하는 소리인 줄 알고 흘려들었다. 그래서 대수롭지 않게 여겼던 것을 여기서 다시 듣게 되자 신경을 쓰지 않을 수 없었다. 그가 윤록에게 덧붙여 물었다.

"도대체 그 칠사아문은 어디에 소속된 부서인가요?"

윤록이 어색한 표정을 지으면서 대답했다.

"이 일은 전에 폐하께 상주한 바 있사옵니다. 내무부에서 신설한 아문이옵니다. 황실 종친들은 갈수록 늘어만 가는데 이들을 전문적으로 보살피는 부처가 없어서 만든 것이옵니다. 특히 타지에 있는 왕공들이 입경했을 때 제대로 배려해주지 못해 말들이 많았던 것 같사옵니다. 당시 폐하께 여쭈니 폐하께서 고개를 끄덕이셨사옵니다. 관보를 가지러 간 태감을 되돌려 보낼 정도로 경계를 강화한다는 것은 어떤 의미로는 좋은 일이 아니겠사옵니까?"

건륭은 윤록의 말을 들으면서 눈은 악이태를 향하고 있었다. 그러나 악이태는 전혀 몰랐던 일이라는 듯 입을 꾹 다물고 있었다. 건륭이 잠시 생각하더니 냉소를 흘렸다.

"그랬었군요! 짐이 고개를 끄덕였다니 그렇다 치자고요. 하지만 짐은 통 기억이 안 나네요. 열여섯째숙부가 없는 소리를 하지 않는다는 것은 알고 있어요. 그러나 짐이 언제 고개를 끄덕이는 것으로 이런 중대사를 윤허한 적이 있던가요? 아래에서 상주문을 올려오면 짐이 재량해서 주비를 다는 것이 순서가 아닌가요? 그것도 하필이면 짐이 북경에 없는 사이에 소리 소문 없이 만들어진 아문이라니, 어째 영 찜찜하군요!"

건륭이 불편한 심기를 노골적으로 드러냈다. 급기야 윤록이 건륭의 예리한 눈빛을 견디지 못하고 부들부들 떨면서 황급히 무릎을 꿇었다. 이어 머리를 조아린 상태에서 아뢰었다.

"이 일은 이친왕 홍효 등이 도맡아서 처리한 것이옵니다. 신은 그저 들어서 대충 알고 있을 뿐이옵니다. 그들이 내정시위들과는 별개로 대내에 따로 시위를 키우고 있을 줄은 꿈에도 몰랐사옵니다."

옆에 있던 기윤 역시 가만히 있지 않았다.

"이는 결코 가벼이 넘길 일이 아니옵니다. 폐하의 재가를 요하는 사안이옵니다. 이대로 방치하면 제 이, 제 삼의 동창東廠(명나라 때 무소불위의 권력을 행사한 정보기관)과 금의위錦衣衛(명나라 때의 특무기관)가 되지 말라는 법이 없사옵니다. 성조께서는 즉위 초에 숱한 병폐를 유발하는 십삼아문을 폐지시켰사옵니다. 하온데 인자하심으로 천하를 다스리는 오늘 같은 태평성세에 누가 이처럼 정체도 불분명한 기관을 함부로 설치한다는 말이옵니까? 더 커지기 전에 혹을 떼어버려야 하옵니다."

건륭은 기윤의 말에 동의한다는 듯 바로 붓을 날려 몇 줄을 적었다. 그런 다음 태감 복의에게 주면서 분부했다.

"쾌마로 어지를 전하라. 풍대 제독과 보군통령아문, 구문 제독은 어지를 받는 즉시 짐을 배알하러 오라고 하라. 장정옥, 눌친, 홍효도 들라 하라. 단, 한 사람도 수행원을 대동해서는 안 된다!"

건륭이 목소리에 힘을 잔뜩 주면서 어지에 휴대용 인새를 찍었다. 복의가 물러간 다음 건륭이 다시 말을 이었다.

"열여섯째숙부, 짐도 기윤의 말에 공감해요. 오늘밤 짐은 정체불명의 칠사아문을 요절내 버릴 겁니다."

이런 것을 일컬어 번갯불에 콩 볶아먹는다고 하는가? 건륭의 속전속결에 좌중의 사람들은 모두들 크게 놀랐다. 윤록 역시 얼굴이 시뻘겋게 달아올랐다가 다시 새하얗게 변했다. 전도가 조심스레 의견을 피력했다.

"야반삼경에 아문을 철거한다면 아무리 조심한다고 해도 사람들을 놀라게 할 소지가 크옵니다. 게다가 내일 아침 입궐 때까지 불과 몇 시간도 남지 않았사옵니다. 아예 내일 아침 조서 한 장으로 끝내는 것이 어떨까 하옵니다. 그러지 않아도 저쪽 방의 늑민이 칠사아문에서 심부름을 하고 있다고 했사옵니다. 신의 생각으로는 늑민을 불러 대충 어떤 상황인지 소상히 알아본 다음 조금 더 침착하게 대응하는 것이 바람직할 것 같사옵니다."

전도의 말은 윤록의 숨통을 틔워주기 위한 것과는 거리가 멀었다. 그보다는 늑민이 이번 전시 합격으로 자신보다 더 높은 관직에 오르지 못하도록 막기 위한 것이 목적이었다. 그러지 않아도 황제가 직접 인재를 선발하는 전시에서 늑민이 미역국을 먹었으면 하고 내심 기도했던 전도가 아니었던가. 그런 마당에 때마침 기회가 왔으니 늑민이 '칠사아문'의 '일당'이라는 느낌을 건륭에게 분명하고 확실하게 심어줄 필요가 있었다. 그러나 건륭은 전도의 속내를 꿰뚫어 보기라도 한 듯 말했다.

"그 사람은 전시에 뜻이 있는 사람이네. 이런 민감한 사안에 연루되면 앞으로 시비곡직에 대한 판단이 흐려져 장래에 악영향을 끼칠 소지가 크네. 전도 자네는 책도 많이 읽은 사람이 오이 밭에서 신발 끈을 고쳐 매지 말라는 옛말도 모르는가?"

건륭의 따끔한 한마디에 전도가 얼굴을 붉힌 채 뒤로 물러났다. 이어 건륭은 윤록을 향해 온화한 미소를 지어보였다.

"열여섯째숙부, 그만 일어나 짐의 얘기를 들어보세요. 칠사아문의 존재는 열여섯째숙부도 홍효의 잘못도 아니에요. 짐이 어쩌다 머리를 잘못 끄덕여 발생한 실수에 불과하니 그렇게 불안해 할 것은 없어요. 누가 뭐래도 짐의 친숙부인데 짐이 어찌 열여섯째숙부의 체면을 인정사정 없이 구겨버릴 수 있겠어요? 이제 곧 사람들이 도착할 것이니 열여섯째숙부와 홍효 두 사람이 이 일을 처리하도록 하세요. 결자해지라고 하지 않았습니까? 단 짐의 마음이 홀가분하지 못하니 오늘 밤을 넘기지 말고 칠사아문을 없애버리세요. 이는 나라의 제도이고 법규예요. 열여섯째숙부가 누구보다도 잘 알잖아요."

태감 복신이 건륭이 결단을 내리는 사이에 들어와서 아뢰었다.

"풍대 제독 갈풍년^{葛豊年}이 뵙기를 청했사옵니다."

건륭이 시계를 꺼내 한참 들여다보고는 대답했다.

"장정옥 등이 오려면 한참 걸릴 테니 먼저 접견하지!"

잠시 후 갈풍년이 들어왔다. 체구가 건장하고 골격이 큰 사내였다. 겉모습만 봐도 이제껏 살아온 삶이 결코 순탄하지 않았을 거라는 사실을 알 수 있는 사람이었다. 양볼 가득한 살이 무게를 이기지 못해 턱밑까지 처지고 귀밑에 한 뼘 크기의 칼자국이 선명했다. 갈풍년은 자기가 왜 불려왔는지 영문을 몰라 어정쩡하게 예를 갖춘 다음 일어서서 건륭을 쳐다봤다.

"갈풍년……. 아, 이제야 생각이 났네. 분위^{奮威}장군 악종기의 부하 장군이었지? 전쟁터에 나갈 때 홍포^{紅袍}를 즐겨 입기로 유명한 그 갈풍년이 자네였군."

잔뜩 경직돼 있던 갈풍년이 건륭이 자기를 알은체하자 입을 헤벌린 채 웃었다. 이어 정중한 어조로 아뢰었다.

"그러하옵니다, 폐하! 폐하께서는 아마 기억 못하실 것이옵니다. 소인은 옹화궁 왕부에서 호위로 있던 적도 있사옵니다. 이위 대인보다 먼저 왕부를 나온 탓에 옹화궁에 있던 시간은 그리 길지 않사옵니다. 선제께서 소인의 얼굴을 보시고 '전쟁터에서 적들과 싸우게 생긴 관상이 이런 곳에 머물러 있으면 안 되지'라고 하시면서 소인을 악종기 장군에게 보내신 것이옵니다."

"이제 보니 짐의 가노였군! 음, 전쟁터에서는 전투도 잘했다고 들었네!"

건륭이 고개를 끄덕였다. 갈풍년이 다시 입을 열었다.

"소인은 듣기 좋게 풍대 제독이라고는 하오나 사실은 황제폐하를 위해 북경성의 관문을 지키는 누렁이에 불과하다는 것을 잘 아옵니다. 주인이 아닌 다른 사람이 들어오려고 하면 '왕왕!' 하고 사납게 달려들어 물어버리는 그런 충실한 개 말이옵니다."

"비유가 참으로 적절하네."

건륭은 파안대소를 금치 못했다. 윤록, 악이태, 기윤과 전도 등도 모두 배를 잡고 웃었다. 건륭이 이어 흡족한 미소를 지은 채 물었다.

"그래, 자네 풍대 대영에는 현재 병력이 얼마나 되나? 장비는 문제없나?"

갈풍년이 황급히 대답했다.

"북경 근교의 각 주현들에 있는 병력까지 모두 합치면 총 사만 칠천칠백칠십육 명이옵니다. 장비는 홍의대포 열 문, 무적대장군포 여덟 문, 조총 천 자루가 있사옵니다. 이밖에 기병 칠천 명이 더 있사옵니다만 풍대가 아닌 밀운현密雲縣에서 훈련을 받고 있사옵니다."

건륭이 갈풍년의 보고를 다 듣고는 말했다.

"짐이 갑자기 자네에게 일만 병력을 대기시키라고 한다면 얼마나 빨리 될 것 같은가?"

갈풍년이 흥분한 듯 고개를 번쩍 쳐들고 대답했다.

"폐하, 무슨 변고라도 있사옵니까? 일만 병력을 대기시키는 데는 두 시간도 채 안 걸릴 것이옵니다!"

건륭이 날개 돋친 호랑이라는 별명을 가진 갈풍년을 만족스럽게 바라보았다.

"앞으로 자네가 크게 위용을 떨칠 날이 있을 것이네. 하지만 지금 당장은 아니네. 조금 있다 장친왕, 이친왕, 눌친, 악선 네 대신을 따라 성 안으로 들어가게. 이어 구문 제독아문의 병력과 회동하게. 각자 오백 명의 정예병을 거느리고 가서 칠사아문의 무장을 해제시켜버리게. 그 안에 있는 문서들은 하나도 빠짐없이 봉해버리고. 한 사람도 죽이지 않고 무사히 일을 마치면 큰 공을 세운 것이네."

"예, 폐하! 어지를 받들겠사옵니다!"

49장
철모자왕鐵帽子王들을 장악한 건륭

갈풍년은 물러갔다가 왕공들이 도착하기를 기다려 다시 들어오라는 명령을 받고는 객잔 밖으로 나왔다. 그러나 한참을 기다려도 홍효 등은 모습을 보이지 않았다. 급기야 조바심에 안절부절못하다 문어귀에 서 있는 태감 복인에게 불평을 터트렸다. 먼저 병영으로 돌아가 인마를 집합시켜놓고 다시 오면 안 되겠느냐고 폐하께 여쭤달라고 다그친 것이다. 그러나 소득은 없었다. 마지못해 아뢰러 들어간 복인이 다시 나와 "기다리는 김에 조금만 더 기다리라"는 건륭의 말을 전했을 뿐이었다. 갈풍년은 할 수 없이 뒤 마려운 강아지처럼 제자리에서 뱅뱅 돌며 기다릴 수밖에 없었다. 그렇게 두 시간여가 지난 뒤였다. 멀리서 요란한 말발굽소리가 들려오기 시작했다. 홍효를 비롯해 눌친, 장정옥, 그리고 외지로 나간 구문제독을 대신해 달려온 병부시랑 영낙英諾까지 몇몇 왕공대신들이 수행원을 하나도 대동하지 않은 채 말을 타고 달려오고 있었다. 맨 앞의 사람은 어지를 전하러 간 태감 복의였다. 미리 대기하고 있던 복인과 복례가 어둠 속에서 다가가 물었다.

"복의 맞나?"

"그래, 나야."

복의는 대답과 동시에 말 잔등에서 뛰어내렸다. 이어 황급히 장정옥의 말발굽 옆에 엎드렸다. 장정옥이 복의를 하마석 삼아 땅에 내려서자 복인과 복례가 다가가 부축을 했다. 일행은 조심스럽게 방 안으로 들어갔다. 약 한 달 만에 이뤄지는 군신 간의 재회였다. 건륭이 인사가 끝나기를 기다렸다가 두 손을 들어 올리면서 말했다.

"모두 일어나게. 보다시피 여기는 대내와 달리 장소가 비좁네. 장정옥만 자리에 앉고 나머지는 서있게."

장정옥이 황급히 사은을 표하고는 벽 쪽에 있는 의자에 앉았다. 이어 차분한 어조로 아뢰었다.

"한 달 만에 용안을 다시 뵈옵니다. 신색이 참으로 좋아 보이옵니다. 이곳 풍대는 대내나 창춘원과 지척이온데 처음부터 경비망이 잘 갖춰져 있는 그리로 움직였으면 좋을 뻔했사옵니다."

건륭은 나이가 들면서 잔소리가 유난히 많아진 장정옥에게 익숙해져 있었다. 그래서 그의 말에는 달리 대답을 하지 않고 화제를 돌렸다.

"그 동안 이 자리에 있는 여러 왕공대신들이 살림을 잘 맡아줘서 짐이 안심할 수 있었네. 산서에서 올라온 상주문을 읽어봤는가?"

이친왕 홍효가 건륭의 말이 떨어지기 무섭게 말을 받았다.

"예, 폐하. 실로 조정의 체통에 먹칠을 하는 짓이었사옵니다. 하오나 손가감이 너무 경솔하게 사건을 처리한 것이 아쉬웠사옵니다. 사람을 죽여 증거를 인멸했으니 어찌 그 배후를 추적할 수 있겠사옵니까? 신은 양사경이라는 자를 잘 모르옵니다. 그 미친놈이 신의 서한을 홍승이 대필했다면서 망발을 했다고 하니 실로 어처구니없는 일이옵니다."

건륭은 잠자코 홍효의 말을 듣고만 있었다. 얼굴이 섬뜩하리만치 무표정했다. 얼마 후 그가 고개를 돌려 눌친에게 물었다.

"자네는 이 일을 어찌 생각하는가?"

눌친이 갑작스런 건륭의 질문에 당황하는 기색을 보였다. 그러나 바로 정신을 다잡은 채 대답했다.

"신의 소견으로는 이 역시 위조 상주문 사건처럼 뿌리를 캐기에 무리가 따르는 사건이라고 사료되옵니다. 깊이 캐내기가 부담스러울 바에는 결단을 내리고 덮는 것이 더 바람직하지 않겠사옵니까."

홍효가 눌친의 말에 흥하고 코웃음을 쳤다.

"그래도 캘 것은 캐야지, 그게 무슨 소리요. 적어도 억울한 누명을 뒤집어쓴 사람에게 결백함을 증명할 시간은 줘야 하지 않겠소? 본인과 무관하다고 강 건너 불구경만 해서는 안 되지!"

눌친이 홍효의 질책에 놀라 황급히 다시 입을 열었다.

"신의 뜻을 오해하지 마십시오. 분명히 말씀드리는데 그런 야비한 뜻은 아니었습니다. 우리는 모두 군주의 신하이고 한집안 식솔인데 어찌 딴 생각을 품을 수 있겠습니까. 신은 그저 머리에 떠오른 생각을 솔직히 진언했을 뿐입니다. 이 일은 폐하께서 입궐하신 다음 어전 회의에서 소상히 말씀올리겠사옵니다, 폐하."

건륭이 미소를 머금었다.

"이렇게 다 모였으니 어전 회의나 진배없지. 입궐 이후에 논하나 지금 논하나 마찬가지 아니겠나? 허나 오늘 저녁에는 논하고 싶지 않네. 방금 전에도 치하하기는 했지만 여러분은 짐이 없는 동안 맡은 바 소임을 훌륭해 잘해냈네. 짐이 자리를 비운 지 한 달이 되었는데 풍대 제독조차도 그 사실을 며칠 전에 알았다고 하지 않은가. 그 정도로 철저히 입을 봉하고 일처리도 야무지게 잘한 것을 보니 참으로 만족스럽네."

건륭의 말속에는 뼈가 있었다. 좌중의 신하들은 그의 정확한 속내를 몰라 고개를 주억거리면서 경청할 수밖에 없었다. 건륭이 그 모습을 차례로 일별하더니 갑자기 본론을 꺼냈다.

"헌데 짐은 난데없이 생겨난 칠사아문의 정체가 궁금하네."

홍효가 마치 기다렸다는 듯 당황하지 않고 태연하게 입을 열었다.

"그건 신이 장친왕의 허락을 받고 설립한 아문이옵니다. 폐하께서도 아시다시피 대청이 세워진 지도 백 년이 되옵니다. 신의 세대, 그리고 신보다 두 세대 더 어린 종실의 자제들을 모두 합치면 황실 가족이 무려 이삼천 명은 더 될 것이옵니다. 이들이 매일 한다는 일이 무엇이옵니까? 독수리나 조련하고 새 조롱을 들고 찻집, 술집에나 출입하는 것이 고작 아니옵니까? 계속 이대로 나간다면 황실의 장래가 암담해질 수밖에 없다고 생각했사옵니다. 이들을 건전한 방향으로 유도하기 위해 생각해낸 방법이 바로 일거리를 맡기는 것이었사옵니다. 외부에서 입경한 왕공들의 시중을 들고 용돈이라도 타서 쓰면 일하는 재미도 쏠쏠하고 다른 사달을 일으키지 않을 거라고 생각하고 칠사아문을 설립했던 것이옵니다."

건륭은 속에서 뭔가 주먹만 한 것이 불끈불끈 치밀어 오르는 것을 느꼈다. 그러나 애써 눌러 참고는 일부러 자상한 어투로 물었다.

"그래 그 칠사아문은 누가 관장하기로 했는가?"

홍효가 즉각 대답했다.

"여럿을 물망에 올려놓고 저울질을 해보았사옵니다. 그래도 똑똑하고 명민한 것으로 홍승을 따를 사람이 없었사옵니다. 이친왕理親王 홍석弘晳과 패륵 홍창弘昌이 추천했으니 심려 놓으셔도 될 것이옵니다. 신이 노파심에 홍보弘普까지 붙여 도와주게 했사옵니다."

건륭이 다시 물었다.

"그러면 자네는 설립만 해놓고 어떻게 돌아가는지에 대해서는 전혀 관여치 않았다는 얘기인가?"

"신은 군기처 일에 지장을 주면서 마음 써야 할 정도로 칠사아문이 중요하다고 생각지 않았사옵니다. 그래서 매월 운영 경비만 제때에 제공하는 정도에 그쳤사옵니다."

"중요한 일이 아니라고?"

건륭이 마침내 냉소를 터트리면서 따질 듯 반문했다. 이어 천천히 힐책조의 말을 토해냈다.

"자네는 칠사아문이 소일거리나 만드는 시답잖은 아문이라고 말하고 있군. 그렇다면 그들이 어찌 사사로이 대내에서 시위를 키울 수 있다는 말인가? 어지를 받고 입궐한 태감을 내쫓을 정도로 안하무인인 것은 어떻게 설명할 것인가? 이게 중요한 일이 아니면 이보다 더 중요한 일이 무엇인가? 자네가 한번 말해보게. 자네는 그동안 나에게 올린 문안 상주문에서 아프지도 가렵지도 않은 사안만 보고했을 뿐 진짜 중요한 일에 대해서는 한마디라도 한 적이 있었던가? 후원에 바싹 마른 장작더미가 쌓여 있고, 불꽃 한 점만으로도 활활 타오르게 생겼는데 자네는 한마디 언급도 없었다 이거야? 참으로 어리석군!"

좌중의 사람들은 갑자기 돌변한 건륭의 태도에 하나같이 모두 안색이 창백해졌다. 그리고는 더 이상 서 있지 못하고 약속이나 한 듯 무릎을 꿇었다. 장정옥 역시 무릎을 꿇은 채 아뢰었다.

"이 일은 신과 눌친도 사전에 알고 있었사옵니다. 하오나 폐하의 윤허를 받고 한 일이라기에 더 이상 따져 물을 수가 없었사옵니다……. 어리석은 노신의 죄를 물어주시옵소서, 폐하."

눌친 역시 울상을 한 채 입을 열었다.

"신의 불찰을 엄히 징벌해 주시옵소서, 폐하."

건륭이 눌친의 말이 끝나기 무섭게 말했다.

"짐은 아무도 징계하지 않을 것이네. 짐은 자네들의 체면을 살려주기 위해 지금 이 자리에 부른 거네. 결자해지라고 하지 않았나. 오늘 저녁을 넘기지 말고 처리하도록 하게. 내성內城은 여기서 멀리 떨어져 있으니 갈풍년의 호위를 받고 가도록 하게. 그리 알고 그만 물러가게!"

홍효가 할 말이 남은 듯 머뭇거리더니 아뢰었다.

"그 일 때문이라면 이렇게 서두를 것은 없을 것 같사옵니다. 밤중에 병사들을 동원한다는 것은 아무래도 무리수인 것 같사옵니다."

홍효의 말에 건륭의 얼굴에서 웃음기가 사라졌다. 급기야 그가 무서운 표정으로 홍효를 노려보면서 내뱉듯 말했다.

"이 사람이 아직도 정신을 못 차렸구먼. 어느 안전이라고 감히 감 놔라 배 놔라 하는 거야! 그만 물러가게. 날이 밝는 대로 짐을 따라 입성할 준비나 하게. 아니, 안 되겠네. 자네는 이 일에 손대지 않는 것이 낫겠네!"

건륭이 치밀어 오르는 화를 누른 채 책상 쪽으로 다가가 붓을 들었다. 이어 뭔가를 적어 내려가면서 덧붙였다.

"눈 안에 모래가 들어가 실명할 정도가 됐는데도 내일까지 기다려 천천히 씻어내라는 말이 아니고 뭔가!"

건륭이 말을 마치더니 친필 칙지勅旨를 갈풍년에게 건네주면서 다시 분부를 내렸다.

"자네의 임무는 두 가지네. 일단 대신들을 대내로 호송한 이후 즉각 이친왕부怡親王府로 가서 홍창, 홍보, 홍승을 체포해 종인부로 연행하게. 가서 눌친에게 넘겨주면 자네 임무는 끝이네!"

"폐하!"

홍효의 얼굴이 경악을 금치 못하며 일그러졌다. 그러나 건륭은 화가 난 표정을 한 채 홍효에게 눈길 한번 주지 않고 손사래를 쳤다.

"그만 물러가게. 짐이 따로 은지恩旨를 내릴 것이네."

칠사아문은 설립한 지 보름 만에 흙더미처럼 무너지고 말았다. 쥐도 새도 모르게 생겼듯 눈 깜짝할 사이에 사라져버린 것이다. 홍석은 칠사아문을 설립하면서 야무진 꿈을 꾼 바 있었다. 그것은 다른 게 아니었다. 우선 북경에 있는 이삼천 명의 황실 자제들을 비롯해 일선에서는 물러났으나 과거의 '영화'에 대한 향수가 남아 있는 종실 인척과 그들의 가노 및 추종세력을 포섭하는 것이 1차 목표였다. 그럴 경우 그 숫자만 해도 만만치 않았다. 다음에는 칠사아문의 세력을 키운 다음 내무부를 장악하는 것이었다. 내무부를 장악할 경우 종인부는 두말할 것 없이 코가 꿴 송아지처럼 끌려올 터였다. 또 나중에는 숙위宿衛(군주를 호위해 지킴) 대권과 외번外藩(봉토를 가진 제후) 접대권까지 독점하는 것이 목표였다. 궁극적으로는 무소불위의 권력을 얻는다는 것이 바로 그가 그린 청사진이었다.

이날도 홍석은 홍승과 홍보를 불러 칠사아문의 번창일로 방안에 대해 의논하고자 여느 때보다 일찍 일어났다. 이어 주섬주섬 옷을 차려입고 막 세수를 하려던 참이었다. 그때 문지기가 황급히 달려 들어와 아뢰었다.

"친왕마마, 어찌된 영문인지 왕부 문 앞에 병사들이 쫙 깔렸습니다! 무슨 일이 일어날 것 같은 살벌한 분위기입니다."

"병사들이라니? 어느 아문에서 무슨 일로 파견했는지 물어보지 않았어? 남의 집 앞에서 왜 얼쩡거리느냐고 따지지 그랬어?"

홍석이 입 안 가득 머금은 청염수를 뱉어내면서 다그쳐 물었다. 문지기가 황급히 대답했다.

"소인이 따져 물었습니다. 그랬더니 이곳을 보호하라는 상부의 명을 받고 구문제독아문에서 나왔다면서 더 이상 말도 못 붙이게 했습니다."

홍석은 문지기의 말을 듣고는 목석처럼 제자리에 굳어지고 말았다. 머릿속이 하얗게 탈색되면서 아무런 생각도 나지 않았다. 안색 역시 잿빛으로 변해버렸다. 갑자기 불길한 예감이 그의 뇌리를 스쳤다. 순간 그는 찬바람이라도 맞은 듯 흠칫 몸을 떨었다.

'건륭이 돌아와서 칠사아문에 대해 불편한 심기를 드러낸 것이 틀림 없어. 아니면 저것들이 우리 집을 감시할 이유가 없을 텐데…….'

홍석은 그렇게 생각하고는 쓰러지듯 안락의자에 주저앉았다. 이어 자신도 모르게 반들거리는 앞머리를 매만졌다. 얼마 후 한참 생각에 잠겨 있던 그가 벌떡 자리를 박차고 일어났다. 이어 명령을 내렸다.

"대내로 갈 것이니 차비를 하라."

문지기는 대답과 함께 물러갔다. 그 사이 홍석은 의복을 정제하고 왕부를 나섰다. 밖으로 나오자 왕부의 담벼락을 따라 몇 발자국마다 한 명씩 완전무장한 무관들이 장검을 찬 채 서 있었다. 언뜻 봐도 모두 천총千總 이상 될 것 같은 관품의 무관들이었다. 뭔가 큰일이 벌어지고 있다는 것은 누가 봐도 자명한 일이었다. 그럼에도 홍석은 이른 아침의 찬 공기를 힘껏 들이마시면서 마음을 다잡았다. 애써 주변을 의식하지 않은 채 씩씩하게 계단을 내려서서는 가마에 올랐다. 다행히 아무도 저지하는 사람은 없었다. 그가 등받이에 몸을 기대면서 큰 소리로 분부했다.

"동화문으로 가자!"

동화문은 평소의 분위기 그대로였다. 문지기, 시위, 태감들은 이친왕 홍석에게 예나 다름없이 깍듯하게 문후를 올렸다. 패찰을 건네고 기다리자 잠시 후 양심전으로 들라는 전갈이 왔다.

양심전은 갈수록 가까워졌다. 홍석은 가슴이 터질 것 같은 긴장감을 느꼈다. 그래서일까, 간밤에 내린 눈 때문에 길이 미끄러워 몇 번이나 넘어질 뻔했다. 그가 어지러운 정신을 억지로 가다듬으면서 양심전 수화문 앞에 이르자 마중 나온 태감 왕례가 보였다. 왕례가 홍석을 향해 예를 갖춰 인사한 다음 말했다.

"이친왕께서는 당도하시는 대로 즉각 들라 하셨습니다."

홍석은 기계적으로 고개를 끄덕이고 나서 넋 나간 사람 같은 표정을 한 채 안으로 들어갔다. 건륭은 동난각에 앉아 윤록, 홍효, 악이태, 눌친 등과 조정의 일을 논의 중인 듯했다. 홍석이 황급히 삼궤구고의 대례를 올리고 나서 아뢰었다.

"우매한 신은 어가의 귀환을 여태 모르고 영접을 나오지 못했사옵니다. 크나큰 불경을 저질렀사옵니다."

건륭이 아무 일도 아닌 것처럼 자연스럽게 웃는 얼굴로 말했다.

"기력은 괜찮아 보이는군. 그런데 지난번 만났을 때보다 다소 수척해 보이네. 아무리 좋은 일도 내 몸을 챙겨가면서 해야지."

건륭은 말을 마치고는 홍석에게 자리에 앉도록 권했다. 이어 방금 전에 하던 얘기를 계속 이어갔다.

"전시 날짜는 더 이상 뒤로 미뤄서는 안 되겠네. 날씨도 하루가 다르게 추워지는데 한두 달 전부터 와서 기다리는 선비들 생각도 해야지. 겨우 노자만 마련해가지고 온 이들은 이렇게 시험 날짜가 자꾸 하루 이틀 미뤄지니 갈 곳이 없어 절에 묵고 있다고 하네. 예부에 전하게, 절마다 돌아다니면서 그들에게 일인당 은자 다섯 냥씩을 지원해주라고 말이야. 복건이나 광주 같은 남쪽 지방에서 온 공생들은 겨울철 옷가지도 준비해오지 못했을 터이니 군수물품 중에서 솜이불과 솜옷을 꺼내 가져다주도록 하게. 그들 중에서 미래의 명신들이 배출될 터인데 이름도 모르는 절에서 처참하게 얼어 죽게 해서는 안 되지."

홍석의 옆에 자리한 악이태가 황급히 입을 열었다.

"실로 주도면밀하옵니다. 신의 어리석은 생각으로는 어젯밤 칠사아문을 수색하면서 나온 은자 오륙천 냥과 의복, 땔감들을 가난한 공생들에게 나눠주는 것이 어떨까 하옵니다."

그러자 눌친이 즉각 반대의견을 펼쳤다.

"폐하의 말씀대로 하는 것이 바람직하오. 압수한 물건을 사람들에게 나눠준다면 앞으로 압수한 물건에 대한 관리 소홀 문제가 생길 수 있소. 압수한 은자와 물건은 관례에 따라 입고시키고, 지원해줘야 할 물건은 창고에서 꺼내는 것이 일의 순서가 맞지 않겠소?"

홍석은 악이태와 눌친의 가벼운 설전을 통해 비로소 어젯밤 칠사아문이 압수 수색을 당했다는 사실을 알게 됐다. 갑자기 머릿속이 하얗게 되면서 온몸에 맥이 탁 풀렸다. 자신도 모르게 비명 비슷한 중얼거림이 새어 나왔다.

"압수 수색을 당했다고⋯⋯?"

그 소리를 들은 건륭이 야유 어린 눈빛으로 목석처럼 굳어진 홍석을 일별했다.

"전시 날짜는 정확히 시월 스무엿새로 하지. 홍석과 홍효가 주관하고 눌친이 감독하도록 하게. 왕년에는 전시 시험 때 추위에 병들어 눕는 사례가 많았는데 이번만큼은 그런 경우가 한 건도 있어서는 안 되겠네. 응시생들에게 손난로를 하나씩 주고 더운 물을 두 시간 간격으로 충분히 공급하도록 하게. 전시 제목은 짐이 그때 가서 정할 것이네. 경들의 생각은 어떠한가?"

좌중의 몇몇 대신들은 건륭의 질문에 입을 모아 찬성을 표했다. 그러나 홍석은 아무 말도 하지 못하고 있었다. 건륭이 그런 그에게 물었다.

"홍석, 자네는 어찌 가타부타 말이 없는가?"

"예? 예, 폐하!"

홍석이 화들짝 놀라며 비틀거렸다. 그리고는 황급히 대답했다.

"폐하의 훈육은 지극히 지당하옵니다. 칠사아문은 신도 꼴사납게 생각하던 중이었사옵니다. 요절을 내버린 것은 참으로 현명한 조치였사옵니다."

홍석의 동문서답에 좌중의 신하들은 모두 아연해지고 말았다. 그러자 건륭이 껄껄 웃었다.

"보아하니 자네는 그 칠사아문에 푹 빠져버린 것 같구먼. 이거 어디 미안해서 전시를 맡아달라고 할 수 있겠나?"

홍석이 여전히 정신을 차리지 못한 듯 또다시 엉뚱한 소리를 했다.

"신도 사실 칠사아문을 그리 중요하게 생각지 않았사옵니다. 다만 피를 나눈 형제들인 홍승, 홍보, 홍창이 만든 것이라 걱정이 됐을 뿐이옵니다. 미운 놈 떡 하나 더 준다고 폐하께서 부디 한 번만 그들의 체면을 살려주셨으면 하옵니다. 아시다시피 칠사아문은 황실 자제들을 올바른 길로 인도하고자 신설한 것이지 다른 취지로 만든 것은 아니옵니다."

건륭이 크게 코웃음을 쳤다.

"흥! 꿈보다 해몽이라더니, 제법 그럴듯하게 둘러대는군! 허나 참으로 안 됐네. 자네가 그리도 끔찍이 아끼는 홍승, 홍보, 홍창은 어젯밤 따끈한 이불 속에서 끌려나와 지금은 종인부에 감금돼 있다네. 곧 내무부 신형사愼刑司에서 고문을 할 것이네."

"폐하!"

건륭이 입술을 꽉 깨물면서 내뱉듯 언성을 높였다.

"이제야 폐하 소리 한번 제대로 들어보는군. 여태껏 자네가 짐을 이 나라의 군주로 생각한 적이 있었는가? 언제 한번 진심에서 우러나온 목소리로 '폐하!'라고 부른 적이 있었는가? 자신의 코가 석 자인 줄도 모르는 사람이니 어쩔 수 없이 짐이 똑바로 일러줘야겠군. 자네가 그리도 믿는 홍보, 홍창은 어제 벌써 모든 걸 다 자백했네. 나 원 참, 사람들이 그리 물러 터져서야 어느 짝에 써먹겠나? 채찍 서른 번에 알아서 설설 기니 그만큼 싱거운 일도 없더군!"

홍석은 건륭의 서슬에 더 이상 몸을 지탱하지 못했다. 마치 홍수에 모랫둑 무너지듯 허물어졌다. 이어 네 발로 벌벌 기어 건륭의 앞으로 다가갔다. 그러나 연신 머리를 조아릴 뿐 아무 말도 하지 못했다. 건륭은 그 모습을 한참이나 비웃듯 내려다보더니 자리에서 일어났다. 이어 뒷짐을 지고 천천히 궁전 안을 거닐면서 혼잣말처럼 중얼거렸다.

"인간이라는 것은 참으로 불가사의한 동물이야. 자네 아비가 성조에 의해 두 번씩이나 폐태자가 된 사실은 삼척동자도 다 아는 일이지. 성조께서는 눈물을 머금고 두 번째로 태자 폐위 결단을 내리시면서 천하에 조서를 내리셨지. 감히 윤잉의 태자 자격을 거론하고 나서는 자가 있다면 가차 없이 참수할 것이라고 말이야. 그런데 자네는 벌써 성조의 어명을 잊었다는 말인가? 다들 선제를 각박하고 인정머리 없는 군주라고 하지. 그러나 자네 아비를 너그럽게 용서해주고 말년에나마 자유로운 공기를 마시게 해주신 분은 선제가 아닌가. 끝까지 신하임을 인정하지 않은 사람에게 태자太子의 예로 장례를 치러준 사람이 바로 선제네. 그러니 세상은 요지경이라 할 수밖에. 선대의 빚은 선대에서 끝났다 치자고. 오늘날 짐이 자네를 어찌 대해줬는지는 자네가 더 잘 알 것 아닌가? 짐은 즉위하자마자 자네를 친왕으로 봉했어. 어전에서도 최대한 권한을 부여해줬지. 그런데 뭐? 자네 아비가 마땅히 앉아야 할 보좌를 선제께서 부당하게 탈취했다고? 이 양심전과 태화전은 모두 자네가 마땅히 물려받았어야 하는데 파렴치한 홍력이 떡하니 버티고 앉아 천하를 호령한다고? 적반하장도 유분수라고 했어."

홍석의 안색은 어느덧 잿빛으로 변했다. 온몸이 사시나무 떨듯 사정 없이 떨렸다. 그는 겨우 입을 열어 더듬거렸다.

"신, 신은…… 비슷한 말은 했사오나 진심에서 우러나온 말은…… 아니었사옵니다. 사실이옵니다……."

건륭은 홍석의 변명에도 전혀 아랑곳하지 않고 말을 이어 나갔다.

"휴! 짐이 너무 심약하게 보였나보네. 닭 모가지조차 비틀지 못할 정도로 나약하게 보였겠지. 묻겠는데, 양명시는 어떻게 죽였지?"

건륭이 성큼 홍석에게 다가섰다. 이어 경멸에 찬 시선으로 휴지조각처럼 구겨진 홍석을 굽어보면서 덧붙였다.

"그리 두려워할 것은 없네. 양명시의 죽음이 자네하고 직접적인 연관이 없다는 것은 아네. 허나 자네도 그들과 한패거리가 돼 방조한 죄를 피할 수는 없네. 벽에도 귀가 있고, 강변에서 한 말은 물고기가 듣는다고 했네. 짐이 자네의 행각을 모를 줄 알았나? 짐이 산서성의 살합량, 객이흠 사건을 서둘러 마무리한 이유를 알겠는가? 그 사건의 뿌리를 캐자고 들면 오늘 자리한 사람들 중에도 불행해질 사람이 있을 것이니 그쯤에서 그만둔 거네."

건륭은 나지막하나 준엄한 말로 좌중을 잔뜩 숨죽이게 만들었다. 이어 갑자기 실성한 사람처럼 크게 소리쳤다.

"하늘이시여, 짐에게 인정仁政을 베풀라는 사명을 내려주셨으나 이렇게 의리라고는 개돼지보다도 못한 자들에게 어찌 인애仁愛를 베풀라는 것입니까? 손가감은 짐에게 군자를 가까이 하고 소인배를 멀리 하라고 간언했사오나 짐의 신변에는 군자보다 소인배가 더 많으니 이를 어찌하면 좋겠사옵니까?"

건륭은 거의 발악에 가까운 몸짓으로 계속 소리를 질렀다. 이어 앉아 있는 사람들을 한 명씩 무섭게 노려봤다. 윤록을 비롯해 홍효, 악이태, 눌친 등은 모두들 약속이나 한 듯 털썩털썩 무릎을 꿇었다. 가장 먼저 홍효가 머리를 깊이 조아렸다.

"모두 다 신의 불찰이옵니다. 신이 몹쓸 놈이옵니다. 신은 마땅히……."

건륭은 홍효의 말이 끝나기도 전에 소름 끼치는 웃음소리를 냈다.

"그렇지! 짐은 이번에는 자네에 대해 말하려던 참이었네. '몹쓸 놈'이라고 하면 그만인가? 원칙도 없고 줏대도 없는 사람 같으니라고! 열셋째숙부처럼 유명한 협왕俠王에게서 어찌 자네 같은 무골충 아들이 생겨났는지 의심이 갈 정도네. 명색이 상서방, 군기처의 중신이라는 사람이 어찌 친형제(홍창을 의미함)도 제대로 간수하지 못했다는 말인가? 친형제가 파멸을 자초할 정도로 위태로운 짓을 벌이고 있는데도 자네는 어떻게 그걸 방치했다는 말인가? 귀가 없어 듣지 못했나, 눈이 없어 보지 못했나? 양사경이 삼킨 문서가 자네와 무관하다고 끝까지 주장한다면 짐이 그것까지는 믿어줄 수 있네. 다소 억지스럽기는 하지만 말일세. 그러나 홍승, 홍보, 홍창이 한두 번도 아니고 수없이 간악한 행동을 일삼고 다녔는데도 자네는 짐에게 한 번도 상주하지 않았네. 그러니 그 어떤 식으로든 용서받을 생각은 하지도 말게. 집어치우라고!"

악이태와 눌친은 건륭이 그토록 진노하는 모습을 단 한 번도 본 적이 없었다. 하늘을 쪼개는 천둥벽력이 그만할까 싶었다. 둘은 어찌할 바를 몰라 쩔쩔 매기만 했다. 태감과 궁녀들 역시 잔뜩 주눅이 든 듯 모두들 숨을 죽이고 있었다. 궁전 안에는 온통 건륭의 분노에 찬 포효소리만 들릴 뿐이었다.

"그 누구도 역사의 수레바퀴를 되돌릴 수는 없어! 썩어 문드러진 팔왕의정제도를 복원하겠다고? 당치도 않지! 그것이 그렇게 좋은 제도라면 어찌해서 성명하신 성조께서 폐지시키고 철모자왕들의 병권을 박탈했겠는가? 조금 더 솔직해지지. 팔왕의정의 이름으로 짐의 보위를 찬탈하는 것이 목적이 아니었는가?"

건륭은 한바탕 발작하듯 분노를 토해내자 울분이 다소 가라앉은 것 같았다. 그는 크게 한숨을 내쉬더니 천천히 자리로 되돌아와 앉았다. 그때 태감 복인이 황급히 우유 잔을 받쳐 올렸다.

"방금 데워 가져온 것이라 조금 뜨거울 것이옵니다. 조심해 드시옵소서."

건륭이 우유를 후후 두어 번 불어 후루룩 마시고는 말을 이었다.

"보아 하니 자네들은 그래도 구제불능은 아닌 것 같네. 적어도 수치심이나 두려움 같은 것이 엿보이니 말이야. 자네들의 불찰은 짐이 용서할 것이니 그만 일어들 나게."

"망극하옵니다, 폐하!"

윤록을 비롯해 홍효, 악이태와 눌친 등은 머리를 조아리고 천천히 일어났다. 모두들 어느새 속옷까지 땀으로 흥건히 젖어 있는 듯했다. 그러나 홍석만은 여전히 땅에 엎드린 채 흐느끼며 아뢰었다.

"신이 죽을죄를 지었사옵니다. 부디 폐하께서 이 비루한 인간의 목을 치시어 선제의 영혼을 위로해 주시옵소서."

홍석은 계속 땅에 엎드린 채 눈물을 멈추지 못했다. 그 모습이 너무나도 왜소해 보였다. 실제로도 홍석의 어깨는 채 한줌이 안 되어 보일 만큼 뼈만 앙상했다. 건륭은 겉보기에도 건강이 그다지 좋아 보이지 않는 사촌형의 모습을 바라보면서 복잡한 심경을 말로 다 할 수 없었다. 순간 강희 51년부터 부모 잘못 만난 죄로 높다란 담벼락 안에 갇혀 손바닥만 한 하늘만 쳐다보면서 살아온 사람이라는 가여운 생각도 들었다. 그가 속으로 한숨을 쉬면서 어떻게 홍석을 벌할까 잠시 고민하고 있을 때였다. 태감 왕렴이 들어와 아뢰었다.

"장정옥이 부름을 받고 당도했사옵니다. 지금 수화문 밖에서 기다리고 있사옵니다. 접견 여부를 말씀해 주시옵소서, 폐하."

건륭이 왕렴의 말에 한심하다는 듯 실소를 흘렸다.

"자네는 까마귀 고기를 먹고 다니나? 장정옥은 궁문이 닫히기 전까지는 패찰을 건네지 않아도 된다고 짐이 특별히 윤허하지 않았던가? 장검과 장화 차림 그대로 들어와도 된다고도 말했었지!"

"예, 폐하!"

왕렴이 부랴부랴 까치발 자세로 물러갔다. 그러면서 민망했는지 혀를 홀랑 내밀었다. 잠시 후 장정옥 특유의 가랑가랑한 기침소리가 들려왔다. 건륭이 온화하기 이를 데 없는 말투로 불렀다.

"형신, 어서 들게! 복인, 복의 자네들은 장상을 부축해 자리에 모시게!"

장정옥이 두 태감의 극진한 부축을 받으면서 조심조심 자리에 앉았다. 동시에 안도의 한숨을 내쉬었다.

"늙으니 몸 구석구석 어디 성한 곳이 없사옵니다. 나온 지는 한참 됐는데 이제야 당도했으니 말이옵니다. 젊어서 성조를 보좌할 때는 연거푸 사나흘 동안 잠을 자지 않아도 멀쩡했었사옵니다. 그러나 요즘은 하루만 늦게 자도 아침에 자리에서 일어나기가 힘들 정도이옵니다."

건륭이 빙그레 웃음 띤 얼굴을 한 채 장정옥의 말을 듣고 나더니 인삼탕을 하사하라고 명령을 내렸다. 그리고는 다시 온화한 어조로 말했다.

"그런 말 말게. 장상이 곁에 있는 것만으로도 짐에게는 큰 힘이 된다네. 그러니 짐이 제 욕심만 차려 그대를 향리로 보내주지 않는다고 원망 말게. 힘들면 쉬어가면서 하는 데까지 해보세. 이들은 오늘 짐에게 혼쭐이 났다네. 지금은 칠사아문 사건을 어찌 처리할까 의논하고 있던 중이네."

장정옥이 건륭의 말에 잠시 침묵을 지켰다. 그런 다음 악이태 등에게 시선을 돌리면서 물었다.

"악 대인과 눌 대인은 어찌 생각하오?"

눌친이 이마의 땀을 닦아내면서 대답했다.

"장상, 내 자신을 반성하는 데만 여념이 없다 보니 아직 이 일을 어찌 처리해야 좋을지 거기까지는 생각이 미치지 못했소."

악이태는 눌친과는 달리 평소 장정옥과 의견 차이가 많았던 그답게 아니꼬운 듯 짤막한 기침소리를 냈다. 더불어 시선을 짐짓 다른 데로 돌려버렸다. 장정옥이 건륭의 면전에서 은근히 노신의 자격을 뽐낸다고 생각하는 듯했다. 장정옥이 한참을 생각하더니 한숨을 내쉬면서 아뢰었다.

"칠사아문에 대해서는 신도 사전에 들은 바가 있었사옵니다. 미리 막지 못한 죄를 용서해주시옵소서. 하오나 신은 지금도 이 사건이 그리 대단한 사건이라는 느낌은 들지 않사옵니다."

장정옥은 방금 전까지 노발대발한 건륭과 달리 이 일이 그다지 대수롭지 않다는 듯 말했다. 좌중의 사람들은 모두 적지 않게 놀라는 눈치를 보였다. 땅에 엎드려 있던 홍석마저 몰래 장정옥을 훔쳐볼 정도였다. 그러나 건륭은 전혀 화내는 기색 없이 물었다.

"어째서 그리 생각하는지 말해보게."

장정옥이 마치 미리 준비라도 한 듯 조곤조곤 얘기를 풀어나가기 시작했다.

"칠사아문에는 온통 금지옥엽들뿐이옵니다. 아마 이 말에는 이의를 제기할 사람이 없겠죠. 하오니 단속이 그리 쉽지 않은 것도 사실이옵니다. 신의 무례함을 용서해주시옵소서. 솔직히 말하면 그들은 오합지졸에 불과하옵니다. 총대를 메고 나가라고 등을 떠밀면 뒷걸음치는 것이 보통입니다. 반면에 웬만한 일은 안중에도 두지 않는 그런 무리들이죠. 한마디로 자리를 깔아줘도 아무것도 못하는 사람들이니 조정에 위협이 될 만큼 무서운 존재가 아니라는 말씀이옵니다. 이것이 첫 번째로 말씀 올리고 싶은 대목이옵니다. 두 번째로 말씀드리고 싶은 것은 팔왕의 정제도이옵니다. 저들이 거창하게 부르짖고 다니는 팔왕의정제도는 우리 대청이 산해관에 진입하기 전부터 전해 내려온 옛 제도이옵니다. 《여씨춘추》에는 '군주가 선왕의 법을 따르지 아니 하는 것은 그 법이 따를 바가 못 되기 때문이다'라는 말이 있사옵니다. 폐하, 먼저 이 대련對聯을 보시옵소서. '천하는 오로지 한 사람이 다스려야 하나 천하는 한 사람만을 받들지는 않는다'라고 하지 않았사옵니까. 이는 오늘날의 형세를 설명하는 구절이옵니다. 여덟 명의 철모자왕은 폐하의 보위를 노리는 마음이 있을지라도 쉽게 행동에 옮길 수 없사옵니다. 담력과 배짱이 없는 것은 말할 것도 없고 제도적 장치 때문에라도 그럴 수밖에 없사옵니다. 그 옛날에는 팔왕이 공동으로 수렴청정을 했기에 군주는 권력을 독점할 수 없었사옵니다. 그런 약점 때문에 군주는 팔왕의정제도의 시행을 막을 힘이 없었사옵니다. 하오나 지금은 폐하의 어명 한 마디면 단번에 철모자왕들의 철모자를 벗겨버릴 수 있사옵니다. 모자는 철로 된 것이라 자손들에게 전해줄 수 있을지 모르나 사람의 머리는 한번 떨어져 나가면 그만이옵니다. 철모자와 머리, 두 가지 중에서 택하라면 머리를 내놓고 철모자를 고집할 사람은 아무도 없을 것이옵니다. 그리고 신이 칠사아문의 해로움을 그리 중요하게 생각지 않는 가장 큰 이유는 따로 있사옵니다. 바로 영명하신 폐하께서 지금까지 관대한 정치를 펼치신 덕분이옵니다. 조야가 감복하고 천하가 칭송하기 때문이옵니다. 대내외적으로 조정에 대적하는 세력이 극히 드문 것도 이 때문이옵니다. 어떤 배가 끝까지 순항하고 어떤 배가 암초에 부딪쳐 침몰될지는 백성들이 더 잘 알고 있사옵니다.”

장정옥은 세 조대를 내리 보필해온 노신답게 건륭의 화를 죽이는 데도 일가견이 있었다. 한편으로는 건륭을 슬슬 치켜세워 주면서 다른 한편으로는 칠사아문의 장본인들이 위협적인 존재가 못 되니 칼에 피를 묻힐 필요가 없음을 설파하고 있었다. 장정옥의 말이 끝나자 건륭의 얼굴에도 어느새 구름이 물러가 활짝 갠 하늘처럼 환한 미소가 피어나고 있었다.

“역시 형신 그대는 짐에게 깨우침을 주는 현신賢臣이 틀림없네.”

건륭이 드디어 흡족한 표정을 한 채 장정옥을 향해 고개를 끄덕였다. 이어 웃음기를 거두고 딱딱한 표정으로 홍석에게 말했다.

“그만 일어나게. 마지막으로 이번 한 번만 용서하는 것이니 그리 알게.”

홍석은 힘겹게 자리에서 일어났다. 그러면서 너무나도 수치스럽고 부끄러웠는지 쥐구멍이라도 있으면 비집고 들어가고 싶었다. 그가 막 사은을 표하려고 하는 순간 건륭이 먼저 입을 열었다.

“자네가 사악한 무리들에게 이용당했다고 한 말을 믿어주겠네. 그러나 짐의 용서와는 별개로 국법은 자네를 용서하지 못할 것이네. 그런 뜻에서 자네 관모의 동주를 떼어낼 것이네. 홍효는 녹봉을 차압하겠어. 언제고 사직에 이로운 일을 하면 다시 포상할 것이네. 그리고 열여섯째숙부, 매번 열여섯째숙부를 생각할 때마다 이런 일만은 없었으면 하고 내심 바라지만 뜻대로 되지 않는군요. 조카로서 나이 든 숙부에게 벌을 내린다는 것이 얼마나 고통스러운 일인지 아십니까?”

건륭이 말을 마치자마자 바로 눈언저리를 붉혔다. 순간 눈물이 흘러나오려고 했다. 그러나 그는 황급히 눈물을 닦으면서 말을 이었다.

“허나 법 앞에 예외는 없어요. 달리 벌하지 않겠으니 삼 개월 동안 문을 닫아걸고 자숙하는 것으로 죗값을 치르세요. 이변이 없는 한 삼 개월 후에 복직하는 걸로 알고 계세요."

"망극하옵니다, 폐하!"

좌중의 사람들이 일제히 엎드린 채 머리를 조아렸다. 건륭은 천천히 자리에서 일어나 창가로 걸어갔다. 이어 시선을 멀리 던져 창밖을 내다봤다. 그러더니 다시 한 글자씩 또박또박 힘주어 말했다.

"주범이자 종실의 패륜아인 홍승은 종신 감금형에 처한다. 주범을 부추겨 나쁜 짓을 일삼은 홍보는 패자 작위를 박탈하고 서민으로 강등시킨다. 홍창은 마지막으로 한 번만 더 지켜보겠다."

50장
극성시대의 서막

　살합량과 객이흠은 북경으로 압송된 즉시 양봉협도의 옥신묘에 수
감됐다. 그러나 두 사람은 오히려 산서를 떠나서 살 길이 열린 듯했다.
하기야 그럴 수밖에 없었다. 산서에 있을 때는 무엇보다 객이길선의 무
리들이 밤낮으로 눈치를 줘서 좌불안석이었다. 또 가족들이 밥을 가져
오는 것도 막아 하루 세 끼 옥수수떡과 보리죽으로 겨우 목숨을 부지
해야 했다. 그에 반해 북경은 천국이었다. 무엇보다 형이 집행되지 않은
범인들에 대한 의식주가 산서와 천양지차였다. 형부의 규정에 따라 매
달 한 사람당 식비로 스물 넉 냥이 지급됐기 때문에 밀가루 만두와 쌀
밥을 먹을 수 있었다. 심지어 고기까지 심심찮게 먹는 것이 가능했다.
덕분에 두 사람은 북경에 온 지 며칠 만에 혈색이 눈에 띄게 좋아졌다.
　게다가 원수 같은 손가감도 그들을 괴롭히지 않았다. 그는 북경에 도
착하자마자 두 사람을 형부의 사이직에게 인계하고 해당 사건에서 완

전히 손을 떼고 물러난 것이다. 사이직이나 손가감은 모두 정직하고 올곧은 성격의 소유자들이라는 점에서는 비슷했다. 그러나 결정적으로 다른 점이 있었다. 그것은 손가감이 철석과 같은 심장을 지닌 '냉혈인간'인 반면 사이직은 조금 더 '인간적'이라는 사실이었다. 그 때문에 살합량과 객이흠은 손가감이 손을 털고 물러난 뒤 사이직에게 은근히 기대를 품고 있었다. 게다가 형부의 실무를 총괄하는 유통훈은 객이흠이 산동성 학정으로 있을 때 천거한 수재였다. 그래서 객이흠은 당장 내일이라도 풀려날 것처럼 자신만만했다. 살합량도 객이흠이 철석같이 믿고 있는 유통훈이나 한림들과 같은 구세주가 없지 않았다. 바로 윤록이었다. 아무려나 둘은 모두 북경에서 넓은 인맥을 자랑하는 사람들다웠다.

그래서일까, 두 사람이 북경에 도착하자마자 옥신묘에는 면회를 오는 관리들의 발길이 끊이지 않았다. 심지어 옥졸들까지 완전히 매수됐다. 이로 인해 두 사람은 매일 번갈아 주안상을 차려놓은 채 낭자한 술판을 벌이면서 유유자적한 나날을 보낼 수 있었다. 때는 이미 입동立冬이 지난 무렵이었다. 해마다 한 번씩 있는 추결秋決(가을에 집행되는 사형)은 이미 지나갔다고 할 수 있었다. 봄과 여름에는 형을 집행하지 않으니 당분간 목숨을 잃을 염려는 없었다고 해도 좋았다. 더구나 내년 추결까지 기다리노라면 건륭이 기분 좋은 어느 날 대사면의 은지를 내릴 수도 있지 않겠는가.

이날은 면회 오는 사람도 별로 없었다. 살합량은 통 크게 은자 스무 냥을 내놓으면서 옥졸에게 열 냥짜리 주안상 두 개를 봐오도록 했다. 한 상은 옥졸들에게 선심 쓰고 다른 한 상은 자기들끼리 먹고 마시자는 생각이었다. 그가 객이흠에게 말했다.

"오늘은 내가 낼 테니 다음에는 자네가 내라고. 그리고 다음부터는 자네 친구들이 면회 올 때 나도 불러주게. 내 친구들이 올 때는 자네를 불러줄 테니. 밖의 사람들이 우리 둘의 사이가 안 좋은 것으로 알고 있으면 조금 그렇지 않은가."

"여기 끌려오기 전에 그런 생각을 했더라면 좋았을 걸 그랬어."

객이흠이 씁쓸하게 표정을 지으면서 대답했다. 살합량은 객이흠의 말에 잠시 할 말을 잃었다. 그도 그럴 것이 두 사람의 사이가 물과 불처럼 악화된 데는 살합량의 문제가 더 컸던 것이다. 객이흠이 학정의 직권을 남용해 고사장에서의 부정을 눈감아주고 검은 돈을 받아 챙겼을 때 이 사실을 가장 먼저 발견하고 앞장서서 적발한 사람은 살합량이었다. 이에 화가 난 객이흠은 문생들을 풀어 살합량에 대해 대대적인 뒷조사를 실시했다. 털어서 먼지 안 나는 사람이 없다고, 살합량의 공금 횡령 수위는 '먼지' 정도가 아니라 '흙덩이'였다. 이후 두 사람의 공방은 갈수록 심해졌다. 불신과 반목이 눈덩이처럼 커져갔다. 결국 둘 다 치명타를 입고 '시한부'의 삶을 맞이하게 됐다. 그러나 지금 와서 후회해 본들 지난 시간을 되돌릴 수는 없었다. 결국 살합량이 어색한 웃음을 지으면서 말했다.

"다 지나간 일인데 이제 와서 잘잘못을 따진들 뭘 하겠나. 지금은 우리 두 사람이 힘을 합쳐 당면한 어려움을 헤쳐 나가는 것이 더 중요하지."

객이흠이 뭐라고 대꾸를 하려고 할 때였다. 네 명의 옥졸이 풍성한 주안상을 들고 들어왔다. 그런데 두 사람이 미처 술잔을 들기도 전에 밖에서 누군가의 말소리가 들려왔다.

"객이흠 사부님은 어느 방에 계신가?"

객이흠은 어딘가 귀에 익은 목소리라고 생각했다. 고개를 빼들고 내다보았다. 아니나 다를까, 그 사람은 다름 아닌 유통훈이었다.

살합량과 객이흠은 긴장과 흥분으로 몸을 떨면서 일어나려고 움찔거렸다. 그러나 자꾸만 엉덩방아를 찧었다. 둘 다 당황한 나머지 몸이 말을 듣지 않았던 것이다. 둘은 다시 한 번 유통훈을 쳐다봤다. 웬일로 수행원을 데리고 오지 않았다. 그런 걸로 봐서는 사적인 방문일 수 있었다. 둘은 그렇게 생각하자 다소 긴장이 풀리는 모양이었다. 먼저 살합량이 일어나 마중을 나갔다. 객이흠은 그 와중에도 사부의 권위를 내세워 느릿느릿 팔자걸음으로 한참 후에야 문 밖으로 모습을 드러냈다. 이어 유통훈을 향해 미소를 짓고 고개를 끄덕여 보였다.

"연청, 오랜만이네! 어서 안으로 드시게. 조촐한 주안상이 괜찮다면 한잔 같이 나누지."

"그간 별고 없으셨습니까, 사부님?"

유통훈은 격의 없이 객이흠을 향해 문후를 올렸다. 살합량에게는 두 손을 맞잡아 읍을 했다. 이어 자리에 앉았다.

"사부님을 뵈러 왔는데 괜찮지 않을 것이 뭐가 있겠습니까? 자, 남의 술을 가지고 인심 쓰는 거지만 오늘은 어쩔 수 없네요. 먼저 제가 한잔 올리겠습니다."

유통훈이 술을 찰랑찰랑 넘치게 따라 두 손으로 객이흠에게 받쳐 올렸다. 객이흠은 단숨에 들이켰다. 그러자 유통훈이 이번에는 잔을 들어 살합량의 술잔에 가볍게 자신의 잔을 부딪쳤다.

"그래 여기 계시면서 어디 불편한 점은 없으십니까? 언제부터 마음은 열두 번도 더 달려왔으나 워낙 할 일이 많아 짬을 낼 수 없었습니다. 두어 번은 오다가 길에서 다시 불려간 적도 있었습니다. 올 겨울은 북경 날씨가 유난히 춥네요."

유통훈은 객이흠의 제자답게 시원시원하게 스승의 안부를 물었다. 제자로서의 관심을 표하는 것이었다. 그 와중에도 살합량과 객이흠 두 사람의 마음은 콩밭에 가 있었다. 사건의 처리 결과를 알고 싶었던 것이다. 하지만 통쾌한 성격의 유통훈은 정작 두 사람이 촉각을 곤두세우는 일에 대해서는 함구한 채 계속 다른 얘기만 하고 있었다. 두 사람은 억지로 웃고 있었으나 속마음은 타서 재가 되는 것 같았다. 그러나 역시 체면을 중시하는 기인旗人들인 터라 몇 번이고 입 밖으로 튀어나오려는 말을 도로 삼켜버렸다. 그렇게 민감한 사안과는 천리, 만리 떨어진 이야기로 시간을 보내고 있을 때였다. 살합량이 드디어 유통훈의 의중을 떠보는 투로 물었다.

"폐하께서는 근자에 다망하시오? 옥체는 강녕하시온지?"

유통훈은 상대의 생각을 아는지 모르는지 연신 술을 권했다.

"대단히 다망하십니다. 전시 때문에 무척 바쁘시죠. 폐하께서는 며칠 전 장친왕을 포함한 몇몇 황친들을 벌하시고 칠사아문의 주관들도 하옥시켜 북경은 요즘 난리도 아닙니다."

살합량도 그 사건에 대해서는 어렴풋이 들어서 알고 있었다. 자신도 모르게 엉뚱한 생각이 들었다.

'황제 몰래 정체불명의 아문을 설치한 자들도 목이 떨어지지 않았어. 그런데 그까짓 돈 몇 푼 횡령했다고 목을 치겠어?'

살합량은 그런 생각을 하자 다소 마음이 안정되는 모양이었다. 목소리에 활기가 살아났다.

"장친왕께서는 나를 얼마나 신경 써 주시는지 모른다오. 그런 분이 여태 모습을 보이지 않으시니 무척 궁금했소만 그런 일이 있었구려."

살합량이 말을 마치고는 땅이 꺼지게 한숨을 내쉬었다. 이번에는 객이흠이 전시 결과에 관심이 있는 듯 물었다.

"올해 전시 장원은 누구인가?"

유통훈은 객이흠의 질문을 받자 기분 좋게 두 사람과 잔을 부딪쳐 건배하고는 대답했다.

"이번에는 실로 오랜만에 만주족이 맹활약을 했다는 것 아닙니까? 전에 호광 총독을 지냈던 늑 중승의 아들 늑민이 장원으로 합격했습니다. 예전부터 학문이 뛰어나다는 소리를 들었던 사람입니다. 원래는 이갑 이등에 합격됐으니 본인이 생각했던 이상적인 결과는 아니었죠. 그러나 폐하께서는 만주족 자제가 이런 성적을 낸 것은 결코 용이한 일이 아니라면서 최종 결과를 적은 종이를 어필로 죽죽 그어버리고 그를 장원에 앉혔잖아요. 이참에 기인들에게 우리도 할 수 있다는 자신감을 심어주고 다시 분발하는 계기를 마련해 주시겠다고 하셨습니다."

유통훈은 마치 자신이 장원을 한 것처럼 열띤 어조로 말했다. 그러나 살합량과 객이흠은 아무런 감흥도 받지 못한 듯했다. 만주족이건 한족이건, 장원급제건 탈락이건 두 사람에게는 전시 결과가 그저 남의 집 잔치처럼 여겨지는 모양이었다. 하기야 내 코가 석 자인데 남이야 날개 돋친 호랑이처럼 넓은 하늘로 날아오르든 작대기로 이를 쑤시든 무슨 상관이겠는가. 술이 두어 순배 더 돌아가자 드디어 살합량이 용기를 내 물었다.

"이보게 연청, 그대는 사실상 형부의 이인자나 마찬가지 아니오? 우리 둘에 대해 조정에서는 아직 아무런 언급이 없었나 보오?"

유통훈이 추호의 망설임도 없이 대답했다.

"선례에 따라 처리할 겁니다."

정말 듣지 않은 것만 못한 대답이었다. 오히려 궁금증만 잔뜩 유발하는 말이었다. 좌중에 잠시 어색한 기분이 이어졌다. 살합량이 연신 술만 쭉쭉 들이키다 말고 다시 입을 열었다.

"여느 때 같으면 이 시간에 면회 오는 사람들이 줄을 설 텐데 오늘은 웬일로 이리 조용하지? 이상하네."

유통훈이 말했다.

"뭐가 그리 이상합니까? 날씨가 추우니 아랫목에 배 깔고 누웠겠죠."

유통훈의 말이 떨어지기 무섭게 전도가 불쑥 들어섰다. 객이흠이 두 눈을 반짝이면서 반색을 했다.

"아니 이게 누구신가! 오랜만이오, 전도. 어서, 어서 이리 오게."

그러나 전도는 냉담한 표정이었다. 반색을 하면서 손짓하는 객이흠에게는 눈길 한 번 주지 않았다. 그저 유통훈을 향해 허리를 굽혀 예를 갖추면서 말할 뿐이었다.

"시간이 다 됐습니다."

"알았네."

유통훈이 고개를 끄덕였다. 이어 자리에서 일어섰다. 웬일인지 얼굴 표정이 심각하게 굳어 있었다. 곧이어 유통훈이 객이흠을 향해 깍듯하게 허리를 굽혀 인사를 하고 나서 말했다.

"어명을 받은 몸이라 어쩔 수 없군요. 차마 입 밖에 내기 어려운 말이지만 해야 합니다. 제 손으로 집행하기 어려운 일이지만 따를 수밖에 없습니다. 방금 옥졸들에게 은자 스무 냥을 주면서 주안상을 봐오라고 했죠? 그 돈은 여기 있습니다. 돌려드리겠습니다."

유통훈이 말을 마치자마자 바로 주머니에서 은자를 꺼내 탁자 위에 올려놓았다. 이어 덧붙였다.

"이 주안상은 제가 두 분의 마지막 가는 길을 특별히 위로하는 뜻에서 마련한 것입니다."

마지막 가는 길이라니? 그제야 살합량과 객이흠 두 사람은 뭐가 크게 잘못됐다는 사실을 깨닫고 사시나무 떨 듯 몸을 떨었다. 유통훈이 문 밖을 향해 바로 소리쳤다.

"몇 사람 들어오너라. 이 두 나리가 어지를 받도록 부축하거라."

살합량과 객이흠은 허물어지듯 무릎을 꿇었다. 유통훈은 안주머니에서 조서를 꺼내 펴들더니 읽기 시작했다.

살합량과 객이흠은 모두 조정의 삼품 고관으로 결코 용서받을 수 없는 죄를 지었다. 부정부패를 통해 횡령한 액수가 천문학적이고 권력을 남용한 각종 죄상이 밑도 끝도 없이 불거져 나왔다. 실로 개돼지보다 못한 관가의 패륜아들이 아닐 수 없다. 이자들을 단 하루라도 인간 세상에 더 남겨둘 이유가 없다. 살합량은 즉각 형장으로 끌고 나가 참수하라. 객이흠에게는 자결을 권유한다. 어차피 죽을 바에는 치사하게 구걸하는 일이 없도록 하라!

"망…… 망극하옵니다, 폐하!"
살합령과 객이흠은 완전히 무너져 내렸다. 거의 기절할 지경이었다. 그러나 유통훈은 어쩔 수 없다는 듯 아역들에게 두 사람을 부축해 일으키게 하고는 한숨을 지으면서 말했다.
"어명이 어명인지라 이 제자의 무례를 이해해주기 바랍니다."
말을 마친 유통훈이 크게 외쳤다.
"여봐라!"
"예!"
"살합량을 포박하라!"
"예!"
아역들은 명령을 받자마자 빠른 동작으로 살합량을 포박하기 시작했다. 유통훈이 "너무 조이지 말라"고 명령했으나 그 말을 들을 아역들이 아니었다. 살합량은 어느새 안색이 잿빛이 되도록 짐짝처럼 꽁꽁 묶여버렸다. 유통훈은 이어 혼이 다 빠져나간 표정으로 앉아 있는 객이흠에게 다가가 묵묵히 절을 하고 일어났다. 그리고는 전도에게 말했다.

"형장에는 내가 갈 터이니 자네는 사부님이 승천할 때까지 잘 시중을 들게. 일이 끝나면 폐하께 보고 올리게."

말을 마친 유통훈은 바로 살합량을 압송해 형장으로 향했다. 죄수를 태운 수레는 삐걱거리는 소리를 내면서 멀어져 갔다. 방 안에는 쥐 죽은 듯한 정적이 깃들었다.

"객이흠 대인."

전도가 불렀다. 그러나 객이흠은 미동도 하지 않았다. 전도가 앞으로 한 걸음 다가서면서 온화한 목소리로 다시 불렀다.

"객이흠 선생!"

그제야 객이흠의 목젖이 약간 움직였다. 그러나 뭐라 말하는지 들리지는 않았다. 전도가 처연한 웃음을 지으면서 말을 이었다.

"생사는 하늘에 달려 있다고 했습니다. 하늘이 오라고 하니 즐겁게 떠나야 하지 않겠어요?"

전도가 말을 마치고는 주머니에서 비수 한 자루, 동아줄 한 토막, 그리고 약 한 봉지를 꺼냈다. 이어 약을 털어 술잔에 쏟아 넣은 뒤 잘 흔들어서 객이흠의 앞으로 밀어 보냈다.

객이흠은 자신의 죽음을 재촉하는 세 가지 물건이 눈앞에 보이자 비로소 운명을 실감한 모양이었다. 애처로운 비명과 함께 바로 땅바닥에 허물어졌다. 급기야 땅을 치면서 오열하기 시작했다.

"어찌…… 이리 비참하게 죽을 수 있다는 말인가. 아니야, 이렇게 죽을 수는 없어! 내 폐하께 긴히 상주할 말이 있소. 객이길선이……."

전도가 차갑게 대꾸했다.

"객이길선은 산서에 없어요. 그 사람의 악업은 그 사람의 몫으로 남기세요. 폐하께서도 모두 알고 계시니 대인은 어서 길을 재촉하시는 것이 좋겠어요."

"아니야, 나는 절대로 이렇게 죽을 수 없어. 나는 싫어!"

그러자 전도가 술잔을 들고 말했다.

"만약 나에게 선택하라고 하면 나는 기꺼이 이 술을 택할 겁니다. 이는 연청 대인이 사부님의 고통을 덜어드리고자 특별히 마련한 술이에요. 배 속으로 들어가는 즉시 모든 게 끝나는 그런 약이고요. 이 칼에도 독이 묻어 있어 피를 보는 즉시 숨을 멈추게 될 거에요. 몸부림치면서 죽는 마지막 순간이 가장 괴롭다고 하니 이 동아줄만은 사용하지 말았으면 합니다."

"아니야, 아니야! 나는 절대 이렇게는 못 죽어!"

전도가 소름 끼치도록 싸늘하게 쏘아붙였다.

"끝까지 버틸 셈입니까? 좋게 말할 때 듣지 않겠다면 억지로 자살하게 만드는 수밖에 없군요."

전도가 말을 마치더니 바로 밖을 향해 뭐라고 외쳤다. 즉각 대기 중이던 형부의 아역 네 명이 들어왔다. 전도가 한숨을 내쉬면서 지시했다.

"대인을 도와드려라!"

전도의 명령이 떨어지자 아역 둘이 달려들어 객이흠을 꼼짝달싹 못하게 붙잡았다. 이어 나머지 두 사람 중 한 명이 독이 든 술잔을 억지로 객이흠의 손에 쥐어줬다. 그런 다음 술잔을 놓지 못하도록 그 손을 우악스레 틀어쥐었다. 다른 한 명은 객이흠의 코를 비틀고 귀를 잡아당기면서 거칠게 독주를 입안에 쏟아 넣었다……. 그렇게 객이흠은 '스스로' 독주를 마시고 '자살'을 하고 말았다. 전도는 숨이 끊어진 것을 확인한 다음 검시관에게 후사를 맡기고는 옥신묘를 떠났다.

전도가 양심전에 당도했을 때는 정오 전이었다. 태감이 재빨리 아뢰러 들어갔다. 그 사이 그가 꼬마 태감에게 물었다.

"폐하께서는 지금 누구를 접견하고 계시냐?"

전도와 친한 꼬마 태감이 대답했다.

"신과新科 장원인 늑민을 접견 중이십니다. 폐하께서는 오늘 기분이 대단히 좋아 보이십니다. 부항 흠차를 군기대신, 상서방대신, 영시위내 대신으로 임명하시고 상경하라는 조서를 내리셨다고 합니다. 와, 부항 어르신은 하루아침에 악이태 중당과 눌친 중당을 엉덩이 밑에 깔아버 렸네요!"

꼬마 태감이 겁 없이 떠들고 있을 때였다. 안에서 들어오라는 명령이 전해졌다. 전도는 황급히 대답하면서 바로 양심전 동난각으로 향했다.

과연 태감의 말처럼 건륭은 기분이 매우 좋은 것 같았다. 춥지도 않 은지 조복 대신 얇은 양가죽 장포만 입고 허리띠도 매지 않고 있었다. 그렇게 자리에 앉아 있는 모습이 무척이나 편안하고 자연스러워 보였다. 한쪽에는 긴장한 표정의 늑민이 다소곳하게 서 있었다. 전도가 숙련된 동작으로 건륭을 향해 대례를 올리고 나서 아뢰었다.

"다 끝났사옵니다, 폐하."

"시체를 확인했나?"

"예, 폐하. 철저히 확인했사옵니다."

그러자 건륭이 히죽 웃으면서 말했다.

"성조 때 일이 생각나서 그러네. 양광 총독에게 사약을 내렸는데 가 짜 약이었다지 않은가. 그 사실이 수년 후 발각되다 보니 그자는 몇 년 더 살 수 있었다고 하더군."

전도가 황급히 아뢰었다.

"이번에는 약을 미리 개에게 먹여보고 약효가 좋은 걸로 택했사옵니 다. 만에 하나 정말 그런 황당한 일이 또다시 일어난다면 폐하께서 신에 게 죽음을 주시옵소서!"

늘민은 그제야 전도가 어디에서 무슨 일을 하고 있는지 알 것 같았다. 갑자기 친구가 측은하다는 생각이 들었다. 그러나 그것도 잠시였다. 땡 땡땡……! 열두 번 울리는 자명종 소리를 들은 전도가 탄식하듯 말했다.

"살합량도 이미 목이 떨어져 나갔을 것이옵니다. 이번 조치는 폐하의 관대한 정치 기조에도 어긋나지 않으면서 이치 정돈의 신호탄으로도 그 위력을 충분히 보여줬다고 생각하옵니다."

"짐은 성조와 세종으로부터 인정仁政과 전권專權이라는 두 가지 무기를 받았네. 짐은 이 두 가지로 대청大淸의 극성시대極盛時代를 열어갈 것이네."

건륭의 눈빛이 형형하게 빛났다. 어느새 말투도 강경한 어조로 바뀌었다.

"물론 아직은 어려운 일이겠지. 짐은 즉위 후 남방에는 가보지 못했으나 북방 지역은 몇 곳 돌아봤네. 그래서 신하들이 문안 상주문에 올리는 내용을 다 믿지 않는다네. '천하가 태평하고 백성들은 의식주 걱정 없이 즐겁게 일을 한다'는 이따위 소리는 믿지 않는다는 말이네. 억지로 꾸며낸 태평세월은 오래 못 가는 법이지. 그래서 짐은 한漢나라 때의 광무제光武帝에게 탄복하지 않을 수 없다네. 건무建武 삼십 년에 광무제가 동쪽으로 순유를 나갈 때 신하들이 상주했다네. 한 황실이 흥한 지도 삼십 년이 됐으니 태산泰山에 가서 봉선封禪(황제가 하늘과 산천에 제사를 지내는 것)해야 한다고 말이네. 그러자 광무제가 말하기를 '짐이 즉위한 삼십 년 동안 백성들의 원성이 갈수록 높아지고 있다. 짐이 가서 누구를 속이라는 말인가? 하늘을 속이라는 말인가? 이후로 누구라도 성총을 바라고 이와 같은 미사여구를 남발한다면 가차 없이 변경으로 추방할 것이다'라고 했다네. 짐도 절대 눈 가리고 아웅 하는 그런 우매한 황제가 되지는 않을 것이네. 짐도 광무제처럼 진정한 대장부 황제로 남고 싶네."

건륭이 말을 마치고는 천천히 자리에서 일어났다. 이어 금을 칠한 궤
짝 앞으로 다가갔다. 그러더니 그 속에서 자그마한 종이꾸러미를 꺼내
책상 위에 올려놓았다.

"이보게 전도, 눈 내리던 날 짐과 처음 만난 일이 기억나나? 화롯불에
땅콩을 구워 황주를 마시면서 많은 얘기를 나눴었지."

"소인은 그 당시 용안을 몰라 뵈어 큰 불경을 저질렀사옵니다. 그날
일은 폐하께 죽을죄를 지은 것을 뒤늦게 깨닫고는 얼마나 놀랐던지 기
억마저 흐릿해지고 말았사옵니다. 그 동안 감히 한 번도 돌이키지 못했
던 기억이옵니다."

전도는 건륭이 말한 당시를 생생하게 기억하고 있었다. 그럼에도 불
구하고 일부러 시치미를 뚝 떼고는 아부하는 말을 잔뜩 늘어놓았다.

"자네는 잊었겠지만 짐은 잊을 수 없네. 무슨 말이든 무심코 한 말이
진심인 법이네. 짐은 지금까지도 자네가 했던 말들을 소중히 간직하고
있네. 자네들, 이걸 좀 보게."

건륭이 종이꾸러미를 헤쳐 두 사람에게 보여주었다. 꾸러미 속의 내
용물은 얼핏 보기에는 숯 같았다. 그러나 전도와 늑민이 가까이 다가가
자세히 보니 그것은 숯이 아니었다. 오래된 보리떡이었다. 볏겨가 듬성듬
성 섞인 그 보리떡의 갈라진 틈새에는 이름 모를 풀이 말라붙어 있었다.
풀을 대충 양념해 소를 만든 것 같았다. 건륭이 깊은 한숨을 토해냈다.

"이게 바로 산서성 동부에 살고 있는 백성들의 음식이라네. 자네는 그
당시 짐에게 했던 말들을 잊었다고 하나 짐은 아니네. 그때 자네의 말
을 듣고 큰 충격을 받아 산서 지역을 미행했네. 그랬더니 그곳 백성들은
열에 아홉이 이런 떡으로 겨우 연명하고 있더군. 백성들은 그야말로 죽
지 못해 살고 있는데 산서 관리들은 저마다 피둥피둥 살이 쪄 기름이

흐르기만 하더군. 그래서 짐은 살합량과 객이흠 이 두 탐관오리를 더욱 용서할 수 없었네. 짐은 산서 관리들의 일 년 녹봉을 지불 정지하고 그 돈으로 현지 백성들을 구제할 것이네! 늑민, 자네는 총명한 사람이니 자네를 관풍사로 보내는 짐의 의중을 잘 읽으리라 믿네."

건륭은 말이 장황하게 길어지자 흥분을 억누르기 어려운 듯했다. 급기야 목소리가 높아졌다.

"아문에 들어앉아 고소장이 날아들 때까지 기다리지 말고 다리를 열심히 움직여 백성들의 삶의 현장을 두 눈으로 직접 보게. 그래야 그들의 고단함을 어루만져줄 수 있네. 그늘에 대자로 누워 하늘에서 청백리, 명관의 명성이 떨어지기를 기다리지 말게. 그런 일은 있을 수 없으니 말이야. 자네는 짐을 실망시키지 않으리라 믿네. 조금 더 구체적인 가르침을 받고 싶으면 돌아가서 전도에게 술 한잔 사주면서 고견을 청해보게."

건륭이 말을 마치자 바로 두 사람에게 명했다.

"그리 알고 그만 물러들 가게!"

건륭은 전도와 늑민이 물러가자 바로 상주문을 집어 들었다. 그는 쉴 새 없이 상주문을 읽고 주비를 달고, 다시 읽고 생각하면서 중간 중간 대신들까지 접견했다. 그렇게 저녁 수라를 들 때까지 그야말로 숨 돌릴 틈 없이 바쁘게 보냈다. 그리고는 마지막으로 예부와 이부에 "이번 전시에 새로 합격한 진사들 중 지방으로 파견 보내거나 북경에 남길 사람 명단을 작성해 올려 보내라"는 내용의 지시를 내리고 나서야 겨우 한숨을 돌렸다. 밖에는 어느새 땅거미가 내려앉기 시작했다.

건륭은 서둘러 자녕궁으로 가서 태후에게 저녁 문후를 올리고 나왔다. 궁전 곳곳에는 어느새 등롱이 내걸려 있었다. 그가 어디로 갈지 잠시 생각하고 있을 때였다. 궁녀 같은 여자 한 명이 등롱을 들고 마주 오는 모습이 보였다. 어쩐지 눈에 익은 모습이었다. 건륭은 그녀를 유심히 쳐다보다 그만 자신도 모르게 소리쳐 부르고 말았다.

"당아!"

당아는 출산한 지 얼마 안 된 몸이어서인지 많이 수척해져 있었다. 순간 당아의 얼굴에도 당황하는 표정이 떠올랐다. 오랜만의 재회라 그런 듯했다. 그러나 곧 건륭의 수행원들을 의식하고는 일부러 대수롭지 않은 표정을 지었다. 이어 깍듯하게 예를 갖춰 문후를 올렸다.

"그간 강녕하셨사옵니까, 폐하!"

"자네들은 그만 물러가게."

건륭은 바로 주위를 물리쳤다. 이어 수행원들이 물러가자 황급히 당아의 어깨를 껴안았다.

"가세, 우리의 보금자리로 가세."

"지금 말이옵니까……?"

건륭이 다소 주저하는 당아를 향해 말했다.

"그럼! 지금 당장! 저자들 걱정은 말게. 입을 잘못 놀리면 어찌 되는지 잘 아는 자들이네."

당아는 말없이 건륭을 따라 자녕화원으로 발걸음을 옮겼다. 곧이어 관음정 앞에 섰다. 그녀는 순간 작년 이맘때 이곳에서 사랑을 나눴던 기억을 떠올렸다. 모든 것은 변함없이 그대로였다. 다만 만월滿月이 쟁반 같던 그날과는 달리 오늘은 듬성듬성한 별들조차 먹구름에 가려 하나둘씩 사라지고 있었다. 저 멀리서 흔들리는 누런 궁등은 그래서인지 오랜만에 재회한 두 사람을 희뿌옇게 비추고 있었다. 당아는 그동안 건륭의 품이 많이 그리웠던 듯 바로 그에게 달려들어 안겼다. 이어 나지막이 흐느꼈다.

"소첩……, 그 동안 얼마나 폐하가…… 그리웠는지 모르옵니다. 아기가 얼마나 힘들게 태어났는지 모르시죠? 그 사람도 곁에 없고……. 서러움에 많이…… 울었사옵니다."

"짐도 자네가 보고 싶었네. 짐은 언제고 자네를 잊어본 적이 없네. 자네를 떠올릴 때마다 가슴이 아파 참을 수가 없더군."

건륭이 한 손으로 당아의 어깨를 껴안고 다른 한 손으로 당아의 긴 머리카락을 쓸어내리면서 위로했다. 당아는 한참을 울다 천천히 건륭을 올려다봤다. 그러나 칠흑 같은 어둠속이라 그런지 얼굴이 잘 보이지 않았다. 순간 건륭의 품속에서 살며시 고개를 쳐든 당아의 얼굴에 갑자기 차가운 물방울이 떨어졌다. 그것은 놀랍게도 건륭의 눈물이었다. 당아는 일순 밀려드는 불길한 예감에 황급히 물었다.

"폐하, 폐하! 어찌 낙루하시옵니까? 대체 어찌된 일이옵니까?"

"당아, 부항이 곧 조정으로 돌아와 중책에 임명될 것이네. 우리 둘의 연분은…… 여기까지인 것 같네. 앞으로도 그대를 그리는 마음은 영원할 것이네. 그래서 이 시각 짐의 가슴은 찢어지는 것 같네."

당아를 힘껏 끌어안은 건륭이 흐느꼈다.

"폐하께서는…… 아무것도 두렵지 않다고 하시지 않으셨사옵니까?"

"그래, 두려운 것은 없네. 짐은 부항을 두려워해서가 아니네. 지금 내가 한발 물러나는 것이 정국에 큰 힘이 되고 부항이나, 짐, 그리고 자네에게도 모두 이로울 것 같아서 하는 말이네."

건륭의 목소리는 상심에 젖어 있었다. 그가 다시 말을 이었다.

"솔직히 부항에게 흠차직을 줘서 내보낼 때까지도 그 사람이 짐에게 이렇게 불가분의 존재로 다가올 줄은 몰랐었네. 그래서 당아 자네와의 사랑을 이어가기 위해서는 그 정도의 사람쯤은 기꺼이 버릴 수 있다고 졸렬하게 생각했었지. 하지만 짐은 이 나라의 군부君父이네. 여자 때문에 중신重臣을 포기할 수는 없네."

당아가 갑자기 천천히 건륭의 팔을 밀어냈다. 얼굴에는 비장한 각오가 어려 있었다.

"폐하께서 그리 말씀하시니 소첩은 기꺼이 따르겠사옵니다. 하늘 아래에서 가장 높으신 폐하께 이 하찮은 여자가 걸림돌이 될 수는 없사옵니다. 지금 이순간 폐하는 산처럼 높고 커 보입니다. 사약 한 모금이면 끝나는 일이오니 저는 두렵지 않사옵니다."

"바보 같은 소리. 짐을 정말로 사랑한다면 우리는 서로를 마음속에 품고 내세를 기약하세. 그리고 앞으로도 얼굴을 볼 일은 종종 있을 거네. 지난 일은 잊고 편하게 보도록 하세. 그리고 자네 말은 틀렸네. 하늘 아래에서 가장 높은 사람은 짐이 아니네."

건륭이 당아의 말에 다소 엉뚱한 반응을 보였다.

"그러면 누구시옵니까?"

"그분은 공자孔子시지."

관음정 앞에 나란히 선 건륭과 당아는 더 이상 아무 말도 하지 않았다. 얼마 후 어느 방에선가 자명종 소리가 들려왔다. 그 소리는 긴 여운을 꼬리처럼 끌면서 점점 둘의 귓전에서 멀어져 갔다.

〈1부 「풍화초로」 끝, 2부 4권에 이어집니다〉